U0626878

幽暗国度

〔英〕V.S.奈保尔 著

李永平 译

An Area of
Darkness

南海出版公司

新经典文化股份有限公司
www.readinglife.com
出　品

献给弗朗西斯·魏德哈姆

目 录

印度之旅序曲：申请一些证件

船上的检疫旗刚降下，孟买港务局卫生处派来的最后一批打赤脚、穿蓝色制服的警察刚离开我们这艘轮船，果亚人柯艾略①就立刻跑上船来，伸出一根长长的手指头，向我招了招，把我引进船上的酒吧，悄声问道："您身上有没有起司？"

柯艾略被旅行社派来协助我通关。他身材高瘦，衣着寒酸，脸上带着一副紧张兮兮、焦躁不安的神情。我猜他说的"起司"是某种违禁品。我没猜错。他向我要干奶酪。在印度，这可是寻常人家吃不起的珍贵食品。印度政府限制干奶酪进口，而一般百姓还没学会制作这种食物。说来挺有趣，直到今天，印度人也还没学会漂白新闻用纸。但是，对于柯艾略的要求，我却爱莫能助。这艘希腊货船供应乘客的干奶酪，实在不怎么可口。从埃及亚历山大港起航后，在三个星期的航程中，我常常向那位面无表情的侍应生领班抱怨，他们的干奶酪实在难吃。如今，我怎

---

① 果亚是印度西海岸一个地区，濒临阿拉伯海，距孟买约 400 公里，原为葡萄牙属地，1961 年 12 月并入印度，现为印度联邦一个行政区。柯艾略（Coelho）是葡萄牙姓氏。——译者注（本书中除特殊说明，均为译者注）

么好意思向他开口要一些干奶酪带上岸去呢？

"没关系，没关系。"柯艾略说。他不相信我的说辞，更不愿意浪费时间听我编造理由。他走出酒吧，蹑手蹑脚沿着一条走廊来回逡巡，查看嵌在舱房门上的每一个名牌。

我走进自己的舱房，打开一瓶苏格兰威士忌，凑上嘴巴，啜一小口，接着又打开一瓶梅达克萨斯白兰地，同样啜一小口。我打算把这两瓶酒带进禁酒的孟买市。在印度政府观光局工作的一位朋友事先提醒我：把整瓶酒原封不动带上岸，肯定会被没收。

稍后，我跟柯艾略在船上餐厅会合。他的神态和举止自在多了，不再那么紧张兮兮。他手里抱着一个巨大的希腊娃娃。娃娃身上穿着色彩鲜艳的民族服装，在柯艾略那身寒碜的衬衫和长裤衬托下，显得格外耀眼、亮丽。她脸庞上那两块红扑扑的腮帮子和一双湛蓝的一动不动的眼睛，使柯艾略那张瘦长的脸孔显得更加阴郁浮躁。柯艾略看见我那两瓶已经打开的酒，脸色登时一变。

"干吗把它打开呀？"

"法律规定的，不是吗？"

"把它藏起来啊。"

"这瓶梅达克萨斯白兰地，瓶身太长，怎么藏啊？"

"平着放不就得了？"

"这种瓶子的软木塞并不可靠。朋友告诉我，他们准许你带两瓶酒上岸，不是吗？"

"我不知道，我不知道。帮我拿这个娃娃，把她抱在手上，告诉他们这是一个纪念品。你身上带着'游客介绍卡'吧？好！这份文件很重要！只要亮出这张卡片，他们就不会搜你的身。干吗还不把这两瓶酒藏起来呢？"

柯艾略伸出双手，猛一拍，霎时间，一个身材矮小骨瘦如柴的男子打着赤脚，不知从哪里钻出来，二话不说，拎起我们的行李就走。自从柯艾略上船以后，这家伙就一直躲在一旁静悄悄等候着。我们怀里搂着布娃娃，手里拎着那只里面装着两瓶酒的袋子，爬下船舷，跳进一艘汽艇。柯艾略的随从把行李放好，然后独个儿在船尾蹲下来，整个身子蜷缩成一团。跟主人共乘一艘汽艇，让他感到局促不安，仿佛违反了什么戒律似的。这位主子，只偶尔瞄一两眼我怀里的娃娃，在整个航程中，他只管睁着眼睛，凝视前方，脸上写满了不祥的预兆。

对我来说，早在好几个星期以前，东方世界就已经展现在我眼前了。还在希腊时，我就已经感觉到，欧洲在我眼前逐渐隐没消失。希腊的食物甜腻腻的，充满东方风味，有些我小时候曾经品尝过。希腊的街市到处张贴着印度电影海报——据说，希腊观众最欣赏的是一个叫娜吉丝的印度女明星。此外值得一提的，是希腊人热情好客，颇有东方人之风。对我来说，希腊之旅是为埃及之旅作准备的。埃及——黄昏的亚历山大港，宛如一座无比壮阔的、亮晶晶的大拱门矗立在冬季的海洋上。防波堤外，细雨雾雾，前任国王①的白色游艇悄无声息，幽然浮现碧波中。船的发动机突然停了，骤然间，码头上响起一阵喧闹声，成群身穿脏兮兮无领长衫的男子仿佛听见信号似的，叫嚷着，争吵着，叽叽喳喳，争相爬上这艘已经满载乘客的轮船，在船中奔跑穿梭着。就在这样的一个国家，而不是在希腊，东方世界正式展现在我眼前：脏乱、盲动、喧嚣、突如其来的不安全感——你突然发觉，四海之内皆非兄弟，你的行李随时都会被人摸走。

就在这种地方，你体会到向导的重要性。这种人了解本地习俗，能够帮你摆平一切问题，连那些印刷粗糙、文法不通的表格和申请书，他

---

① 这里指埃及国王法鲁克一世（Farouk I, 1920－1965），1936 年登基，1952 年逊位。

都看得懂。"我教你怎么填。"在海关大楼,向导指着表格对我说。偌大的一间屋子,挤满了脚夫、导游、官员、闲人、警察和观光客,闹哄哄的,活像一个市场。一个希腊难民凑到我耳朵旁悄声说:"听着,他们打算今晚下手打劫观光客。"他(我的向导)却指着表格上那条标明"日期"的虚线,吩咐我说:"在这儿填写'一部柯达照相机'。"然后他又指着"签名"那一栏命令我:"在这儿填写'未携带黄金、首饰或宝石'。"我提出异议。他说:"填!"这个字从他嘴里说出来听在我耳中却很像阿拉伯语。这位向导个头高大,脸色阴沉,带着几分好莱坞式的邪气。他头上戴着一顶土耳其毡帽,手里握着一根藤杖,不停敲打着他的大腿。我遵照他的指示把表格填妥。他这一招还真管用。"现在,"向导脱下他头上那顶绣着"旅行社"字样的毡帽,换上另一顶代表"×旅馆"的帽子,对我说,"咱们到旅馆去吧。"

此后,一幅接一幅景象次第展现在我眼前,让我看到了以前只在书本上认识的东方世界。在我心目中,每一幅景象都是一个新发现:头一遭,看见那被无数照片和文章描绘得几近神秘的阿拉伯无领长衫,活生生地穿在街头那些男人身上,对我来说,这不啻是一种启示。在那家年华老去、风光不再却依旧充满旧王朝遗风的旅馆,我嗅到了印度种姓阶级制度的气息。那位年纪颇为老迈的法国侍应生只负责招呼客人,替他跑腿打杂、端盘送碗的是一群头戴毡帽、腰缠束腹带、眼神忧伤、一个劲儿绷着脸闷声不响的黑人小厮。旅馆大厅聚集着成群身穿花哨制服的黑人服务生,他们不停钻进钻出,忙得不亦乐乎。跨出旅馆大门,来到街上,你期待的那个东方世界霍然展现在你眼前:面黄肌瘦的儿童、脏乱、疾病、向观光客讨取小费的声声哀唤、沿街叫卖的小贩、四处兜售不知什么票券的黄牛、一抬头就可以瞥见的伊斯兰教寺院尖塔。城中随处可见帝国主义遗留的痕迹:暗沉沉、冷清清、四面嵌着玻璃的欧洲风格商店;发廊里,满脸哀伤的法国美容师压低嗓门说,市面上再也找不到法国香水了，只好将就使用气味浓郁的埃及香水；市场上，一位来自黎巴嫩的商人以轻蔑的口吻谈论"本地人"。他说他不信任这帮人，除了他的助手，而后者却背着他的主子悄悄告诉我，总有一天，黎巴嫩人和欧洲人全都会被驱逐出埃及这个国家。

一幅景象接着一幅，你以前在书本上读到的东方世界，如今，一一呈现在你眼前。在开往埃及首都开罗的火车上，那位坐在过道对面的先生忽然清起喉咙来，一连咳了两声。他鼓起腮帮子，用他那根无比灵活的舌头，把嘴里那团浓痰卷成一颗小球，然后伸出拇指和食指，从口中撮出这颗痰球，凑上眼睛，仔细观赏了好一会儿，才把它放在手心上缓缓揉搓着，直到它消失。这位男士身穿三件式西装，身边放着一台晶体管收音机，开得震天价响。开罗到了！东方市集的万种风情霍然展露在眼前：堆满垃圾的狭窄街巷，即使在冬天也臭烘烘的；栉比鳞次的小店里摆满各种仿冒品，人群熙来攘往，满街汽车喇叭齐鸣，让原本已经够刺耳的市嚣声，变得令人更加难以消受；颓败的中古世纪建筑物，一幢一幢，依旧矗立在瓦砾堆中，四处散布着青绿色和宝蓝色瓷砖，让人联想起那早已经消失的"美"和"秩序"的时代——一座座水晶喷泉旁发生的一桩桩风流韵事，唉，在那个其实也不怎么讲求秩序的时代，也许真的发生过吧。

市场中有一个补鞋匠，头戴白色瓜皮小帽，鼻梁上架着一副钢框眼镜，颏下蓄着一部花白胡须，脸庞上布满皱纹——这位仁兄应该摆个姿势，让美国《国家地理》拍张照片：双手灵巧、一脸坚毅的东方匠人。我的鞋底松脱了，走起路来啪嗒啪嗒响。能不能帮我修补一下？他蜷缩着身子坐在人行道上，低头干活，听我这么一问才抬起头来，眯起眼睛瞄了瞄我的鞋子、长裤和雨衣："五十披亚斯德①。"我说："四十。"他点

---

①披亚斯德，埃及、叙利亚、黎巴嫩、土耳其和苏丹的货币单位，符号为 P。

点头，伸出手来脱下我的鞋子，然后拿起一把铁锤，二话不说就开始把一根长达一寸的铁钉敲进我的皮鞋。我慌忙伸手抓住鞋子，他笑了笑，一手举起铁锤，一手抓住鞋子不放。我使劲一扯，他终于松手。

埃及的金字塔早已沦为公共厕所——这一点，旅游指南之类的书当然不会提起。四处人潮汹涌：导游、"守门人"、赶骆驼的和成群的男孩（他们的驴子全都名为"威士忌加苏打"）。讨取小费的叫唤声此起彼伏：爸客施舍！爸客施舍！"进来喝杯咖啡吧。我可不是要你买东西哦。我只是想跟您聊聊。尼赫鲁先生是一位了不起的人物。咱们不妨坐下来谈谈，交换交换意见。我可是大学毕业生啊。"我赶忙搭乘空荡荡的公共汽车回到亚历山大港，提早两天，登上了那艘希腊货轮。

接下来就是一段烦闷而漫长的航程：一个又一个非洲海港，看起来就像辽阔的大陆边缘上的一块块小空地。就在这儿，你终于领悟到，尽管埃及有很多黑人，但它并不是真正的非洲；尽管街上到处可见伊斯兰教寺院的尖塔和阿拉伯男人的无领长衫，但埃及毕竟不是东方世界——它是欧洲的最后疆界。在沙特阿拉伯的吉达港，男人们身上披着的无领长衫显得干净许多，簇新的美国轿车满街奔驰，十分拉风。当局不准我们上岸。我们只好待在船上，眺望吉达港码头上的风光。一只只骆驼和山羊，被一艘艘脏兮兮的不定期货轮上的起重机和吊钩卸到码头上，斋月即将结束，这些畜生将被宰杀，让人们解馋。高高悬吊在半空的骆驼们惊慌失措，只管拼命伸张它们那突然变得毫无用处的四肢，降落到地面时（有时轻轻地，有时砰然一声），它们赶紧蹲伏下身子，好一会儿才回过神来，然后朝伙伴们跑过去，挨挨擦擦，互相抚慰。港中一艘汽艇突然失火。我们的轮船拉起警报。几分钟之内，好几辆救火车就赶到现场。我们船上一个年纪轻轻的巴基斯坦学生说："独裁政府办事可真有效率啊。"

我们已经到过非洲，但船上竟然有四位乘客还没打黄热病预防针。

从巴基斯坦传出的天花，这阵子正在英国蔓延。我们担心，轮船抵达卡拉奇港口，会遭受巴基斯坦当局刁难。进港后，一群巴基斯坦官员爬上船来，接受船长招待，几杯酒下肚，检疫的程序也就免了。然而在孟买港口，印度官员却滴酒不沾，连船长敬奉的一杯可口可乐也没喝完。他们感到很抱歉，但那四位没打预防针的乘客必须被送到圣克鲁斯的隔离医院，否则，这艘船就得停留在外港。这四个乘客中，有两位是船长的父亲和母亲。这一来，我们只好待在外港了。

这是一段非常缓慢的航程。我一路上的所见所闻所思，虽然复杂，却十分肤浅。但它毕竟是东方之旅的一段必要的序曲。见识过开罗的市场，卡拉奇的街市风光就不会让人感到格外惊讶。在这两个城市，人们都管小费叫"爸客施舍"。气候的转变非常急遽，从地中海的冬天骤然转换成红海的溽暑，其他改变则缓慢得多。从雅典到孟买，一路上你会察觉到，对人的定义正在逐渐转变，你会发现一种对你来说崭新而陌生的权威和服从关系。欧洲人的身材容貌渐渐消失，取而代之的是非洲人的体型和五官，然后，经由闪米特民族聚居的阿拉伯半岛，融入雅利安人种控制的那一部分亚洲地区。一路上你看到的人，仿佛缩小了，变形了。他们一路跟着你，伸出手来苦苦哀求你赏几个钱。我的反应只能用"歇斯底里"来形容。生平第一次，我意识到自己是一个高尚的、具有完整人格的人，不容人侵犯，因此，在恐惧心理驱使下，我对那些人的态度颇为凶暴残忍。至于我究竟用怎样的眼光看待东方世界，这一点都不重要。这会儿，我还没有时间进行这样的反省。

唉，肤浅的印象，过度的反应。这一段旅程中，倒有一件事永远铭刻在我心间。轮船停泊在孟买外港那天，我就想起这件事。那时，我伫立在甲板上，眺望着泰姬陵大陆酒店背后的落日，心里想，如果孟买只是这段航程中我们经过的许多港口中的一个，高兴时上岸走走，探险一番，不高兴时就待在船上，不去理睬它，那该多好啊。

那件事发生在埃及的亚历山大港。在这座城市，马车四处横行，只管骚扰游客。马儿骨瘦如柴，车身破破烂烂，就像马车夫身上的那件衣裳。马车夫向你打个招呼，然后把车子驶到你身边，一路跟随你，亦步亦趋，如影随形，直到另一名游客出现在眼前，他才转移目标放过你。每次摆脱这帮家伙的纠缠，逃回船上，我就会大大松一口气。站在甲板上观看马车夫骚扰别的游客，感觉上就像观赏一部无声电影：不幸的人一出现，马车夫就驱赶马车飞窜到他身边，纠缠上他，比手画脚，一路跟随着他，配合他的步伐，最初健步如飞，然后夸张地放慢速度，最后不疾不徐，亦步亦趋。

一天早晨，空旷冷清的偌大码头，忽然热闹起来，感觉上，就像一部无声电影变成一首寂静的史诗。一长排又一长排的双色出租车络绎不绝地开过来，停泊在码头大楼外；一组组黑色马车散布在码头四周，好像只等导演一声令下，就大举出动。右边码头大门，更多的出租车和马车如潮水般不断涌进。马儿踢踏踢踏奔跑不停。马车夫扬起右手，飞扬着马鞭。但这股兴高采烈劲儿只能维持短短的一下子。很快，每一辆马车都各就各位，安静下来。大伙儿期盼的访客终于出现在眼前：一艘巨大的白色远洋邮轮，船上乘载的可能是多金的观光客，但也可能是身上只带了十英镑、准备迁居到澳洲的移民。邮轮缓缓地、悄悄地驶进亚历山大港。更多出租车闯进码头大门。更多马车发狂似的奔驰在码头上，到头来却落得一场空，车夫闲着没事，只好喂马儿吃草。

邮轮一大清早靠岸。直到中午，第一批乘客才走出码头大楼，进入那闹哄哄、乱成一团的码头广场。仿佛听到导演一声令下，马车夫们从柏油地面上卷起草料，塞进驾驶座底下的箱子，然后蜂拥上前，把从船上下来的每一个乘客团团围住。这些乘客看起来活像一只只大肥羊：粉扑扑，怯生生，一副任人宰割的模样。他们手里提着篮子，拎着照相机，头上戴着草帽，身上穿着光鲜亮丽的棉布衬衫，以抵御埃及冬天的寒气（一阵凛冽的朔风正从海上吹来）。但我们的同情心早已经转移：我们现在站在亚历山大港马车夫这一边。他们乘兴而来，意气风发，却被困在码头上，苦苦等候一整个早晨，所以，这会儿我们都想看到他们一拥而上，劫持这帮观光客，把他们押上马车，穿过码头大门扬长而去。

结果却让我们大失所望。就在邮轮乘客被马车和出租车团团包围，准备弃械投降束手就擒的当儿，两辆簇新的、亮闪闪的游览车驶进了码头大门。从船上俯瞰，这两部车子看起来活像两个精工打造、价格高昂的玩具。一前一后，两辆游览车穿梭在成群的马车和出租车中，缓缓地兜了一圈，转了一个大弯。转眼间，码头上聚集的那群身穿五颜六色棉布衬衫的观光客全都消失无踪，地面上空荡荡的，只剩下冷清清的柏油。马车夫眼睁睁看着肥羊跑掉，不甘心，纷纷追上前，但没追上几步就垂头丧气跑回来，守候在原来的位置上。马儿张嘴衔起柏油地面上四处散落的草料，自顾自吃起来。

一整个下午，成排的出租车和马车依旧逗留在码头上，守候那些没坐上游览车的邮轮乘客。这类乘客并不多。他们三三两两走出码头大楼，举手招呼出租车。尽管不受欢迎，马车夫们的热诚和斗志依旧十分高昂。一有乘客露面，他们就跳上驾驶座，挥动马鞭，催促马儿快跑。这群身上披着破旧大衣、脖子上环绕着围巾、懒洋洋无所事事的马车夫，刹那间仿佛变了一个人，浑身充满活力和意志。有时，马车夫们缠上了落单的邮轮乘客，他们为了抢生意，一言不合就争吵起来，把乘客吓得直往后退缩；有时，一辆马车跟随一个乘客，亦步亦趋来到码头大门口，就在那儿，我们望见这位远远看起来身形十分渺小的乘客停下脚步，认命似的叹一口气，乖乖爬上马车。但这种情况并不常见。

天色渐渐暗下来。马车不再奔驰追缠客人。它们缓缓地兜着圈子，在码头上闲荡。北风越来越凛冽，码头陷入黑暗中。华灯初上，但那成排马车依旧在码头上逡巡。直到邮轮灯光大亮，连烟囱都被照耀得宛如火树银花一般，马车夫们才死了心，一个接一个悄悄溜走，把零零碎碎的草料和一堆堆马粪遗留在码头上。

那天夜里，我独自走到甲板上。不远处，街灯下孤零零停放着一辆马车。从晌午到现在，它就一直待在那儿。早些时候，码头大楼周遭闹得不可开交，马车夫们争相抢夺客人，它却静悄悄退隐到一旁。一整天，它没载上一个客人，这会儿深更半夜，当然更不会有客人出来叫车了。车上点着一盏灯，昏昏黄黄。马儿把嘴巴伸到马路中央一小堆干草上，自顾自地吃草。寒风中，车夫身上裹着大衣，手里抓着一大块抹布，不停擦拭着晶亮冷清的车篷。擦完，他拿出一根掸子，拂拭车身上沾着的灰尘，然后又拿起抹布，在马儿身上擦拭一番。不到一分钟，他又钻出马车，重新擦拭起来。一整晚，他就这样钻进钻出，擦拭不停。马儿只管低头吃草，车夫身上的大衣闪闪发光，马车亮晶晶的。整天整夜没等到一个客人。第二天早晨，邮轮驶离亚历山大港，码头又变成一片荒芜。

而今，坐在汽艇中，即将登上孟买码头（奇怪，岸上的起重机和建筑物上的名字全都是英文），我心里想的却是那只不吭声、只管蹲伏在主人身后的动物。同样让我感到不自在的，是码头上的那群衣衫褴褛、身材瘦弱、跟周遭的石砌建筑物和金属打造的起重机形成强烈对比的身影——这些异国身影可一点都不像通俗小说里描写的那样浪漫。我忽然领悟到，在孟买，就像在亚历山大港，权力并不值得骄傲。动辄发脾气，摆架子，到头来只会让你瞧不起自己。

当然，柯艾略（教我填写各种表格，帮我摆平一切纠纷的向导）说得一点都没错。孟买果然实施禁酒令，而且雷厉风行。我那两瓶已经打开的酒，被身穿白色制服的海关人员没收了。他们召唤一位脸色阴郁、身穿蓝色制服的男士前来，"当着我的面"查封这两瓶酒。这位蓝衣男子慢吞吞进行这项因属于体力劳动而略显低下的工作，但他仿佛把它当作一种享受似的。他的神态举止告诉我们，他可是有身份有地位的国家公务员，尽管这会儿他正在从事一项低级的体力劳动。海关人员交给我一张收据，告诉我，只要我申请到许可证，我就可以领回这两瓶酒。柯艾略却没那么乐观。他说，洋酒一旦被查扣，瓶子总会莫名其妙被打破。但他自己的问题却解决了。海关人员没仔细搜查我们随身携带的物品，连问都不问一声，就让柯艾略的希腊布娃娃过关了。他从我手里抱过娃娃，收下向导费，掉头就走进孟买市街，转眼就消失无踪。这辈子，我再没见过这个人。

待在孟买挺累人的。天气闷热得让人透不过气来，整个人奄奄一息。磨蹭了几天，我终于下定决心去领回我那两瓶酒。早晨，我作出这个决定，下午，我准备出发。站在"教堂门车站"的阴影中，我犹豫着，究竟要不要跨越那条暴晒在毒日头下的大马路，一路步行到观光局。内心挣扎了好几分钟，我终于鼓起勇气穿越马路。眼前出现一排石阶。我奋力爬上去，坐在一台风扇下歇息。一股比那张许可证还要强大的诱惑力，把我从昏睡中唤醒过来——楼上的办公室开着冷气。在那儿，印度可是一个井井有条，甚至称得上奢侈的国家。办公室的装潢还挺时髦的：墙上挂着一幅幅地图和一张张彩色照片，木架上陈列着各式传单和册子。很快就轮到我了。我依依不舍站起身来，走上前填写表格。办事员也得填写表格，总共三份，而我只需填写一张。接着，他打开好几本各式各样的账册，在上面不知书写什么。最后，他把一沓阔页纸递到我手中——原来，这就是"持有洋酒许可证"。这位先生办起事来干脆利落，待人彬彬有礼。我向他道谢。他说不必客气，只是一点文书工作而已。

一天只做一件事——这是我的生活准则。直到第二天下午，我才搭乘出租车回到码头。身穿白色制服的海关人员和身穿蓝色制服、从事低等体力劳动的那位男士，看见我回来，颇感诧异。

"你落下什么东西了吗？"

"两瓶酒。"

"你搞错了！我们从你身上查扣了两瓶酒，当着你的面查封的。"

"是啊，我现在打算把它们领回去。"

"可是，我们不会把查扣的洋酒留存在这儿呀。我们没收和查封的每一件东西，都立刻送到'新海关大楼'。"

离开码头时，他们竟然搜查我搭乘的出租车。

新海关大楼是公共工程处兴建的一栋庞大的双层建筑物。整栋房子弥漫着政府机关特有的阴森气息，屋里人潮汹涌，挨挨挤挤，热闹得就像一间法院。车道、走廊、阶梯、通道，到处都是人。"酒！酒！"我一路嚷着，一路跟随服务人员从一间办公室走进另一间办公室，走马灯似的转来转去，钻进钻出。每一间办公室都坐满身穿白衬衫、鼻梁上架着眼镜的年轻男子，他们坐在办公桌前，形容枯槁，一脸憔悴，面对桌上乱七八糟堆放着的各种文件。一位官员把我打发到楼上去。爬上楼梯，我看到一群打赤脚的男子坐在石板地上。最初，我还以为他们在玩纸牌，那是孟买街头随处可见的休闲活动，仔细一瞧，才发现他们在整理包裹。其中一个说，我走错地方了，我应该去后面那栋楼房。这栋建筑物楼下的一个房间挤满衣衫褴褛的男女，看起来就像一间大杂院，但是，另一个房间却堆满布满灰尘的破旧家具，乍看之下，让人误以为这是一间旧货店。无人认领的行李就存放在这儿。我终于找对地方了。我走上楼，站在一列长长的队伍后面，缓缓向前移动。队伍尽头，孤零零坐着一位会计师。

"你找错人了。你应该找那位穿白色长裤的先生。瞧，他就坐在那儿。他人很好。"

我朝这位官员走过去。

"你的'持有洋酒许可证'带来了吗？"

我掏出那一沓签过名盖过章的阔页纸，递到这位官员眼前。

"你的'运输准证'带来了吗？"

这玩意儿，我倒是第一次听说。

"你得去办一张运输准证。"

我满身臭汗，筋疲力尽，一急之下险些迸出眼泪来。"但他们没告诉我啊。"

这位官员很有同情心。"我们一再叮咛他们，需要办这个准证。"

我掏出身上所有文件，一股脑儿扔到他眼前：持有洋酒许可证、海关收据、护照、码头使用费收据和"游客介绍卡"。

他煞有介事地把我的文件从头到尾翻看一遍。"没有。我一眼就可以看出来，这儿没有我需要的运输准证。从纸张的颜色一看就知道。运输准证是浅黄色的。"

"运输准证到底是什么玩意儿？他们为什么不发一张给我呢？这个准证到底有什么用处？"

"我必须先看看你的运输准证，才能把被查扣的东西交还给你。"

"拜托了。"

"对不起。"

"我马上就给报社写信，揭发这件事。"

"请便。我一再嘱咐他们，记得叫那些领取查扣品的人申请一张运输准证。不单是为了你！昨天，有个美国人到这儿来领取查扣品。为了这张准证，他气得发誓，一领到被查扣的那瓶酒，他肯定会把它砸碎。"

"帮个忙，告诉我，我在什么地方可以弄到这个什么运输准证。"

"发给你收据的人，应该同时给你运输准证呀。"

"可是，我刚从他们那里来呀。"

"我不知道。我们一再叮咛他们。"

"回旧海关大楼！"我告诉出租车司机。

这回，大门口的警卫认出了我们，不再搜查我们的车子。这座码头是我进入印度的大门。只不过几天前，这儿的一切事物对我来说都是新奇的：黏湿的黑色柏油，旅客兑换外币的小亭子，各式各样的摊位，身穿白色、蓝色和卡其色制服的海关人员——我兴致勃勃，仔细观看码头上的这些人和这些景物，因为在我心目中，它们是码头大门外那个印度的缩影。如今，我却懒得再看它们一眼。尽管感觉迟钝，我内心深处却感受到一股报复的快感：这几个穿白色制服的海关官员和那个穿蓝色制服的、工作低等的家伙狼狈为奸，玩忽职守，被我当场逮着了，看他们还有什么话说。

可是，他们却装出一副很无辜的样子。

"运输准证？"其中一位官员说，"你没搞错吧？"

"你告诉他你打算离开孟买？"另一位官员问道。

"'运输'准证？"又有一位官员离开自己的办公桌，朝向一位官员走过去，问道："你有没有听说过'运输'准证啊？"

这位官员倒是听说过这玩意儿。"他们曾经行文通知我们。"

原来，运输准证的作用，是让人们把领回的查扣品，从海关大楼运送到旅馆或民宅。

"拜托，发给我一张运输准证，好吗？"

"我们这儿不签发运输准证。你得去……"他抬起头来瞄了我一眼，心肠软了，"呃，我把地址写给你吧。瞧，我把你的编号也写在上面。这一来，你到新海关大楼后就不必再像没头苍蝇那样四处乱找了。"

出租车司机一副气定神闲、见怪不怪的模样。看来，这种场面他早就见多了。我把地址念给他听，没等我念完，他就猛踩油门，飞驰进响午时分满城汹涌的车潮中，一路穿梭蛇行，来到一栋外面悬挂着黑白两色布告板的巨大砖砌建筑物前。

"去吧，"从司机的口气，我听得出他蛮同情我的。"我在这儿等你。"

每一间办公室门外都挤着一小堆人。

"运输准证！运输准证！"我一路叫嚷。

在几个锡克教徒[①]指点下，我终于来到大楼后面一间低矮的库房。旁边有一扇门，门上标示着"禁区"。一群工人排列成一纵队，鱼贯走出门来，举起双手，让把守在门口的武装警卫搜身。

"运输准证！运输准证！"

我走进一条长长的走廊，看见那儿聚集了一群锡克教徒。他们是货车司机。

"洋酒准证！洋酒准证！"

好不容易，我终于找到了这间办公室。它坐落在底层的一间低矮的长方形房间，避开天上那一轮火热的日头，整间屋子阴阴暗暗的，就像伦敦城里的地窖，但四处弥漫着老旧纸张散发出的一股暖烘烘、灰扑扑的霉味——文件堆满各个角落：在那一排排直伸到灰色天花板的架子上、在办公桌和椅子上、在办事员和身穿卡其色制服的信差手中。那一沓沓卷宗被翻阅过无数次，皱巴巴、软趴趴的，几乎每一页都打起了折角。许多档案贴着早已褪色的粉红纸条，一样皱巴巴、软趴趴，上面标示着"速件""急件"或"立即办理"。在这一堆堆、一沓沓和一捆捆的文件中，一群面无表情的办事员四处散坐着。他们有男有女，拱起肩膀，垂着头，躲藏在办公桌上堆叠的卷宗后面，脸色显得十分苍白——印度人特有的那种苍白。一位戴眼镜的老先生，独自坐在房间角落一张办公桌前，脸有点浮肿。我猜，大概是消化不良的缘故。别看他这副德行，若不是这位老先生坐镇这间办公室，说不定他手下那群办事员早就被堆积如山、无所不在的文件淹没了。

"运输准证？"

---

①锡克教徒信奉的锡克教为印度教的一支。一般人印象中的锡克人身材魁梧，头缠红布巾，蓄着络腮胡，以骁勇善战闻名于世。

老先生慢吞吞抬起头来，瞅了我一眼，脸上并没显出惊讶或愠怒的表情。各种贴着粉红纸条的文件，散布在办公桌上。一台台式电风扇恰好放在那儿，不断吹拂桌上的纸张，却没把它们弄乱。

"运输准证。"他嘴里喃喃地念着，仿佛在咀嚼这几个听起来冷僻的字眼。但他在脑海中的档案搜索了一会儿终于恍然大悟。"填写一张申请表格吧，一张就够。"

"您能不能给我一张表格？"

"这种表格到现在都还没印好呢。你就写一封申请吧。呃，把这张纸拿去，坐下来写。写给'孟买市间接税务暨禁酒事务局局长'。你的护照带了吧？把护照号码写上去。哦，别忘了写下'游客介绍卡'号码。我会立刻办理这件事。"

我遵照指示，把"游客介绍卡"号码〔TIO(L)156〕抄录下来。老先生果然立刻办理这件事。他把我的文件递交给一位女性职员。"德赛小姐，能不能请你马上填写一张运输准证？"在他的口气中，我听到一种难以言喻的骄傲。在这间办公室待了一辈子，他依旧能够体会和感受这份工作给他带来的无穷乐趣，而且，尽管不动声色，他也愿意将这种乐趣传递给他的手下，与他们分享。

不知怎的，我却连最简单的句子也写不出来，连最普通的英文单词都会拼错。情急之下，我把办公室主任给我的那张纸揉成一团。

主任抬起头来瞄了我一眼，带着责备的口气，温和地说："一份申请书就够啦。"

在我身后，德赛小姐正在填写表格。她使用的是前大英帝国政府机关普遍采用的那种粗钝、无法擦除、字迹又难辨识的铅笔——这种书写工具的唯一优点，是它能够应用在复写纸上，减少抄写的麻烦。

好不容易，我终于把申请书写好了。

就在这当口，我带来的女伴忽然头一垂，身子向前一倾，砰然一声，整个人昏倒在椅子上。

"水！"我对德赛小姐说。

她一面书写，一面伸出另一只手来，指了指架上一个满布灰尘的空玻璃杯。

办公室主任正皱着眉头批阅其他文件，这时他抬起头来，望了望昏倒在他前面那把椅子上的女人。

"身体不舒服吗？"他的口气还是那么的温和平稳。"让她休息一会儿吧。"说着，他伸出手来，把桌上那台电风扇挪开。

"水呢？"我问道。

躲藏在文件堆后面的女职员们纷纷抿起嘴唇，扑哧扑哧笑起来。

"水！"我扯起嗓门，朝一位男职员呼喝了一声。

他站起身来，一声不吭，朝房间尽头走过去，转眼消失无踪。

德赛小姐把表格填妥，抬起头来，惊恐地望了我一眼，然后抱着厚厚的一本拍纸簿走向办公室主任。

"运输准证准备好了，"主任对我说，"你把申请书写好，就过来签个名吧。"

那位男职员回来了，两手空空。他一声不响，径自朝办公桌走过去，一屁股坐下来。

"水呢？"

他瞅了我一眼，然后低下头来自顾自处理他的文件。他没开口，也没像一般印度人那样耸耸肩膀，但眼神中却流露出一股厌恶。

这种态度比不耐烦还要令人难以忍受。这简直就是粗鲁、没教养、忘恩负义。就在这当口，一个身穿制服、骄傲得就像一位军官的杂役，趾高气扬地走进办公室。他手里端着一个盘子，上面放着一杯水。我现在总算弄清楚了：职员是职员，杂役是杂役，各司其职，不相混淆。

危机宣告结束。

我在表格上签下三个名字，终于领到运输准证。

主任打开另一个卷宗。

"纳德卡尼，"他柔声呼唤一位男职员，"这份备忘录我看不懂呢。"

他早就把我忘得干干净净。

出租车内闷热不堪，座位滚烫。我和女伴来到朋友的公寓，一直待到天黑。

朋友的朋友走进屋里来。

"怎么了？"

"我们去申请运输准证，她昏倒了。"我故意轻描淡写，免得让朋友难堪。随后我又补上一句："也许是因为天气太热的缘故吧。"

"这跟天气毫无关系。你们这些从国外来的人，老是怪罪这里的天气和水。这位小姐根本就没事！来到这个国家之前，你们就对印度存有成见。你们读了太多西方人写的、对印度充满偏见的书。"

那位打发我去申请运输准证的官员看见我回来，显得非常开心。但这还不够。我必须去找库尔卡尼先生，向他查询缴交仓库费用的手续。问清楚该缴多少钱后，我得马上赶回来，跟身穿蓝色制服的职员接头，然后到出纳室走一趟，把仓库费用付清，再回头去找库尔卡尼先生，领回我那两瓶酒。

我手里握着一沓文件，找不到库尔卡尼先生。有人想把它拿走。我知道他只是好奇和好心，想看看上面写的是什么东西。我不肯放手。他瞪着我，我瞪着他。我终于放手。他翻了翻那沓文件，然后斩钉截铁地说，我走错地方了。

我扯起嗓门尖叫一声："库尔卡尼先生！"

周围的人全都吓了一大跳。有人跑过来安抚我，把我带进隔壁一个房间。原来，库尔卡尼先生就一直躲在这儿！一群民众正在排队等候。

我冲到队伍前头，高高举起那沓文件，一面挥舞，一面朝库尔卡尼先生大声叫嚷。他赶忙伸出手来，夺下我手里的文件，匆匆浏览一番。队伍中的几个锡克人开始抱怨。库尔卡尼先生哄他们说，我是一位大人物，有急事，而且我比他们年轻。说也奇怪，听到这番说辞，那几个锡克人登时就安静下来了。

库尔卡尼先生吩咐手下，把相关账册全都搬过来，堆放在他办公桌上。他低着头，一面翻阅账册，一面举起手里捏着的那支黄铅笔，做出一个灵巧而优雅的手势。聚集在办公桌前的那群锡克人，立刻向两旁散开。库尔卡尼先生拿起眼镜，架在鼻梁上，抬起头来瞄了瞄对面墙上挂着的日历，扳起手指头，计算一番，然后摘下眼镜，又低下头来查看账册。他举起黄铅笔，又做了一个心不在焉的手势。锡克人又排成一队聚集到他的办公桌前，把墙上的日历挡住。

接着，我又回到楼上。身穿蓝色制服的职员拿起印章，在库尔卡尼先生交给我的那张纸上盖个印，然后打开两本账册，把这笔账登录进去。出纳员又在文件上盖个章。我掏出钱来，把仓库使用费付清。出纳员把这笔收入登记在另外两本账册中。

"嗯，办好了，"海关官员接过那份盖着两个关防大印、外加三个签名的文件，匆匆浏览一番，然后在上面签下自己的大名。"手续完备，你可以领回你那两瓶洋酒了。赶快到楼下去找库尔卡尼先生吧。办公室快关门了。"

第一部

第一章　想象力停驻的地方

> 南太平洋的对跖群岛（即澳大利亚和新西兰）使我们想起孩提
> 时代对这个世界的好奇和疑问。只不过几天前，我还期盼，这一座
> 荡漾在大海中虚无缥缈的堡垒会成为我们返乡航程中的一个定点，
> 但是，现在我发觉，就像我们的想象力停驻的每一个地方，它其实
> 只不过是一个阴影——向前迈进的人永远捕捉不到的东西。
>
> ——达尔文
>
> 《小猎犬号航海记》（*Voyage of the Beagle*）

那位做生意的朋友批评我：你读了太多西方人写的、对印度充满偏
见的书。这么说对我并不公平。他认为正确、值得一读的书，我读过不
知多少本。况且印度以一种特殊的方式成为我童年生活的背景。我外祖
父来自印度，但他从不曾向我们描述这个国家的山川文物，因此对我们
来说，印度并不是真实的——它只不过是一个存在于特立尼达这个小岛
外面的茫茫太虚中的国家。离开印度后，我们家族的旅程就算终结了。
印度是虚悬在时间中的国家。它跟我后来发现的那个国家——许多经过

格兰茨出版社和艾伦与安文公司出版的立论"正确"的书籍，以及《特立尼达卫报》刊载的发自印度的电讯——实在联系不起来。在我心目中，印度依旧是一个特殊、与世隔绝的地方，它哺育过我外祖父和其他出生在印度以契约劳工身份来到特立尼达的乡亲，但即使是这段历史，后来也湮没在茫茫太虚中（就像印度这个国家），因为在这些人身上，我们看不到卖身契约遗留下的痕迹，甚至看不出他们当过劳工，做过苦力。

　　如今，回想起特立尼达岛上的童年生活，我记得一位老太太。她是我母亲娘家的朋友，皮肤白皙，满头华发，平日喜欢穿金戴银，显得十分阔气。她只会讲印地语。她那优雅的举止言谈，配合她丈夫的翩翩风采（他唇上留着浓密、花白的八字胡，身上总是穿着一套纤尘不染的印度服装，却十分沉默寡言，跟他妻子的聒噪形成鲜明的对比），一开始就在我幼小的心灵里留下深刻的印象。在我心目中，这对夫妇简直就是高不可攀的外国人，虽然他们跟我们家非常亲近，平日往来十分密切（他们经营的那间小铺子，就在我外祖母的商店附近）。他们来自印度。这样的出身和背景赋予他们一种神秘而迷人的魅力，但这份魅力到后来竟也变成一种障碍。他们漠视特立尼达，不，应该说，他们自绝于特立尼达。这对老夫妻根本不想学英文，而英文正是孩子们日常使用的语言。老太太嘴里有两三颗金牙，因此，人人都管她叫"金牙婆婆"。这个混合了美式英语和印地语的称呼显示，她所属的那个世界如今已经渐渐消退、隐没了。金牙婆婆一辈子没生养过儿女，也许就是这个缘故，她常来我们家走动，在孩子们面前扮演祖母的角色。这份苦心并没得到回报，大伙儿还是不怎么喜欢她。此外，她老人家还有一个缺点：贪吃，就像一个小孩，常常不请自来，到我们家吃饭。你若想整整她老人家，很简单，只要拿一块巧克力通便剂请她吃。有一天，她在我们家发现一大玻璃杯看起来像椰奶的东西，二话不说，端起来就往嘴里直灌，一口气喝个精光，结果却生病了，躺到病榻上。她老人家终于忏悔了——但她那种悔悟听起来却像是责备。原来，她喝了一大杯白色颜料。令人诧异的是，她老人家竟然硬着头皮把它喝光，眉头也不皱一下。在饮食方面，金牙婆婆倒是充满实验精神，喜欢尝新，一点都不像印度人。这个耻辱一辈子跟随着她，直到她去世那天。就这样，一个"印度"在我们眼前垮掉了。长大后，我们搬进城里，金牙婆婆在我们心目中的形象和地位便渐渐缩小了，贬低了，变成一个古怪的乡下老太婆，不值得我们交往。那时她的世界显得那么遥远，那么死气沉沉，然而事实上，时间并没把我们跟她老人家分开。

　　我还记得一个叫"巴布"的人。他也留八字胡，十分严肃沉默，平日不苟言笑，一如金牙婆婆的丈夫。在我外祖母的家庭中，巴布占有一个奇怪的职位。他也是在印度出生，但他为什么会待在我们家，独个儿居住在厨房后面的一个房间里，到现在我还不明白。我们小时候居住的那个世界实在很窄小闭塞。关于巴布，我只知道他出身武士阶级（即刹帝利），如今，这个雄赳赳的大男人，每天黄昏却孤零零蹲在阴暗的房间里，给自己弄一顿简单的晚餐——揉面，切菜，做一些在我看来只有女人才该干的活儿。难道，这位印度武士也当过劳工？在我们小时候，这是难以想象的，但后来却被证实了，只不过到了这个时候，我们已经不在乎这种事情了。我们已经搬家，外祖母要找人帮我们挖一口井。巴布从他仍居住的那个房后的小房间来了。井越挖越深。巴布乘吊床进入井中，把挖掘出来的泥土堆放在吊床上，让人们拉上去。有一天，吊床没有运载泥土上来。巴布挖到了石头。最后一次，他乘吊床回到地面上，随即收拾行囊，返回他那个太虚幻境中。往后，我再也没看见过他。偶尔看到板球场边缘那个深洞，我才会想起这位印度武士。井口已经铺上木板，但每次看到精力过人的守场员奋勇追逐边线球时，我就会感到心惊肉跳，生怕他们一脚踩进坑洞中。

严格说，在特立尼达，"印度"并不是显现在我们周遭那些人物身上，而是存在于我们家中的一些器物上：一两张破旧不堪、脏兮兮、不再能够睡人的绳床，这些年来一直不曾修补过，只因为在特立尼达实在找不到拥有这种技能的工匠，但我们还是把绳床保存下来，让它占据家中一点空间；几张用稻草或麦秆编织成的草席；各式各样的黄铜器皿；好几台木制的传统手工印染机，早已报废，因为现代工厂生产的印花棉布花样又多，价格又便宜，况且，印染技术也早已经失传了，在特立尼达再也找不到一位印染师傅；大本大本的书籍，纸张粗糙易碎，油墨浓浓腻腻；大大小小的皮鼓和一架残破的簧风琴，一幅幅五颜六色的图片，画中的印度神祇或坐在粉红莲花座上，或光芒四射地背对着白雪皑皑的喜马拉雅山，琳琅满目的祈祷用具——铜铃、铜锣、模样很像罗马油灯的樟脑炉、用来舀取和分配"神酒"的长柄汤匙（印度农民的神酒，平日喝的是红糖和水，加上几片菩提树叶，节日里喝的则是加糖的牛奶）、各式各样的神像、一颗颗光滑圆润的鹅卵石、用檀香木削成的棒子。

我们家族的旅程已经终结了。如今，在我个人的这趟印度之旅中，我会发觉，我们家族的迁徙和转变——从印度北方邦东部，漂洋过海来到特立尼达，到底有多彻底，究竟能不能再回头。当初，我外祖父从老家的村庄出发，走好几个钟头的路，来到最近的铁路支线车站，搭一天一夜的火车来到港口，然后搭船在海上度过三个月，最后才抵达特立尼达。而今，"印度"只存在于我们家的一些器物中。但我们的印度小区，表面上看起来自给自足，却也存在着一些缺陷。很快，我们就不再使用传统的扫帚。木匠、泥瓦匠和补鞋匠的技艺，本地人可以提供，但我们到哪里去找织工、印染师傅、制作黄铜器皿和印度绳床的工匠呢？因此，我外祖母屋里的许多东西是无法替换的。这些东西备受珍惜，因为它们来自印度，但外祖母继续使用它们，直到这些东西彻底残破、腐朽了，而她老人家并不会因此感到懊恼悔恨。后来我才领悟到，这就是印度人的生活态度和人生观：习俗必须保持，因为它是古老的东西，这就是薪火相传。至于究竟有没有一个古老的过往文明支撑这种传承，却不是那么重要。古老的东西，无论它是一尊笈多王朝①神像还是一张绳床，不管它有多神圣崇高，都必须被人使用，直到它残破腐朽、不堪使用为止。

小时候，对我来说，哺育过我周遭许多人、制造出我家中许多器物的印度，是一个面貌十分模糊的国家。那时，在我幼小的心灵里，我把我们家族迁徙的那段日子看成一个黑暗时期——从大海伸展到陆地的那种黑暗，就像傍晚时分，黑夜包围一间小茅屋，但屋子四周还有一点光亮。这一圈光芒就是我在时空中的经验领域。即使到了今天，尽管时间扩展了，空间收缩了，而我也已经在曾经被我看成黑暗的地区，神志清明地畅游过了，但那团黑暗依旧残留着，残留在今天我再也无法接受的那种人生态度、那种思维和看待世界的方式中。当年，我外祖父鼓起勇气，完成了一趟险阻重重的航程。生平第一次离乡背井，他面对的是一个崭新、令人惊愕的世界，包括距离他那座村子好几百英里的大海。可是，不知怎的，我总觉得，一旦离开家乡，他老人家就不再观看这个世界了。后来，他曾经返乡，但只是为了带回更多印度的东西。在特立尼达，为我们家兴建一栋住宅时，他拒绝参照岛上各式各样的殖民地式建筑风格，而是自己动手设计蓝图，建造出一间笨重、平顶、怪模怪样的屋子，而这种房舍，日后我在印度北方邦那些残破的小镇一再看到。外祖父他老人家遗弃了印度，然而，就像金牙婆婆，他也弃绝特立尼达。可是，他却能够脚踏实地活着。他那座村子外面的任何事物都打动不了他的心，没有人能逼迫他走出他的内心世界，不论到哪儿，他都随身携带着他的村庄。一小群亲友，加上几亩土地，就足够让他老人家在特立

---

① 笈多王朝于公元 320 年至 540 年间统治印度北部，文治武功极为昌盛，是印度历史上一个黄金时代，印度古典文学和艺术在这个时期发展至巅峰。

尼达这座岛屿中央，心满意足地重新建立一个北方邦东部的村庄。在他心目中，这儿就是辽阔浩瀚的印度大地。

身为他的子孙，我们却无法弃绝特立尼达。我们家那栋房子外观很奇特，但也不比岛上其他房屋独特多少。从小我们就察觉到，我们这座岛屿聚居着各色人种，汇集着各式各样的房屋。毫无疑问，他们也有自己的一套器物和习俗。我们吃某种食物，举行某些仪式，遵守某些禁忌，我们了解到别的种族也有一套他们自己的生活方式和信仰。我们不愿分享他们的东西，也不想让他们分享我们的东西。他们是他们，我们是我们。没有人教导，但从小我们就体会到这点。我们从不刻意去想，我们身为印度人在这个多元种族社会的处境。别的种族难免会批评我们（长大后，我才领悟到这点），但这些话不会传进我们家里，而就我记忆所及，小时候我们家从不讨论种族问题。尽管生活在一个充满种族差异的社会中。说也奇怪，我在这方面却能够一直保持赤子之心，纯真得不得了。记得，在学校念书时，我最喜欢的一位老师却让我感到很迷惑，因为他有一头纠结成一窝的鬈发。百思不得其解，我竟然得出这样的结论：这位老师跟我一样，这会儿还在长大中，再过几年，头发自然会长得又长又直。我们家里从不讨论种族问题，但不知怎么回事，从小我就觉得穆斯林比其他族群更特别。他们不值得信任；他们会陷害你。穆斯林一走近我外祖母的屋子，大人们就会指着他那与众不同的帽子和灰白胡须，警告我们，可千万要小心，莫招惹这种人。在我们眼中，我们家族之外的每一个族群所具有的特征，在其他印度人（尤其是印度教徒）身上比较容易察觉，因此也比较让人放心。种族意识迟早会进驻我们这些小孩的心灵，但在这之前（一直到最近），我们凭借古老的、印度式的阶级区分来面对社会上那种能够为我们的生活增添些许情趣和风味的族群敌对关系，尽管这种区分在今天的特立尼达早已经变得毫无意义。

我们家庭外面的每一件事物都具有这种歧异性。离家时，我们得面对和接受这种差别，有时甚至可以把它忘掉，譬如在学堂里。然而，每次跟别人交往，一旦发现对方咄咄逼人，侵犯到我们的信仰和习俗，我们就会开始退缩，跟他们保持一段距离。记得有一回（其实这件事是后来发生的，那时我们的家庭生活已经产生很大的变化），我被带去探访一家人。他们跟我们家并没有亲戚关系，这使得我们的造访让人觉得有点突兀。不知什么缘故（也许是听别人说的吧），我心里早就认定他们是穆斯林，因此，在我眼中，这家人的生活方式确实与众不同，简直就是非我族类。这种差异显现在他们的外表、衣着、房舍以及我最担心的——食物上。他们请我们吃一种又硬又脆、跟牛奶搅拌在一起的细面条。不知怎的，我就是相信，这种食物肯定跟某种神秘诡异的仪式有关。望着手里的一碗面条，我实在吃不下。后来我才晓得这家人是印度教徒。我们这两个家庭，后来还成为亲家了呢。

　　像我们这样的家庭和生活方式总会无可避免地渐渐凋萎变质。我们搬到特立尼达首府后，由于城里印度人很少，这种改变进行得更快了。外面的世界大举入侵。我们变得越来越退缩，遮遮掩掩，躲躲藏藏，仿佛见不得人似的。然而有一回，我们却公开向这座城市提出挑战。我外祖母想在一株菩提树下举行一种叫"卡塔"的印度教诵经法会。整个特立尼达岛，只有一株菩提树，而这棵树生长在府城的植物园。我们向有关单位提出申请。出乎我们的意料，许可证竟然发下来了。于是，一个星期天早晨，我们一家子围坐在挂着植物园标签的菩提树下聆听印度教大师念诵卡塔经文。燃烧供品的火堆，噼噼啪啪响个不停，整座植物园弥漫着松脂、红糖和印度奶油的气味，铜铃、锣鼓和海螺等法器的吹吹打打震天价响。早晨在植物园中散步的市民，男女老少，纷纷驻足围观。一位谨守星期六为圣日的基督复临安息日教派信徒只管瞪着我们，显然把我们当成异端看待。在幽静的植物园中，一场古老的、源自另一个大陆的、属于雅利安人种的宗教仪式，正在一株菩提树下举行，距离特立尼达总督官邸不过数百码之遥。整个场景充满田园风味，宛如一首牧歌。但直到长大后，我们才体会这一点。那时，我们还在学校读书，对我们这些孩子来说，众目睽睽之下参加这种仪式，实在让人觉得很难为情。我们羞答答怯生生地端坐在菩提树下，忍受别人异样的眼光。我们那个原本隐秘的世界，很快就缩小了，渐渐消失了。尽管如此，特立尼达首府西班牙港的少数几位虔诚的印度教徒，偶尔还会供养婆罗门，而我们这一家正巧属于这个阶级，于是我们就去接受供养，大吃大喝，临走时还接受主人的馈赠——几匹布和一个红包。我们从不怀疑自己的好运。高高在上接受供养，确实是一种好运道。吃完一顿大餐后回家，穿着普通的衬衫和长裤走在街上，我们又变成普通的孩子，跟城中其他男孩没什么两样。

在我看来，这样的好运道难免有些许欺诈色彩。我的家族栽培过无数梵学大师——印度教的智者和贤人，但我从小就不信宗教。我对宗教仪式毫无兴趣。这些活动往往拖得太长，没完没了，而食物到最后才端上来。我听不懂印度教祭典使用的语言（家中的长辈似乎以为，凭着本能和直觉，小孩子应该听得懂这种语言），从没有人向我解释仪式和祷词的含义。在我眼中，每一场仪式都是一样的。神像对我毫无吸引力，我不想花心思探索它们的来历和意义。我不信宗教，厌恶仪式，没有能力从事玄学上的思考——这似乎违背了遗传规律，因为我父亲天生喜欢思索宗教（尤其是印度教）的问题。因此，生长在正统印度教家庭的我，对印度教几乎一无所知。尽管如此，我毕竟受过印度教熏陶。那么，印度教对我的影响究竟是什么呢？或许，印度教提供给我一套修身养性、待人处世的哲学吧。我不清楚。我叔叔常对我说，我的弃绝其实是可以被接受的、另一种形式的印度教精神。剖析自己的内心，我只找到印度教对我的三种影响：人类的差异性（这点我在上文已经解释过）、模糊的种姓阶级意识，以及对一切不洁事物的排斥。

直到今天，每次看到有人用自己的盘子装食物喂养猫狗，我就会感到不寒而栗。对我来说，这是一种不洁的行为，就像小时候在学校，看见同学们分享一支棒冰，你吮一口我舔一下，或者就像在别人家里，看到妇女们手里拿着一根长柄勺，一面搅动锅子，一面舀取食物往自己的嘴里送。这样的情景总是让我感到恶心。这不仅仅是族群的差异性，它还牵涉到印度教的一大禁忌：不洁。说也奇怪，在形形色色的食物禁忌中，只有甜食被豁免。我们在街边摊购买木薯糕，吃得津津有味，但黑人工人逛街或看球赛时最爱吃的黑布丁和各种腌制食物，我们打死都不敢尝一口。你也许会以为，我们家里吃的食物，千百年来从不曾变换过，吃来吃去总是那几样东西。实则不然。族群之间的食物交流究竟是如何进行的，我并不清楚，但我知道，我们家族不断采纳其他族群的烹调方式，诸如葡萄牙人的西红柿和洋葱炖锅（里面几乎可以加入任何食材），以及黑人用山药、大蕉、面包果和香蕉制作的各种食品和点心。其他族群的菜式一旦被吸收，就变成我们家庭食物的一部分，但外面餐馆和路边摊卖的东西，我们还是不敢品尝，我的偏见是那么的深，以致十八岁生日前几天离开特立尼达时，我只在餐馆吃过三次饭。从特立尼达出发，转眼就抵达纽约市，但这段旅程对我来说简直就是一场梦魇。我在这座城市度过了又饿又怕的一天。搭船前往英国的南安普敦港，一路上我只吃甜点和糖果。我给服务生小费时，他忍不住对我说："别的客人拼命大吃大喝，就像猪一样，先生您只吃冰淇淋，真难得啊。"

食物是一回事，种姓又是另一回事，两者可不能相提并论。年纪稍长后，我很快就发现，种姓阶级制度在特立尼达其实只是我们关起门来玩的一种私人家族游戏，但有时候它却能够影响我们对外人的态度和看法。有一位远亲结婚了。听人家说，她丈夫出身"查玛尔"阶级——所谓"查玛尔"就是皮革工人。这个男人很有钱，交游广阔，很有见识，在他那一行中称得上是有头有脸的人物。但他毕竟是个"查玛尔"。也许，这只是个谣言（印度人的婚礼总会出现这种毫无根据的指控和毁谤），但往后每次见到这对夫妻，我就会想起这个谣言，而这种对种姓差异的敏感性是不由自主产生的。这一辈子，只有这一次，我用种姓阶级的眼光看待一个人。这场婚礼是在我很小的时候举行的。在印度，一般人也会被他们所属的种姓阶级染上特定的色彩，尤其是事先公布种姓身份，不管这样做是出于善意或恶意。然而，同样是种姓阶级制度，在印度和特立尼达，它给我的感觉却截然不同。在特立尼达，种姓并不会影响我们的日常生活。我们偶尔提到种姓，也只不过用它来彰显一个人的潜在特质——它传达出的讯息，跟一位手相家或字迹鉴定专家的见解，实在没什么两样。在印度，种姓却意味着一种强制而且残酷的劳力分工：可以把一个打扫厕所的人贬到社会最底层，让他受尽屈辱，而这是我在特立尼达时从没想到过的。在印度，种姓可不是好玩的东西。待在印度那段日子，我从来不想知道我遇到的那些人出身什么种姓阶级。

我没有信仰，我不喜欢参加宗教仪式。在这种活动中，我总是看到荒谬的一面。我拒绝跟堂兄弟们参加"贾内瓦"——新生儿生命线仪式。典礼结束时，接受仪式的小伙子顶着一颗大光头，拿起一根簇新的丝线，捡起行囊和手杖，向族人们宣布，他准备前往圣城巴纳拉斯[①]求学。（两千年前，住在印度乡村的小伙子就是这么做的。）他母亲哭哭啼啼，哀求他别走，但他坚持要去圣城求学。就在这当口，家族中一位长辈被召唤前来，劝导这个小伙子。小伙子心一软，终于放下手里的行囊和手杖。这出戏看起来还挺精彩的。但我没忘记，此刻我们身在特立尼达岛上，距离南美洲海岸只有十英里，而我也知道，如果我的一位学业成绩并不

[①] 巴纳拉斯，现称瓦拉纳西。

怎么好的堂兄弟，打扮成印度教托钵僧的模样，光天化日之下出现在西班牙港街道上，假装前往印度圣城巴纳拉斯求学，那肯定会引起路人围观，指指点点，我才不想蹚这浑水。如今回想起来，我却觉得，在特立尼达岛上一间庭院中演出的这出古老印度戏剧，乍看之下荒诞不经，实际上倒是很感人很有意义的。

我拒绝参加这类活动，不过话说回来，童年时代有关印度教的记忆，却也并不全然是负面的。有一天，学校上自然科学课，老师要我们用虹吸管做实验。这项实验的目的，我现在忘了，只记得老师拿出一个烧杯和一根管子，要全班同学依序传递，接到烧杯和管子的同学，必须凑上嘴巴吮一吮管子，然后观察烧杯里的化学反应。传到我手里时，我没吮那根管子，就把它传到下一位同学手中。我以为没人发觉，但却听到后排一位同学压低嗓门悄声说："这家伙是真正的婆罗门。"这位同学也是印度人，家住西班牙港，是班上最难缠的男孩，大伙儿都怕他，但他说这话时语气却相当友善，甚至还带着几分赞许。这让我感到有点惊讶。我原以为出身西班牙港的男孩对印度教的传统一无所知，没想到他却一眼看出我的身份和阶级。同样让我感到诧异的是，他竟然在公开场合把我们的另一半生活（隐秘的那一半）揭露出来。听到他那句话，我却也觉得很开心。从此，我对这个印度男孩有了好感，对他格外亲切，但同时也感受到一种共同的悲哀、共同的失落：我的失落（他并未察觉到）是我自己的个性造成的，可说是咎由自取；而他的失落，从他的行为看来，却是历史和环境造成的。这种感觉，日后在另一个完全不同的时空，又会强烈地涌上我的心头——那时我客居伦敦，整个人都迷失了。

西印度群岛的一些作家，尤其是乔治·拉明，对我的作品颇有微词；他们觉得，我不够关注特立尼达岛上的其他非印度族群。根据拉明的说法，不同族群间的冲突和对立是西印度群岛最基本的生活经历。这话没错。西印度群岛的族群问题越来越严重。然而，把我童年时代那个文化的衰微看成是族群斗争产生的结果，不免会扭曲事实。在我看来，各个族群的文化在西印度群岛并存，互相排斥，壁垒分明。其中一个文化日益萎缩凋零，这是无可避免的趋势，因为生活在这个文化中的人只依靠记忆过活；表面看来，这个文化依旧完整，但那只是个假象。它衰颓了，并不是因为遭受外力攻击，而是因为它不断遭受另一种文化的渗透。我只能根据自身的经验，提出我的看法。我在这本书中描述的家庭生活，事实上在我六七岁那时就已经开始消散，我十四岁时，它就已经不复存在。我弟弟虽然只比我小十二岁，但我们之间却存在着一道比寻常代沟还要难以跨越的鸿沟。对我们家族那个隐秘的、苟延残喘的、一直撑到二十五年前才崩塌的世界和文化，我弟弟毫无记忆，而这样的一个世界和文化，是从东半球一个神秘幽暗的国度——印度，一路延伸到西半球的特立尼达。它日渐衰弱呆滞，终至败亡。

对我来说，这样的世界能够存在于特立尼达（即使只是在一个小孩的意识中）简直是不可思议的事，而更令人诧异的是，我们居然能够接受两个分离而并存的世界，一点也不觉得扞格不入。在其中一个世界中，我们仿佛戴上眼罩，只看得见我外祖父的村庄，一旦走进外面的那个世界，我们才会有充分的知觉，才会有完整的自我意识。而今来到印度，我会发觉，我那个比较新的、现在也许比较真实的自我所排斥的许多东西（自以为是、对批评无动于衷、拒绝面对事实、说话含糊其辞、思想矛盾的习性），在我的另一个自我中都能够找到响应，而我却以为，这个自我早已经被埋葬了，想不到一趟印度之旅就足以让它复活。我了解的比我愿意承认的还要多，还要深。我在这本书中描述的成长经历，虽然因很早就被中断而失去意义了，但却能够在我心灵中留下难以磨灭的印象。这不能算是一桩奇迹。印度人是古老的民族，也许，他们会永远属于那个古老的世界。印度人对已经确立的、历史悠久的事物，怀抱着一种莫名的敬畏。在外人看来，这样的态度固然显得有点笨拙荒诞，令人难以理解，但却会让人联想起古罗马的喜剧——滑稽而认真，这展现了罗马人虔诚的一面。我早已弃绝传统，然而，当我听说在孟买举行的印度教"排灯节"庆典上，现在使用蜡烛和电灯泡，取代我们在特立尼达仍旧使用的那种用陶土制造的古老油灯，我心里就感到非常气愤。这又是为什么呢？我是一个天生不信宗教的人呀。可是，当我听到那位同学悄声说"这家伙是真正的婆罗门"，我心里感到莫名的悲哀——我是为了古老习俗的衰微和宗教信仰的沦丧而哀伤啊。多年后，在伦敦，当我接到拉蒙的死讯时，我再一次感受到这种悲哀。

　　拉蒙约莫二十四岁。他死于一场车祸。这样的结局倒也在人们意料之中。他玩车玩了一辈子。为了汽车，他跑到伦敦，把他的父母和妻儿丢弃在特立尼达。拉蒙刚抵达伦敦，我就结识了他。第一次见面是在切尔西区①一套脏兮兮暗沉沉的出租公寓里。这栋楼房的正面，看起来跟这条体面的、欣欣向荣的街道上其他房子的正面一模一样：白色的墙壁、黑色的围篱、色彩明艳的长方形门户。若不是门口散置的牛奶瓶和窗口悬挂的廉价窗帘，我们根本看不出这是一套出租公寓。就在屋里的一条走道上，一个昏黄迷蒙的四十瓦电灯泡底下，我第一次看到拉蒙，他个头矮小，头发浓密，发梢翘起，脸上的五官刚硬粗糙，就像他手上那十根又粗又短的手指头。他嘴唇上留着两撇八字胡，下巴布满胡楂，看起来好几天没刮过脸了。他身上那件套头毛衣，显然是借来的。这件衣服原来的主人，可能是一个前不久来过伦敦的特立尼达人，此人把毛衣带回家去，向亲友炫耀他到过温带国家。拉蒙上身裹着这件套头毛衣，整个人看起来邋里邋遢，十分寒碜。
　　他这个人的形象跟这套出租公寓的陈设倒是挺相配的：脏兮兮的绿

---

① 切尔西区是伦敦的文化区，位于伦敦市西南部，泰晤士河北岸，艺术家与作家多居于此。

色墙壁、黏腻腻的油毡、门把手四周的一圈汗渍、廉价椅子上早已经褪色的椅套和坐垫、污痕斑斑的壁纸。无数过客住过这套公寓，但从没有一位肯花心思把房间打扫、整理一番：窗台底下堆积着一层煤灰；天花板被烟火熏得黑黢黢；冷清空洞的壁炉里残留着很久以前一位房客遗留下的一堆灰烬，让人想起野外的露营地；破旧的地毯散发出阵阵恶臭。没错，拉蒙看起来跟这套公寓挺相配，但不知怎的，却又显得格格不入。他毕竟是个外国人。特立尼达岛上那一个个没有篱笆的后院，和一间间在主屋旁边加盖的小屋，才是他安身立命的地方。他应该脱下套头毛衣，打着赤膊，黄昏时分迎着沁凉的晚风，漫步在终年苍翠欲滴的特立尼达乡野中，观赏那一群群嬉戏了一整天、终于合上眼睛打盹儿的小鸡，眺望邻家院子里升起的袅袅炊烟。而今，同样是黄昏时分，他却身上裹着别人的套头毛衣，呆呆地坐在一张低矮的床铺上——这张床多少人睡过啊，多久没清理过啊！它是坐落在伦敦市切尔西区一栋出租公寓里的一个附有家具的房间，灯光昏黄，迷迷蒙蒙。屋里的那部电热器，被人吐了不知多少泡口水，奄奄一息，根本抵御不了伦敦的潮湿和酷寒。拉蒙的伙伴们早已经溜出公寓找乐子去了。他不像这帮人那么机灵，他不在乎衣着。他不能体会他们那股兴高采烈的劲儿。

拉蒙很害羞，一天到晚闷声不响，你问一句他答一句。瞧他回答问题的口气，你会以为他是一个坦荡荡、没有任何秘密、从不考虑未来（反正未来也没什么目标）的人。他离开特立尼达，只因为他失去了驾驶执照。他的犯罪生涯很早就开始了。那时，他只不过是个孩子。第一次被捕，是因为无照驾驶。第二次落网，是因为故态复萌，在禁令犹未解除的情况下私自开车。一桩罪行导引出另一桩，直到后来，他在特立尼达再也待不下去，必须走人。拉蒙得找个地方继续玩他的汽车。他的父母亲四处张罗，凑了一笔钱，把他送往英国。两位老人家这么做，只因为拉蒙是他们的儿子，而他们一直很疼他。然而，每当拉蒙谈到父母亲为他所作的牺牲，他的口气总是淡淡的，仿佛那是他们该做的事情。

拉蒙这个人不懂得如何评估行为的道德标准和意义。对他来说，事情就这么发生了，他还能怎样。他把妻子留在特立尼达，她为他生了两个孩子。"我想我总可以在别的地方混出一点名堂来。"说这话时，他的口气却丝毫不带特立尼达黑街好汉的傲气。他只是陈述一个事实，他不想对遗弃妻儿的行为或英雄气概作出任何道德上的评断。

"拉蒙"（Ramon）是西班牙名字。他取这个名字，因为他母亲是委内瑞拉混血儿。他曾经在委内瑞拉待过一阵子，后来被当地警察驱逐出境。但他是印度教徒，根据印度教的习俗和礼仪迎娶他现在的妻子。我看得出来，他跟我一样，并不把这些习俗看在眼里，甚至比我还要轻视这些玩意儿，因为他从小就在外面闯荡，年纪轻轻就被迫接受一个陌生的、对他来说跟伦敦市切尔西区一样怪异的文化，哪像我，从小受到家庭的保护，在温室中长大成人。

拉蒙很纯真。他是个迷失自我的灵魂。若不是他对汽车有一份强烈的感情，他和一般动物实在没有两样。人类的心灵，分成好几个部分，其中一个部分专司评断和感受。如果真的有这样的部分存在于拉蒙的心灵，那么，它肯定是一张白纸，任何人都可以在上面涂写。他想开车就开车。他看上一辆汽车，二话不说，就立刻动手把车门弄开，把车子开走。他偷车可是一把好手。早晚他会被逮到，这点他倒不怀疑，但他很看得开。你跟他说一声："我的车子需要一个轮毂盖。你能不能帮我弄一个？"他立刻走到街上，四面望望，二话不说，就从一辆汽车身上卸下他看中的第一个轮毂盖，大大方方拎回家。他果然被逮到，但他从不责怪别人。这种事情早晚会发生，责怪别人也没用。他的纯真（你别以为拉蒙只是个头脑简单的人）令人不寒而栗。他像一部复杂的机器一样纯真。这样的人，竟然也有温柔的一面。出租公寓里住着一位未婚妈妈。在拉蒙无微不至的呵护和照顾下，这对母子才不会遭受别人的欺凌。

但他的最爱却是汽车。在这方面他是个天才。这个消息很快就传出去。来到伦敦才几个星期，就有人看见他穿着沾满油污的衣裳，埋头修理一辆破旧的汽车，一个身穿厚斜纹布制服的男子站在他身边，跟他讲价钱。拉蒙大概赚了一些钱。但他挣的钱全都花在购买新车和缴付罚款上——为了帮客户修车，他隔三岔五就跑到街上，偷一盏车头灯或其他零件，结果给逮到好几回，被判罚款了事。其实他大可不必偷东西，但他还是偷了。尽管如此，街坊邻里很快就传扬开来，这个特立尼达人修车还真有一套。找他修车的人越来越多。拉蒙一天到晚忙个不停。

然后，我听说他给自己惹上了一个大麻烦。住在出租公寓的一个朋友，央求他帮忙烧一部小型摩托车。在特立尼达，如果你想烧一辆汽车，就把它开到浑浊的卡罗尼河畔，放一把火，然后把烧成一堆废铁的车子推进河中，神不知鬼不觉。伦敦也有一条河。一天傍晚，拉蒙把摩托车抬进他当时拥有的一辆厢型货车中，然后把车子开到河堤上。还没来得及放火，一个警察就突然冒出来——这就是拉蒙的命：警察总是在节骨眼上出现在他眼前。

我本来以为，既然这部摩托车还没被放火烧掉，事情应该不会闹大。

"你别想得太天真，"住在出租公寓的一位仁兄说，"我们犯的可是阴——谋——罪！"他带着敬畏的口气，把那几个字从嘴巴里吐出来。这位仁兄也被起诉，罪名是共谋犯罪。

拉蒙的案子在巡回法庭审理。我特地去旁听。这个法庭可真不好找。一位警察问我："先生，您可是收到传票前来应诉的？"这个英国警察的问题和他的礼仪一样令人感到迷惑。好不容易找到巡回法庭，感觉上我仿佛回到了特立尼达首府西班牙港圣文森特街。"共谋者"全员到齐，排队站，模样极像一群做坏事被逮到的学生。他们全都穿上西装，仿佛准备接受未来的雇主面谈似的。这帮平日喜欢喧闹、把切尔西街的邻居吵得鸡犬不宁的小伙子，星期天早晨，会聚集在屋前人行道上，互相修剪头发，就像在西班牙港那样，而这个时候邻居都在街上洗车子，这会儿却乖乖坐在法庭里，噤若寒蝉。前后简直判若两人。

拉蒙站在一旁，离伙伴们远远的。他也穿上西装，打上领带。光看他脸上的表情，光听他打招呼的口气，你会误以为我们是在出租公寓见面。一个女孩依偎在他身边。她相貌平平。看她那身装扮，你会误以为她正准备去参加舞会呢。他们俩脸上都没有表情，仿佛一点都不为他们的处境担忧——这个女孩跟拉蒙一样，常常莫名其妙给自己惹上麻烦。拉蒙的雇主比他们俩还着急。他是开修车厂的。今天他特地穿上硬邦邦的咖啡色粗呢西装，上法庭来为拉蒙的"品德"作证。他那张脸红扑扑的，有点浮肿，显示他的心脏有毛病。作证的当儿，他那两只眼珠在他那副粉红框眼镜后面只管眨个不停。他站在拉蒙身边。

"他是个好孩子，好孩子，"修车厂主人一个劲儿地说，眼泪夺眶而出。"千不该万不该，他交上一帮坏朋友。"我做梦也没想到，这种单纯的男人间关系的简单说法会具有那么大的力量，那么感人。

这场审判到头来却落得个雷声大雨点小的结局。开始时还煞有介事：证据呈堂，交叉讯问。（控方引述拉蒙被逮捕时说的一句话："喂，条子，你终于把我逮着了！这次我认栽，长官。"我可不相信拉蒙会讲出这种话。）替拉蒙辩护的是法院指派的一位年轻律师。这小伙子穿着时髦，一走进法庭就兴奋得像一只公鸡。他比他的当事人拉蒙还要起劲，在审讯的过程中不断回头来给拉蒙加油打气。有一回，他发觉主审法官的某一个动作违反了法庭礼仪，他霍地站起身来，严正地提出责难。主审法官竟然不以为忤，笑眯眯地聆听他的指责，然后郑重地提出道歉。感觉上，我们仿佛置身于幼儿园：拉蒙的辩护律师是全校风头最劲的学生，法官是幼儿园园长，至于坐在旁听席的我们，则是一群骄傲的家长。法官清清喉咙，开始以他那法院式的洪亮嗓音，缓缓作出他的总结陈述。霎时间，法庭内的冷肃气氛消散了。显然，这位英国法官并不了解特立尼达人的心态和作风。他说，在他看来，一群年轻人聚集在河堤上，企图放火焚烧一部小型摩托车，实在不值得大惊小怪，充其量也只是一群少不更事的学生闲着没事的恶作剧。不过，如果这帮人企图欺诈保险公司，讹取保险费，情况就非常严重了……旁听席上坐着一位美艳绝伦的印度少妇。她脸上一直挂着微笑。每次法官嘴里冒出一句俏皮话或者精彩的句子，她就得强忍住，不笑出声来。法官显然早就注意到她。他的总结陈述听起来就像两人之间的一场对话——这对男女，一个是白发苍苍、自信满满的英国绅士，一个是温柔端庄的印度妇人。陪审团的紧张情绪（一位戴着帽子和眼镜的女士把身子倾向前，双手紧紧抓住陪审席的栏杆，脸上流露出痛苦的表情）和庭上的气氛显得有点格格不入。法官宣判被告无罪，当庭释放。对这项判决，连警方在内，都没有人感到意外。拉蒙的辩护律师得意极了。拉蒙却还是那副德行：面无表情，爱理不理。他那群伙伴（共谋者）听到判决，一个个都瘫倒在被告席上，浑身虚脱。

没多久，拉蒙又给自己惹上麻烦，但这回可没有一位修车厂主人出面，替他辩解。听说，这次他偷了一辆汽车，也有人说，他把车子的引擎破坏得不能再修复。反正，他被送进牢里蹲了一阵子。出狱后他告诉人家，他在布里克斯顿待了几个礼拜。"然后，我到肯特郡的一个地方走了一趟。"这是出租公寓一个房客转告我的（在那桩焚烧摩托车的案子中，这家伙是共犯）。在出租公寓，拉蒙变成了大伙儿消遣的对象。再过一阵子，我就听说拉蒙死于一场车祸。

他是一个孩子，一个单纯的男人，一位另类创作家。在他看来，世界既不美丽也不丑恶，人生虽然不算美好，但也不值得悲哀。我们的世界并没有一个地方可以让这种人安身立命。"然后，我到肯特郡的一个地方走了一趟。"他不懂幽默，也不会伪装。对他来说，这个地方就像另一个地方，没什么分别。世界充满这种地方，而我们就在这样的地方生活，对周遭的世界视若无睹。拉蒙死了，我必须替他讲几句公道话。

他是我们家族信奉的那个宗教的一分子，而我们都是这个宗教的不肖子孙，但我却觉得，我们的这种沉沦是一种纽带，我们是那个巨大、朦胧、神秘国度的一部分——小小的但非常特殊的一部分。只有在我们想到她的时候，这个国家才会对我们产生意义，而即使在这样的时候，我们也只是她的一群远房子孙。我希望拉蒙的遗体受到应有的尊敬。我期盼，他们能够依循古老的印度教礼仪，让他安息，只有这样做，才能赋予他的生命些许尊严和意义。也许，当年流落在卡帕多西亚①或不列颠群岛的罗马人，也有同样的感受吧。今天的伦敦距离我们那个世界的中心十分遥远。伫立在格洛斯特郡②一座罗马别墅的废墟，罗马人肯定会感觉到，英国距离家乡十分遥远。这个国家，一如那幅象征性的、有许多图像的、四周有折角的古老地图所显示的，部分地区被小天使③吹出的云朵覆盖，显得十分阴冷、迷蒙、荒凉，流落在这儿的旅人都渴望赶快回到温暖而熟悉的南方家园。可是，对我们这种人来说，这样的家园并不存在。

我没参加拉蒙的葬礼。他的遗体没被火化。他们把他安葬在墓园。主持葬礼的是一位来自特立尼达的学生。他出身的阶级，使他有资格主持这类仪式。他读过我写的书，他不想在葬礼上看到我。出席的权利遭到了剥夺，我只好凭空想象葬礼的情景：一个腰缠白布的男子站在拉蒙遗体旁，叽里咕噜不知念诵什么经文，四周矗立着一座座墓碑和一支支十字架（一个晚近兴起的宗教的表征），远方蹲伏着伦敦郊区一堆堆低矮的房子，天空灰蒙蒙的，弥漫着无数工厂排放出的废气。

我们应该感到悲伤吗？拉蒙死得其所，他的葬礼也够体面，而且，他的葬礼是免费的——替拉蒙办理后事的那家殡仪馆，车子在半路上抛

---

①卡帕多西亚，小亚细亚东部一个古国，公元17年被罗马征服，成为罗马帝国的行省。
②格洛斯特郡，位于英格兰西南部，罗马古迹处处可见。
③小天使，基督教神话九级天使中的第二级天使，掌管知识，常以有翅的儿童姿态显现，十分可爱。

锚,拉蒙死的前几天碰巧路过那个地方,自告奋勇,帮他们把车子修好了。

就这样,小时候,印度存活在我的心灵中,是我的想象力驻留的地方。它并不是后来我在书本和地图上认识的真实的印度。我变成了民族主义者,连贝弗利·尼克尔斯写的那本书《审判印度》(*Verdict on India*)都会让我感到很生气。可这种民族主义情绪维持不了多久。第二年,印度独立了,而我对印度的兴趣也随之消散。我学会的一点印地语,如今几乎忘得一干二净。然而,把我跟我认识的那个印度分隔开来的,不仅仅是语言。在我看来,印度电影太过冗长沉闷,但却又让人感到不安——他们总是喜欢描写腐败的生活、痛苦的经历和死亡,连葬礼上的一首挽歌或一个盲人的悲叹,都可以改编成电影,风靡一时。诚如格兰茨出版社旗下一位作家指出的,印度人全都沉迷在宗教中(这位作家对这种现象似乎颇为赞许)。我既没有宗教信仰,对信仰本身也毫无兴趣,我无法崇拜上帝和圣人。因此,我没有机会接触到印度文化中的一个极为重要的层面。

然后,从印度又涌来一拨新移民,但这个印度可不是金牙婆婆和巴布的那个印度,而是另一个不同的、在我看来跟我毫无瓜葛的印度。在我们眼中,这批来自古吉拉特①和信德②的商人简直就是外国人,跟叙利亚人没什么两样。他们关起门来,过着与世隔绝的生活。那时我真担心,他们这样活下去总有一天会窒息死掉。这帮人成天只管拼命工作赚钱,难得出门走一走透透气。他们家中那些皮肤白皙面无血色的妇女,终年足不出户。凄厉哀怨的印度电影歌曲不断从他们屋里传出来,吵得左邻右舍不得安宁。他们对特立尼达的社会毫无贡献,也从不参加印度人族群的公益活动。在我们心目中,他们是一群精明狡黠的生意人。如今回

①古吉拉特,印度半岛西部一个地区,濒临阿拉伯海。
②信德,位于印度河下游,现在为巴基斯坦的一部分,首府为卡拉奇。

想起来，我发觉，当时我们对他们的看法，其实也正是岛上其他族群对我们的观感。然而，与我们不同的是，他们的旅程还没终结，他们的私密世界还没开始凋零萎缩。他们时不时就回乡一趟，进行买卖和嫁娶活动，带来更多新移民。我们之间的鸿沟日渐扩大。

我来到了伦敦。这座城市变成我的世界中心，经过一番艰苦的奋斗，我才来到这儿。但我迷失了。伦敦并不是我的世界中心。我被哄骗了，而我没别的地方可去。伦敦倒是一个让人迷失的好地方。没有人真正认识它，了解它。你从市中心开始，一步一步向外探索，多年后，你会发现你所认识的伦敦，是由许多个小区乱七八糟拼凑而成的城市，小区与小区之间阻隔着一片又一片阴森森的、只有羊肠小道蜿蜒穿过的神秘地带。在这儿，我只是一座大城市中的一个居民，无亲无故。时间流逝，把我带离童年的世界，一步一步把我推送进内心的、自我的世界。我苦苦挣扎，试图保持平衡，试图记住：在这座由砖房、柏油和纵横交错的铁路网构筑成的都市外面，还有一个清晰明朗的世界存在。神话的国度全都消退隐没了。在这座大城市中，我困居在一个比我的童年生活还要窄小的世界里。我变成了我的公寓、我的书桌、我的姓名。

印度越来越近了。近乡情怯，尽管我极力克制，尽管我熬过了许多个年头，历经了伦敦的生活，克服了和各种各样的恐惧，模糊了对亚历山大港那位马车夫的记忆——印度，我童年生活中的神话国度，我对它的一点情感，这会儿又在我心中苏醒过来。我知道这是很愚蠢的感觉。我现在搭乘的这艘汽艇够坚实，也很脏。好天气和坏天气，各有一套收费标准。热浪一波一波袭来，令人浑身不适。放眼眺望，我们看见漫天迷蒙的热浪中幽然浮现出一座巨大的、繁忙的城市，它的居民，成群攀附在海港中其他船只上，看起来非常瘦小，预示着我们即将面对的那些可怕的事物。岸上的建筑物逐渐逼近我们。码头上的憧憧人影，渐渐变得清晰起来。那一排排建筑物洋溢着伦敦风情，散发出英国工业城市特有的气息。尽管心里早有准备,这幅情景乍然出现在我眼前,虽然有点眼熟,却也显得无比怪诞突兀!也许,所有的神话国度都是这个模样:阳光灿烂耀眼,景物灰暗破败,直到我们离开的那一天,海滨水湄都乱糟糟散布着一堆堆废弃物。

生平第一次,我发现自己变成了街头群众的一分子。我的相貌和衣着看起来和那一拨一拨不断涌进孟买市"教堂门车站"的印度民众简直一模一样。在特立尼达,印度人是一个独特的族群。在那座岛屿上,每一个族群都是独特的。"与众不同"变成了那儿每一个人的属性和特征。在英国,印度人是与众不同的。在埃及,印度人显得更加独特。如今在孟买,每走进一家商店或餐馆,我总会期待一种独特的、与众不同的反应和接待,但每次都大失所望,感觉就好像被人剥夺了一部分自我似的。我的身份一再被人识破。在印度,我是个没有特点的人。只要我愿意,我可以随时遁入街头汹涌的人群里,霎时就消失得无影无踪。我是特立尼达和英国制造的产品,我必须让别人承认和接受我的独特性。在印度,我渴望重申我的独特性,但我不知如何着手。

"您需要一副墨镜吗?先生,听您的口音,我猜您应该是刚从欧洲回国的留学生。因此,您一定能够理解我说的话。您瞧,这些镜片能够调和阳光,提升色彩。由于这种镜片的发明与问世,先生,我敢向您保证,人类光学史上最新的一章已经写成了。"

原来,在这帮人眼中,我是刚从欧洲留学回来的印度学生。我跟这位店主东拉西扯,聊得还挺开心,但我没买他推荐的那种镜片。我向他买了一副"克鲁克斯牌"太阳眼镜,贵得吓人。它的夹式镜框是印度制造的,我前脚才跨出店门,它就坏了。我实在太疲累了,不想回到店里,说着连我自己都觉得荒谬刺耳的欧式英语,跟店主理论。我躲藏在墨镜后面——镜片在破裂的镜框中咔嗒咔嗒响个不停。孟买市的街道白花花,在我眼前一个劲儿闪烁摇晃。我觉得自己仿佛变成了一缕游魂，悄无声息，一路走回旅馆，经过那个身材丰腴态度傲慢的英印混血女郎，经过那位獐头鼠目身穿黄褐色丝质西装的英印混血旅馆经理，钻进自己的房间，一头扑倒在床上。头顶天花板上一台电风扇兀自旋转不停。

第二章　阶级

　　他们告诉我那个锡克人的故事。听说他离乡多年后回到印度，一个人坐在孟买码头上守着他那一堆行囊，默默哭泣。他已经忘记印度到底有多贫穷。这是一个典型的印度故事——它的人物和情节安排，它的通俗剧色彩以及它的感伤，都流露出印度特有的风味和情调。然而，在这个故事中，最能够体现印度精神的却是它对贫穷的态度：对成天忙着其他事情、偶尔思索贫穷问题的印度人来说，贫穷能够在他们心中引发出最甜美的情感。哦，这就是贫穷，我们国家特有的贫穷，多悲哀啊！贫穷激起的不是愤怒与改革，而是源源不绝的泪水，是最单纯的一种情操。"那年，这家人变得那么贫穷，"备受读者爱戴的印地语小说家普林禅德在作品中写道，"以至于连乞丐都两手空空离开他们家门口。"这就是我们的贫穷：让人感到悲哀的倒不是乞丐本身，而是这群叫花子竟然两手空空离开我们的门口。这就是我们的贫穷：以印度各种语言文字写成的无数短篇小说中，这种贫穷逼迫一个又一个清纯美丽的姑娘，出卖身体，赚钱偿付家人的医药费。

　　印度是全世界最贫穷的国家。因此，对它的贫穷感到愤怒是没有用处的。在你之前，多少初履斯土的外国人像你一样，看到了印度的贫穷，说出了你现在说的那些气话。不只是外国人，我们自己的子女从欧洲和美国回来时，看到家乡的贫困，肯定也会说出同样的气话。别以为只有你才会感到愤懑和不屑，只有你才会那么敏感。你也许会看到更多：你也许看过街头那一群群小叫花子脸庞上绽露的天真笑靥；在孟买市区人行道上，满街席地而卧的人群中，你也许看见过一家人（父亲、母亲和小婴儿）相拥而睡，自成一个天地，自给自足，仿佛有一堵墙把他们跟外界（包括你在内）阻隔开来似的。在沁凉的孟买早晨，一家三口醒过来，看见你正睁着眼睛，瞪着他们瞧，心里肯定会觉得很别扭——正是你的凝视侵犯了他们的隐私，你的义愤和不平惹恼了他们。你也许看见过那个独自在孟买街头过活的小男孩，他拿起一根扫帚，把他在人行道上的地盘打扫干净，铺上草席，然后躺下来。在他那瘦小的身躯和枯萎的脸庞上，你看见营养不良和过度劳累的生活遗留下的斑斑烙痕，但他只管仰躺在地面上，自顾自地把玩着一把短小的蓝色塑料手枪。那成群穿梭在草席之间、走过街边一栋栋闪烁着广告和竞选标语的房屋的路人（包括你在内），他视若无睹，不理不睬，置身于孟买城中那浓浊的、热烘烘的空气中，这个小男孩竟能自得其乐。正是你的惊讶，你的愤怒和不平，剥夺了他身为人应该享有的生活权利。别急，你在这儿再待六个月看看。随着冬天的来临，会有一群新的观光客涌进孟买城。跟初来乍到的你一样，他们也会谈论印度的贫穷，也会表现他们的气愤。你会同意他们的看法，然而，内心深处，你却会感到莫名的恼怒，因为那时你会觉得，他们看到的也只是表面的现象而已。发现自己的感觉被别人如此精确地重现模仿，你是不会感到开心的。

　　十个月后，我重访这座城市，对自己当初抵达孟买时所表现的歇斯底里，感到颇为惊讶。天气比较凉爽了。在科拉巴区，家家庭院张灯结彩，五颜六色的圣诞灯饰从窗口探伸出来，繁星一般，闪闪烁烁映照着孟买城上那一片黑漆漆的天空。这座城市并没改变。我自己的一双眼睛却改变了。我已经见过印度的乡村：狭窄残破的巷弄，流淌着绿色黏液的排水沟，一间挨着一间、狭小逼仄的泥巴屋子，乱糟糟堆挤在一起的垃圾、食物、牲畜和人，肚腩圆鼓鼓、沾满黑苍蝇、身上佩戴着幸运符、躺在地上打滚的小娃儿。我亲眼看见过一个饥饿的小孩，蹲在路旁大便，身边一只癞皮狗虎视眈眈，等着吃小孩的屎。在安得拉邦[①]，我发现那儿的居民个头非常瘦小，身体十分孱弱，让人怀疑大自然是不是在开玩笑，把印度人的进化过程往后推。在这样的地方，悲悯和同情实在派不上用场，因为它代表的是一种经过改良的希望。我感受到的是莫名的恐惧。我必须抗拒内心涌起的一阵轻蔑，否则，我就得抛弃我所认识的自我。也许到头来我感受到的只是深深的疲倦，就在歇斯底里的当儿，我心中骤然间感觉到一种宁静祥和。我终于学会了把自己和周遭的世界分隔开来。如今，我终于懂得如何区分美好的和丑恶的事物，如何区分彩霞满天的苍穹和那一群群在夕阳下干活、身形显得格外渺小的佃农，如何区分美丽高贵的手工艺品——黄铜器皿与丝织物，以及制作这些东西的那双干瘪瘦小的手，如何区分雄伟壮观的历史遗迹和蹲在废墟中大便的小孩儿，如何区分"物"和"人"。我终于领悟，在印度这个国家，你随时可以找到逃避的窍门。几乎每一座城镇都有一个比较祥和而且干净的角落，让你躲藏在那儿，疗伤止痛，恢复你的自尊心。在印度，最容易也最应该被视若无睹的东西就是那些最显眼的现实。因此，尽管出行前阅读过许多有关印度的书，但抵达这个国家后，我却发觉，这些著作并不能帮助我做好心理准备。

初抵印度，令人怵目惊心的现实宛如排山倒海一般直向我逼近，而

[①]安得拉，印度东南部的一个邦，人口十分稠密，27万平方公里的土地上居住着4800万人。

我却不能像在亚历山大港、苏丹港、吉布提港和卡拉奇时那样，逃回船上去。那时我做梦也没想到，竟然可以把丑恶的现实从美好的东西中（从自尊和自爱的领域中）分离出来，在它们中间画一条界线。滨海大道，马拉巴尔山，从卡玛拉·尼赫鲁公园眺望到的满城华灯、城中矗立的一座座帕西寂静塔①——这些景点是印度观光局所推销的孟买市，也是一连三天我们被三位热心的友人带去游览的地方。然而，另一个孟买，另一个令人心悸的孟买，却隐藏在这些观光胜地背后。这才是真正的孟买：里面居住着数百万身穿白色衣裳的人，宛如白色潮水般不断涌进和钻出"教堂门车站"，就像赶着去或离开一场无休无止的足球赛似的。这就是即将显现在我们眼前的孟买城：郊区那一条条宽广壅塞、纵横交错的马路，路旁乱糟糟挨挤在一起的店铺，高耸的廉价公寓大楼，破落的阳台，密如蛛网的电线和四处张贴的广告；戏院门口的印度电影海报，比英国和美国的电影海报还要清凉性感，剧照中的印度女明星，展示着比好莱坞姐妹们还要丰硕的臀部和乳房，浑身洋溢着无比旺盛的生殖力。隐藏在大马路背后的一户户人家，一间间庭院：密不通风，闷热不堪，静止的空气中弥漫着各种各样的不知名堂的臭味，窗口显示的不是一窗椭圆形的灯光，而是满院子的晾衣绳、衣裳、家具和各式箱子，堆堆叠叠，乱成一团。通往北部的道路两旁，散布着一间间被花园环绕的红砖工厂。这些工厂令人联想起英国的米德尔塞克斯郡，唯一不同的是依附在工厂旁的，并不是一排排半独立式的或连栋住宅，而是一座座贫民窟和一堆堆垃圾。娼妓（印度报纸管她们叫"欢乐姑娘"）四处出没。可是，在这些大杂院中的一栋建筑物里开设三家妓院，阴沟和厕所臭烘烘的，连

---

①帕西教徒是公元7-8世纪从波斯逃亡到印度以躲避伊斯兰教迫害的祆教徒（拜火教徒）的后裔。"寂静塔"高约30英尺，是帕西人遗留亲人尸体，让兀鹫啄食的地方。帕西人称之为"达克马"。

48

勒克瑙 ① 出产的檀香油都遮盖不了，还能到哪儿去寻找欢乐呢？情欲就像怜悯，是希望的改良品。面对这种情欲，你只会感受到你的性冲动究竟有多脆弱。你犹豫不决，逡巡不前，不敢贸然探索。你把全副心神集中在你的厌恶上。手握棍棒的男子把守在妓院门前。这帮人究竟在防备谁，又在保护谁呢？暗沉沉的、臭气弥漫的走廊里，呆呆地坐着一群非常苍老、非常肮脏、整个身子萎缩得不成人样的妇人。这时你会觉得有些人是多么微不足道。这群妇人是清洁工，讲得白一点，就是专门服侍妓女（孟买市普罗大众心目中的"欢乐姑娘"）的用人。他们还算幸运，总算还有一份工作可做。就在妓院门口，你窥见到了印度那令人惊悸的、一个层级一个层级不断倒退的堕落。

我说"层级"，因为我们会渐渐发现，在印度，人类的堕落是经过缜密的测量和界定的，就像绘制地图一样，尽管表面上看起来，印度的普罗大众（那一拨拨身穿白衣，有如潮水般汹涌在街头的人群）是不可能被分类或被评定等级的。这种情形就像印度的土地：尽管从火车上眺望，印度那广袤无垠的乡野是由一小块一小块不规则、杂乱无章的田地所组成（官方睁一只眼闭一只眼，任由百姓随意处置他们的田地），事实上，这些土地全都已经被彻底勘察测量并绘成图籍，保藏在政府属下的各个收税区。在那儿，一捆一捆包扎在红布或黄布中的地契资料，堆积如山，从地板一直堆到天花板。这得归功于英国人。他们不辞辛劳，从事这项艰巨的工作，为的是满足印度人的一个根深蒂固的心理需求：界定和区分。界定自己，你就能够把你的自我从周遭人群中抽离出来，你就能够确定自己在社会的位置，你就能够摆脱印度那无所不在的随时会吞噬你的乱象——莫忘了，印度是一个无底洞，而"欢乐姑娘"的用人就坐在深渊边缘等着你。戴某种特定样式的帽子或头巾，留某一种型

①勒克瑙，印度北部城市，北方邦首府，以生产香水闻名。

款的胡子，穿西装或穿政客们最喜欢穿的手织棉布服装，身上佩戴克什米尔印度教徒或马德拉斯婆罗门的阶级标志——这些东西全都是一个人的表征，证明你属于某一个社群，证明你是一个有价值，有正当职业，对社会有贡献的男人，就像保藏在收税区里的地契，证明你拥有某一块土地。

这种需求是普世的、全人类共通的，但印度人的做法却是独一无二的。"做你分内的事，即使你的工作低贱；不做别人分内的事，即使别人的工作很高尚。为你的职守而死是生；为别人的职守而生是死。"这是《薄伽梵歌》的一段经文。早在莎士比亚笔下的俄底修斯之前一千五百年，印度的史诗已经在倡导阶级观念了，而它的影响力一直维持到今天。在旅馆负责整理床铺的服务生，若被客人要求打扫地板，他肯定会觉得受到侮辱。在政府机关办公的文员，决不会帮你倒一杯开水，就算你昏倒在他面前，他也无动于衷。你如果要求一个建筑系学生画图，他肯定会把它当作奇耻大辱，因为在他看来，身为建筑师却从事绘图员的工作，不啻是自甘作贱。就是这个缘故，蓝纳士（根据他办公桌上竖立的一块三角形木牌，他的正式职称是"速记员"）才会拒绝上司的要求，把他用速记法写下来的一封信函，用打字机打出来。

蓝纳士是在政府机关中服务的文员，月薪一百一十卢比，觉得非常满足，直到月薪六百卢比的公务员马贺楚被调到他的部门，担任他的上司，情况才改变。马贺楚出身东非共和国一个印裔家庭，在英国大学受教育，后来被派到欧洲工作，最近才回到印度。蓝纳士和他那伙月薪一百一十卢比的同事，私底下很瞧不起从欧洲回来的印度人，但对马贺楚这位长官，他们却颇为敬畏，因为他们听说这人很厉害。据说，马贺楚熟读《公务员行为守则》的每一个篇章和每一项条文，他了解自己的职责，也知道自己享有哪些特权。

新官上任没多久，马贺楚就把蓝纳士召唤进办公室，以很快的速度向他口授一封信。这难不倒蓝纳士。他把上司讲的每一句话记录下来，得意洋洋，回到他那张标示着"速记员"的办公桌。那天，长官没再召唤他，但隔天早晨他一进办公室，马贺楚就把他叫进去。蓝纳士进得门来，看见上司铁青着一张脸孔，气咻咻的，两撇修剪得十分整齐的小胡子直往上翘，两只眼睛只管瞪着他。马贺楚刚洗过澡，刮过胡子。蓝纳士望望长官身上穿着的那套欧洲剪裁定制的灰色西装，再看看他脖子上系着的那条英国大学领带，然后低下头来，瞧瞧自己那身松松垮垮的白色长裤和领子敞开、下摆拖得长长的蓝色衬衫，心里不免感到有点自惭形秽，然而，他表面上却依旧装出一副泰然自若的模样。在蓝纳士看来，长官向下属发脾气，不管什么原因，都是挺自然的事——他自己也常常无缘无故责骂每天两次前来孟买市玛哈姆区帮他打扫公寓厕所的清洁工。在这样的人际关系中，发发脾气骂骂下只不过是小事一桩，根本不值得放在心上。它只是在显示两人之间身份的差别和阶级的不同。

　　"你昨天记下的那封信，到底怎么了？"马贺楚劈头就问，"昨天，你为什么不把这封信打好，拿进来让我签名呢？"

　　"还没让您签名吗？真对不起，我马上就去查查看。"蓝纳士出去一会儿，然后回来向上司报告："长官，我已经催过打字员奚雷拉尔，但他这几天实在很忙，手头上有一大堆信件要打。"

　　"奚雷拉尔？打字员？难道你不会打字吗？"

　　"哦，不，长官，我是速记员。"

　　"你以为速记员是干什么的？从今天起，我向你口授的信函，你都得自己动手打出来，明白吗？"

　　蓝纳士的脸色嗖地一白。

　　"听到没有？"

　　"长官，那不是我的工作。"

"不是你的工作？好！现在我就向你口授一封信。午餐之前你把它送回来，让我签名。"

马贺楚开始口述。蓝纳士颤抖着手，握住钢笔，歪歪斜斜记下长官口授的内容。口述完毕，蓝纳士朝向马贺楚一鞠躬，转身走出上司的办公室。下午，马贺楚按了按桌上的蜂音器，召唤蓝纳士进来。

"你今天早晨记下的那封信，在哪里啊？"

"还在奚雷拉尔那儿，长官。"

"昨天那封信，现在也还在奚雷拉尔那儿。我不是吩咐过你，从今天起，我向你口授的每一封信，你都得自己动手打出来吗？"

蓝纳士不吭声。

"那封信在哪里？"

"报告长官，那不是我的工作。"

马贺楚举起拳头，猛一敲桌子。"今天早晨，我们不是讲清楚了吗？"

蓝纳士也以为事情早已经讲清楚了。"长官，我是速记员，不是打字员。"

"蓝纳士，听着，我要向上面举报你抗命。"

"那是您的权利，长官。"

"别用那种口气跟我说话！你不肯帮我打字，对不对？让我听你亲口说一次。你说：'长官，我不愿意帮您打字。'"

"我是速记员，长官。"

马贺楚把蓝纳士打发出办公室，然后自己去见部门主管。长官让他在接待室等候了好一会儿，才把他叫进去。这位老先生今天已经够累的了，但他还是打起精神，接见马贺楚。他知道，像马贺楚这种刚从欧洲回来的留学生，个性都有点毛躁，求好心切嘛。可是，在他这个部门，以前从没有人要求速记员打字呀。当然，从宽解释，速记员的职务或许也包括打字。但这样来定义打字员未免太宽泛了点儿。何况，这儿是印度。在这个国家，无论做什么事情，你都得考虑考虑对方的感受。

"报告长官，如果这真是您的看法，对不起，我只好把这桩案子呈报'联邦公共服务委员会'，让他们来处理。我现在向您举报蓝纳士抗命，然后通过您，要求委员会对速记员的职务展开全面的调查和质询。"

主管叹了口气。马贺楚简直在拿自己的前程开玩笑。这小子偏要把事情闹大，也只好由他了。展开这样的一项调查，肯定会给他这个部门带来一大堆麻烦：成堆的文件、问询和报告。

"马贺楚，你就劝劝他吧。"

"请问长官，这就是您对这件事情的结论？"

"结论？"主管支支吾吾，"我的结论是……"

电话铃响了。主管伸出手来一把抓起电话，回头朝马贺楚笑了笑。马贺楚立刻起立，告退。

回到自己的办公室，马贺楚发现蓝纳士并没遵照他的吩咐，把打好的信摆在他桌上，让他签名。他立刻按了按桌上的蜂音器，把蓝纳士召唤进来。蓝纳士应声出现在长官面前。他绷着脸，弓着腰，把拍纸簿紧紧搂在穿着蓝衬衫的胸前，眼睛只管瞪着脚上那双鞋子。这副恭顺严肃的德行却也遮掩不住他脸上流露出的那股得意和兴奋。原来，他已经知道马贺楚去见过主管，而且他也明白，主管根本不吃马贺楚那一套。他没受到任何惩处，连一句训斥也没有。

"蓝纳士，我现在向你口述一封信，记下来。"

蓝纳士打开拍纸簿，掏出钢笔，开始在画线纸上歪歪斜斜涂写起来。他越写心里越慌，背脊忍不住冒出冷汗。原来，马贺楚要他记下的这封信，是要求主管把他开除，罪名包括：抗命、未能胜任速记员的工作、顶撞上司。把一件事情记录在文件上，已经够严重的了，更糟的是，这封信会交到奚雷拉尔手里，让他用打字机打出来。蓝纳士这次肯定要受羞辱了。他咬紧牙关，强作镇定，把长官口授的信函一字一字记录下来，然后垂着头，等待长官开释。马贺楚终于把他打发出办公室。蓝纳士如逢大赦，立刻逃到主管那儿。他在接待室苦苦等候了好长一段时间，才被传唤进去见主管，但不一会儿，他就出来了。

那天下午五点钟，蓝纳士伸手敲了敲马贺楚办公室的门，然后恭恭敬敬站在门口，等待召唤。他手里捏着一沓打好的信函，哆哆嗦嗦，一个劲儿颤抖不停。马贺楚抬起头来，看见蓝纳士眼眶里噙满泪水。

"啊！"马贺楚说，"奚雷拉尔终于加把劲，把我的信全都打好了。"

蓝纳士一声不吭跑到马贺楚办公桌旁，把手里那沓信函放在桌面那块绿色的吸墨纸板上，扑通一声，双膝下跪，整个人趴在地上，双手合十，触摸马贺楚脚上那双油光水亮的皮鞋。

"起来！起来！这些信是奚雷拉尔打的吧？"

"我打的！我打的！"蓝纳士跪伏在地板上铺着的那张破旧的草席上，只管哀哀啜泣起来。

"把你们当人看待，你们就来劲了，开始作怪了。把你们当畜生看待，你们就乖了，趴在地上像狗一样。"

蓝纳士一面啜泣，一面伸出手来不停抚摩擦拭马贺楚的皮鞋。

"从今天起，你愿意帮我打字了？"

蓝纳士伸出额头，一个劲碰撞马贺楚的皮鞋。

"好吧，咱们现在就把这封信给撕掉。在我们这个部门，要想提高办事效率，也只好用这个方法了。"

蓝纳士泪眼汪汪，不停地在马贺楚鞋子上磕头，直到那封信的正副本全都被撕成粉碎，扔进废纸篓，他才站起身来，擦干眼睛，跑出办公室。这一天的工作终于结束了。现在，他跟随满街推推挤挤的人群踏上归途，回到他那套坐落在孟买市玛哈姆区的公寓。一时间，他还不习惯面对这个新世界给他带来的耻辱。他心灵中最敏感最脆弱的部位（他的自尊）被人侵犯了。若不是担心他会一头栽进那个无底深渊，他怎会容忍这种侵犯呢？这是人生中一出小小的悲剧。他已经学会服从，他应该能够存活下来。

类似的悲剧在孟买不断上演着，在无数男人（就是我们在街头看到的那一群群身穿白衣步履轻快的上班族）心中烙下难以磨灭的伤痕。就像世界上每一座城市的上班族，朝九晚五，这些男人每天匆匆出门，匆匆回家。媒体上的广告全部是为这些男人设计的，电车为他们按时行驶，电影海报把目标指向他们。瞧，海报中的女明星，一个个浓妆艳抹，搔首弄姿，争相向这些男人展示她们的豪乳丰臀——她们是古代印度雕像中那些女神的后裔，而这些女神像，跟创造她们的人分开之前，一直代表印度普罗大众内心中那股卑微的悲剧性渴望。

印度社会和它所遭受的亵渎，对身穿意大利式西装、打着英国大学领带的马贺楚来说，也是一个崭新的经历。在东非、英国大学和欧洲待了这么些年，他带着殖民心态回到印度，恍若一个异乡人，难免觉得格格不入。在自己的祖国，马贺楚举目无亲。他只是一个月入六百卢比的人，因此，平日他也只能够跟月入六百卢比的其他人交往。但在这个阶层，像马贺楚这种刻意扬弃阶级标志（食物、种姓和服装）的"外人"，毕竟不多。他很想结婚，而这也是他父母亲的愿望。但他抱着殖民者的心态求亲，眼光未免太高了些。"别打电话来。我们会打过去给你。""谢谢你对这门亲事感兴趣。等我们把应征者的数据处理完毕，我们会通知你。""我们并不觉得，月入六百卢比有什么了不起。"最后这句话可是女方家族的长子说的。马贺楚觉得，如果再降低标准，那就只好到乡下找老婆了。就这么样，马贺楚的终身大事一再蹉跎。久了，连他父母亲也灰心了。马贺楚满肚子怨气，但也只能向朋友们发发牢骚。

马立克就是常常听他诉苦的朋友。在印度，马立克也是一个"新鲜人"。身为工程师，他月入一千两百卢比，比马贺楚多一倍，但两人同病相怜，惺惺相惜，经常聚在一块儿互吐苦水。他居住在孟买高级住宅区一套设备完善的公寓。以伦敦的标准来衡量，他的日子过得还算可以，但在孟买本地人眼中，他的生活非常优渥奢华，令人艳羡。可他一点也不快乐。能力都不如他的欧洲籍工程师，在印度人经营的公司充当专家顾问，月薪高出他三倍，只因为他们是欧洲人。这就是马立克的遭遇。游子返乡，但在孟买，他却永远是个异乡人，甚至比那帮应聘前来担任客座的欧洲技师，还要像一个外人——印度公司的大门，永远向这些老外敞开。凭马立克的能力，他绝对有资格晋升"管理阶层"，担任初级行政主管，但第一次见面他就告诉我，好几次他向别的公司试探，结果却都碰了一鼻子灰。他是一位工程师，这很好。他从北欧留学回国，那更好。他现在服务于一家有名望的跟欧洲关系密切的印度公司，这更让人刮目相看。然后对方问他："你有车吗？"马立克没有汽车。事情就这么样吹了。对方甚至还没问起他的家世和出身。

坐在他那套过时的现代主义风格公寓里，马立克只顾哀哀诉说着。最近这阵子，他心灰意冷，实在提不起劲来把屋子好好收拾整理一下。整个公寓乱糟糟的：横七竖八的书架、四处摆放的陶艺品、堆满杂物的咖啡桌。访客稀落，把屋子收拾得再整齐，给谁看呀？就像一个没有人会注意到的女孩，花了一番功夫细心打扮，准备出门。时髦的家具就如同时髦的衣裳：没有人注意，没有人赞赏，只会让你感到更加悲伤。凌乱的咖啡桌上摆放着一张镶在镀金框子里的巨大照片。照片中的女孩是白种人，长得很漂亮，一头褐发披肩，脸颊两旁的颧骨高高凸起。我没问他这女孩是谁，但马立克后来主动告诉我，这女孩早已经死了——多年前，在北欧家乡。我们一面喝咖啡一面聊天。录音机播放马立克在欧洲留学时录下的歌曲（天哪，这些歌曲连我都觉得古老）。就这样，我们坐在孟买城中一套公寓里。周遭环绕着一个又一个光影迷离的街道，底下闪烁着弧形的滨海大道灯光。就这样，我们坐在中央摆放着北欧姑娘遗照的客厅，一面聆听那一首又一首哀伤而古老的歌谣，一面翻看那几本不知被人翻了多少次的相簿：披着大衣的马立克、马立克和朋友们、马立克和那个女孩。照片的背景不外乎是白雪皑皑或松树丛生的高山，再不然就是露天咖啡座。马立克和马贺楚哥俩，一个月入一千两百卢比，一个月入六百卢比，这会儿聚在一块，相濡以沫（书架上摆着几部易卜生原文剧作），暂且忘掉他们在现实生活中遭受的耻辱，暂且沉湎在回忆里：遥想当年，在北欧留学，身为一个男人和学生就已经足够被社会接受，而身为印度人，更为他们的身份增添些许神秘的魅力和光彩。

十三四岁那年，吉凡离开家乡的村子，到孟买找出路。在这座大城市，他举目无亲，晚上只好在人行道上打地铺。好不容易，他终于在法特区一家印刷厂找到工作，月薪五十卢比。他没找房子，晚上依旧睡在人行道上。根据孟买的习俗，你只要在人行道上同一个地方一连睡几天，这个地盘就归你所有，别人不得侵占。吉凡能读能写，天资聪颖，待人殷勤。在孟买混了几个月后，他就开始帮他那间印刷厂承印的一家杂志拉广告。老板一再给他加薪。这小子如果好好干下去，厂长的位子早晚是他的。突然有一天，他跑进老板的办公室，向他提出辞呈。

"我总是留不住好员工！唉，这是我的命，"老板说，"我苦心栽培他们，训练他们。把本领学到手，他们就离开我了。你找到什么样的新工作啊？"

"老板，我还没找到新工作。我想请你老人家帮我找找看，可不可以呢？"

"啊！原来你要求我给你加薪。"

"您误会了，老板。我不是来向您要钱。这阵子每天骑着脚踏车在街上跑，我觉得有点累，而且我也不再年轻了。我希望能找到一份办公室的工作。我希望拥有一张自己的办公桌。只要能在办公室工作，薪水少一些也不打紧。老板，您能不能帮我留意一下？"

吉凡已经拿定主意。老板心肠很好，二话不说，就把这个得力助手推荐给另一家公司。晋升为办公室职员的吉凡，工作十分勤快，对老板忠心耿耿，一如当初他在印刷厂工作时那样。老板十分器重他，没多久，就把整个公司交给他管理和经营。吉凡省吃俭用，存下八千卢比，相当于约六百英镑。他利用这笔钱购买了一部出租车，以每天二十卢比的租金（马贺楚一天的薪水）把它租给别人开。他继续在公司工作，但他依旧睡在人行道上。吉凡那年二十五岁。

华桑特在孟买一座贫民窟长大。小小年纪，他就离开学校，出外找工作。一大早他就跑到孟买市证券交易所周围徘徊逡巡。厮混久了，所里的交易员都认得他，隔三岔五差遣他到外面去办点事，帮他们跑跑腿。华桑特渐渐地变成了交易员们专用的信差，替他们送电报。一天，一位交易员把一封电报交给华桑特，要他拿到电信局拍发，但没给他钱。"没关系，"交易员告诉华桑特，"月底他们会跟我结账，把账单寄给我。"就这样，华桑特发现了一个重大的商业机密：如果你每个月拍发的电报超过一定的数量，电信局就会让你赊账。于是他灵机一动，向证券交易员们提议：每天，他到交易员办公室收取电报，拿到电信局拍发，月底结账。他只收些许服务费，但集腋成裘，没多久他就存了一笔小钱，甚至可以租下一个小房间，充当电报收发室。收进来的每一封交易员电报，他都仔细看过一遍。没多久，他对证券市场的运作就了如指掌。他开始进场买卖股票，着实赚了一笔钱，变成一个富翁。如今他年纪大了，在孟买商界也有了一点地位，他在高级商圈拥有一间装潢颇为高雅的办公室，雇用了一个接待员、许多秘书和职员，但这只是充门面而已。重要的工作，他都拿到那间狭小拥挤的电报收发室去做，因为在别的地方，他实在没办法静下心来思考。当初过穷日子时，华桑特白天从不进食，发迹后，他依旧保持这个习惯。白天吃东西，会让他觉得昏昏欲睡，提不起劲来做任何事情。

在印度，制作皮革的工人是最低贱最肮脏的一种人。因此，在阶级意识十分强烈的印度半岛南端，发现有两位出身婆罗门阶级的兄弟，竟然从事这一行，心里难免会感到非常诧异。他们的工厂规模不大，却也自给自足：住家、工作坊和占地四英亩的菜园。兄弟俩，一个身材比较高瘦，身体强健，成天在城中各处奔走拉生意，争取订单，他的眼光十分敏锐，对外国皮革制品（公文包、日记簿封面和照相机皮套）的最新型款和设计都了如指掌。另一位兄弟身材比较肥胖，个性沉稳，负责管理工厂，监督工人干活。兄弟俩感到最得意的，是时不时就会有一位顾客对他们说："这真的是你们自己做的吗？看起来像进口的。我敢打赌这肯定是美国货。"每次听到这种赞美，兄弟两个就会乐得一个劲儿扭动身子，咮咮笑个不住。对于"劳资关系"（这是那位身材比较高瘦，星期天早晨会穿着汗衫和卡其色短裤的兄弟的用语），他们两人的看法倒是很开通进步的。"你必须想法子，让他们高高兴兴地工作。我不能做这种工作。我也不能让我的儿女做这种工作。所以我必须想法子，让工人们开心。"从街上捡来的一个"流浪儿"，刚开始在皮革工厂干活，日薪一卢比，干到十四五岁，薪水调高到每天四个卢比；制作皮革的师傅，月薪一百二十卢比，外加一笔年终奖金，约莫两百四十卢比。"对！"另一位兄弟接着说，"你必须想法子让他们开心。"这家工厂生产的皮件全都是手工制造。为此，兄弟俩感到颇为自豪，但他们一生最大的愿望，却是创建一座以他们的姓氏为名的"工业园"。他们出身一个贫穷家庭。刚开始时，他们制作信封。今天，他们的工厂除了生产皮件，也制造信封。在工厂一个角落，一个男孩站在堆集得十分整齐的一沓信封纸上头。一位师傅挥舞着一把宽刃大刀，把男孩脚趾旁的纸张剁成一块块。其他男孩蹲在另一个角落，把依照规定样式切割好的纸张，折成一个个信封。这两位兄弟的身家财产，总值七万英镑。

在印度的阶级体制中，稍稍逸轨，出外冒点儿险是被容许的，但阶级意识早已根深蒂固，没有一个印度人能够彻底摆脱他的种姓根源。它就像一种肉体的渴望：商场大亨一天到晚窝在他那间狭小简陋的办公室，舍不得离开；崛起中的年轻企业家，依旧睡在人行道上；出身婆罗门阶级的皮件制造商，不让儿女介入这个行业，以免遭受污染。西方新世界输入的现代商业机制（股票买卖、电报、劳资关系、广告等等），表面上看起来跟印度社会格格不入，但实际上，这些玩意儿全都已经被吸纳进阶级制度中，与之融为一体。很少印度人能够置身于阶级体制之外。马立克和马贺楚是例外。对印度社会所能提供的、所能容忍的那种冒险，他们不感兴趣，但他们的愿望和野心，却不能见容于印度社会，因为它会带来纷扰不安，破坏社会的稳定。排斥阶级标志（服装、食物和职业）就等于排斥阶级制度本身，结果，马立克和马贺楚发现，他们被这个社会遗弃了。在这样的一个社会中，他们竟然寻找积极进取的法国小说家巴尔扎克式的冒险，难怪会到处碰壁。

"不义的混乱一旦在社会蔓延开来，女人就会犯罪，变得不贞洁。女人一旦失贞，克里须那啊，种姓就会混淆，社会就会紊乱。"这句话也是出自印度教经典《薄伽梵歌》。但你大可不必担心，即使在今天的印度，也不可能发生种姓混淆，社会紊乱的现象，更不可能让老百姓恣意越轨，冒险犯难，尽管每个星期天早晨，老旧的英国俱乐部都会举行宾果游戏，尽管街上到处可以看到英国八卦报纸《每日镜报》黄色首版的海外版（身穿莎丽装的印度女士伸出玉指，争相购阅）和《女性杂志》的亮丽封面（上街购物的美艳少妇，把它当作阶级标志搂在怀里，身后跟着手挽菜篮，亦步亦趋的用人）。尽管在孟买、德里和加尔各答的夜总会，你可以听到乐队弹奏哀伤的乐曲，英印混血女歌手握着麦克风，演唱哀伤的歌谣，看客们说着过时的英国俚语，高声谈笑："哦，把你的外套脱下来，扔到那儿去吧。""哟，我的妈呀！"在这种场所大伙儿都使用英国名字：邦迪（Bunty）、安迪（Andy）、弗雷迪（Freddy）、吉米（Jimmy）和邦尼（Bunny）。这些人可都是真实的。他们身上的装扮（外衣、领带和领子）和他们嘴里的英语，使他们看起来和听起来都像极了英国的邦迪、安迪和弗雷迪。但那只是表面而已。实际上，安迪是安南德（Anand），丹尼（Danny）是丹德华（Dhandeva）——这都是典型的印度名字。他们的婚姻是父母安排的，将来他们子女的婚姻也得听从父母之命、媒妁之言。在生命中遭遇任何疑难，他们都会去找占星家，请求他指点迷津。舞池中每一对翩翩起舞的男女，都受命运之神眷顾。度完假，搭乘邮轮从果亚返回孟买的帕西教徒（可能是弗雷迪的朋友或远亲），也许会聚集在船舱中，旁若无人，引吭高唱英美流行歌曲《芭芭拉·艾伦》《白杨树丛》和《我不是铁石心肠》。但他们在孟买创造的那个欢乐的小英国，却具有强烈的德鲁伊教色彩。他们崇拜火，他们的教义褊狭而诡秘。在他们人生旅程的终点，矗立着阴森森的"寂静塔"，门口镌刻着古代图腾，墙后举行令人毛骨悚然的仪式。

与特立尼达岛上的印度人不同的是，对这儿的印度人来说，内在和外在世界是分不开的。两个世界和平共存。印度只是假装成殖民社会，因此，它的荒谬很容易显露出来。它的模仿既是殖民地式的模仿，又不纯然是殖民地式的模仿。那是一个古老的国家特有的一种模仿——这个古国，在过去一千年间，并未拥有自己的王室和本土贵族统治阶层，早已经学会挪出一些空间（但那也只是在社会的顶层）容纳外来的入侵者。在这一千年中，外在的模仿对象不断变换，但内在世界永远保持不变，而这正是印度人生存的秘诀。因此，像奥文顿这样的一位十七世纪末期的旅行家，他所撰写的旅游指南，直到今天，在很多方面仍旧适用于印度大部分地区。以前，印度人模仿的对象是莫卧儿人①，未来，他们也许会模仿俄国人或美国人，今天，他们模仿英国人。

"模仿"也许是一个太苛刻的字眼，不太适合用来描述影响印度社会这么深远、这么广泛的东西：建筑物、铁路、行政体系、公务员的培训和经济学家的养成。描述一位印度科学家特有的行为比较适当的字眼也许是"精神分裂"：就任新职位之前，他会事先请占星家替他选个良辰吉日。但我还是坚持要用"模仿"这个词，因为取得了很多成就，这种"精神分裂"的症状就被掩盖了，因为我们看到的现象，有太多只是单纯而荒谬的模仿，令人啼笑皆非，而根据我的观察，在全世界各色各样的人种中，印度人最具模仿天赋。那位第一次跟我见面的印度陆军军官，乍看起来，跟英国陆军军官简直一模一样。他刻意把自己装扮成英国人：举手投足、一言一行全都是英国式的，连喝酒也讲究英国品位。摆在印度这样的一个社会，这种印度式英国模仿简直就像一首狂想曲。你越看就会觉得越荒谬。你刚抵达印度时的感觉，渐渐获得了确认和证实：印度人模仿的并不是真实的英国，而是由俱乐部、欧洲老爷、印度马夫和用人组成的童话式国度——"盎格鲁－印度"。整个印度社会仿佛被一个漫不经心的骗子玩弄于股掌之间。我说他漫不经心是因为这个骗子玩够了，不感兴趣了，拍拍屁股走人了，留下那帮"盎格鲁印度人"，每个星期天早晨，成群拥进加尔各答的教堂，膜拜早已经被它的欧洲子民遗弃的神祇，留下弗雷迪和他那满口英国俚语："安迪，把你的外套脱下来，扔到那儿去吧。"留下那个同样满口怪腔怪调的印度陆军军官："唉，我的天！今儿个我感到好累！"这个骗子还留下一大堆词汇，诸如"民防线""兵营"和"开小差"……这些充满魔幻色彩的字眼，如今已经被印度人全盘吸收，变成"印度化的盎格鲁－印度"日常语言的

---

①莫卧儿人，16世纪征服并统治印度的蒙古族及其子孙，他们在印度半岛建立的伊斯兰教帝国于1857年被英国消灭。

一部分。在这个国度，主宰大众品位的是琐碎无聊、充斥着八卦新闻的《女性杂志》和《每日镜报》，而霍克斯比太太就像住在城郊的米勒曼特[①]，是优雅举止的权威。

社会顶层倒还存留着一些空间。在这一股模仿风潮中，一个新贵族阶级渐渐形成了，崛起了，但它的成员并不是政客和公职人员，而是那群在外国（主要是英国）公司服务的企业主管。印度人管这帮新贵叫"箱贩"。当初保留给外国人和征服者的特权，如今全都归属他们。这个新兴商业阶级，也正是马立克（每月"支领"一千两百卢比的工程师）和马贺楚（月薪六百卢比的公务员）全心全意追求的目标，却不得其门而入。两人失望之余，就开始讥笑起这批新贵来。我们现在的社会地位，比他们高一等哦，就像他们比蓝纳士高一等那样。记得蓝纳士吗？那个身穿印度式宽松白色棉布裤子，下班后赶搭通勤火车回到玛哈姆区公寓房间的速记员。而蓝纳士又比佛法特路那位"欢乐姑娘"的用人高一等。至于低贱的帕西教徒，那就更不用说了。度完假，搭乘邮轮从果亚返回孟买，同乘一艘船，我们却根本听不到他们引吭高歌《阿夫顿河水慢慢流》。

邦迪是一位"箱贩"。全印度的人都妒忌他，嘲笑他。"箱贩"这个名称的来历众说纷纭，莫衷一是。身为企业新贵的邦迪，有时也会半开玩笑地说，这个名称肯定跟街头小贩的箱形摊子有关，但比较可靠的一种说法是，它源自英印时代仆人身上背的文件箱——英国小说家吉卜林在《自述》中曾经以感性的语气提到这种箱子。别人都羡慕邦迪拥有公司提供的一套豪华公寓、一份高得离谱的薪水和一种特殊的本事：他能够跟现实的印度（独立后的印度）保持距离，心里却不会感到愧疚。这种疏远也引起别人的不谅解，让他饱受奚落。他是个好靶子。在商贾阶级中，邦迪是新入门的人，而这个阶级非常古老，虽然从事买卖，但受

---

① 米勒曼特，英国剧作家威廉·康格里夫（William Congreve, 1670-1729）的戏剧《如此世道》中的女主角。——编者注

过征服者的提携奖励，俨然变得高贵起来。邦迪就是受到这两样东西吸引（征服者的光环和做生意的利润），才决心加入这个阶级。

邦迪是"好人家"的子弟，祖上当过兵，干过公务员，甚至有人说他们家拥有贵族血统。他们家脱离真正的纯粹的印度已经有两三代了。跟他父亲一样，邦迪可能就读过说印度语或英语的公立学校，上过说英语的大学（本地有两所英语大学），在那儿学会了英国腔调的英语——这种口音，到现在他还努力保持着，尽管他没办法完全摆脱印度人讲英语特有的怪腔调。他结合东西方两种文化，自认"心胸开阔"。他让他的印度名字转化为最近似的英语名字，就像征服者口中的印度地名。佛道斯（Firdaus）变成了英语中的弗雷迪（Freddy），詹姆谢德（Jamshed）变成了吉米（Jimmy）。至于昌德拉谢卡尔这个典型的印度名字，实在没办法转化为近似的英语名字，只好变成最普通的英语名字"邦迪"或"邦尼"了。邦迪知道，身为旁遮普省的印度教徒，如果他敢娶孟加拉省的穆斯林或孟买市的帕西女子为妻（虽然在目前这个阶段，这样做需要一点点勇气），对他的前程肯定大有帮助，因为大伙儿都会说，他自诩"心胸开阔"，这可不是胡说。邦迪摆脱了一个禁忌，却不能不遵守另一条戒律：你千万不能把吉米（他那间陈设简单的冷气办公室，是跟别人共享的）带到安迪家做客（他那间陈设豪华的办公室，可是一个人专用的），否则就会触霉头，犯下不可饶恕的过错。

邦迪的祖父也许抽着水烟袋，又也许是在一个脏兮兮的房间斜躺在长枕上，跟客人谈买卖。邦迪做生意，则是在俱乐部跟客户边喝边谈，或是在高尔夫球场上边挥杆边谈。"箱贩"的圈子很小，对高尔夫球也没什么兴趣，但雇主却要求他们学会打高尔夫球，以便建立"人脉"。因此，在全印度的乡村俱乐部，你常会看到邦迪和安迪两人，郁郁寡欢，徜徉在高尔夫球场上，陪客户挥杆——每次走进南印度班加罗尔城的蒙蒙细雨中，安迪总会怀念起英国的雨季。他们这个圈子还保存着其他一些传统，因城市而不同。在加尔各答，每个星期五下午，他们聚集在周林希区一家叫费尔波的餐馆，举行狂欢派对，痛饮一番。英国人统治印度的时候，他们举行这种派对是为了送别启航去往英国的邮轮，顺便庆祝周末的来临（那时每周工作四天半）。如今，寄往英国的邮件都是飞机运送，但阶级意识强烈的邦迪却坚持保留这个传统，尽管在一般印度人心目中，它的起源并不怎么光彩。邦迪可一点都不会感到尴尬。

一般印度人觉得邦迪很滑稽可笑，因为在他们眼中，邦迪的行径和作风实在有点怪诞：他让他那从小讲英语的儿女们喊他"爹地"；他刻意模仿西洋人的礼仪，一看到妇道人家走进房间，就霍地站起身来；他讲究室内装潢，强调西方品位；他把浴室收拾得干干净净，一尘不染；他准备一大堆毛巾，让如厕的客人随时取用（在印度，这可是打扫厕所的用人干的活儿——印度家庭的厕所和厨房，是访客心中的最大梦魇）。但邦迪可不是一个小丑。他刻意和现实的印度保持距离，但他可也不愿意把自己变成一个欧洲人。他欣赏欧洲的迷人光彩和魅力，然而，天天跟欧洲人接触，基于民族自尊，他不得不在这帮老外面前保持印度人的身份。他努力融合东西方的文化传统——也许太过努力了，以致他对印度艺术和手工艺品的赞助，在别人眼中，跟外国游客的品位实在没什么两样。他家客厅墙上悬挂着当代印度织锦和好几幅来自康格拉、巴索里和拉贾斯坦的古怪素描画。印度画家贾米尼·罗伊的一幅色彩鲜艳的充满东方市集风情的作品，竖立在毕加索的石版画和法国画家希斯里的复制作品旁边。邦迪家日常吃的食物，糅合印度和欧洲风味，但他平日只喝欧洲酒。

邦迪家中的这些糅合东西方风格的陈设，反映出来的是他更深层的自我，而这是他的朋友和敌人从不曾察觉到的。事实上，邦迪只是假装成一个殖民者。在他自己心目中，他跟每一个人都平等，但同时却又高出大多数人一等。在他心灵中，就像在每一个印度人心灵中，内在世界依旧保持完整，不曾遭受任何侵犯。邦迪也许会欣赏他妻子和儿女的一身白皙诱人的肌肤，甚至会为它感到自豪。他也许会努力装出一副轻率、不屑的态度和口吻，要求你仔细观察他子女的肤色。你会发觉，他们的白皙并不是欧洲人的那种白皙（在邦迪看来，欧洲人的白皙就像罹患白化症的印度人，显得很不健康）。事实上，尽管欧洲人备受荣宠和嫉妒，人人都以模仿欧洲人为荣，但在印度人心目中，欧洲人却是"不洁"的民族。邦迪和客居印度的欧洲人同属一个社会阶层，但内心深处，邦迪却隐藏着一股强烈的排他的古老雅利安人种的意识。出于这个缘故，英印混血儿皮肤再白皙，思想再英国化，也不可能打进邦迪的社交圈子，除非他们拥有显赫的家世。在印度，英印混血儿只能以外人的身份存活在社会的下层。（事实上，他们也不想永远待在印度。他们的最大梦想是移民到英国。果然，他们来到了英国——皮肤比较白皙的则移民到白色的澳洲。来到伦敦后，他们聚居在福里斯特希尔这类地方，形成一个个闭塞且哀伤的小聚居区。每个星期天，他们穿着很短的衣裳上教堂做礼拜——这身装扮在印度会被视为"反印度"，在英国则被看成"非英国"，充满殖民地风情。《女性杂志》和《每日镜报》一上市，他们就争相购阅。他们的浪漫梦想总算实现了。）邦迪对待欧洲的态度，就像一位好色的清教徒：他瞧不起被他诱奸的女人。

礼拜天早晨，邦迪总会邀请朋友到他的公寓喝酒。如果他住在孟买，这套公寓肯定坐落在马拉巴尔山，如果他住在加尔各答，他的寓所肯定远离为他的工厂提供劳力的贫民窟。

"昨天，我陪副局长打了几洞高尔夫球……"这是安迪说的。

"呃，局长告诉我……"

邦迪和安迪说的可不是生意。他们讨论的是中印边境战争①的事。在

---

① 这里指 1962 年的中印边界战争。

这种时候，他们竟然感到沾沾自喜，因为他们在高尔夫球场上结识了一位权贵人物。他们的谈话让人感到不安，倒不只是这个原因。我们听到的是一种非常奇特、非常诡异的闲谈。我们应该怎样描述这种谈话呢？它不偏不倚，只陈述事实，不作任何结论。听到这种谈话，你会恨不得站起身来，走到邦迪和安迪面前，抓住他们的肩膀，使劲摇一摇，对他们说："说出你自己的意见，告诉我们，你对这场战争的看法！至少你应该说：'如果我是国防部长，我会怎样怎样。'告诉我们，你究竟站在谁那边。不要老是装出一副漠然的无动于衷的模样，仿佛在谈论跟你们无关的一些小灾祸似的。生气呀，激动呀，为印度的安全担忧呀，设法把你们那零零碎碎的闲聊串联起来，理出一个脉络，好让我们了解你的看法和立场，就算你的看法有偏颇，充满偏见，也没关系。瞧你们现在这副德行！就好像在谈论知名的历史事件似的。"

听了他们之间的闲谈，我们不免开始怀疑邦迪和安迪两人，表面装的是一套，心里想的却是另一回事。我们开始察觉，他们内心中有一个隐秘的世界，他们随时可以退缩进去，却很难真的进入。霎时间，这栋公寓仿佛悬浮在一个太虚幻境中。真实的印度就在大门外，近在咫尺，然而，住在这栋公寓的人却拒绝承认它的存在，眼不见心不烦：满街出没的乞丐，纵横交错的臭水沟，骨瘦如柴、面如菜色的成年人，肚腩鼓胀、身上爬满黑苍蝇、躺在垃圾堆中悲伤哭泣的小孩儿，市场中满街散布着的一堆堆牛粪和人屎，成群脏兮兮瘦巴巴怯生生、随时龇起牙来扑向同类的癞皮狗——就像它们周遭的人类。公寓里的装潢非常时髦，非常西方化，但里头许多装饰品却是印度式的。整个陈设给人的感觉是虚无缥缈，欠缺根基。书架上陈列的那些小说，跟其他国家书架上陈列的几乎一模一样——看来，通俗的品位是没有国界的，而且流行得很快。但小说讲的毕竟是人的故事，而住在这套公寓里的人，却一点都不关心人类遭遇的问题。瞧，那个受过高深教育的婆罗门，这会儿，手里不正捧着英国通俗作家丹妮丝·罗宾斯的言情小说，读得津津有味吗？（他把罗宾斯女士的作品摆在书架上，同印度马德拉斯省政府出版的一卷卷厚重的古代占星学文献资料并列在一起。）瞧，那个目前在旁遮普大学就读的小伙子，手里不正捧着"女生文库"的平装书，读得如痴如醉吗？邦迪的太太每次到俱乐部，不是抢着阅读《每日镜报》和《女性杂志》吗？她不也常常去找占星家，央求他指点迷津吗？

　　显然，在某个环节上沟通出了问题，但大家都没察觉到，因为表面看来沟通的渠道早已经建立。成群年轻人聚集在咖啡馆，热诚急切地讨论如何将"剧场"引进"群众"中。乍看之下，你会误以为你在孟买撞见一群英国剧场工作人员，他们就像印度军官模仿英国军官，在装扮上、在举止谈吐上，印度戏剧工作者效法英国戏剧工作者。就像他们在英国的同行，印度戏剧工作者心目中的"剧场"，只不过是《怒目回顾》(*Look Back in Anger*)[①] 这出戏，唯一不同的是，他们凭着专业知识把剧名减缩成《回顾》(*Look Back*) 两个词。他们张开双臂接纳西方的东西，但内心深处却不自觉地排拒这些东西蕴含的价值观。于是，在邦迪的公寓里，闲谈继续进行着，没完没了，而就在这一刻，中国军队即将突破印度防线，长驱直入阿萨姆平原。这时，你不会再觉得这帮人的模仿滑稽可笑——不像刚抵达孟买时，身心交瘁，你在肮脏酷热的街道上看到一幅巨大的海报，错愕之余，只想捧腹大笑。原来，这幅海报告诉印度民众，牛津和剑桥剧团即将在孟买市公演英国经典名剧《不可儿戏》[②]。

　　退缩、排拒、价值观混乱——这些都是非常抽象含糊的字眼。我们

---

① 《怒目回顾》，英国当代剧作家约翰·奥斯本 (John Osborne, 1929－1994) 的代表作，1956 年首演，轰动一时，被视为战后英国戏剧的里程碑。这出戏道出年轻一代的心声，英国剧作家竞相效仿，形成所谓的"愤怒青年"(Angry Young Men) 运动。
② 《不可儿戏》，英国剧作家王尔德 (Oscar Wilde, 1854－1900) 的著名喜剧作品。

需要更具体直接的证据。一九六三年伦敦哈米什·汉密尔顿出版社发行的一部印度小说——曼诺哈尔·马冈卡尔的《王侯》(*The Princes*)，在这方面倒能提供我们一些具体的例证。这出中古世纪式的悲剧，讲的是一个印度小王侯的故事：印度独立后，他骤然丧失权力，饱受屈辱，一时想不开，竟然赤手空拳跑去追捕一只受伤的老虎，结果惨死在畜生爪下。这是一本非常坦诚的小说，作者的写作技巧也颇有可观之处。马冈卡尔对当时印度贵族的户外生活，显然相当了解，描写起来头头是道，连对狩猎不感兴趣的读者，也能感受到它那魔幻般的迷魅气氛。

这位王侯的祖先是一群出没于印度南部德干高原、不属于任何种姓阶级的土匪。取得政治权力后，他们奉献十万卢比给印度教上师，以交换阶级特权。这帮强盗多年来积聚的财富，如今全都贮藏在国库中，变成了具有宗教神圣色彩的宝物，由一群精挑细选的家臣看守。对这个侯国的王室来说，这批财货是他们的祖传之宝，绝对不可用来改善人民的生活。王侯反对改革。在这方面，他的立场十分明确。英国人决定在邻近地区兴建水坝时，他鼓动当地的原住民投票反对。王侯每年颁发五份奖学金，每份价值七十英镑，以奖励品学兼优的学童。他对自己倒是慷慨得多。他拥有两座宫殿和三十辆汽车，外加每年七万英镑的零用钱。花一千五百英镑从西姆拉①带回一个艺妓，对他来说只是小事一桩。王侯殿下平日无所事事，整天进行各种休闲活动。他是一个神射手，最擅长追捕受伤的老虎。"我出身高贵，家道殷实。"王侯殿下最爱引述《薄伽梵歌》的诗句。"谁敢跟我平起平坐？"他可是言行一致的人。一九四七年，一群爱国志士占据这个侯国的行政大楼时，王侯殿下单刀赴会，排闼直入，二话不说，一伸手就抓住刚升上去的印度国旗，硬生生给扯下来。他无法接受联邦政府内政部提供的优惠条件。当他发现大

---

①西姆拉，印度北部一个市镇，为避暑胜地。

势已去，回天无力，他的心碎了。但他没发脾气，也没哭泣。他念诵着《薄伽梵歌》的诗句走出宫殿，赤手空拳追捕一只受伤的老虎，结果惨死在畜生爪下。这位出身高贵家道殷实的王侯，终于陨落了。

这是中古世纪的悲剧观。

> 人生的教训可归纳为一点：
> 我们崛起，亲爱的斯宾塞，所以我们活着。
> 斯宾塞，我们活着是为了死亡，崛起是为了陨落。

最耐人寻味的是，这位王侯的故事竟然是透过他儿子（也就是这部小说的叙事者）的观点，呈现在读者眼前。王子诞生于一九二〇年，在英国人为王子们办的英国式公立学校受教育。二次大战期间，他加入英国陆军，担任军官。他说："随着年岁增长，我发觉我越来越能认同我父亲的价值观。"在公立学校受过教育，体验过大侯国王子对小侯国王子的势利作风（英国人试图扫除这种势利作风），在陆军混过之后，他来到避暑胜地西姆拉，结识了一个英印混血女郎，两人坠入爱河：

> 英国人确实懂得如何抗拒改变。在喜马拉雅山区，春天已经来临了。西姆拉这座城镇看起来跟五十年前，甚至一百年前一模一样。霍克斯比太太也许就住在附近。转个弯，走几步路就到她的家。

> "我喜欢你的香水，但我不知道那是什么牌子。"
> "香奈儿五号。我那瓶快用完了，只剩下一点点，我把它全部搽在身上——跟王子约会嘛！"
> "哦，谢了！下回我买几瓶送你。"

在印度首都德里的几家俱乐部混过之后：

"辩论？"我大叫起来，"可以啊！我们当然可以来一场辩论。我们不是每天都当父亲，他妈的！你到底想跟我辩什么啊？"在新德里待了将近两年，我总算学会了交谈的艺术：鬼扯，言不由衷，但很轻松。做人莫太认真严肃，放轻松点儿，这是最要紧的。

这是王子长大后，离开他父亲那个破败的侯国和他就读的那间本地小学，周游印度各地的经历。小说开始时，叙述者（王子艾布海拉吉）和他的同父异母兄弟查鲁杜特还是小学生。在学堂里，兄弟俩跟出身贱民阶级、只能坐在教堂后面地板上听讲的同学保持距离，不相往来。一天早晨，孩子们趁着下课休息，在走廊上玩起一种"芒果籽足球"游戏。那群小贱民站在远处观看。其中一个跑上前来加入这场球赛，把查鲁杜特绊了一跤。出身高贵阶级的孩子们（包括艾布拉海吉）纷纷伸出手臂，指着小贱民们破口大骂："剥牛皮、吃牛肉的浑蛋，满身臭烘烘！"他们把那个胆敢冒犯他们的小贱民抓住，连人带书包一股脑儿抛进池塘里。"私生子！"满身湿淋淋的男孩指着查鲁特叫嚷，"你根本不是王子。你娘是娼妓！"

"私生子"这个字眼引起艾布拉海吉的好奇。他跑去问英文老师莫尔顿先生，这个英文单词到底是什么意思。莫尔顿老师支支吾吾。艾布拉海吉后来回忆："我能够理解他的尴尬。他这个人心思敏锐，什么事情都瞒不过他。查鲁杜特和我们家那群庶子的出身来历，他早就探听得清清楚楚。"那天在学堂，师生俩从头到尾没有提起发生在走廊上的事。

小贱民卡纳克昌德丢了书包，第二天两手空空来学校上课。老师不让他进教室。那天下午，王子艾布海拉吉发现他"蹲在墙头，垂头丧气，一脸忧伤"。隔天早晨他依旧蹲在那儿。艾布海拉吉问他发生什么事。他说，他不敢待在家里，因为如果他父亲发现他丢了书本，肯定会把他痛打一顿，而他又没钱买新书，老师不准他进教室。艾布海拉吉把自己书包里的书全都送给卡纳克昌德，其中有一本小说叫《拦路大盗的宝藏》（*Highroads Treasury*），是莫尔顿先生送给王子的礼物。那天，不知什么缘故，莫尔顿老师忽然问起这本书。王子据实回答，老师点点头表示理解。隔天早晨，卡纳克昌德到学堂找艾布海拉吉，把《拦路大盗的宝藏》还给他。"这是别人送给你的礼物。我把它带回来还给你。"

　　这段插曲非常直率，却也十分感人。从吵架、遗忘到良心发现，整个过程描写得栩栩如生，颇为写实。就在这个节骨眼上，笔锋一转，作者突然冒出一句话，把这段插曲的感人效果全都抵消掉了。身为读者的我们乍然听到这句话，难免感到错愕。作者通过叙述者艾布拉海吉，评论卡纳克昌德这个人："小时候他很可爱，就像一枚印度银币。长大后怎么会变得那样暴戾、那样难缠呢？"卡纳克昌德像印度银币一样可爱！这个吃牛肉、满身臭烘烘、蹲在教室后面地板上听老师讲课、丢了书本后一连两天坐在墙头上的小贱民，竟然跟印度银币一样可爱！因为他接受世袭阶级制度，所以他很可爱、很健全？他把人家的东西还给人家，不肯据为己有，在王子眼中这个小贱民就变得很可爱？

　　不管怎样，这对王子和贱民之间渐渐发展出一段友谊。一天，卡纳克昌德送给艾布海拉吉一个礼物：几颗巨大的豆子，没什么用途，只适合放在手掌中把玩观赏。"第一次碰触穷人从森林里捡来当玩物的豆子，我心里感到些微不安。"王子回忆他当时的心情。他接着说："如今回想起来，我才领悟，通过卡纳克昌德，我生平第一次接触到印度那颤抖的贫穷。"这是很奇特的措辞——"颤抖的贫穷"。乍看之下，"颤抖"这个形容词似乎是多余的，但仔细玩味，它虽然显得有点夸张造作，却也让人觉得十分生动写实。也许这个词作者只是随手拈来，没什么特别的用意。

在作者笔下，卡纳克昌德的贫穷确实让人怵目惊心，颇具戏剧效果。他的午餐只是一小块烤焦了的面包、几根红辣椒和一颗洋葱。

> 对他来说，连洋葱都是难得尝到的珍贵食物。平日午餐只有一片粟米面包，蘸着辣椒粉和花生油吃。我坐在一旁，目瞪口呆，看他吃东西。看他那副狼吞虎咽的模样，仿佛饿了好几天……他一手抓着烤焦的粟米面包，一手捏着洋葱，轮流咬着，直到吃完最后一口，才伸出舌头把手指舔干净。

作者仿佛在描写一只稀有动物的进食习惯。他把贫穷当作一种奇观：这就是我们印度人的贫穷。王子艾布海拉吉请小贱民卡纳克昌德吃巧克力。卡纳克昌德接过来，连包装纸一块儿把巧克力一股脑儿塞进嘴巴。艾布海拉吉惊叫一声。卡纳克昌德赶紧把巧克力吐出来——莫忘了，这个小贱民十分可爱，就像一枚印度银币，然后说出一句耐人寻味的话："哦，我不知道。我还以为殿下跟我开玩笑，要我吃绿色的纸。"

卡纳克昌德天资聪颖，但英文很差。王侯设置奖学金，每年资助五个本邦子弟进入中学就读，但申请者必须提交一篇英文作文。艾布海拉吉捉刀，帮卡纳克昌德写了一篇文章，果然获得奖学金。王侯殿下颁发奖学金那天，卡纳克昌德的父母亲莅临观礼，"高兴得快疯了"。殿下勖勉学子们："真理、诚实、信仰，以及最重要的——忠义，是人生四大美德，其价值远远超过世俗的财富和报酬。"说着，他举起马鞭，嗖地挥向卡纳克昌德。小贱民摔倒在地上后，殿下又挥动马鞭狠狠抽了他两下，然后"掏出手绢，仔细地擦了擦手"。王子艾布海拉吉吓坏了。后来他说服他母亲拿出一笔钱来，资助卡纳克昌德进入中学就读。日后回忆起这件事，艾布海拉吉告诉读者，卡纳克昌德从不曾表示过"感恩"之意。

这位王子备受折磨，不是因为卡纳克昌德曾经遭受他父亲当众羞辱，而是因为"他把这个善良、上进的男孩子送去中学读书，结果却使他变成一个狂热的革命分子，贻害邦国"。瞧，这部小说的作者在节骨眼上又冒出一句突兀且歪曲事实的评论，让身为读者的我们猝不及防，仿佛被人暗算了一下。

岁月递迁，光阴荏苒，我们再看到卡纳克昌德时，他已经变成一个民族主义者，积极参与印度的独立建国运动。他没忘记小时遭受的羞辱。印度独立了，报仇的时机来临了。如今出现在读者面前的是一个面目可憎、时而狂妄自大、时而卑躬屈膝的家伙。王侯统治的小侯国，一夕之间化为乌有。更令人不齿的是，卡纳克昌德竟然率众在街上游行，高呼："王侯死了！"

> 卡纳克昌德这样做实在太过分了，我永远不会饶恕他。他欺侮一个已经倒下却依旧不肯服输的男子汉。他羞辱一个顶天立地的大丈夫。这个人是一只绵羊，他的报复是绵羊的报复——一如我父亲生前所说。

这般倨傲顽强的态度和口气突出的是过时的、中古世纪的阶级观念，公立学校式的公平竞赛观念激发了一种反抗的热情：这场骚乱的原因显而易见。尽管表面上，艾布海拉吉以公理为名，发誓要替父亲报仇。他决定仿照他父亲生前的做法，当众羞辱卡纳克昌德——如今回想起来，这个贱民当初实在应该被鞭打一顿，免得他忘记他的阶级身份。艾布海拉吉决定在公开场合，用马鞭狠狠鞭打卡纳克昌德。"这种人，一挨打就会扯起嗓门尖叫。这个可怜的家伙还没学会咬紧牙关，默默忍受惩罚。"小说就在这儿结束。作者显然希望我们赞许这样的结局。王侯惨死后，作者以为只有这样做才能让叙述者（王子艾布海拉吉）的内心恢复平静，也才能让读者感到欣慰和满意。

印度的贫穷在"颤抖"。艾布海拉吉为他父亲当众鞭打卡纳克昌德感到罪疚，归根究底，与公立学校的道德准则无关。他只是为自己的过失（把一个善良的男孩转变成一个革命分子）而自责。这部小说就像变魔术一样，印度社会的残酷现象全都消失在教科书式的空空洞洞的西方词汇里（诸如"颤抖的贫穷"）：叙述者告诉我们，他父亲拒绝将"基本人权"赋予"人民"；他跟我们谈论"人民的共同愿望"。在这本书里，从头到尾我都没看到我认识的那个印度：那一畦畦贫瘠不堪的田地；那一窝窝只有三只脚的狗儿；那一群群身穿红衣出没在火车站、汗流浃背、头顶上扛着笨重的马口铁衣箱的脚夫。书中写道："雨过天晴，山峦苍翠欲滴，空气中弥漫着松脂和花香，四野寂沉沉静悄悄，只有偶尔响起人力车夫尖锐的呼叫声。"人力车夫，跟驮载货物的动物没什么两样，他们看起来不能再低贱卑微了。而他们竟然以这种方式出现在小说中：我们看不到他们的身影，只听到他们那宛如节日歌声般、为避暑胜地西姆拉镇增添几许浪漫气氛的呼叫。这就是印度式的逃避现实；这就是印度人的"盎格鲁－印度"乱象的一部分。

旅人也必须面对这样的印度。劳苦大众的面目变得模糊了。剩下来的印度人（模仿西方人在舞池中翩翩起舞的那些男女）也许就能成为温和的嘲讽对象。但首先，你必须漠视存在于那个背景中真正的、显而易见的印度。

第三章　来自殖民地的人

好吧，印度是一个乱七八糟的国家。

——甘地

往来市中心和郊区之间的通勤火车上，那个男子穿梭在人堆中，钻进钻出，散发传单。他手上的一沓传单脏兮兮、皱巴巴的，用印度通行的三种文字诉说一个难民家庭的悲惨遭遇。有些乘客接过传单，认真阅读起来。其他人看都懒得看一眼。火车开到一个站上，停下来。散发传单的男子从一扇门钻出去，一位妇人带着一个小男孩，从另一扇门钻进来。这对母子并不是传单上描述的那个家庭。出现在传单上的亟待各界伸出援手的，是一位贫困的孟加拉妇人和她六个挨饿的子女，而不是眼前这个身材瘦弱、衣不蔽体、浑身邋里邋遢的瞎眼男孩。他高高举起双手，哀哀地向乘客们乞求。两行泪水不断从他那红肿的眼眶中流淌出来。一个妇人跟随在男孩身后，推着他，从车厢这头走到另一头。她扯起嗓门，一面哀号一面伸手，从那群懒得抬起头来的乘客手里，熟练地接过一枚枚小硬币。她忙着收钱，没工夫停下脚步来，央求乞于施舍的乘客赏几个铜板。火车靠站之前，这对母子已经走到门口，准备更换车厢。火车停下，娘儿俩钻出车厢，另一个男子钻进车厢。他匆匆忙忙穿梭在人堆中，赶在火车抵达下一站之前，收回先前散发的传单。

整个过程进行得十分迅速。车上的每个人，包括乘客在内，对这一幕早已司空见惯，见怪不怪。脏兮兮的木制车身上张贴着油印的告示，用三种文字警告乘客不得在车上施舍，也不可接受陌生人的香烟，因为"这些香烟可能掺有麻药"。但没人理睬政府的警告，看见乞丐进来，依旧大大方方掏出铜板儿，布施一番。在印度，做乞丐可是一种神圣的职业，他能唤起每个人的慈悲心，包括穷人在内。刚才那个男孩的眼睛，说不定是被弄瞎的，以便在郊区通勤火车上乞讨，而散发传单的那个慈善团体，显然摆了个乌龙，向乘客发出错误的传单。但这些都无关紧要。重要的是施舍，这种自动自发的慈善行为，反映的是人对神的一种发自内心的虔敬，一如在神像前点一根蜡烛，或在祈祷时转动法轮。就像祭司，乞丐也有他的天赋职责。和神职人员一样，他也需要一个属于他的组织和团体。

但有一位观察家提出不同的看法：

> 如果我有权力，我会封闭每一个供应免费餐点的慈善团体。它使我们国家堕落和沉沦，因为它鼓励懒惰、游手好闲、伪善，甚至犯罪的行为。这样的慈善并不能增加我们国家的财富，不论是物质上或精神上的财富……我明白，成立一个机构，让人们脚踏实地努力工作，然后才让他们吃饭，比成立一个慈善团体难得多……但我相信，以长远的眼光来看，这样做毕竟划算得多。如果我们不希望看到无所事事、游手好闲的人成几何级数增加，把我们国家整个淹没掉，我们就应该立刻采取行动，解决这个问题。

这位观察家乍看之下似乎是个外国人,他不明了乞丐在印度社会扮演的角色。他使用欧洲的标准,衡量印度这个东方国家。即使掌握权力,他的改革也不可能成功,因为太过激进。当然,在解决乞丐问题上,他失败了。

俯瞰达尔湖的商羯罗查尔雅山是斯利那加城[①]最美丽的景点之一。攀登这座山,你得小心翼翼,步步为营,因为山坡上有好几个地点被印度游客当作厕所使用。上山途中,如果你撞见三位女士结伴儿并排蹲在山腰,你不必惊慌。她们会瞅着你咯咯笑,仿佛对你说:不要脸,跑来偷看人家大便。

在马德拉斯,高等法院旁边的巴士站是最常被人们当作公厕使用的地方。旅客抵达车站。为了打发时间,他就撩起身上穿着的缠腰布,旁若无人蹲在排水沟旁解决。巴士抵达,他放下缠腰布,从容上车。一位女清洁工拿根扫帚,把他拉出的那堆东西给扫掉。在南印度这座大城,有时你会看到一位鼻梁上架着眼镜的道貌岸然的老先生,漫步走过坐落在海港的大学。突然,他停下脚来,撩起缠腰布,露出只系着一条细细薄薄丁字带的光溜溜的屁股,当街蹲下,就在人行道上撒起尿来,撒完,从容起身,慢吞吞整理好丁字裤,放下缠腰布,若无其事继续散步去了。傍晚时分,滨海大道人来人往,非常热闹,但没有人看这位老先生一眼,也没有人脸上露出尴尬的表情。

在果亚,清晨时分,你也许会想出门走一走,沿着曼杜威河畔的回栏大道散步。往下一瞧,你却看见距离路面六英尺的水边,蹲着长长一排人影,乍看起来,就像一丛丛被浪潮冲刷到岸边的海草似的。在这一点上,果亚的居民和古罗马帝国的公民看法一致:大便是一种社交活

---

①斯利那加,印控克什米尔首府,著名避暑胜地。

动，从事这种活动时，他们得蹲在一块儿，边拉边聊天。拉完，他们站起身来，光着屁股涉水走入河中清洗一番，然后回到马路上，跳上脚踏车或钻进轿车里，扬长而去。整个河滨散布着一堆堆排泄物。就在这一团臭气中，人们讨价还价，买卖刚从船上卸下的鱼货。每隔约莫一百码，河边竖立着一块蓝白两色的搪瓷牌。这个告示是用葡萄牙文写的：污染河水的人，必受严厉惩罚。但没有人看它一眼。

印度人喜欢随处大解。通常他们蹲在铁路两旁，但兴致来时也会蹲在海滩、山坡、河岸和街道上，光天化日众目睽睽之下解决个人问题。深闺制度下长大的伊斯兰教妇女，在这档子事上可就含蓄得多。但这是一种宗教上的克己行为。据说，农民（不论是穆斯林还是印度教徒）一旦被迫使用封闭的厕所，就会罹患幽闭恐惧症。我在北方邦一座纺织城镇结识了一位相貌英俊的伊斯兰教小伙子。他在一所有趣的学院就读，身上穿着雅洁的尼赫鲁装——连纽扣都跟这位印度总理身上的一模一样。对这个现象，他却有另一种解释。他说，印度人是具有诗人气质的民族。他自己就常常跑到旷野上大解，因为他是个诗人，热爱大自然，而大自然正是他用乌尔都语写的那些诗歌的题材。在他心目中，人世间最美好、最具诗情画意的活动，莫过于黎明时分迎着朝阳蹲在河岸上。

在外国旅客眼中，这一群群蹲着的人影，简直就像法国雕刻家罗丹的作品《沉思者》一样永恒，一样具有强烈的象征意义，但印度人从不提起它——不论是在日常谈话中，还是在文学作品和电影里。如果这只是一种掩饰，那倒也无可厚非。但事实是：印度人对这些随处蹲着大便的同胞，根本视若无睹。他们甚至会板起脸孔，义正词严地否认这些人的存在。这种集体的盲目，源自于印度人对污染的恐惧——他们自诩为全世界最清洁最爱干净的民族。他们遵照教规，每天沐浴一次。对他们来说，沐浴可是人生一桩大事。印度人想出各种办法保护自身，以免遭受任何形式的污染。排便时，必须遵循一套正规、纯洁的程序。做爱只能使用左手，吃饭只能使用右手。人的一切活动都被严格规范、净化。因此，刻意观看蹲着的人不啻是歪曲事实——你应该看穿表面现象，探寻隐藏在背后的真理。聚集在北方邦首府勒克瑙俱乐部的女士们先是否认印度人在街上公然大解，接着她们会皱起眉头，一脸嫌恶地提醒你，欧洲人的生活习惯才真的令人不敢恭维：做爱、上厕所和进食，全都使用右手；每个礼拜洗一次澡，把身子泡在一缸脏兮兮的臭水中；洗脸、漱口、吐痰，全都使用相同的盆子。她们举出这类夸张的、充满情绪性的例证，并不是想证明欧洲人究竟有多脏，而是想凸显印度的清洁和安全。这是印度式的辩证法，印度式的观察。如此一来，在他们眼中，光天化日下成群蹲着的男女和路边那一堆堆粪便就会消失无踪，眼不见为净。

且让我们再听听那位观察家怎么说：

> 散布在这块土地上的，并不是一座座景致优美的小村庄，而是一堆堆粪便。进入印度的村庄，可不是一个赏心悦目的经历。通常，我们得闭上眼睛，捏住鼻子。周遭的一堆堆垃圾和一阵阵臭气，实在太碍眼、太刺鼻了。
>
> 我们能够，而且必须，向西方学习的一门科学就是公共卫生。
>
> 由于我们的不良生活习惯，我们污染了神圣的河川，把圣洁的河岸转变成苍蝇的滋生地……一把小小的铲子，就足以铲除印度人在日常生活中遭遇的一大困扰。随地弃置排泄物、在大庭广众间擤鼻涕、把痰吐在街头——这些行为都是一种罪过，不但亵渎神圣，而且糟蹋人性。这种人从来不为别人着想，实在太过自私。不把自己的排泄物遮藏起来的人，即使住在深山里，也必须受到严厉的惩罚。

这位观察家看到的是一般印度人视若无睹的现象。他的眼光和理想是西方的、外国的。印度人自吹自擂的每日一浴，却被他讥为"这是哪门子的沐浴"。他可没耐心慢慢去探索隐藏在仪式行为背后的意图，并在意图中寻找真相。他一心只想搞好印度的公共卫生。在伦敦，他读过有关素食主义和洗衣技术的书。旅居南非时，他学过簿记。如今回到祖国，他开始阅读探讨公共卫生的著作。

在他那部探讨乡村卫生的著作中，蒲尔博士指出，排泄物应该掩埋在距离地面不超过九到十二英寸的泥土中。根据他的观察，地表的土壤充满各种微生物，而阳光和空气又能轻易穿透它，因此，只需一个星期，排泄物就能够被转化为柔润、肥美、香喷喷的土壤。任何一位村民都可以测试蒲尔博士的理论。

这段话所呈现出来的，是这位观察家独特的眼光和特有的语调。他对公共卫生的关心（在印度传统中，这可是厕所清洁工人的职业），并未受到一般印度人的肯定和认同。不信，你就到新德里国际机场，瞧瞧那儿的厕所吧。印度旅客随地大便——在地板上，在男厕的小便池中（在小便池中如何大便？恐怕得施展印度人最擅长的瑜珈术）。由于担心受病毒感染，大便时，印度人都不敢坐在马桶上。他们采取半蹲的姿势，以至于厕所的每一个隔间，地板上都沾满他们拉撒出来的屎尿。没有人在乎。

在欧洲和其他地方搭乘卧铺旅行时，一般人都会选择上铺。睡在上铺，一来可以享有比较多的隐私，二来不必遭受别人的臭脚和不断打开的车厢门的干扰。在印度搭火车旅行，睡在上铺还有一个好处：灰尘比较少。可是说也奇怪，印度人偏偏喜欢睡在下铺。这倒不是因为把寝具摊开来，摆在下铺比较方便（脚夫和服务生会帮你这个忙），而是因为爬到上铺睡觉，多少需要耗费一点体力，而在印度传统中，任何需要体力的活动都被认为是低贱、堕落的，能免则免。

这回，我搭乘特快车到德里，车票是印度铁路局一位高级官员帮我订购的，因此，顺理成章地，我分到了下铺。我的室友年纪约莫四十，西装笔挺，模样看起来像是一位高级职员或大学教师。分到上铺，他显得有点不开心。他先向服务生抱怨一番。火车开动后，他开始喃喃自语，怨这怨那。我看不过去，便主动提议跟他交换睡铺。他登时眉开眼笑。可是说也奇怪，他依旧站在睡铺旁，一动不动。原来，他的寝具是服务生帮他摊在上铺的，如今他必须等待火车抵达下一站，找另一个服务生，帮他把被褥搬下来。这一等就是两个钟头。我困了，想早些安顿下来。于是我自告奋勇，充当服务生。他只管笑眯眯站在一旁，袖手旁观。我忍不住发脾气。他登时收敛起脸容，刹那间变得面无表情——印度人以这种方式告诉你：沟通的渠道中断了，他不想再跟你这个不可理喻的家伙打交道。体力劳动是低贱、堕落的。只有外国人敢提出不同的看法：

> 脑力和体力分离的结果，使印度人成为世界上寿命最短、最缺乏随机应变能力、最受剥削的民族。

这位观察家，这位失败的改革者当然就是甘地：圣雄、伟大的灵魂、印度国父、老百姓心目中的神。他的名字被赐予全印度的街道、公园和广场；他的雕像和纪念碑矗立在全国各个角落和首都德里的河阶浴场——游客必须打赤脚，踩着滚烫的沙砾步上台阶；他的画像被供奉在每一间槟榔店，悬挂在无数办公室中——戴着眼镜，赤裸着胸膛，浑身散发出慈悲和智慧的光芒；他的形象无所不在，甚至被简化成卡通人物，用霓虹灯描绘出轮廓，装饰每一个举行婚礼的新房。尽管如此，他却是现代印度政治领袖中最不像印度人的一个。他观察印度的方式，和一般印度人截然不同：他的观点和看法是直接而坦诚的，而这种态度在当时（今天仍然如此）是革命性的。他看到的与外国游客看到的完全相同。他不刻意漠视、回避明显的现象。他看到乞丐和恬不知耻的所谓贤人智者；他看到印度教圣城巴纳拉斯的脏乱；他看到印度医生、律师和新闻记者令人咋舌的卫生习惯——他看到印度人的麻木不仁和拒绝面对现实的习性。印度人的习气、印度社会的种种问题，全都逃不过他的眼睛。他剖析这个有如一潭死水般停滞的、腐朽的社会，探索它的病根。呈现在他三十多年前著述中的印度，至今依然存在——这足以证明，身为改革者，他是失败的。

甘地能够以如此清晰透彻的眼光观察印度，是因为他在殖民地住过。回到印度定居时，他已经四十六岁，在南非居住了二十年。南非有一个远离祖国、孤悬海隅的印度小区，这种对比使甘地更能清晰、严正地进行自我分析和批评。在英国殖民地出生长大的甘地，一身结合东方和西方、印度教和基督教的文化传统。与甘地相比，尼赫鲁可说是地道的印度人。对这个国家及其历史，尼赫鲁有一种浪漫的、近乎盲目的感情，他的著作所呈现出的印度，跟现实似乎有一段差距。观察祖国时，甘地从不曾丧失他那批判的、比较的、源自南非的眼光。对古代印度的光辉历史，他从不曾像尼赫鲁那样狂热地歌颂，只是偶尔含糊其辞地讲几句捧场话，应酬一番。但是，在国大党举行的全国代表大会中，是甘地（而不是尼赫鲁）要求印度民众，除了关心大会通过哪些决议案，还要特别关注他在大会上观察到的一些令人不安的现象：来自南印度的讲泰米尔语的代表独自进食，因为他们担心，跟非泰米尔语族共食一堂，会使他们的身心遭受污染；有些代表明知清洁工人已经下班，没人清理排泄物，却依旧公然在走廊上大小解。

甘地要求民众关注这些现象，可谓用心良苦，因为这个问题牵涉到的不仅仅是公共卫生。从一个看似琐碎、不值得大惊小怪的现象（出席重要政治会议的代表，在走廊上随便拉撒），我们可以进一步分析、探讨整个印度社会的病根。公共卫生牵涉到种姓阶级制度；种姓阶级制度造成印度人的麻木不仁、欠缺效率和无可救药的内斗；内斗使印度积弱不振；积弱不振导致列强入侵，印度沦为殖民地。这就是甘地看到的印度，而这个印度在土生土长的印度人眼中是不存在的。若想看到这样的印度，你必须具备西方人的那种直接单纯的眼光。值得一提的是，刚从南非回到祖国时，甘地以一种崭新的、充满启示性的热诚，向印度民众阐释西方基督教的简单真理："在上帝的宝座前，我们终将受到审判，而他的判决所依据的理由，并不是我们生前吃过什么东西，结识过哪些人，而是我们到底帮助过谁，以什么方式帮助他们。一生中，只要我们帮助过一个遭逢不幸的人，我们就会受到上帝的恩宠。"这种新的圣经式的训诲，正是当时印度所需要的。在甘地启发下，我们发觉，在西方，如今大家早已耳熟能详的基督教道德观，当初肯定曾经被视为异端，充满革命性。印度教徒也许会在这种服务精神和理想中，尝试寻找《薄伽梵歌》所赞颂的"无私行为"。但这只是印度式的歪曲——自古至今，印度人总是试图吸纳外来观念，然后加以摧毁、废弃。《薄伽梵歌》所表彰的那种无私行为，说穿了，只是为了达成一己的愿望，满足个人的需求。这样的无私只会进一步巩固种姓阶级制度。它跟甘地（印度的革命志士）所倡导的那种实用的日常服务精神和理想，完全是两码事，不可同日而语。

服务精神、排泄物、用劳力换饭吃、清扫街道的重要性，然后又回到排泄物。这些都是甘地毕生关注念兹在兹的课题（暂且不谈他提倡的非暴力主义和其他思想，而把焦点集中在他对印度社会的分析）。乍看之下，这些课题显得杂乱无章，而且有时会让人觉得不舒服，但实际上，它们可以串联起来，构成一个合乎逻辑的整体观念，而这个观念是透过甘地那源自殖民地的直接而单纯的眼光呈现出来的。

瞧瞧这四个正在洗刷阶梯的男子。地点是孟买城中的一家令人不快的旅社。第一个男子提着水桶，一面走下台阶一面泼水；第二个男子握着一把用树枝编织成的扫帚，使劲刮擦台阶上铺着的瓷砖；第三个男子拿着一块破布，把台阶上的脏水抹一抹；第四个男子捧着另一个水桶，承接台阶上流淌下来的脏水。清洗过的台阶，看起来依旧脏兮兮，黑黝黝的地砖上矗立着的墙壁，如今却沾上了一摊摊污水。旅馆里的浴室和洗手间臭烘烘的；木制家具和装潢每天都得沾一次水，湿漉漉的，早就腐朽了；水泥墙布满黏糊糊的、绿色和黑色的不知什么名堂的东西。你可不能抱怨这家旅馆不干净。没有一个印度人会同意你的看法。四个清洁工人每天准时上班，而在印度，只要准时上班就不会有人找你麻烦。身为清洁工人，你可不一定要拿起扫帚，认认真真把地板打扫干净。那只是附带的职责。你的真正职责是"担任"清洁工人，当一个下贱的人，每天做一些下贱的动作。譬如说，打扫地板时你必须弯着腰，驼着背。在时髦的德里咖啡馆，打扫地板的工人必须蹲着，像螃蟹一样爬行，在顾客的腿胯间钻进钻出，不得抬头乱瞄，不得碰触顾客的身体，不得站起身来。在查谟市[①]，你会看见成群清洁工人游走在街上，用赤裸的双手捡起地上的垃圾和粪便。这是社会要求他们干的低贱工作，而他们也心甘情愿接受这种屈辱。他们本身就是秽物，他们愿意以秽物的面目出现在人们眼前。

阶级是一种奖惩制度。印度的种姓阶级把每个人禁锢在他的身份里。在这种情况下，由于不牵涉到奖惩，职务和责任就变得无关紧要。所谓"人"，就是他对外宣示的身份和功能。在这方面，印度人是直截了当的。穷人一定是瘦子，富人一定是胖子。我在加尔各答结识一个来自玛瓦尔

[①] 查谟，印控克什米尔的冬都，夏都为斯利那加。

邦的小商人。这位仁兄天天吃糖果和各种甜食，希望自己长胖些，以便向别人夸耀他的财富。在旁遮普，最受欢迎的一句恭维话就是："您又长胖啦，看起来气色挺好的。"在北方邦的每一座城镇，你会看到一个身材肥大的富翁，身上穿着清爽、干净的白衣裳，大刺刺地坐在三轮车上，而踩车子的肯定是一个衣衫褴褛、面容憔悴、一副未老先衰模样的瘦子。满街乞丐哀号。印度教圣人弃绝人世的一切。政客们成天板着脸孔，不苟言笑。我问印度政府行政部门的一个见习生，为什么他会加入公务员行列，他想了想，回答说："这个工作很体面、很有威望。"他身边那些同事纷纷表示赞同。这个回答倒是挺诚实的。难怪，中印战争时，阿萨姆邦的整个行政体系一夕之间瓦解，官员们全都作鸟兽散。

印度人的观念中并没有"服务"这回事——提供服务早就不再是种姓阶级制度的一个理念。商人的功能是赚钱。他打算把鞋子卖到俄罗斯，于是他寄出样品，都是一级棒的货色，接到订单后，他运送一船鞋子给对方，但鞋底却是用厚纸板做的。他好不容易才说服对印度人做生意的方法感到疑惧的马来西亚商人，终于争取到一张药品订单，但他运送给人家的却是一瓶瓶添加颜料的开水。身为商人，他的职责不在于供应货真价实的商品，他的职责是赚钱——不择手段。鞋子被俄国人退回，马来西亚商人对他的颜料水提出抱怨。他只怪自己时运不济，但作为商人，他必须忍受这些考验和磨难。他从一种买卖转到另一种买卖：从鞋子转到药品，从药品转到茶叶。茶园需要细心照顾。到了他手里，没多久，整座茶园就变成一片荒野蔓草。短视和欺诈，可不是经营茶园的好方法。但这个商人只是在发挥他的功能，履行他的职责。后来，为了实现他的另一项功能，这位商人把他的财富全都施舍掉，改行当起游方僧人，以托钵行乞度过余生。

马德拉斯城的裁缝帮你做的长裤，褶边竟然是虚假的。洗过一次后，这条裤子就缩水，再也不能穿了。他把他那家西服店的标签缝在裤腰，央求你帮他介绍顾客。顾客上门，他就有钱可赚，而他吸引顾客上门的方法，并不是制作质量一流的裤子，而是设法打响他那家西服店的名号。一位专门制作衬衫的裁缝，站在街头散发传单，昭告全城百姓：他的店开张了。日本人把他驱赶出西非。"他们的最后润色比较好。"可他一点都不怨恨。他只怪自己时运不济。但他的因应之道并不是改进他的技术，而是挥别"野蛮的非洲黑人"，回到印度老家重起炉灶。他帮你做的衬衫，简直会把你活活气死。袖口太窄，差一英寸；下摆太短，竟然差上好几英寸；才洗过一回，整件衬衫就缩得不成样子。节省布料可以让他多赚几文钱，因此他对你格外热情——每次遇见你，他就会动用三寸不烂之舌，央求你再到他店里定做一件衬衫。（如果上回你是通过某位有力人士介绍，到他店里定做衬衫，为了防止你报复，下回见到你时，他肯定会对你加倍亲切热诚，帮你做一件宽大得离谱的衬衫，作为补偿。）每天早晨，他总会站在店门口不停哈腰，向过往的路人行九十度鞠躬大礼。这是他持盈保泰的窍门。至于生意，那是他和上帝之间的契约，别人不应该过问太多。

"上钩之后，她就应该施展浑身解数取悦他。一发现他迷恋上自己，她就应该毫不留情地榨干他的钱财，然后把他甩掉。这是青楼女子的职责。"印度《爱经》如是说。这部古代经典赤裸裸地揭露了一个社会的情欲。在印度，没有一本手册比它更古老、更实用。把人生看成幻觉的宗教，鼓励民众在世俗的虚幻的男女关系中采取务实的态度。这也许是一种必要的平衡和调剂。青楼女子的职责（请注意"职责"这个字眼）本质上跟商人的职责没什么两样。如果你想了解，印度人如何把商业欺诈和垄断视为高尚的品德，你只消读一读印度古典文学中的一些短篇小说。牛是神圣的动物。印度人尊奉它，让它活着，但同时却任由它在光溜溜的寸草不生的城市街道上游荡逡巡，不闻不问。在德里—昌迪加尔公路上游荡时，即使它被一辆货车撞倒，一整个下午躺在血泊中，它依旧是神圣的动物：村民们会围绕在它身边，防止任何人杀害它。相反，印度人眼中的邪恶动物黑水牛却被饲养得又肥又壮，浑身皮毛锃亮。它并不神圣，但比圣牛更值钱。《爱经》指出，在十五种情况中，通奸是被允许的，其中第五种情况是"这种秘密关系必须是安全的，而且能为当事人带来一笔财富"。罗列完这十五种情况后，《爱经》告诫读者："切记，唯有在上述情况下，这种行为（通奸）可以获得允许。它绝不能被用来满足个人的情欲。"这种道德上的模棱两可，事实上跟《爱经》以及其他古代印度修身指南所倡导的文人雅士生活规范和职责是一致的：一个有教养的人必须"从事不会危害来生，不会耗损钱财，但同时又能带来快乐的各种活动"。

《古代印度故事》是一本翻译自梵文原典的选集，一九五九年由芝加哥大学出版社印行。在导论中，范布伊德能（J. A. B. Van Buitenen）指出：

> （在这本选集中）如果我刻意淡化这些故事的"精神"色彩，那是因为我觉得一般人（印度人也好，美国人也好）过度强调印度文化的灵性层面。事实上，古典文明并不如我们想象的那样凸显精神价值。在古代印度，连那些携带骷髅的隐士和云游四海的高僧，都对生命充满热忱，能够在一场火葬仪式中看到轻松幽默的一面。历史中朴实无华的佛陀，在这些故事中，也化身为各种各样多姿多彩、充满生命力的人物，这些人物形象层层叠叠形成了一座高耸的万神殿。在某些故事中，连自由意志也可以变成主题。故事中有一个四处飘荡的精灵，在陷入混沌、无形的灵境之前，特地让自己化身为一种生命形式，以便享受生存的乐趣。我们真不敢相信，在一千年间会有那么多生命死亡。

《薄伽梵歌》以一种接近宣传家的热忱强力推广的种姓阶级制度，可被视为古代印度务实主义的一部分。它是古典印度的"生命"。如今，它已随着社会腐朽、僵化，而它的产物——上文所探讨的种姓阶级"功能"，变成了它现在唯一拥有的东西。在这种情况下，清洁工人的欠缺效率和商人短视无情的作风，又如何能避免呢？最近印度政府设立奖学金，奖励急公好义、见义勇为的青少年，却面临找不到候选人的窘境。孩子们都不敢让父母亲知道他们冒着生命危险救助别人。但你不能因此一口咬定，印度人是懦弱的民族，不懂得欣赏见义勇为的美德。真正的原因是：冒着生命危险救助别人，是军人的"功能"，别人不应该越俎代庖，多管闲事。一个陌生人失足掉入河中，快被淹死了，在河岸上野餐的印度人会装作没看见，继续吃喝玩乐。在这样的社会中，人人都是一座孤岛，人人只为自己的"功能"负责，而功能是每个人和上帝之间的私人契约。实现一己的功能，就是实现《薄伽梵歌》所倡导的无私精神。这就是种姓阶级制度。毫无疑问，刚开始时，它是农业社会的一种有效的分工，但如今它却分隔"个人功能"和"社会义务"，分隔"职位"和"责任"。它变得欠缺效率，充满破坏性。它创造一种心态，阻挠所有的改革计划。它使印度人热爱演说。它使印度人耽于姿态和象征性的行动。

象征性的行动包括：植树周（官员们发表演说后，拍拍屁股走人，种下的树苗自生自灭，结果百分之七十的树苗都枯死了），消灭天花周（据报道，中央政府一位部长基于宗教理由，拒绝接种疫苗；花几个卢比，你可以向医疗人员购买接种证书），扑灭苍蝇周（官员们在某一个邦宣布举办这项活动，招来成群苍蝇），儿童日（报纸第一版刊登尼赫鲁总理针对儿童问题发表的一篇精彩动人的演说，最后一页却刊登了一则报道：为贫穷儿童提供的免费牛奶，通过某种渠道流入加尔各答市场并公开贩卖），消灭疟疾周（在这个讲印地语的村庄，居民大多是文盲，但墙上却漆着用英文书写的标语："大家集体消灭疟疾"）。

行动一旦沦为象征，标签就变得格外重要——对人、事物、地方都是如此。一个空旷的、四周环绕着围墙的地方，从它的陈设和装置，你一眼就可以看出它的用途，但门口却依然挂着一块巨大的招牌：儿童游乐场。另一个空旷的、一端摆放着舞台的场子，门口挂着一个招牌：露天剧院。在前头引导省长车队的吉普车，车身上漆着白字：先导车。新德里是各式各样的标签集中地，满街悬挂的衙门招牌，看起来活像一个公务员开设与经营的市场，连古老神圣的建筑物都逃不掉这种劫难。在克什米尔首府斯利那加，一座兴建于八世纪的庙宇矗立在商羯罗查尔雅山上，大门口悬挂着一块五彩缤纷的招牌，让人误以为这是一家男士精品专卖店。马德拉斯附近的马哈巴里普拉姆村，庙宇林立，香火鼎盛。其中一座庙宇的古老石墙上，嵌着一块铜牌，以纪念那位倡导和推动神庙修复工程的部长。马德拉斯的甘地纪念堂，是一栋小巧的柱廊式建筑物，墙上镌刻着纪念堂筹建委员会全体委员的姓名。整个名单的长度比一个人还高。

　　现代国家的机制和体系存在于印度。衙门四处林立。这些公家建筑全都挂着招牌，贴着标签。有时它们会预见民众的需求，而这种预见本身往往就是一种对需求的满足。现在，且让我们瞧瞧，印度观光局散发的一份传单底部印着的几行字：印度政府新闻与广电部广告与视觉宣传署，为交通运输部观光事务局设计并印制。结构太完美了，标签太恰当了。有时我们难免会觉得，它所传达的只是一种美好却十分空洞的意图。我看到的《家庭计划新闻》刊载一系列简短的、花絮式的新闻，报道一些实行家庭计划的家庭的近况。最引人注目的倒是那一张张照片：一群身穿莎丽、风姿迷人的印度妇女，聚集一堂，商讨家庭计划。交通灯是一座现代城市必要的装置。北方邦首府勒克瑙，当然也有交通灯，但在这座城市交通灯只是一种装饰品，而且非常危险，因为部长们为了尊严，绝不会在红灯前停下车子，而这个邦光是部长就有四十六位。戈拉克浦尔市的糖果店，根据本市法规，必须装设玻璃柜，展售他们的商品。玻璃柜倒是装设了，但里面空无一物，旁边却陈列着一堆堆暴露在污浊空气中的糖果。昌迪加尔市最近兴建了一座设备一流的现代化剧院，问题是：谁来写剧本？

危机一旦发生（就像那次中印边境战争），这整个体制和结构的象征本质，就会立刻暴露出来。大官们纷纷发表演说，报纸充斥着政客们的谈话。公众人物摆出的姿态受到广泛的宣扬：印度政府卫生部部长（一位女士）公开捐血，另一位贵妇捐献珠宝首饰。娱乐休闲活动暂时中断。接下来该怎么做呢？没人知道。也许应该制定一项"国土保卫法案"（Defence of the Realm Act）吧？大伙儿都管它叫"躲啦"（Dora），这给这个正确的标签增添了些许亲切、熟悉的色彩。一连几天，全印度老百姓都在谈论"躲啦"，仿佛把它当作一个有魔力的字眼。一九三九年，英国政府宣布在印度实施"躲啦"法案，[①]而今印度政府也如法炮制。英国人挖掘战壕，而今印度人也在德里挖掘战壕，但只把它当作象征性的动作，这边挖一条，那儿挖两条，在公园挖，在树下挖，把整个德里市弄得乱七八糟。这些战壕可没白挖：它呼应印度人对露天厕所的永远难以满足的需求。不用说，供应军队（军队装备极为简陋，只具象征意义）的补给品，通过某种渠道流入加尔各答市场，被公开贩卖。

建立在象征行动上的、东方式的"尊严"和"功能"观念，这就是种姓阶级制度所倡导的那种危险的腐朽的务实主义。象征性的服装、象征性的食物、象征性的膜拜——印度人成天与各种各样的象征打交道，无所事事，懒懒散散。"懒散"产生自公开宣示的"功能"，而"功能"脱胎自"种姓"。贱民制度并不是种姓制度的最有成效的产物，这只是

---

① 那时是为了防备日军入侵。

讲求人性尊严的西方人的看法。然而，在这个制度的核心，我们却看到厕所清洁工人的堕落和沉沦，却看到（如同甘地在一九〇一年所看到的）一群衣冠楚楚的政客排排蹲，解开裤裆，旁若无人地在公共建筑物的走廊上大解。

　　"贱民制度一旦清除，种姓制度就会得到净化。"乍听之下，这句话仿佛是甘地式或印度式的矛盾思想，甚至可以被解释为对种姓制度正当性的承认。但事实上，它是一种革命性的评估和看法。土地改革并不能说服婆罗门阶级把自己的手放在犁上去亲自耕田，不能使他们相信自己不会因此丧失尊严。把奖状颁给见义勇为的儿童，并不能消解他们心中的疑惧：冒着生命危险救助别人，是一桩不可饶恕的罪过。把政府职位保留给贱民，对谁都没有好处。这样做，不啻是将重大的职责交由不合格的人承担，出身贱民阶级的公务员，很难安于其位，因为一般民众对他们早已存有成见。需要改革的是制度本身，应该摧毁的是种姓阶级心态。所以，甘地不怕别人嫌他唠叨，一再提到印度人到处丢弃的垃圾和粪便，一再提到厕所清洁工人的尊严，一再提到服务精神和勤劳工作的重要性。从西方的观点来看，甘地的观念不免显得过于狭窄琐碎，甚至有点怪诞，但事实上，他是通过一个在西方殖民地长大的印度人的眼光，把西方的一些简单理念应用于他的祖国。

　　印度毁了甘地。他变成了"圣雄"①。印度人敬仰他的人格。至于他一生所传达的讯息则无关紧要。他的出现激发了印度传统文化中"无形的、弥漫一切的精神情操"。他的形象唤醒了印度人的一项传统美德：在德行高洁的人面前应该自谦自贬，而这种自贬，《爱经》肯定会赞同，因为它确保人们来生会飞黄腾达，因为它不鼓励人们从事任何漫长、艰苦的体力活动，因为它能够给人们带来某种快乐。象征性的行动是一种

---

① "圣雄"（Mahatma），梵文，意为"伟大的灵魂"。印度人把这个称号加在德高望重的人士姓名前，以示尊敬，如"圣雄甘地"。

诅咒，给印度带来无穷的祸害。然而，身为印度人，甘地不得不跟象征打交道。于是乎，清扫厕所变成了偶尔举行的一种神圣仪式，因为它受过"圣雄"那伟大的灵魂的赞许，但厕所清洁工人还是跟以往一样被人轻视、践踏。甘地亲手操作的纺车，并不能提升印度劳工的尊严，它被吸纳进庞大的印度象征体系中，很快就丧失它的意义。甘地一直是个矛盾的悲剧性人物。印度民族主义脱胎自印度教复兴运动，而甘地曾大力支持的这种宗教信仰复兴却使他的改革遭受挫败。在政治上他是成功的，因为他广受印度民众爱戴和敬仰；在改革上他是失败的，而这同样因为他太受尊敬。他的挫败，全都记录在他的著作中——直到今天，甘地依旧是外国人游览印度的最佳向导。这种情况就像南丁格尔在英国变成了圣徒，她的雕像矗立在英国各个角落，她的名字挂在每个英国人嘴边，但她当初所描述的医院却还是老样子，一点都没改善。

甘地失败得更惨。他被封为圣人，这使得他变得更温和、更安静，这使他看起来有点愚蠢，这使得他丧失了他惯常的优雅风度。

"请问，这是开往德里的火车吗？"在莫拉达巴德市车站，我匆匆跳上火车，钻进车厢中的一个隔间，用英语询问里面坐着的一群农民。

"你知道你现在是在哪一个国家吗？你想问路，就得讲印地语。这儿只准讲印地语。"

这个人显然是这群农民的首领。看来，他并不是一个民族主义者，在向我宣扬印度民族语言的重要性。在别的时候别的地点，他或许会对我很客气，甚至恭顺。但这会儿他的身份却是一位身穿黄袍、身材肥胖、脸色红润的贵人（印度的贵人都长成这副模样，少有例外），在他面前，这群农民中的妇女和小孩都得保持毕恭毕敬的态度。

甘地和印度民众的关系也是这样。他是印度精神文明的最新象征。他加固了民众和上帝之间的私人契约。在印度，甘地只留下这些遗产：他的名字、老百姓对他的画像和雕像的膜拜、探讨非暴力主义的各种研讨会和讲习班（印度人似乎以为，非暴力主义是甘地生前教导他们的唯一东西）、具有崇高道德和象征意义的禁酒运动（即使在中印战争时，有关方面也不忘鼓吹禁酒）、政治人物的行头和装扮。

瞧瞧这位衣着简朴、装扮得体的乡下政客。他出现在地方上的一个政治集会，大谈圣雄甘地的精神和祖国的前途。

"为了当选，这个家伙谋杀了十七个人。"印度政府一位行政官员告诉我。

这一点都不矛盾。圣雄甘地已经被吸纳进印度那混沌的精神世界和腐朽的务实主义中。革命志士变成了神，他生前传达的讯息从此消失无踪。甘地未能把他那直接坦诚的眼光和理想传留给印度。诡异的是，待在印度一整年，我竟然找不到一个能够告诉我甘地究竟长得什么模样的民众，他们可都是甘地的崇拜者。这个问题并不怎么适合向印度人提出，因为一般来说，印度人欠缺描述事物的才能，但我得到的回答却让我感到非常诡异。有些人说，甘地身材瘦小；马德拉斯城一位仁兄却告诉我，甘地身材魁梧，高达六英尺。在一些民众印象中，甘地皮肤黝黑，但另一些民众却记得他的皮肤非常白皙。人人都记得甘地，很多人甚至拥有他的个人照片。但这些照片并不管用，因为大家实在太熟悉甘地的形象了。每当一个传说与神话形成时，情况就会变得如此。你不能在神话和传说中增添或减少任何东西。形象已经固定简化，不可改变，就算你亲眼看见过这个人，也不能改变这种形象。甘地生前说过的每一句话，写过的每一篇文章，几乎全都被记录、保存下来。有关甘地的书目简直可说汗牛充栋。然而，在印度，甘地早已经退隐到历史中。感觉上，他仿佛活在一个古老的时代。那时，人们出外旅行得依靠双脚，文件得抄写在树叶或黄铜板上。

第四章　追求浪漫传奇的人

简单明了、直截了当，但却蕴含着无穷遐想空间的印度电影片名，一直很吸引我。就拿《私人秘书》(*Private Secretary*) 来说吧，在印度，连亲吻镜头都不准出现在银幕上，一般男人想在现实生活中体验电影所描写的那种艳遇，连门儿都没有，但他们可以透过片名遐想一番："作风开放"的女孩、时髦的办公室（里面一定有打字机和白色的电话）、男女共处、不伦之恋、婚外情、悲剧。我一直没去看这部电影。我只看过海报：一具胴体（如果我没记错）横陈在办公室地板上。《豪放女》(*Junglee*) 是另一个令人难忘的片名：一个女郎伫立在海报中，背景是喜马拉雅山的皑皑白雪。《人生一场空》(*Maya*) 的海报上，一个伤心欲绝的女人在流泪。《摇摆》(*Jhoola*) 显然是一部欢乐的歌舞片，但这样的片名却难免引人遐思，想入非非，如同《私人秘书》和《临时房客》(*Paying Guest*)。

我们是临时房客，地点是德里——一个充满象征的城市，最初属于英国殖民政府，现在则是印度共和国首都。整座城市的四处宛如雨后春笋般冒出一簇簇黑白两色的告示牌，展现了各种狂热的行政活动：××

咨询委员会、××研究院、中央政府××部、××局。全城大兴土木，街头巷尾矗立着一座座用竹竿搭成的鹰架，乍看之下活像一窝窝巨大、怪异的鸟巢。德里是一座永远在成长中的城市——我们抵达之前，它已经成长了四十年。这是一座由公务员和承包商组成的城市。在德里，我们是临时房客，而我们的房东马辛德拉太太的丈夫就是一个承包商。

她派遣她家的司机开车到火车站接我们。这样的接待让我们感到非常开心。钻出三等冷气车厢，踏上那光溜溜热烘烘的月台，你感觉到身上的衬衫骤然间变得滚烫，热得让你透不过气来。你对这个城市的兴趣，霎时间消失了。头昏脑涨，活受罪。在那闷热得像烤箱般的月台上，人们依旧穷忙着。成群脚夫身穿红上衣，头缠红布巾，推推挤挤，吆吆喝喝，争相招徕客人。招揽到顾客的脚夫背起金属打造的箱子——一个衣箱、两个衣箱、三个衣箱，全都沾着从孟买市一路带到德里的灰尘——踉踉跄跄，跌跌撞撞，朝向车站门口走去。电风扇在我们头顶上狂乱地旋转着。乞丐哀号不停。巴基拉斯旅馆派来的那位男士站在人堆中，使劲挥舞着脏兮兮的宣传折页。不知怎的，我忽然想起，对南极探险家来说，中途放弃比咬紧牙关坚持走下去可要容易得多。于是，我伸出手来，从这位仁兄手里接过宣传折页，站在那一拨拨熙来攘往、宛如潮水般从我身边流过的人群中（我对他们的活动已经丧失兴趣），开始集中心神，阅读宣传折页中的法文信函。在德里城的溽暑中，一切都变得扭曲、模糊：

> 经历一趟艰辛的旅程来到德里，在巴基达斯旅馆好好休息一番，我满心喜悦，彻底消除了疲劳。我特别感谢服务人员的殷勤友善的招待。我没期望什么，但请相信我，住在这家旅馆绝不仅仅是坐在那令人愉悦的庭院中，畅饮美酒而已。
>
> 费尔·贝斯·乔治，法国葛雷米（塞恩）
>
> 1961 年 7 月 28 日

畅饮美酒：渴望渐渐转变成了精神错乱。先生，你到底期望什么？我没期望什么，只想好好休息一番。亮晶晶的水泥地上，并排躺着许许多多伸开四肢的躯体——成群无家可归的印度人，睡在印度火车站。找不到工作的脚夫四处蹲着。一个女乞丐也蹲在地上，扯开嗓门哀号。我只想好好休息一番。但这座城市并没有可以让人好好休息一番的喷泉。德里的街道十分宽阔壮观，一个又一个环岛，不计其数。这是一座为巨人打造的城市：视野辽阔深远，格局方正恢弘。这是一座仍然在规划中的城市，犹未完成，犹未人性化。它是为那些试图躲避它的空旷和它那白花花的灯光的人而建造。在这些人眼里，德里城中的树木看起来就像建筑图样上的树木，只是装饰品，并不能让人乘凉。总而言之，这是一座以纪念碑为模式打造的城市。城里每一栋建筑物都要贴上标签，就像建筑师的图画。街道上移动的每一样东西，都变得格外渺小——骑脚踏车的男人身后拖着黑魅魅的影子。一个幅员辽阔、不断向外扩张的城市，是不容许人们停下脚步来歇息的。它鬼赶似的驱使人们，成群蜂拥向城中纵横交错的林荫大道和四处林立的购物中心；它驱使千百辆机动黄包车，轰隆轰隆，穿梭在大马路中央的车阵中，钻进钻出。在这座纪念碑一般的大城市面前，人类的躯体仿佛都缩小了。

我们寄宿的房子坐落在新德里的一个"新殖民区"，说穿了，就是新近开发的住宅区。我们离开空旷辽阔、恢弘典雅的市中心，驱车进入这个小区，骤然间看到一堆标新立异、杂乱无章的现代建筑物，心里感到有点突兀。乍看之下，就像一座印度村庄突然被转化成一座水泥和玻璃打造的市镇，一夕之间，扩大好几倍。小区内的房屋还没编上统一连贯的门牌号码。狭窄的无名巷弄中，挨挨挤挤，穿梭着一群群锡克人。他们满脸迷惑，挨家逐户寻寻觅觅，门牌号码既然不可靠，他们只好根据土地编号寻找他们的房子，土地编号是依据购买日期，按照年代顺序排列的。极目所见尽是漫天尘沙、一排排白色和灰色的水泥房屋、光秃秃的寸草不生的庭院。每一个锡克人身后都拖着一条黑魆魆的影子，鬼影般飘忽在烈日下。

我们坐在簇新但空空洞洞的壁炉前，一面享受头顶那台电扇吹出的阵阵凉风，一面啜饮着可口可乐。

"那个比哈尔①男孩是个笨蛋。"房东马辛德拉太太一开口，就为她家司机的驾驶技术向我们致歉。

这个印度女人身材丰腴，看起来相当年轻，两只眼睛睁得又大又圆。她懂得的英文不多。每次找不到恰当的字眼，她就会咯咯一笑，然后把视线从你身上转移到别处去。她会说一声"嗯"，伸出右手托住下巴，眼神一下子变得空茫起来。

房子是新的。楼下弥漫着混凝土和油漆的味道。房间还没装潢好，家具不多，显得空荡荡冷清清的。整个屋子四处摆着电风扇。浴室的设备全都是从德国进口的，非常罕见，非常昂贵。"我喜欢外国货，"马辛德拉太太说，"简直爱死了。"

她对我们带来的那几只皮箱以及里面装着的东西格外感兴趣。她忍不住伸出手来，摩搓着我们的皮箱，脸上流露出无比虔敬和喜悦的神情。

"哎，我爱死外国货了。"

她眼睛睁大，带着三分畏惧七分仰慕的神情告诉我们，她老公可是一位承包商哦。他可是白手起家，辛辛苦苦打拼才有今天。他长年在外，白天在丛林中奔波干活，晚上睡在帐篷里。她留在城里，帮他照顾家庭，让他无后顾之忧。

"一个月三千卢比家用钱。这年头的物价！三千卢比怎够用啊，简直是开玩笑。"

---

①比哈尔，印度东北部的一个邦。

她并不是向我们炫耀。她出身一个纯朴家庭。她接纳她的新财富，一如她接受以往的贫穷。她虚心学习，求好心切。她渴望获得我们这两个外国人的赞许。她家窗帘的颜色，我们还喜欢吗？墙壁的颜色呢？瞧，那边的灯座可是进口的，从日本进口的。屋子里每一样东西都是进口的，除了（走进饭厅吃午餐时，她悄悄告诉我们）那台黄铜制的温热器。

她陪我们坐在餐桌旁，伸手托住下巴。她不吃午饭，只管睁着眼睛怔怔地瞅着我们的盘子。每次目光接触时，她就咧开嘴巴微微一笑。这可是她第一次经营民宿呢。说着，她咯咯笑起来。以前她从不曾接待临时房客，因此，如果她把我们当自己的小孩看待，我们千万不要责怪她。

她的几个儿子回家了。十几岁的小伙子，个头长得挺高，但神态却很冷漠，不像他们的母亲那么热诚。一走进饭厅，兄弟就在餐桌旁坐下来。马辛德拉太太拿过一把汤匙，把菜肴舀到儿子们的盘子里，接着也帮我们舀一些。

她扑哧一笑，瞅了瞅大儿子，对我们说：

"我希望他讨个外国老婆。"

儿子没有回应。

我们谈起德里的天气和最近这一波热浪。

"我们才不怕热浪呢，"男孩说，"我们的卧室都装有空调。"

马辛德拉太太望了我们一眼，促狭地笑了笑。

那天下午，她坚持带我们出门走一趟，到城里买点东西。她想给楼下那个房间买几幅窗帘。我们说，她刚才带我们看的那个房间，里头的窗帘可都是簇新的，看起来挺高雅挺精致的。她说，不，不，我们太客气了。今天下午她一定要买几幅新窗帘，她希望我们充当她的外国顾问。

于是，我们开车回到市中心。一路上，马辛德拉太太不时伸出手来，指着车窗外那一座座矗立在德里城中的纪念碑，叫我们观看：胡马云[①] 陵寝、印度门和拉什特拉帕提·巴凡纪念碑。

"新德里，新德里！"马辛德拉太太幽幽叹息起来，"印度的首都。"

我们从一家商店逛到另一家，也不知逛了多久。越走越疲累，我还得打起精神，有一句没一句跟马辛德拉太太闲扯。"瞧！"我伸出手臂，指着店里摆着的那一堆花哨的、鞋尖高高翘起的东方式绣花拖鞋，对马辛德拉太太的儿子说："瞧，这些鞋子多可爱。"

"太俗了！我们不穿这种鞋子。"

这几家铺子的店员都认得马辛德拉太太。一走进店门她就向大伙打招呼，亲切得不得了。店员们赶紧搬来椅子。她坐下来，一边伸手摩挲着布料，一边跟店里的人寒暄闲谈。一卷又一卷窗帘布摊开来，展现在马辛德拉太太眼前。她不动声色，只管笑眯眯看着，然后笑眯眯站起身来，走出店门。她的举止非常优雅自信。她光看不买，店员们也不会生气。她心里早就有个谱，知道自己需要哪一种窗帘。逛了半天，她终于找到她想要的布料。

那天傍晚，马辛德拉太太带我们参观她家的壁炉。那是她老公亲手设计的，形状不规则，挺花哨的。石栏上的凹洞（用来装置电灯）模样也很花哨，同样出自她丈夫的手笔。

"瞧！多么现代啊！我们家的装潢和摆设全都是现代的风格。"

第二天早晨，油漆匠来到马辛德拉太太家，重新粉刷那间没人使用的、才刚粉刷不久的房间，以搭配昨天下午买回来的窗帘。

马辛德拉太太闯进我们的房间。吃过早餐，我们脱掉外衣，正躺在床上吹风扇。她一屁股在床边坐下来，一边跟我们聊天，一边把玩着我那位女伴的丝袜、鞋子和胸罩。她对这些东西的价钱很感兴趣。在她怂恿下，我们爬下床来，跟随她到隔壁房间看油漆匠干活。她拿出窗帘布

---

①胡马云（Humayun, 1508－1556），印度莫卧儿王朝第二任皇帝。父亲为16世纪征服印度、建立莫卧儿帝国的蒙古大将巴伯尔（Baber, 1483－1530）。

料，站在刚油漆过的墙壁旁边，问我们颜色到底配不配。

平日在家，马辛德拉太太闲着没事，成天只管盘算如何花掉那笔每个月三千卢比的家用钱。她有个要好的朋友，"梅塔太太。秘书。妇女联盟。梅塔夫人。空调和其他家电最有名的品牌也叫梅塔。"这个名字经常出现在广告上，我们早就耳熟能详。马辛德拉太太定期探访梅塔太太。马辛德拉太太定期咨询她的占星师。马辛德拉太太定期上街购物，到庙宇烧香。她的日子过得既充实又甜蜜。

那天下午，一个身材高大、年纪约莫五十岁的男子来到马辛德拉太太家。他说，他在报上看到广告，知道这儿楼下有个房间（我们现在住的那间）要出租。这位男士穿着双排扣灰色西装，一口英语带着浓重的、硬邦邦的军人腔调。

"嗯。"马辛德拉太太把眼睛瞄向别处。

西装革履的男士继续讲他的英语。他告诉马辛德拉太太，他是一家大公司的业务代表——跟外国有关系的公司。

"嗯。"马辛德拉太太的眼神一下子变得空茫起来。她伸出一只手，托住下巴。

"晚上不会有人在这儿睡觉，"男士仿佛有点心虚，舌头开始打结。也许他忽然想到，和报纸上的招租广告所招徕的那些"外交人员"相比，他那家公司根本不算什么。"我们可以预付一年租金。租约一签就是三年，怎么样？"

"嗯！"马辛德拉太太用印度斯坦语回答这位男士的英语。她说她必须征求她丈夫的意见，况且，还有好多人对房子感兴趣。

"我们打算把这间房子当作办公室使用，没有其他用途，"男士似乎有点恼怒了，也许，他觉得他的尊严受到了冒犯。"晚上我们只留下一个人，在这儿守夜。您住在这儿，绝对不会受到任何干扰。我们现在就可以预付一万两千卢比租金。"

马辛德拉太太只顾睁着眼睛，茫茫然，不知瞪着什么东西，仿佛在嗅着墙上的新油漆，或者盘算着什么时候才把新窗帘挂上去。

"笨蛋！"男士前脚才跨出门坎，她就哧的一声笑起来，"这家伙跟我讲英语呢！假洋鬼子。笨蛋。"

隔天早晨，她绷着脸，闷闷不乐。

"信。我公公写信告诉我们，这两天他就要来我们家住一住，"原来是这件事让她不开心。"老人家一天到晚唠叨，碎碎念，叫人受不了。"

那天下午我们外出回来，一进门，就看见她一脸哀伤，跟一位身穿印度服装的白发老者坐在一块儿，态度颇为恭谨。霎时间，她整个人仿佛缩小了，怯生生的，一副如坐针毡的模样。向白发老者介绍我们时，她特地强调我们的外国背景和来历，然后她就把眼睛瞄向别处，自顾自发起呆，不再吭声。

白发老者一脸狐疑，上下只管打量我们。一如马辛德拉太太向我们暗示的，这位老先生果然很健谈。他对自己，尤其是他的年龄（约莫六十出头）感到颇为自豪。他跟我们谈起他的一生——他谈的并不是他的经历，而是他在六十年岁月中所养成的习惯。他告诉我们，每天早晨他四点起床，出门散步四到五英里，然后回家阅读《薄伽梵歌》的若干篇章。这个生活习惯他已经保持了四十年，值得向年轻人推荐。

马辛德拉太太忽然幽幽叹息一声。我看得出来，她早已经受够了公公的唠叨。为了让她喘口气，我只好硬着头皮跟老先生攀谈，央求他告诉我们他的经历。但他这一生并没有什么可歌可泣的事迹值得向我们报告。他所能提供的只是他居住过和工作过的一连串地点。我向他提出具体而明确的问题，要求他描述他待过的那些地方，譬如山川景色、人文地理等等。但马辛德拉太太似乎不明了我的用心。她并不接受（也许，基于为人媳妇的职责，她不能接受）我的帮忙。她一径坐在那儿，默默受苦。到头来，被我赶走的并不是马辛德拉太太，而是她的公公。他终于走出屋子，独个儿坐在屋前那座小花园里。

"你好调皮啊。"马辛德拉太太瞅了我一眼，笑了笑。她的神情看来很疲累。

"夏天到了，"晚饭后，老头子忽然说，"我在屋外旷野上睡觉已经两个礼拜了。每一年，我总是比别人早几个礼拜，跑到户外睡觉。"

"今晚，您就睡在屋外吗？"我问道。

"当然。"

他就在大门外打地铺。我们看得到他，毫无疑问他也看得见我们。凌晨四点——看看天色，准没错，我们听见他起床，出门散步之前先上厕所，漱口，噼里啪啦，不知搞些什么名堂，然后关上房门。再过一会儿我们听见他回来。起床后，我们看见他正在阅读《薄伽梵歌》。

"每天早晨散步回来，我总会读几页《薄伽梵歌》。"老先生告诉我们。

读完圣诗，他就在屋子里闲晃。他找不到事情做。想不理他，还真办不到。他总会找机会跟你攀谈，喋喋不休，没完没了。我开始怀疑这老头在监视我们。

下午，出外回来，我们撞见我们真的不想看到的一幕：又一个应征者上门来，打算租下这栋屋子楼下的房间。那位准房客看起来怯生生的，忸怩不安。跟他面谈的是马辛德太太的公公。老头子态度还算和善，但口气却咄咄逼人。我看得出来，他责备的对象是他的媳妇。可怜的马辛德拉太太，她羞得无地自容，只好把脸孔埋藏在她那身莎丽装里。

此后，她再也没有多余工夫照顾我们了。公公前脚才跨进她家门槛，她整个人就萎缩成一团，变成一个典型的印度小媳妇，可怜兮兮。如今，我们难得有机会听她提起她对进口物的热爱。我们变成了她的包袱。每次静静坐在一旁，聆听我们跟她公公的谈话，她偶尔会看我们一眼，脸上绽露出疲倦的笑容。我们知道，她也很无奈，毕竟她是人家的媳妇。跟她相处一段时日，我们只有在头一天，看到她那神采飞扬，浑身充满活力的模样。

那个周末，我们计划到乡下走一趟。我们几乎是抱着愧疚的心情告诉马辛德拉太太，我们必须抛下她，让她在屋里跟她公公单独相处几天。不料，听到这个消息，她眼睛登时一亮，仿佛听到天大的喜讯似的，整个人又活跃了起来。她说，放心去吧，好好玩一玩，把行李留在房间里，她会帮我们看着。她喜滋滋地帮我们打点行装，还特地做了一桌好菜，让我们饱餐一顿，然后才送我们出门。她站在屋前那一座石头砌成的花哨的篱门下，挥着手，目送她家那位比哈尔司机（记得马辛德拉太太管他叫"笨蛋"）载着我们离去。身材丰腴，脸容哀伤，眼睛睁得又圆又大的马辛德拉太太！

到乡下度周末！我们心中浮现起沁凉幽静的乡野风光：一丛丛浓荫密布的树木、一畦畦苍翠的农田、一条条流水潺潺的小溪。离开德里，我们心里唯一想望的东西就是水，但一路上却没看见一条溪流，没遇到一处浓荫。这儿的道路只是一条窄窄的碎石路，两旁的路面铺着泥巴，尘土飞扬。路边的树木和田地都沾满了沙尘。途中，我们驱车穿越一片褐色的旷野，极目荒凉，好几英里不见人烟。旅途尽头出现一座小镇。不巧，我们抵达时，镇中正发生一桩凶杀案。杀人的穆斯林逃掉了。被杀的印度教徒的尸体，得赶在天亮前秘密火化。然后，警方得严密监控两边人马，防止发生骚动。整个周末，我们的主人忙着处理这个案子，没工夫招待我们。我们只好待在警局，享受那高高悬吊在天花板上的电扇吹出的凉风。墙上挂着一个框子，里面镶着一张纸，纸上罗列着几十条用打字机打出的简化法令规章。对面墙上装设着一个壁炉。它让我们联想起冬天，但这会儿冬天离我们可远得很哪！我这一辈子，不论到哪里，时机总是不对，感觉上就像在标志不清楚或不实在的火车站盲目摸索，一路上遇到的总是月台上那架已经故障多年的餐点贩卖机、产品早已停止销售的广告、过时的火车时刻表。这个警局里，壁炉架上方挂着一张照片：在一片荒芜风蚀的土地上，一棵树孤零零矗立在一条干涸的小溪旁。这张照片流露出来的那种憔悴和坚忍是印度这个国家特有的。我们一眼就能看出来。

天空渐渐阴暗下来。我们搭火车回到德里。一路上，我们等待暴风雨来临。后来我们才发觉，天上那一团团看起来像雨云的东西，其实是沙尘。火车上的茶房欺骗我们（几个月后，在这列火车上，这个小伙子又会再欺骗我们一次）。一位乘客谈起政府官员的贪渎，其他乘客纷纷发言，大骂政府腐败。起风了，沙尘四处飞扬——工程师告诉我们，水不能渗入的地方，印度的沙尘都钻得进去。我们渴望回到城中，渴望洗个热水澡，然后把自己关在门窗紧闭冷气开放的房间里。

回到马辛德拉家，只见楼下一片漆黑。大门上了锁。我们没钥匙，只好拼命按门铃。过了好几分钟，一个仆人蹑手蹑脚打开大门，悄声叫我们进去，把我们当成他自己的朋友似的。我们的房间可一点都没变，和我们离开时一模一样：床铺凌乱不堪，行李原封不动，信件、各种传单和好几只装满烟蒂的烟灰缸，依旧散置在床头茶几上。整个房间乱成一团，静悄悄的，四处布满灰尘。我们仿佛听见楼上的房间（就是马辛德拉太太摆放印度式黄铜制温热器的房间）有人压低嗓门吵架。

仆人告诉我们，老爷从森林回来了，正在跟夫人拌嘴呢。"老爷对夫人说：'你让临时房客住进我们家？你拿他们的钱？'"

我们明白了。原来，我们是马辛德拉太太的第一批（肯定也是最后一批）临时房客。她平日待在家里，闲极无聊，想找几个房客来陪她解解闷——前些天上门来谈租约的几位男士，大概也跟我们一样，变成了马辛德拉太太解闷的工具。也许，妇女联盟秘书梅塔太太也把她家楼下房间租出去。也许，梅塔太太家住过一连串显赫的外国临时房客。

可爱的马辛德拉太太！每个月三千卢比的家用费，她还嫌不够呢，竟然瞒着她老公把楼下房间租出去，弄点私房钱。但她对我们的照顾和关怀却是真诚的，洋溢着一股印度式的温情。这一辈子，我们再没见过她，也再没见过她的儿子。我们从没看见过她丈夫。至于她公公，我们只听见他在屋里屋外走动的声音。我们躲藏在自己的房间里，竖起耳朵，等待他就寝。隔天早晨，我们听见他起床，接着听见他出门散步。我们又等了好几分钟，然后才悄悄爬下床，拎起行囊，蹑手蹑脚钻出大门，叫醒在附近排班候客的出租车司机，扬长而去。过了几天，我们通过一位朋友，把我们应该付的房租寄给马辛德拉太太。

酷暑中的德里，如今回想起来，朦朦胧胧有如一团迷雾。留存在我们记忆中的是远离尘嚣、退隐到阴凉处的那些时刻：阴暗的卧房，午餐，门禁森严、与世隔绝的俱乐部，大清早开车出城探访图古鲁克禁城遗迹的旅程，"森林大焰"的奇观。在印度，观光旅游是挺累人的一件事。很多景点，你必须打赤脚才能进入。印度教庙宇的入口处总是泥泞不堪，而清真寺的庭院却又热烘烘的，比晌午的热带沙滩还要烫脚。每一座庙宇和清真寺门口，从早到晚聚集着一群闲人，一看到观光客穿着鞋子进来，他们就蜂拥上前，把他给团团包围住。每次看到这帮人嬉皮笑脸、游手好闲的德行，我就忍不住冒火。同样让我觉得刺眼的是墙上张贴的告示："如果您觉得脱掉鞋子有损您的尊严，本寺愿提供拖鞋，供您暂时穿用。"在德里城中的河阶浴场，游客必须打赤脚，在滚烫的沙地上步行很长一段路程，才能抵达甘地火葬的地点。我不想忍受这种不必要的折磨，拒绝跟随观光局向导走上去，一个人在树荫中坐下来——脚上穿着鞋子，活像一个异教徒。身穿蓝色衬衫的印度学童，四处逡巡徘徊，寻找美国观光客。这些男孩子看来都很健康，一副营养充足的模样，脚上穿着整齐的鞋子，手里抱着课本，神态显得非常骄傲。一看见美国老太太出现，他们就纷纷拔起腿来，蜂拥上前。这些老太太早就听说印度是很穷的国家，一看见学童们跑过来，立刻停下脚步，打开荷包，掏出硬币和钞票，笑眯眯分发给孩子们。这会儿，那群被阻隔在大门外的职业乞丐纷纷伸出脖子，满脸艳羡，垂涎三尺，探头探脑地只管向门内张望。我已经被太阳晒得头昏。心头火起，我跳起身来，冲向那帮小毛头，恨不得狠狠揍他们一顿。孩子们吓得一哄而散。那群美国老太太瞪着我，上下打量不停。她们还以为我是年轻而骄傲的印度民族主义者呢。管他的，她们爱怎么想就怎么想吧。我气咻咻跑回游览车上，浑身疲累不堪，心里觉得很羞耻。

这就是我对德里的感受。如今，每次走进印度政府的衙门，我就忍不住扯着嗓门大叫。看到那一排排坐在长长的办公桌前、埋首在一沓沓文件堆里、核查各种各样的纸条或数着钞票（一百卢比扎成一捆）的年轻人，我心里就有气。天晓得，这些印度人每天在穷忙什么！"别向我抱怨。你可以通过适当的渠道提出申诉。""通过适当的渠道！适当的渠道！"碰到这帮人，你只好自认倒霉。冷嘲热讽对印度人是不会发生效用的。"别向我抱怨。要抱怨就去找我的上司。""妈的！到底谁是你的上司呀？"我存心挑衅，希望能激怒这帮小官僚，但我得到的响应往往只是冷冷的一瞪。面对这样的反应，我还能怎样呢？就像一个泄了气的皮球，我只感到疲累和羞耻。

在路提彦市①，我要求隐私和保护。这样我才能设法让自己冷静下来，免得一时失控，又让自己变成一只暴怒的猛兽。参观这座新城，在那一排排隐藏在商店的招牌和稻草编成的百叶窗后面的柱廊，在那无比恢弘的景观中，我可以感受到一种优雅的格调和气派：新建的塔楼矗立在林荫大道尽头，古老的圆顶寺院坐落在另一端，遥遥相对。这儿，我可以感受到在孟买常听人们谈起的那种"精心设计"的气氛。我可以感受到它作为一个新首都的骄傲和兴奋。这份骄傲，显现在星期天早晨"运动

---

①路提彦（Sir Edwin Landseer Lutyen, 1869–1944），英国著名建筑师，新德里的市区规划与建设大都出自其手。"路提彦市"特指由他负责设计的德里新市区。

俱乐部"的聚会中：一群前任联合国官员聚集在这儿，以地方总督的口吻，谈论刚果的战乱。这份骄傲也显现在报纸刊登的消息中：设立在德里的外国大使馆，争相为德里市民提供"文化"休闲活动。这座城市终于获得它应有的崇高国际地位，随之而来的，是各式各样的"外交"新玩具。然而，在这座城市中，我却被迫从一个阴暗的房间躲进另一个阴暗的房间，以逃避户外的现实——逃避那满街的灰尘和毒辣的阳光，逃避那成群身穿花哨莎丽、在建筑工地上干活的低贱妇女。（在印度，只有出身卑贱的妇女，才会穿花哨的莎丽。）在我眼中，这是一座虚幻不实的城市，骤然间从平原上冒出来：十七和十八世纪废墟中，矗立着一幢幢超现代建筑物。乍看之下，这座壮观的城市显示着它拥有一块富饶、繁荣的腹地，但事实上，我们搭了二十四个小时的火车，前来德里时，一路所见尽是烈日下一片荒凉贫瘠的土地。

而今，傍晚时分，钻进斯利那加特快车的铝制车厢，躺在卧铺上，等待开车的当儿，回想这些天在德里的经历，我对印度那纷纷扰扰的乱象竟然开始感受到一种莫名的、近乎邪恶的愉悦。我喜滋滋地回味当初花费二十四个小时、搭乘火车前来德里的旅程；我喜滋滋地期待那即将展开、一路北行、穿越旁遮普平原把我带到全世界最高的山脉的长达三十六个钟头的旅程。我感到庆幸，这会儿我能够躲藏在豪华车厢里，跟外面的丑恶现实隔绝开来，虽然，透过那悬挂着橡胶珠帘、随时可以打开的车厢，我还是看得见月台上的景物：头缠红布巾的脚夫、贩卖书报的印度手推车、四处叫卖的小贩。车厢中的电扇悬挂得那么低，以至于从我的铺位望出去，整个月台仿佛覆盖着一支支旋转不停的电扇叶片。这些景物，我原本恨得要死，而今我却对它产生一份依恋之情（我也知道这种感觉很虚妄），因为一旦火车开行，进入克什米尔后，气温陡然下降二十度，这些景物都会消失，一切又会恢复正常。

从车厢中望出去，夜晚的旁遮普平原一片漆黑，悄无声息，只看得见火车投射出去的一圈圈不断移动的灯光。一间寂静无声的小茅屋，黑魆魆的，蹲伏在暗沉沉的田野上，等待黎明。此外，我还能期望看到什么呢？早晨，我们抵达帕坦科特，克什米尔铁路线的"终点"。这个词的英文具有强烈的科技、工业和戏剧色彩，一路上我却常常在那些讲印地语的乘客口中听到，心里不免觉得怪怪的。清晨时分，车站凉飕飕的。晨曦中，我们隐约可以看到周遭的丛林，感觉上，山脉仿佛就在附近，后来我们才知道山脉距离这儿远得很哪。下车时乘客们纷纷穿上羊毛衫、夹克、羊毛背心和套头毛衣，戴上花哨的帽子，甚至戴上手套。这些毛织品全都是适合在小阳春假期穿着的衣物，严格说，这会儿还不需要，但人们把它们都穿在身上，心中期待着即将展开的克什米尔假期。

在邻近巴基斯坦边界的这一片平坦的灌木丛生的原野，最初我们只察觉到印度陆军的存在：树立着一个个路标的军营、用石灰水粉刷的营房、成排的军用卡车和吉普、两三辆操练中的轻型坦克。士兵们身穿橄榄绿战斗服，头戴丛林帽，走起路来昂首挺胸，雄赳赳的，看起来挺帅气的，跟一般印度男子很不一样。中午，我们在查谟市停歇一会儿。吃完午餐，我们沿着印度军队在一九四七年巴基斯坦入侵时兴建的山路，进入克什米尔。天气越来越凉爽，沿途尽是山丘和峡谷，从车窗内望出去，只见层峦叠嶂一路绵延到天边，渐渐隐没。我们搭乘的巴士行驶在奇纳布河畔。车子一路往上攀爬。我们回头一看，只见河水注入一座四处漂荡着木头的峡谷中，汹涌澎湃。

"您打哪儿来啊？"

印度人最爱问陌生人这个问题。每一天，我都得回答五次。现在我又得再解释一次了。

他坐在走道对面那个座位，身上穿着西装，看起来还满体面的。他头顶光光，鼻子尖尖（古吉拉特人特有的那种鹰钩鼻），脸上流露出愤世嫉俗的神情。

"对我们这个伟大的国家，您有什么看法啊？"

这又是印度人喜欢问陌生人的问题。我装作没听出里头蕴含的讥讽。

"别客气，把你心里的想法坦白说出来吧。"

"还不错，印度很有趣。"

"有趣。你命好，不必住在这个国家。我们全都被困在这儿。知道吗，这就是我们的处境：被困在一个地方，动弹不得。"

坐在他身旁的是他那个身材丰腴、一副心满意足模样的太太。显然，她对我和她丈夫之间的谈话没有兴趣，却老是趁着我望向窗外，偷偷打量我。

"举国上下贪污腐败，结党营私，"他告诉我，"人人都想离开印度，进入联合国工作。医生全都出国去了。科学家到美国发展。这个国家的前途一片黑暗。能不能请问你，你在你的国家一个月赚多少钱？"

"一个月，大概五千卢比吧。"

我这拳打得太重了点，但他咬紧牙关承受了。

"你赚那么多钱，从事什么工作啊？"

"教书。"

"教什么啊？"

"历史。"

他显然不以为教历史值得骄傲。

我赶忙补充："另外还教一点化学。"

"很奇怪的结合。我自己就是一位化学老师。"

每一位浪漫文人都会遇到这种事情。

我说："我在综合制中学教书，什么东西都得教一点。"

"原来如此，"他脸上的迷惑忽然转变成恼怒，鼻子开始抽搐起来，"奇怪的结合。化学和历史。"

我开始感到不耐烦了。在这趟旅程中，我还得和这个家伙相处好几个钟头。我不想再跟他闲扯，就转身去哄一个哭闹不休的小孩。但这样下去也不是办法呀。幸好，没多久车子就在路旁一个能俯瞰翠绿山谷的休息区停驶下来，让乘客们出去透口气，活动活动筋骨。山中松林密布，空气十分清凉。这会儿在我们的感觉中，印度的平原就像一场疾病，病愈后你再也记不起生病时的感受。我们带来的毛衣终于派上用场。克什米尔假期真正开始了。回到巴士上，我发现那位化学老师已经跟他太太换座位。看来，他也不想跟我闲扯。

抵达巴尼哈尔镇时，天已经黑了。夜凉如水，客栈暗沉沉的，四处看不见一盏电灯。服务生点起蜡烛，为我们准备晚餐。月光下，山腰上那层层叠叠的梯田看起来就像镶着铅条的老旧的格窗玻璃。隔天早晨，一觉醒来我们却发现，原来，山中的梯田竟是那么苍翠润湿，绿油油的一片。车子穿过巴尼哈尔隧道，一路往下行驶，经过一座座宛如童话般绿草如茵、坐落在杨柳丛中依偎着潺潺流水的村庄，最后进入了克什米尔河谷。

克什米尔天气凉爽，色彩缤纷：满田金黄的芥菜、白雪皑皑绵延天际的群峰、顶头那一片蔚蓝的苍穹——在克什米尔的天空中，我们又看到了那一团团变幻莫测、仿佛在演戏的云朵。男人们身上裹着褐色毛毯，伫立在迷蒙晨雾中，头上戴着毡帽、遮住耳朵、打着赤脚的牧童出没在那一座座陡峭湿滑、乱石满布的山坡上。中途我们在卡齐宫镇停车，打尖歇息。阳光下满镇尘土飞扬，市场乱糟糟闹哄哄的，沁凉的空气中四处弥漫着木炭、烟草、菜油、陈年垃圾和粪便的气味。铺着泥巴的屋顶上，野草丛生。我记得在我小时候阅读的《西印度读本》中，有一则故事提到，一个愚蠢的寡妇把她家的母牛牵到屋顶上去。现在我终于明了，她为什么会这么做。一辆辆巴士载着一群群胡须染成红色的男子，朝南边开去。刚才我们就是从那个方向进入这座城镇。又有一辆巴士驶进城中，停下来。守候的群众纷纷拔起腿来，蜂拥上前，推推挤挤聚集在车窗前。车中一个满脸倦容、两眼布满血丝的男子伸出枯瘦的一只手，向大伙挥别。他和车中其他乘客一样，要去麦加朝圣。在这个群山环绕的山谷，吉达港，显得多么遥远啊。这个阿拉伯进香客港口礁岩密布，处处险滩，把湛蓝的海水转变成翠绿色。城中那一间间炊烟缭绕的茅舍里，胡须浓密、眼睛淡灰色的锡克人（不久前他们还是克什米尔的战士和统治者），坐在地板上煮东西。每一家小吃摊上都挂着花哨而醒目的招牌。笨重的白色杯子布满裂缝，桌子摆放在露天的地方，上面铺着格子花纹油布，桌下的地面早已经被吃客踩踏成烂泥巴了。

山脉一座接一座不断向后退却，河谷渐渐扩展，变成一畦畦土质松软、水源充足的田野。车子沿着河畔那一排白杨和垂柳行驶。抵达艾旺提普尔时，在一座散布着一间间小木屋的、宛如童话的村庄外，我们骤然看到一堆灰色石头，矗立在平野上。这座废墟在建筑学上属于所谓的"楣式结构"[①]。门廊上矗立着一根根坚实的方形柱子，陡峭的石砌山形墙雄踞在廊柱顶端，神龛四周环绕着一排石柱，规模宏伟，气象万千，但却也显得有点笨拙，这让人的思绪不禁飞回到了数个世纪之前充满虔敬的古代。后来我们听说，这座废墟原本是一间印度教庙宇，兴建于公元八世纪。车子经过这座古迹时，没有一位乘客失声惊叹，没有一只手伸出车窗指指点点。印度人生活在废墟中，对什么都早已习以为常。印度这块大地上处处散布着古迹和雕像，没什么了不起。在斯利那加城外的潘德雷桑镇，军营旁边就有一座风格相似、规模较小的庙宇。士兵们正在操练。一辆辆军车和一栋栋营房，排列得整整齐齐。马路旁边树立着军部的告示牌，飘扬着师部的军旗。

我们的车子在"入市税征收处"停下来。这是一幢洋溢着中世纪风情、

---

①楣式结构，建筑中使用"横楣"而不用"拱"的构造方式。

模样十分古雅可爱的建筑物，门口停放着成排"达达－奔驰"货车。这些车子的尾板装饰得十分花哨，上面印着几个花体字"请按喇叭"，底色不是赭红就是粉红。店铺中聚集着一群浑身裹在毛毯里的男子，他们坐在高耸的地板上，抽着水烟。我们绕过市中心，走进一条两旁矗立着一排高大的法国梧桐的林荫大道——克什米尔人相信，这种树木的阴影十分清凉芬芳，具有医疗作用。我们来到一栋簇新的红砖建筑物的庭院。"游客接待中心"就坐落在这儿。对街树立着一块巨大的告示牌，上面张贴着尼赫鲁总理的照片和训词；他老人家呼吁民众，把外国游客当成朋友看待。告示牌下聚集着一群克什米尔人，大呼小叫，态度十分嚣张，连那些头上缠着布巾、手里握着警棍、昂首挺胸高视阔步的印度警察，也不太敢招惹他们。

这群大呼小叫的男子中，有一些是船屋的主人或是他们的仆从。乍看之下，我们真不敢相信这帮人拥有一栋像样的房屋，能够提供游客膳宿服务。但船屋确实存在。这些漆成白色的水上住宅坐落在湖中，依偎着苍翠的岛屿，白白的、长长的一排，跟湖畔群山上的积雪相互辉映。湖岸上，每隔一段距离就有一道水泥阶梯，从湖滨大道通往水晶般湛蓝的湖水。或蹲或坐，一群男子聚集在阶梯上抽着水烟。他们的游船，克什米尔人管它叫"施客啦"，挨挤成一团停泊在岸边，船上撑着遮阳篷，船舱中铺着坐垫，红黄两色，煞是好看。我们搭乘游船前往湖中的船屋。踩着岸边一座小巧可爱的阶梯，我们走进船屋中。一看到里面的陈设，我们整个人都呆住了：地毯、黄铜器皿、镶在镜框里的照片、瓷器、墙上的精工镶板、擦洗得亮闪闪的家具——全都是属于另一个时代的古董。刹那间，闹哄哄的艾旺提普尔城和整个印度，全都消失了。进入这间船屋，我们仿佛置身在"英国人的印度"。主人拿出过去好几十年来房客留下的早已经泛黄的便函和各种推荐信让我们观看。其中有好几张请帖——船屋的主人受邀参加英国军官的婚礼（这些军官现在都已经当上祖父了吧）。在镇上的游客接待中心，这位船屋主人显得那么的卑微，他低声下气，踩着脚踏车，一路跟随我们乘坐的出租双轮马车，哀求我们造访他的船屋。这会儿，前脚才踏入屋门，他整个人就完全变了个样。他脱掉鞋子，在地毯上跪下来，向我们奉茶。霎时间，他的举止言谈变得有如瓷器般精致高雅。在今天的印度，你难得遇到对传统礼节这么娴熟的人。他拿出更多照片（他父亲的照片、他父亲的房客的照片）和更多的推荐函，让我们观赏。他最爱讲英国人在船屋举行盛宴的故事。

屋外，积雪覆盖的群山环绕着湖泊。阿克巴大帝①建造的哈里·帕尔巴特堡矗立湖心。远处，白杨丛生的地方，我们看得见湖滨小镇雷纳瓦里。隔着一片空旷的水域，湖对岸苍翠的山坡上有一座花园。看起来，经过千百年的冲刷，山顶流失的土壤已经把山腰上的石缝全都填塞了。这座莫卧儿皇家花园，规模十分宏伟，气象万千：高耸的平台、笔直的线条、矗立在花园中央的亭台楼阁、宛如阶梯般一级一级往下流淌的水道。在克什米尔，我们可以接受莫卧儿人和印度教徒。但英国人在这儿出现——他们遗留下难以磨灭的痕迹：歌谣、书籍和那些遗留在全世界最壮丽的花园"夏丽玛"的手印，却让我们觉得难以接受。英国人竟然闯入这个四面环山的幽谷，盘踞这座处处可见水烟袋和俄式茶壶的城市。今天，在城中那条名为"官邸路"的街道，我们可以看见一间专供藏族商旅住宿的客栈，坐落在尘沙弥漫的广场上。那些藏族人穿着长统靴，戴着毡帽，把头发编成辫子，身上的衣裳灰扑扑、脏兮兮的，一如他们那饱经风霜的脸庞。男人和女人装扮一模一样，分不出性别。

我们没租下船屋。里面藏放的各种遗物和纪念品，到今天依旧显得那么的个人化，那么的感人。它们所代表的浪漫传奇跟我毫无关系，而我也不可能把这些遗物跟它们的传奇分隔开来。住进这间船屋，我会觉

---

①阿克巴大帝（Akbar，1542－1605），莫卧儿王朝皇帝，1556年至1605年间在位。

得自己是一个闯入者，就像我在当地俱乐部所感受到的那样。这些俱乐部的撞球场的墙上依旧悬挂着三十年前的漫画（镶在镜框里），但图书室乏人照料，早就荒废了，一整个世代的品位被冻结封存起来，而吸烟室墙上依旧悬挂着几幅污痕斑斑的铜版画，画中的彪悍骑士据说是"亚菲迪人"或"俾路支人"①，但透过灰尘满布的玻璃，我们实在看不清楚他们的马上英姿。印度人大可以悠游自在、无拘无束地穿梭在这些遗物间，它们所代表的浪漫传奇，其中有一部分一直属于他们，而今，他们把这段传奇整个地继承下来。我既非英国人也不是印度人——他们的光荣历史，我无从分享。

---

① 亚菲迪人，骁勇善战的民族，现居住于印度与巴基斯坦的开伯尔山口一带。俾路支人，俾路支斯坦的贵族和统治阶层。

第二部

第五章　达尔湖中的童话屋

丽华大饭店

一流设备·抽水系统·业主巴特

我们的旅程快结束时，这块招牌才出现。"我是诚实的人。"C级船屋的主人对我们说。那时，我们正站在他那腐朽的船屋中一个长满霉菌污痕斑斑的舱房里，面对一个白色的水桶。"我如果告诉你们，这间房子有抽水马桶设备，那就是不诚实。"然而，在丽华饭店大厅中，业主巴特先生却一边向我们出示一沓薄薄的推荐函，一边指着翠绿墙壁上悬挂的好几幅照片，对我们说："装置抽水系统之前拍的。"显然，他强调的重点不同。我们望着照片中那一张张笑眯眯的脸孔。至少，我们不会被这样出卖。为了驱除游客的疑虑和猜测，那块招牌树立在铺着沥青的屋顶上。在三盏电灯照射下，从湖畔的商羯罗查尔雅山远远眺望，你肯定可以看到它。

我们真不敢想望，这家旅馆会有这么先进的设施。它坐落在湖中一个岛屿（长约八十英尺、宽三十英尺）的一端，是一栋粗糙的双层建筑物：

赭红色的混凝土墙、绿色和巧克力色的梁木和窗棂、未上漆的波状铁皮屋顶。整个旅馆总共有七个房间，其中一间是餐厅。实际上，这家旅馆是由两栋房屋构成的。一栋坐落在岛屿一角，两面墙壁不断被湖水冲刷。楼上楼下，各有两个房间。一条窄窄的木造回廊环绕着顶楼。另一条回廊搭建在湖面上，环绕着底楼的两边。第二栋屋子楼下有一个房间，楼上有两个，其中第二个房间是一个半圆形、多边的木造楼阁，从主屋凸伸出来，地板用好几根木竿子支撑着。一座木梯通到连接两栋屋子的走廊。整幢建筑物屋顶铺着涂上沥青、有棱有角、设计极为繁复的波状铁皮。

整个旅馆给人的感觉是粗糙、草率、急就章，就像它的主人留给游客的第一眼印象。巴特先生小心翼翼走到栈桥上，迎接我们。他头上戴着一顶缩小的、俄国式的克什米尔毡帽。他身上那件下摆长长的印度式衬衫，从他腰下那条宽宽松松的长裤中，探伸出来，飘荡在他上身披着的棕色夹克下面。这副装扮显示，这个人并不十分可靠。他脸上那副宽边眼镜让人联想起心不在焉的学者，可是，他手中却握着一把铁锤。陪伴在他身旁的是一个瘦小的男子。他打赤脚，上身穿着一件脏兮兮、紧绷绷的灰色套头毛衣，下身系着一条宽大的白色棉裤，腰间扎着一根绳子。这个男子头上戴着一顶松垮垮的、羊毛编织的睡帽。这使他整个人看起来非常古雅，让人想到莎翁剧中的工匠。第一印象往往是不可靠的。这家伙叫亚齐兹。抽水系统犹未竣工。水管和马桶已经装设好，贮水槽虽然已经运到，但到现在还没开箱呢。

"一天，"亚齐兹用英语告诉我们，"两天。"

"我喜欢抽水马桶。"巴特先生说。

我们翻阅以前的房客留下的推荐函。两位美国客人非常热情，洋洋洒洒，把丽华大饭店着着实实夸赞一番。一位印度太太的留言说特别赞赏这家旅馆为度蜜月的新婚夫妇提供的"私密"。

"装设抽水马桶之前哦。"巴特先生说。

他的英语水平实在有限，说来说去就是这几句话。因此，我们只好通过亚齐兹跟他打交道。

我们开始讨价还价。为了避免受骗上当，我据理力争，态度咄咄逼人。后来我发现这一招还挺管用，虽然有点过分。一言不合，我就转身掉头而去，旅馆主人好说歹说，把我给拉回来。这倒很容易办到，因为船夫拒绝把我载送回湖滨的马路。想想自己奔波了一天，也够累了，我就在半推半就的情况下，跟巴特先生达成协议。最后，我订下半圆形客厅隔壁那个房间，客厅也归我使用。我需要一盏台灯。

"十到十二卢比，怎样？"亚齐兹说。

另外，我还需要一张书桌。

亚齐兹搬出一个矮板凳。

我伸出双手，比了比，告诉他我需要大些的桌子。

他指着草坪上摆着的一张老旧的、饱经风吹日晒的桌子，要我瞧瞧。

"我们会给它上漆。"

我伸出一根手指，敲了敲桌面。

亚齐兹比了个手势。巴特先生看出他比的是两根支柱，微微一笑，举起手里握着的铁锤。

"我们会修理。"亚齐兹说。

这时我才领悟，原来他们两个在玩某种游戏，而我莫名其妙变成了游戏的一部分。这会儿，我们置身在湖中一个岛屿上。放眼望去，周遭只见在湖面上捕捉鱼儿的成群翠鸟和一只只五彩缤纷、聚集在花园中啄食的戴胜鸟。岛上，芦苇、杨柳和白杨丛生。一排排船屋背后，我们眺望得到白雪皑皑矗立在天际的群山。此刻，站在我面前的却是一个头戴睡帽、蹦蹦跳跳的男子。花园尽头有一间新建的、还没上漆的小木屋，木屋坐落在柳荫深处，显得十分温馨可爱。那是亚齐兹的家。这个家伙耍起铁锤和其他工具来，真有一手。他很会巴结客人。他是一流的即兴演员，能够满足客人的任何需求。莎翁剧中的工匠是不戴睡帽的。这家伙看起来反倒比较像童话中的人物——伦伯尔士迪特斯金①或白雪公主手下的一个矮人。

"你先付定金，签三个月租约。"

亚齐兹嘴里冒出的这句英文，并不能消除他浑身散发出的童话般的魅力。巴特先生不会写英文。亚齐兹是个文盲。我只好自己写一张收据，然后在一本账册背后写下租约，签下名字。这本巨大的、看起来挺气派的账册摆在餐厅灰尘满布的架上，里面登录的账目乱七八糟，简直就像涂鸦一般。

"你写三个月？"亚齐兹问道。

我想给自己留一条后路，所以我没写三个月。奇怪，这个文盲怎么看得出来呢？

"你写三个月。"

搬进去的前一天，我们出其不意地突然造访丽华饭店。这家旅馆还是上次我们看到的那个老样子，什么都没改变。一如上次，巴特先生站在栈桥上迎接我们，身上还是那副装束，脸上依旧带着心不在焉的神情。那张应该上漆钉牢的桌子现在还摆在草坪上，摇摇欲坠，没上漆也没钉牢。我要求的那盏台灯，连影子都没有。上次我们来看房子时，亚齐兹伸出一只手，摸了摸隔开浴室和卧房的那面墙，向我们保证："我会给它再涂一层油漆。"他食言了。墙上那块布满节瘤的簇新木板凹凹凸凸，依旧涂着薄薄的一层蓝漆，十分鲜艳刺眼。巴特先生一声不吭，一路跟随我们参观房子，态度颇为恭谨：我们停下脚步，他也跟着停下脚步；我们查看某一件摆设，他也挤在一旁查看。看来，身为这家旅馆的主人，

---

①伦伯尔士迪特斯金，德国民间传说中的矮人。他把亚麻变成黄金，送给一位姑娘当嫁妆，条件是：她嫁给王子后生下的头一胎婴儿，必须送给他，除非她猜出他的名字。她果然猜出他的名字。矮人一听，立刻自杀。

他也不敢确定我们会找出什么见不得人的东西。浴室还是老样子：马桶装好了，但依旧贴着胶带；水管接上了，水箱却连影子都没有。

"不住了，"我说，"不住了，把定金还给我吧。我们走，不住这种地方了。"

巴特先生还是闷声不响。我们掉头走下阶梯。就在这当口，亚齐兹出现了。他依旧戴着睡帽，穿着套头毛衣，钻出他那间隐藏在柳荫中的小木屋，一路跌跌撞撞、踉踉跄跄地穿过花园，朝我们跑过来。他身上那件毛衣斑斑点点，沾着蓝色油漆——原来，这家伙还是个油漆匠呢。仔细一瞧，我们发现他鼻尖上沾着一大块油漆，怪模怪样的。他手里捧着一只马桶水箱，献宝似的，直送到我们面前来。

"两分钟！"他说，"三分钟！马上就装好。"

头上戴着羊毛睡帽、模样酷似白雪公主手下一个矮人的亚齐兹，我们怎么舍得抛弃他呢？

三天后，我们搬进这家旅馆。一切都准备停当。为了赶工，住在花园另一端的人全都拿着扫帚、刷子、锯子和铁锤前来帮忙。桌子已经整修好，用铁钉钉得牢牢的，桌面涂着一层已经开始剥落的蓝漆。一只巨大的电灯泡，顶端覆盖着一个半球形金属灯罩，用一根弯曲的、伸缩自如的支架托着，固定在一块镀铬圆盘上，一团乱麻似的纠缠在一起的电线，把灯泡和插头连接起来。（上回我交代过他们，我需要长度适宜的电线。）这就是我的台灯。我们走进浴室一瞧：马桶的水箱终于装好了。就像一位魔术师，亚齐兹伸手拉了拉马桶的链子——哇塞，水冲出来了。

一箱水冲完后，亚齐兹喜滋滋地告诉我们："巴特先生说，这家旅馆不是他的，是'你们'的。"

除了亚齐兹和巴特先生，丽华大饭店还有好几位员工，其中一位是清洁工。这个小伙子成天穿着一身脏兮兮、松垮垮的衣裳。另一位是负责拉客的外务员，叫阿里·穆罕默德。这家伙个头矮小，年纪约莫四十，一张脸苍白得就像死尸，加上他那口凹凸不平的假牙，保证你半夜碰见他会吓一大跳。每天出门拉客，他准会穿上一套印度式蓝条纹礼服（宽大的长裤配上一件没有翻领的外套），穿上鞋子，戴上克什米尔毡帽，随身携带一只装有表链的银表。一天两回，他钻出他那间坐落在花园尽头的小茅屋，把脚踏车扛到"施客啦"游船上，让船夫载着他穿过湖面，经过那一家矗立在水面上的西服店（一间小小的、歪歪斜斜的小木屋），经过一丛丛白杨和垂柳，经过一排排船屋，经过尼赫鲁公园，一路把他送到湖滨的石阶，让他在那儿登岸。然后他骑上脚踏车，沿着湖滨大道，前往游客接待中心。在那儿，阿里·穆罕默德站在门口的树荫里，跟那群聚集在尼赫鲁肖像下的马车夫、船屋主人或他们的员工一块儿拉客。此外，丽华大饭店还有一位厨子，克什米尔人管厨子叫"砍杀妈"。他的年纪比亚齐兹和阿里·穆罕默德大些，身材却挺拔得多。个头虽然矮小，比例却非常匀称，配上他日常穿着的那件长下摆衬衫和那条顶端宽松、底部尖细的长裤，使他整个人看起来满高挑的，简直就是玉树临风。（他那双脚长得挺秀气。）这家伙成天闷声不响，仿佛在想心事。可惜，他脸上原本十分端正的五官，全都被他那满肚子的火气扭曲得不成人样。他隔三岔五从厨房里钻出来，站在走廊上，一连好几分钟，只顾呆呆眺望着湖水。他那双赤脚有一下没一下只管敲击着地板。

我们在丽华饭店的第一餐，简直就像一场宗教仪式。餐厅水泥地板铺上老旧的草席，桌上摆着两只小小的塑料桶子，里面插着一束塑料做的长梗雏菊，红、蓝、绿、黄、色彩缤纷煞是好看。"巴特先生买的！"亚齐兹说，"六卢比哦。"他走出去拿汤。过了一会，我们就看见他和阿里·穆罕默德两人，各端着一盘羹汤，钻出小茅屋，蹑手蹑脚，小心翼翼沿着花园小径走回餐厅来。

"保温箱下个礼拜送来。"亚齐兹说。

"保温箱？"

"下个礼拜哦。"他压低嗓门，悄声说。他的口气听起来就像一位脾气很好的护士，正在哄一个被宠坏的、动不动就哭闹的小娃儿。他从肩膀上拿下一条餐巾，四处拍打，把那成群小苍蝇驱赶出餐厅。"没什么。天气有点热，小苍蝇都死了。大苍蝇飞进来，赶走小苍蝇。然后蚊子飞进来，叮咬大苍蝇。然后它们就飞走了。"

我们竟然相信他这套鬼话。他走出餐厅，站在外面那间从楼上凸伸出来的起居室下面。不一会儿，我们就听见他扯起嗓门，凶巴巴地向厨房或路过的人（看来是湖中的居民）大呼小叫，口气跟刚才哄我们时截然不同。透过我们身后的窗子，我们可以看见芦苇、群山、积雪和天空。在我们眼前，亚齐兹头上戴着的那顶睡帽不停晃动——他时不时把头伸进还没装上玻璃的窗框，窥伺我们。此刻，我们置身在一个陌生的异乡，但在湖中这座小小的岛屿上，我们受到妥善的照顾，没人敢伤害我们。一盘一盘佳肴美食，不断从花园尽头那间小茅屋中端送出来。大快朵颐之际，我们哪有工夫去想自身的安全。

看见我们吃得挺开心，亚齐兹也感到很高兴。他扯开嗓门，向厨子呼叫，口气颇为傲慢无礼。厨房里传出抱怨声，紧接着是一阵静默——显然，厨子被亚齐兹的大呼小叫给惹恼了。拖延了老半天，厨子才慢吞吞钻出小茅屋，走进餐厅跟我们见面，身上并没系着围裙，一脸腼腆，羞答答的。他做的菜还能吃吗？晚餐我们想吃什么呢？"喜欢什么样的茶点？小圆面包？喜欢什么样的布丁？浸过葡萄酒的杏仁布丁？乳脂松糕？苹果馅饼？"

白雪公主早已离开人间，但是，她的烹饪技巧却一直留传在克什米尔湖中的一座岛屿上。

初春时节，早晨一觉醒来，有时你会看到山峰上覆盖着夜里飘落的雪花。湖水清澈冰冷。你看得见成群鱼儿聚集在芦苇丛中或湖床上觅食，就像一群陆地动物，太阳出来时，每一条鱼儿身旁都拖着一条黑影子。随着日出，气温陡然上升，这时穿上毛衣就会觉得很不舒服。淫雨总是跟随热浪而来。每逢下雨，湖中的天气就会突然变得寒冷起来。云层笼罩着群山，有时直逼湖岸，有时飘散进山谷中，一团团，一絮絮。坐落在商羯罗查尔雅山顶、矗立在我们头顶上一千英尺处的寺庙，这会儿隐没在云雾中。我们可以想象，一个婆罗门僧侣头上戴着毡帽，身上披着红褐色毯子，怀里揣着一只小炭盆，孤零零坐在山顶的寺庙里。风吹过湖面时，苍翠的芦苇窸窸窣窣摇曳不停。水波粼粼的湖面，再也看不到群山的倒影。湖中一朵朵宛如紫红色碟子的莲花，随风翻卷，旋舞不停。湖上的船只全都躲进避风港。好几艘船驶到旅馆栈桥下，躲避风雨。偶尔，船夫和乘客会上岸来，走进旅馆厨房，讨取一些木炭，装进水烟袋或取暖用的炭盆中（他们把这种柳条编成、涂上泥巴的小火盆，安置在毯子底下）。雨过天晴，湖面又变得一平如镜。

旅馆坐落在"施客啦"游船主要航道上——纵横交错的航道是湖中的公路网，但却十分宁静，听不见汽车喧嚣。旅游季节还没正式开始。旅馆周遭，湖中的生活一如往常进行着。每天早晨，我们总会看到一艘艘"施客啦"戴着满船草料，如同小型船队一般，鱼贯驶过旅馆门前。划船的妇女盘腿坐在船尾，乍看起来，整个人仿佛漂荡在水面上。根据本地习俗，湖中的市集每天都必须更换地点。昨天，它在旅馆正前方的莲花塘外举行。今天，它转移到航道另一端——那儿停泊着的一艘旧船，是湖上最小巧的店铺。市集中，买卖双方总是争吵不休，仿佛随时都会干上一架，但那些动作——挥舞拳头、抬高嗓门、气咻咻把船划走、回头破口大骂、在人们劝说下又把船划回来、继续讨价还价——全都只是湖中市集的交易方法，不值得大惊小怪。一整天，湖上船只穿梭不停。贩卖奶酪的男子穿着一身白衣，活像一位祭司，端坐在船上那一堆堆圆锥形的白奶酪前，不停摇着手上的铃。他坐在遮阳篷下，划船的伙计坐在船尾，忍受风吹日晒。卖牛奶的妇人浑身戴着首饰，珠光宝气：好几枚银耳环从她那两只肥大的耳垂悬吊下来，乍看就像一长串钥匙。卖糖果糕饼的男子，把货物全都装在一个红色箱子里。这位"小圆面包和奶油"贩子，每天都会跑来旅馆叫卖。他那艘"施客啦"船板上写着一个大大的 N。"美——丽的花儿！奇——妙的花儿！可——爱的花儿！"这是花贩布尔布尔的叫卖声。他的玫瑰使我们的房间一整个礼拜弥漫着香气。他的香豌豆花，买回来那天就枯萎了。他建议我们在花上撒一些盐巴。我们照做，但香豌豆花依旧熬不过一天就凋谢了。我们为了这件事吵起来。尽管如此，我每天清晨还是期盼看到他那艘"施客啦"载着满船五彩缤纷的花卉，驶过我们旅馆门前。可惜，旅游季节正式展开后，他就离开这个湖泊，转移阵地，到聚集着 A 级船屋的纳金湖卖花去了。警察局的"施客啦"在湖上日夜穿梭巡逻——警官端坐舱中，划船的小警察蹲在船尾。漆成红色的邮局"施客啦"船舱中，职员盘着腿，坐在一张低矮的办公桌前，卖邮票，盖邮戳，不时摇一摇铃，忙得不亦乐乎。在湖上做生意的每一位商人，手下都有一个负责划船的伙计，而这个伙计往往只是一个七八岁大的小孩。但我们并不会觉得这样做很残忍。这儿的孩子，就像不久前世界其他地区的孩子，在穿着、外表和谋生能力上，都像一个成年人——具体而微的成年人。每天深夜我们总会听见这些小孩唱着歌，抖擞精神，一路把船划回家。

　　我们很快就发现，这个湖区表面看起来只是一片苍翠的荒野，加上几栋摇摇欲坠的房屋和一些得过且过、依靠本能生存的居民，但事实上，这整个湖沼地区早就经过详尽的规划，具有严密的组织。一如陆地的百姓，湖中居民也实行劳力分工。水域的划分早已确立，虽然分界线只是一根弯弯曲曲、晃晃荡荡的铁丝，但居民们不会擅自闯入别人的地盘。好几位老大坐镇湖中，各有各的势力范围，互不侵扰。每一区都设置一所由居民选出的地方法院。这种管制是必要的，因为这个湖泊资源非常丰富，人口相当稠密。一个湖养活很多人。它为种菜的农夫提供肥沃的淤泥和丰茂的水草。瞧，一个男孩把一根弯曲的竹竿插入湖中，只消翻搅一下，就能捞起一大束肥美的、湿漉漉的水草。这个湖泊也为牲畜提供饲料。湖中丛生的芦苇，是盖房子铺屋顶的上好材料。满湖的鱼儿，四处出没——站在热闹的河滨浴场上，你可以看到成群鱼儿悠游在河阶下清澈的湖水中。在晴朗的日子里，你会看见渔夫们三三两两，散布在湖中，仿佛行走在水面上似的：他们伫立在那一艘艘静静荡漾的"施客啦"船舷上，举起手中的三尖鱼叉，凝视着湖水，眼神锐利得就像栖停在杨柳树上的一群翠鸟。

亚齐兹答应帮我们装置的保温箱，终于送到了。这是一个巨大的板条箱，由于年代久远，整个箱子看起来烟熏熏、灰扑扑的。亚齐兹把它搬到餐厅一个角落，让它斜斜地立在凹凸不平的水泥地板上。箱子的内壁粘贴着洋铁皮，其中一边装设着门键，可以开关。一排架子把保温箱分隔成好几层。吃饭的时候，亚齐兹就端来一只炭盆，安放在保温箱底部。此后，他就不必再端着热腾腾的浓汤，老远从厨房走到餐厅。每天早晨，我们总会看见阿里·穆罕默德蹲在炭盆旁，背对着我们，伸出手指头，聚精会神地翻烤着土司。那股专注劲儿真让我们感动。后来我们才发觉，事实上他是在聆听克什米尔电台播出的十五分钟宗教歌曲节目（在英语新闻之后）。他弓起背脊，一副焦虑不安的模样。我猜，他担心我们会提前吃早餐，或把收音机转到别的电台，或支使他去做别的事情。这一来，他就没工夫听完他的宗教歌曲了。一大早，他就穿得很体面，准备出门替旅馆拉客。我怀疑，如果不是穿着这身拉客服装，他会在有一天早晨烘烤面包时，突然回过头来问我："您想认识克什米尔舞女吗？"说着，他会龇起上排假牙，笑得很诡异。"我可以把她带到这儿来。"

我原本以为这家旅馆是最安全的地方，没想到这家伙竟然设局，想从我手里敲诈一笔钱。"不，阿里。你先带我去看看她。如果我喜欢，我自己会把她带到这儿来。"

阿里·默罕默德回过头去，面向保温箱，又自顾自翻烤起土司来。他一时冲动，向我推荐克什米尔舞娘。此后他绝口不提这档子事。

保温箱送来后，旅馆的设施改进得更加快速。两条破旧的长草席交叉铺在两旁长满三色堇、从厨房通向餐厅的狭窄小径上。每逢下雨天，这两条草席沾满雨水，看起来就像两根黑带子，横铺在绿油油的草坪上。再过几天，他们从湖中挖出一些残破的木板，铺在这两条草席上。接着，负责擦拭家具的工人（一个成天闷声不响的男孩）来上班了。他擦拭客厅中的"沙发套"和那张老旧的书桌（抽屉里塞满苏联宣传品，都是阿里向他在"游客接待中心"结识的俄罗斯人讨来的）。他擦拭椅子、床铺和餐桌。他一声不吭，从早擦到晚，天天擦，饿了就跑进厨房吃几碗米饭。后来他走了，旅馆的家具还是跟往常一样脏兮兮。铺草皮的工人紧跟着来了。他挥动工具，这里挖挖，那里掘掘，把光秃秃的湖岸弄得满目疮痍，惨不忍睹。

大伙儿忙得团团转，但每到下午旅馆的员工就会停下手边的工作，歇息一会儿。这时，亚齐兹准会蹲在厨房走廊上，呼噜呼噜抽着水烟。他脱掉平日惯常戴的睡帽，换上一顶毡帽，变成一个普通的克什米尔人（一合上眼睛就能睡着）。成群访客（船夫和小贩）纷纷上门来。厨房所在的那间小茅屋不时传出嬉闹声。有一回，大伙儿玩疯了，我们瞥见亚齐兹冲出厨房，跑到走廊上，头上没戴帽子。这一刹那我们看到了他的真面目：原来这家伙是个秃子。天气晴朗、阳光普照的下午，巴特先生和厨子两个人，身上从头到脚裹着毯子，躺在草坪上睡午觉。

两个油漆匠来到旅馆，给墙壁上第二层漆。其中一个活像中古世纪的人：一张宽阔慈厚的脸，脑瓜子上戴着一顶脏兮兮的棉布小帽，模样一看就知道是个劳工。另一个没戴帽子，身上穿的是时下流行的西式绿色工作服。装扮虽然不同，这两个家伙的油漆功夫倒是旗鼓相当，难分高下。什么都不必准备，拿起刷子，哥儿俩就开始干活。他们不会画直线。他们的眼睛根本看不见水泥和木板、天花板和墙壁、玻璃和窗框之间的界线。我站在一旁观看，一时技痒，忍不住拿起刷子在还没上漆的墙壁上涂鸦，画儿只鸟儿和动物，再加上几张鬼脸。咯咯一笑，哥儿俩也在墙上画出几只不知名堂的怪物。身穿工作服的油漆匠用克什米尔语询问头戴瓜皮小帽的油漆匠："我能不能向他要'爸客施舍'呢？"瓜皮小帽望着我，连声说："不能不能。"但瓜皮小帽前脚才跨出门槛，工作服就用英语对我说："我们帮你把房间油漆得这么漂亮，赏点小费吧？"

油漆匠刚离开，玻璃工就接踵而来，给餐厅的窗子装上玻璃。只见他气定神闲，只瞅了窗格子两眼，伸出手来比画一下，二话不说就开始切割玻璃，切啊切，割啊割，然后往窗格子上一装，钉几根小铁钉，拍拍屁股走人。紧接着，他们在楼梯、走道和顶楼的回廊上都铺了簇新的、用椰子壳的纤维编织成的席垫。铺在回廊的席子显得太宽（一根排水管阻挡在中间），他们就干脆让席子的一边翻卷起来。楼梯铺上席子，却没装上栏杆，让人走在上面提心吊胆的，一不留神难保不会摔落下来。每次下过一场暴雨，走道上铺着的席子全都被打湿。席子才铺上两天，他们又弄来一块绿色印花塑料桌布，铺在餐桌上。事情还没完呢。穿工作服的那个油漆匠又冒出来。他拿着一把刷子，从一扇绿色房门走到另一扇绿色门，蘸着棕色油漆，在门上画个号码，用抹布擦一擦，修饰修饰，结果，他画出来的号码乍看之下就像一团团黏糊糊的巧克力。干完活儿，他就走进厨房，享用一大盘米饭。

丽华大饭店的整修终于完成。一天早晨，亚齐兹把咖啡端到我面前时，忽然对我说："老爷，小人想请您帮个忙。能否请您写封信给'光光局'，邀请马丹先生来饭店喝杯茶。"

马丹先生是克什米尔观光局局长。我跟他有过一面之缘。那时，我央求他帮我们找一家旅馆。他说："二十四小时内给你回音。"我们痴痴等待了几天，并没接到任何回音。我把这段过节向亚齐兹解释。

"请你写封信给'光光局'，邀请马丹先生来喝茶。不是你请他喝茶，是我请喝茶——巴特先生请喝茶。"

他锲而不舍，每次伺候我们用餐，他就使出牛皮糖功夫，死缠烂打，央求我写信给观光局。丽华大饭店新近开张。它既不是船屋，严格说也不是旅馆，因此它需要获得观光局某种形式的认可。我很乐意帮他们写一封推荐函。只是一想到邀请观光局长来喝茶，我就不免踌躇起来。亚齐兹和巴特先生（他总是躲藏在他那副眼镜背后，羞答答，笑吟吟的）却不了解我的苦衷，一个劲儿坚持要我写一封邀请函。于是，一天早晨，在巴特先生和"全克什米尔游船工人联合会"那位看得懂英文的秘书监视下，我写了一封信给马丹先生，邀请他来喝茶。

巴特先生亲自到城里走一趟，把信送到观光局。吃午餐时，亚齐兹向我们报说，马丹先生读了我的邀请函，但没有答复。这家伙生怕我的自尊心受到伤害，赶忙补上一句："说不定他已经把回信写好，只等打字员打字，打好后就会派信差送过来。"

亚齐兹显然了解程序。我们等了好几天，仍然不见马丹先生的信差上门来。我有一部打字机，我也曾收到克什米尔大公手下一位军官送来的邀请函，但现在我却发觉，我连这么简单的事情（邀请观光局长来喝茶）都帮不上忙。巴特先生没说什么，他的沉默，恐怕并不完全是因为语言不通的关系吧。过了几天，我又碰到一件更糟的事情。"全克什米尔游船工人联合会"秘书打算向交通局长陈请，要求增加公交车班次。陈情书就是我草拟、打字、签名的，但送出去后却石沉大海，杳无回音。亚齐兹了解程序。几天后，我发现房里的灯泡昏暗不明，便要求亚齐兹帮我换一个。他说："二到三卢比。你付，我付，还不是一样？"当然由我付钱。在这种情况下我怎么敢提出异议呢？

旅游季节开始了。丽华大饭店虽然未获观光局认可，但由于斯利那加城内的住宿设施相当有限，而我们的房租也还算合理，因此，很快，我们就开始招揽到客人。我挖空心思，想出一大堆计划，打算好好替丽华大饭店宣传促销一番。我挑出几套比较可行的营销策略，向亚齐兹提出，然后通过他向巴特先生呈报。他们俩只管笑眯眯聆听，感谢我的好意和热忱，但只要求我帮他们做一件事：阿里·穆罕默德把那些穿西装、打领带的老外从"游客接待中心"带到我们饭店时，我就出面跟他们攀谈，设法说服他们留下来住几天。执行这种任务，失败固不足喜，但成功也会让我感到不悦。说穿了，我只想霸占这家饭店，一个人住在这儿，不受其他游客侵扰。亚齐兹看透我的心思。就像溺爱子女的父母，他一径哄慰我："开饭时，你先吃，一个人吃。我们给你准备私房菜，别的房客可吃不到的哦。这家饭店是您的，不是巴特先生的。"每次新房客搬进来，他就会跑来对我说："老爷，这对大伙都好。对饭店，对巴特先生，对大家都好嘛。"有时他会伸出一条胳臂，指着天空喃喃自语："感谢上苍给我们送来客人。"

我还是感到不快乐。这是一家另类旅馆，招揽来的却是传统房客。首先，搬进来的是出身婆罗门阶级的一个家庭（随后还会有好几家搬进来），他们不吃旅馆的食物，自个儿烧饭做菜。一家人聚集在房门口，剥豌豆，筛米，切胡萝卜。他们蹲在楼梯底下放置扫帚的橱柜旁生火煮饭。他们打开花园的水龙头，在那儿冲洗碗碟锅盘，把新铺的草皮践踏成一团团烂泥。其他房客有样学样，纷纷把垃圾扔到草坪上，把衣服晾在花园里。我在这儿度过的几天宁谧的田园生活，终于结束了。一天，亚齐兹向大伙宣布（这家伙还真会表演，脸上带着一副既兴奋又哀伤的神情）：一群信仰正统印度教的印度游客，约莫二十人，即将住进丽华大饭店，停留四天。房间不够住，部分客人只好在餐厅打地铺，而我们也只好委屈一些，将就在客厅用餐。我听到这个消息，心直往下沉，谁都安慰不了我。亚齐兹看在眼中，连一句安慰的话也没有。我们痴痴等待那帮印度游客上门。在我们面前，亚齐兹脸色阴沉，仿佛有人得罪他似的。盼望了好几天，那二十位房客终究没有露面。这下，亚齐兹脸色更加难看了，仿佛全天下的人都对不起他似的。

这阵子，不顺心的事情多得很哪。刚搬进来时，我就跟他们讲好，每天早晨快到八点时就把餐厅的收音机打开。一听到嘟嘟声，我们就走下楼来，一面吃早点，一面收听英语新闻。一天早晨，收音机传出的不是嘟嘟声，而是印地语电影主题曲和推销食品饮料的印地语广告，诸如"阿斯匹林"和"好立克"。仔细一听，我们发现那是斯里兰卡电台播出的节目。我扯着嗓门，朝着窗口大喊，叫亚齐兹立刻来见我。他走上楼来说，八点钟听德里播出的英语新闻的规定，他已经告知那个来自孟买的小伙子，但这家伙硬是不睬他。

第一眼看到这个孟买小子，我就打心里讨厌他。他总是穿着一条紧身裤和一件黑色人造皮夹克，一头浓密的发丝梳得油光水亮，肩膀老是一耸一耸，带着左撇子特有的矫揉造作、自以为高雅迷人的邪气。这小子走起路来，脚步轻盈得就像一个拳击手，动作干净利落。在我心目中，这小子简直就是孟买贫民窟的马龙·白兰度。我们从没交谈过。是可忍孰不可忍，管他穿不穿皮夹克，如今我也只好跟他拼了。

我冲下楼去。收音机开得震天价响。马龙·白兰度端坐在草坪上一把破旧的藤椅里。二话不说，我伸出手来就把音量调低，仓促间几乎把收音机关掉，然后定下心神，把频道转到克什米尔电台。阿里正在烘烤土司面包。从他的背影我可以看出，他不打算介入这档子事。我坐在餐厅里听完英语新闻。一等新闻播完，孟买白兰度就霍地站起身，掀开门帘闯进餐厅，伸出手来把收音机转到斯里兰卡电台，二话不说，一转身，撩开门帘冲出餐厅。

冷战就这么持续下去，每天早晨和傍晚都得交手一次。亚齐兹保持中立。阿里显然站在我这一边。一如以往，他默默蹲伏在保温箱前，烘烤他的土司，但再也听不到他最爱听的克什米尔语宗教歌唱节目了。双方僵持不下。我试图打开僵局。一天早晨，我告诉阿里，比起斯里兰卡电台播放的广告，克什米尔歌曲好听多了。阿里猛然抬起头来，一脸惊惶。后来我发现，旅游季节才开始几个星期，阿里就受到游客影响，他们的晶体管收音机总是转到斯里兰卡电台，阿里的口味开始改变了。他迷上了广告歌，爱死了电影主题曲。这些歌曲代表的是现代的、山外的世界——那些穿扮入时、荷包饱满的印度游客就是打那儿来的。克什米尔音乐属于湖泊和山谷，跟山外的音乐相比，未免显得过于粗糙土气。原来，我们的童话国度竟是这般脆弱，简直不堪一击。

过了几天，我因为肚子疼，病倒在床上。隔天早晨我听见有人敲门，进来的人竟然是孟买白兰度。

"昨天我没看到你，"他说，"听说你病了。今天你觉得好一点了吗？"

我说，今天我觉得好多了，谢谢他来看我。接着就没话讲了。我搜索枯肠，想找出一些话来说。他只管静静站在床边，一副从容不迫、气定神闲的模样。

"你从什么地方来？"我问。

"我从孟买来。"

"孟买。孟买的哪一区啊？"

"达达尔。你知道这个地方吗？"

正如我想象的。"你从事什么工作？在医学院念书吗？"

他抬抬左脚，耸起肩膀，又摆出一副桀骜不驯、邪里邪气的架势。"我是这家旅馆的客人。"

"这我知道。"

"你是这家旅馆的客人。"

"我是这家旅馆的一位房客。"

"那么，你为什么说我是医学院学生呢？为什么？你是这家旅馆的客人。我是这家旅馆的客人。你生病，我来看你。你为什么说我是医学院学生呢？"

"对不起。我知道，因为我们都住在这家旅馆，你才来看我。我不是存心冒犯你。我只是想知道你从事什么工作。"

"我在保险公司工作。"

"谢谢你来看我。"

"不客气，先生。"

他耸起左肩，伸手掀开门帘，走出房间。

从此，我们两人以礼相待。我帮他把收音机转到斯里兰卡电台，他帮我把频道调到克什米尔电台。

"老爷！"一天下午厨子突然扯着嗓门呼唤我。他一边敲门，一边钻进房间来。"我今天休假，现在要回家了，老爷。"他讲起话来就像连珠炮似的，一副行色匆匆的模样。通常，总是亚齐兹陪着厨子走进我的房间，但今天下午，厨子刻意避开亚齐兹，悄悄溜进来。从窗口望出去，我看见亚齐兹侧着身子，躺在厨房走廊摆着的一张绳床上。

"老爷，我儿子病了。"他瞅着我，脸上绽露出羞涩诡秘的笑容。他那双精致小巧的脚，不停地摩擦着地板，一副忸怩不安的模样。

他大可不必耍这一招。我的手早就伸进裤袋，从一沓用订书机钉在一起的钞票（总共一百张）中抽出几张来。那个星期，本地的印度国家银行只有这么多现金。我不敢把整沓钞票掏出来，只能把手伸进裤袋里，慢吞吞地偷偷摸摸抽出几张：我知道克什米尔人一看到花花绿绿的钞票，就会立刻亢奋起来，目露凶光，令人不寒而栗。

"我儿子病得很重，老爷。"

这家伙跟我一样急躁。

"老爷!"他沉下脸来,显得很不高兴。三张钞票不知怎的粘贴在一起,看起来好像只有一张。接过钞票仔细一瞧,他登时眉开眼笑:"哦,三卢比!好啊。"

"老爷!"过了一个星期,厨子又扯着嗓门呼唤我,"我太太生病了,老爷啊。"

站在房门口,他一边数着我递给他的钞票,一边回过头来,带着坚定的语气对我说:"老爷,我太太真的生病了。病得很重啊,她染上了伤寒。"

听到这个消息,我感到有点担心。厨子告诉我这件事,除了礼貌上的原因,恐怕还有别的企图。吃中饭的时候,我向亚齐兹打听厨子太太的病情。

"她根本没染上伤寒!"亚齐兹紧紧抿住嘴巴,忍住一脸笑意。他显然在嘲笑我那么容易上当受骗。他脸上的表情使我很生气。

我把厨子的伎俩给揭穿了。他不再跑进我的房间,向我诉说他的亲人病得有多重,我不忍心想象他在厨房里遭受同事们羞辱后忍气吞声的模样,更不想看到亚齐兹那副得意洋洋的神情。他以为,从此他可以吃定这个厨子,爱怎么摆布他就怎么摆布他。在这座小小的岛屿上,每天,从早到晚,我都得跟旅馆里每一位员工打交道,尤其是亚齐兹。最初,这种牵扯让我感到很不习惯。这之前,在我心目中,所谓"仆人"只不过是帮你做事,领取一笔酬劳,然后回家过自己日子的那种人。但对亚齐兹来说,工作却是他生活的全部。亚齐兹有个不曾生育的妻子,居住在湖中某处,但他不常提起她,而据我所知,他从不曾回家探望过她。服务和伺候客人,是亚齐兹的人生目的。这是他的本事,也是他的谋生方式。它超越了仆人的制服和表面的恭谨,它赐予他力量。我在书上读过,十八世纪的欧洲仆人非常霸道,竟然操控主人的生活。《死魂灵》和《奥勃洛莫夫》这类俄国小说所描写的仆人，其傲慢无礼简直到了不可思议的程度。在印度，我亲眼看过女主人和男仆人争吵，就像一对发生口角的夫妻，充满激情，结果往往是床头吵床尾和。现在我终于明白个中缘由。你若想拥有一个贴身仆人（他唯一的本事和功能是取悦、伺候主人）你就必须自愿地、爽快地交出一部分自我，任由仆人摆布。它创造出一种原本不存在的依赖感，它要求回报，它能够让一个成年人退化成婴孩。我越来越在意亚齐兹的情绪，而他也越来越受我的心情影响。他有能力激怒我，看见他闷闷不乐，一整个早晨我都开心不起来。我变得非常敏感，总是怀疑他对我不忠，热情减退，不再像以往那样尽心尽意伺候我。于是我就开始生闷气，不睬他。于是他就（视心情而定）通过别人向我道晚安，或根本不向我道晚安。隔天早晨，一觉醒来，我们又会和好如初。有时，我对他招揽来的房客感到不满，一连几天不理他，借此表示抗议。每次他一提到最近菜价涨了，我就会怀疑他想从我荷包里多挖一点钱，一气之下，我就会在大庭广众间公然跟他吵起架来。我只要求他对我忠诚，但这是一种奢求，因为我毕竟不是他的雇主。故而在我们的关系中，我不得不采取软硬兼施、威逼利诱的手段，而他都能随机应变，应付裕如。

我说过，他的服务不是穿着制服的层次。事实上，他从没穿过仆人的制服。他身上总是穿着同一套服装，看起来脏兮兮，闻起来臭不可当。

"亚齐兹，你会不会游泳啊？"

"哦，会的，老爷，我会游泳。"

"你在什么地方游泳啊？"

"就在这湖中呀。"

"湖水很冷呢。"

"不冷，老爷。每天早晨，我和阿里·穆罕默德都会脱掉身上的衣服，跳进湖里游泳。"

原来如此。我心中的一个疑团终于解开了。"亚齐兹，你到裁缝店定做一套衣服吧，我付钱。"

他立刻沉下脸孔，装出一副身心劳累的模样，仿佛被工作的重担压得喘不过气来似的，但我看得出来，这会儿他心里高兴得很哪。

"亚齐兹，定做一套衣服要多少钱啊？"

"十二卢比，老爷。"

今天我心情甚好。看见阿里·穆罕默德披着他那件邋里邋遢的蓝色条纹西装，穿着背心，戴着表链，走出旅馆大门，准备前往城里的游客接待中心招揽客人，我一时心软，忍不住把他叫回来。

"阿里，你到裁缝店定做一件新背心吧，我付钱。"

"是，先生。"

阿里内心真正的感觉很难被察觉出来。每次有人叫他的名字，跟他说话，他都会流露出一副惊慌失措的神色。

"定做一件背心要多少钱啊？"

"十二卢比，先生。"

奇怪，不管定做什么样的衣服，价钱都是十二卢比。我回到楼上房间。还没在那张蓝色书桌前坐定，砰然一声，我就听见房门被推开了。回头一瞧，我看见厨子腰上系着蓝围裙，气咻咻闯进房间来，一步一步向我紧逼，一副准备找人干架的态势。他伸出一只手，拍了拍我那件搭挂在椅背上的夹克，沉声说："我要一件外衣。"说完，他往后退出两步，仿佛被自己的粗暴行为吓着似的。"你送给阿里·穆罕默德一件外套，你送给亚齐兹这家伙一套西装。"

莫非他们在厨房嘲笑他？我想起刚才亚齐兹脸上的表情：一张脸绷得紧紧的，抿住嘴巴拼命忍住笑。一回到厨房，这家伙就笑开了。我可以想象他在厨子面前表现的那股得意劲儿。至于阿里·穆罕默德，当时他正准备前往城里的游客接待中心，招揽客人。我猜，他听说我要送他一件衣服，就立刻折回厨房，把好消息告诉大伙儿。

"我是一个穷光蛋。"厨子伸出双手，拂了拂他身上那件看起来还算精致雅洁的衣裳。

"送你一件衣服，要花我多少钱啊？"

"十五卢比。不，二十卢比。"

太贵了。"离开这儿时，我会送你一件外套。我离开那天才送给你。"

厨子一听，赶忙在地板上跪下来。他伸出双手，想搂住我的大腿，表示感激，但椅子的四只脚和横木阻挡在面前，使他无法如愿。

我看得出来，他内心饱受煎熬。我知道这几个家伙为了衣服的事情，在厨房里吵了好几架。厨子是自尊心很强的人。他的身份是厨师，可不是一般仆人。他不屑讨好别人。他瞧不起像亚齐兹这种成天胁肩谄笑、巴结主人的马屁精。他这种人什么事都看不顺眼，常常招惹别人，但到头来吃亏的总是他自己。

约莫过了一个星期，有一天吃晚餐时，厨子叫人送来一锅炖肉和一锅炖菜。这两锅东西看起来并没什么不同，唯一的差别是其中一锅有几块肉丁和肉片。我不吃肉，一看到这锅炖肉就倒尽胃口，连那锅炖菜也不想吃了。亚齐兹感到很委屈。看到他那一脸难过的模样，我心中暗喜。他端着两个锅子走回厨房。不久，我们就听见厨房里传出厨子的叫骂声。亚齐兹两手空空，独个儿走回餐厅——瞧他走起路来慢吞吞的样子，仿佛脚疼似的。过了一会，餐厅门帘后面忽然响起呼声。厨子赫然出现在我们眼前！只见他一手提着煎锅，一手握着切鱼刀，满脸涨红，脸上的五官歪七扭八，模样真吓人。

"你为什么不吃我的炖菜？"

他站在我身旁瞪着我，气急败坏，扯着嗓门尖叫："你为什么不吃我的炖菜？"我真担心他会举起手里提着的煎锅，在我头顶上狠狠敲几下。果然，他举起了煎锅，我看见里面装着一大片煎蛋卷，但所幸他并没朝我头上敲下去。这个人每次发完脾气，就会立刻流露出一脸惊恐惶惑的神色。显然，他也知道自己的弱点。

我跟他一样难过。但一想到油煎鸡蛋卷，我就觉得反胃，直想呕吐。一股怒气蓦地从我的丹田升起，直窜到我脑子里来，摧毁我的判断力，使我变得非常不理性。霎时间，我变成一个心胸狭窄、目光短浅的人。

"亚齐兹！"我大吼一声，"你能不能请这人出去？"

这样的反应实在太粗鲁、太荒唐、太无聊、太幼稚了。但这种发泄虽然使人丧失理智，却也能让人感到振奋。从愤怒的状态中恢复过来，过程往往十分缓慢、痛苦。

不久，厨子就离开了丽华大饭店。他突然辞职。一天早晨，在亚齐兹陪伴下，他走进我的房间告诉我说："老爷，我要走了。"

亚齐兹知道我会问什么问题。他抢先代替厨子回答："老爷，您应该替他高兴。别担心。他在巴雷穆拉城那边的一个家庭，找到了一份挺不错的工作。"

"我要走了，老爷。现在麻烦您给我写一封推荐函。"厨子站在亚齐兹身后，斜起一只眼睛，伸出一根手指头，指着亚齐兹的背脊不停摇晃。

我坐在打字机前，立刻给他写了一封推荐函。这封信得很长，非常感性，但我认为这样的推荐函对未来的雇主并无任何用处。它只能证明我同情这个人：我觉得，他跟我一样不能适应社会。趁着我写信的当儿，亚齐兹忙着拂拭房间里的灰尘，脸上一径挂着笑容。

"我现在要走了，老爷。"

我把亚齐兹打发出房间，然后掏出一沓钞票，悄悄塞进厨子手里。他接过这笔钱，什么都没说，只缓缓地、充满感情地说了一句话："提防亚齐兹这家伙！"

"您应该替他高兴，"厨子走后，亚齐兹又用同样的话安慰我，"两三天内，我们就会找到新厨师。"

就这样，我对丽华大饭店的观感，刹那间改变了：原本我把它看成湖中的一间童话屋。

"老爷，请您帮个忙。您写封信给'光光局'，邀请局长马丹先生来咱们饭店喝杯茶。"

"亚齐兹，上回我写信邀请他，他没来呀。"

"老爷，请您写封信给'光光局'。"

"不，亚齐兹，我不想再邀请他来喝茶了。"

"老爷，请您帮个忙。您亲自到城里走一趟，拜会马丹先生。"

这伙人聚集在旅馆厨房里，又想出了一个馊主意。每个星期，阿里·穆罕默德都必须申请许可证，进入警卫森严的游客接待中心，招揽客人。这一来，他就平白浪费了不少宝贵的拉客时间。他需要长期许可证，这样整个旅游季节都能够通行无阻。厨房那伙人认为，我肯定能够帮他弄到一张这样的通行证。

"他们会签发这种季节通行证吗，亚齐兹？"

"会的，老爷。罗达的船屋就申请到一张。"

我们这家坐落在湖中不受官府认可的另类旅馆，竟然遭受歧视和打压。是可忍孰不可忍，我立刻跟马丹先生取得联系，约好时间拜会他。那天，在旅馆主人巴特先生陪伴下，我乘坐双轮出租马车进城。

游客接待中心的职员居然认得我！上回我写的那封信，让丽华大饭店着实出了一阵子风头。好几位官员一看见我，就纷纷走上前来，笑眯眯地争相跟我握手——我对克什米尔旅游事业的关切，让他们感到很开心，虽然有点疑惑。印度官僚体系固然效率不佳，公务员办起事来拖泥带水，一问三不知，但他们绝不会遗失或遗忘任何文件。在官员们亲切招呼和簇拥下，我这个主动替本地一家旅馆撰写推荐函的热忱可嘉的外国游客，被送进那间挂满图片的局长室，会见马丹先生。

成群访客等候局长召见。一看到彬彬有礼、神情却十分严肃的马丹先生，我差点想打退堂鼓。寒暄完毕，我总得找个话题谈谈，可不能就这样开溜。于是我说：能不能请马丹先生交代手下，给阿里·穆罕默德签发一张季节通行证？当然。阿里·穆罕默德必须符合申请条件，而这得由观光局认定。

"通行证已经取消了。我猜，您那位朋友拥有英国护照吧？"

我没把话讲清楚，难怪局长大人会有这样的误解。我赶紧补充：阿里不是游客，他只想见见游客。他是克什米尔人，一家旅馆的员工，基于工作需要，他想进入游客接待中心。虽然我也知道游客必须受到保护，但是，能否请局长先生通融……我越说越急切。我只想快快把这件琐碎的事情办妥，保住我的尊严，走出局长办公室。

马丹先生耐心听我陈述。他说，如果阿里提出申请，他会慎重考虑。

如逢大赦，我忙站起身来向马丹先生道别，逃跑似的走出局长室，把消息告诉巴特先生。

"现在，您赶快去见科长吧。"巴特先生说。我糊里糊涂，被他拉着走进一间挤满办公桌和公务员的房间。

科长不在办公室。稍后我们在走廊上找到了他。原来是一个穿着浅灰色西装、身材挺拔、笑容满面的年轻人。他看过我写的信，明白了我的要求。他说，只要旅馆明天提出申请，他会看着办。

"明天，"我转告巴特先生，"明天你再来一趟。"

我甩下巴特先生，拔腿就溜，匆匆忙忙穿过国营百货公司的庭院（这儿原本是英国总督官邸），一路走到浑黄的杰赫勒姆河畔，登上河边的堤岸。总督官邸的克什米尔式精工木雕早已经腐朽，斑斑驳驳。官邸旁边有一座充满英国风味的破旧印度式小木屋，门口挂着一块招牌：百货公司咖啡屋。矗立着成排法国梧桐的官邸庭院，依旧十分壮观，一个个精心设计、形状各异的花圃，栽种着雏菊，散布在辽阔的草坪上，争奇斗艳，煞是好看。总督官邸坐落在堤岸一端——我常听本地人说，以前英国人不准印度人走到堤岸上来。堤岸入口处的旋转栅门如今已经被砸掉了。绿草如茵的河滨，处处树立着告示牌，禁止游人在草坪上骑车与散步，但人们视若无睹，我行我素，河岸的草地早已经被车轮辗出一条又深又长的辙迹。成群母牛聚集在官邸前庭花园前自顾自低头吃草——这些建筑物，实际上只不过是克什米尔建筑风格的翻版，但乍看之下，却仿佛是模仿"仿都铎式"的作品。好几家老式店铺依旧存在，非常宽敞，非常阴暗，里面摆满玻璃橱柜，仿佛仍然期待那些"不辞而别"的英印混血儿回来。早已经褪色的广告招贴，依旧在促销早已经不再贩卖的商品，例如水饼干①。店堂里的木板和墙壁上，依旧镌刻着英国主顾(总督和总司令之流)的姓名。在一家专门售卖动物标本的店铺中，墙上挂着一幅镶在框子里的照片：一个英国骑兵军官，伸出他脚上那只擦拭得亮闪闪的皮靴，踩在一只死老虎身上。

一个光辉灿烂的时代已经消逝了，另一个光辉灿烂、属于市集的时代还没来临。但我们不必等太久。"先生，您即使不说，从您的衣着和口音我也看得出来，你的品位是英国式的。您请进来坐一坐。让小弟我拿出几件本店专卖的符合英国品位的地毯，请您评鉴评鉴。您瞧，这就是英国的品位。我可是行家。现在，您不妨再看看另外几条地毯。瞧，又粗又重，印度式地毯嘛，质地当然也就比较粗糙低劣喽……"

> 克什米尔最棒的约会场所——
> 没错！就是咱们这间"总理餐厅"
> 喂，朋友们，东尼率领五位劲爆舞者
> 今晚登台献唱，以娱嘉宾

---

①水饼干，一种用小麦粉和水制成的淡味饼干。

朋友们来吧，尽情享受三十六种冰淇淋

在咱们这间星光闪闪的酒吧

喝个痛快，不醉无归！

传单上是这么说的。我依照地址，来到这家簇新的、充满现代风味的餐厅——根据另一份传单，它是城中"最开放"、"最有搞头"的约会场所。时间太早了，东尼和五位劲爆舞者还没登场，我叫了一升贵得吓人的印度啤酒，独个儿坐在空荡荡、静悄悄的餐厅里，试图把今天早上的不爽忘掉。

喝完啤酒，我沿着尘土飞扬的官邸路一路走下去，驻足一家书店前，和那位满脸胡须的老板攀谈。他是从信德省逃出来的难民，在孟买念大学，拥有文学和法学双学士学位。他告诉我，他今年八十岁了。我不相信。"呵呵。我说我今年八十岁，因为我不想说我今年七十八岁。"他谈起一九四七年巴基斯坦入侵并大肆劫掠巴雷穆拉城的往事。那时，在克什米尔首府斯利那加市——如今已经沦落为双轮马车夫、阿里·穆罕默德和"总理餐厅"的城市，人们花五百卢比，买一张原本只要八卢比的公车车票，争相逃到查谟市。"如今我成天坐在这儿，没事可干，只好读读书，笑看人生。"他阅读史蒂芬·里柯克[1]的作品。他最喜欢蒙罗少校[2]写的短篇小说，百读不厌。为什么他把小说家沙基称为蒙罗少校呢？他解释说，他在一篇文章上读到，沙基本名蒙罗，而蒙罗是一位陆军少校。他觉得，称呼自己最喜爱的作家，应该把他的军衔加在他的姓名前，以示尊敬。

我搭乘双轮出租马车，回到河畔的石阶浴场，路上遇到巴特先生。

---

[1] 史蒂芬·里柯克（Stephen Leacock, 1869–1944），加拿大作家兼经济学家。

[2] 蒙罗少校（Henry Hugh Munro, 1870–1916），在缅甸出生的苏格兰小说家，笔名沙基（Saki）。

我叫他上车。真可怜，他等我等得都快哭了。早上我匆匆忙忙离开他。他没听懂我的话。一整个早晨，他就痴痴地站在游客接待中心，等我回来接他。

隔天早晨，我把季节通行证申请书打好，让巴特先生带到城里去。今天天气格外闷热，气温节节上升。中午时分，天空忽然沉暗下来，随即乌云密布，放眼望去，只见藏青色的群山倒映在湖水中。狂风骤起，哗啦哗啦横扫过湖面，翻卷起荷叶，鞭打着杨柳树，摇荡着湖中一丛丛芦苇。下雨了，气温陡然下降。湖中的空气变得冷飕飕的。巴特先生冒着大雨从城里赶回来。他头上那顶毡帽淋了雨，湿漉漉，毛茸茸，闪烁着水珠。他身上那件夹克沾满雨水，衬衫下摆滴滴答答流淌着雨珠儿。他拱起肩膀，缩起脖子，把脸庞埋藏在翻起的领子里。我看见他踩着花园中铺着的木板，慢吞吞地朝厨房走去。他脱掉鞋子，钻进屋里。我回到书桌旁，一边工作，一边竖起耳朵，倾听楼上的脚步声。我以为巴特先生会打着赤脚走上楼来，向我报喜。但他一直没露面。

我再也忍不住了，只好问亚齐兹："巴特先生到底拿到通行证没？"

"拿到啦！一个星期。"

几天后的一个早晨，我正在客厅喝咖啡。身穿工作服的油漆匠从门口探进头来，问道："老爷，您帮我打一封推荐信好不好？"

我没回答。

第六章　中古城市

水位陡然下降。栈桥的阶梯整个暴露在水面上，连最底下的一级也露了出来。湖水变得更加浑浊了。成群鱼儿黑黝黝，游窜在夏季的湖泊中。矗立在北方天际的群山，积雪已经消融，山上的石头暴露在天光下，巉岩嶙峋，远远看起来仿佛被漂白过似的。山脚阴凉的林园中，枞树出落得更加繁茂了，东一丛西一簇，郁郁葱葱。湖中的白杨树丧失了春天的翠绿，杨柳飘散在湖面刮起的狂风中。芦苇长得太高了，弯弯曲曲的——每次风起时，它们就随风摇曳摆荡起来，宛如一波波汹涌的浪涛。皱成一团的莲叶，在又长又粗的梗茎支撑下，从水面上凸伸出来，乱糟糟的。过了几天，一朵朵蓓蕾冒出来了，像没有盛开的郁金香。一个星期后，满湖莲花蓦地绽开，粉红粉红的一片，好似回光返照一般。旅馆花园中，金英花和山字草四下蔓生，有如一丛丛野草，如今全都被拔除了。取代三色堇的法国金盏花，长得越发茂密了，这会儿全都冒出了蓓蕾。牵牛花躲藏在餐厅墙脚阴影里，显得病恹恹的，和园中的天竺葵一样，它们身上沾满涂料，那可是油漆匠的刷子泼洒出来的。高代花正在盛开中：一簇簇姹紫嫣红，宛如一片搅拌在一起的颜料。我们刚搬进这家旅馆时，园中的向日葵还只是一株株幼苗，如今却已经长得非常高大，叶子十分宽阔，我再也无法把头探进花丛中，观赏它们那有如一颗颗星星般的蓓蕾。娇美可爱的大丽花绽放了，红艳艳的，闪烁在翠绿的芦苇、垂柳和白杨丛中。

翠鸟依旧逗留在旅馆周遭，但其他鸟儿却不再像以往那样，常常飞临我们的花园。我们最怀念戴胜鸟——它那长长的、成天只顾啄食不停的嘴巴，它那双翅膀上黑白相间、弯弯曲曲的条纹，它头顶上那一簇每次降落时就像扇子一般张开的冠毛。一如亚齐兹所言，热浪一旦来临，小苍蝇就会成群死亡，取而代之的是体型比较硕大的家蝇。迄今，我碰见过的那些苍蝇都不敢亲近人类，但这些家蝇却趁着我在工作，公然地栖停在我的脸庞和手臂上。一连好几个早晨，还不到六点钟，我就被一只苍蝇的嗡嗡叫声吵醒。（这家伙居然逃过了我喷洒的杀虫药！）亚齐兹曾预言，一旦蚊子来临，苍蝇就会仓皇躲避。在他心目中，苍蝇是上帝差遣来的使者。一天下午，我看见他戴着帽子躺在厨房里，酣然入睡，脸庞一片黑，栖息着一只只吃饱喝足的苍蝇。

这之前，我只管向他索取杀虫药。现在，我要向他索取冰块了。

"这儿的人不喜欢吃冰，"亚齐兹说，"吃了冰，满身热烘烘的，更加难受。"

为了他这句话，我们之间又展开一场冷战。

酷暑天，湖泊北岸的山脉从早到晚笼罩在烟霭中，灰蒙蒙一片。太阳下山时，谷中弥漫着琥珀色的霞光，暮霭苍茫，一缕缕烟雾飘荡在湖中的白杨树丛间。每一株树木，轮廓都十分鲜明。从商羯罗查尔雅山顶眺望，烟雾缭绕的斯利那加城，远看来就像一座巨大的工业城镇，矗立城中的一株株白杨，乍看就像一根根高耸的烟囱。斯利那加城前方，阿克巴城堡雄踞在湖中央一座赭红山丘上，映照着落霞，气象万千。太阳悬挂在城堡左边的天空——原本白灿灿的一轮，这会儿已经转变成淡黄色，湖畔群山，灰蒙蒙一路绵延到远方天际，终于隐没在暮霭中，再也望不见了。

　　堤岸外有一座中古城镇。乍看之下，它仿佛是中世纪的欧洲城市。时而尘土飞扬、时而湿气弥漫的城镇，四处洋溢着各种各样的味道和气息：汗淋淋的人体，五彩缤纷、沾满污垢、腥臭扑鼻的服装，黑漆漆臭烘烘、暴露在天光下的阴沟，一堆堆暴晒在太阳下的煎烤食物和垃圾。满城野狗出没（挺漂亮的狗，可惜没人理睬），成群蹲伏在商店门廊下，饿得发慌的小狗打着哆嗦，瑟缩在悬挂着血淋淋鲜肉的肉摊底下那潮湿阴暗的狭小空间中，吠叫不停。城中巷弄纵横交错，巷中栉比鳞次，排列着一家家阴暗的店铺和一间间拥挤嘈杂的庭院。满街长裙摇曳，成群男孩蹦蹦着瘦巴巴、伤痕斑斑的腿，四处流窜。这一幢幢挨挤成一堆的木板房子，当初兴建时，花了多少心思，用了多少工夫啊！只要你仔细瞧一瞧，在那饱经风吹日晒、早已变得一片灰黑的外表下，你依旧可以看到精致的木雕和繁复的装饰。铜器专卖店阴暗的店堂中，每一件黄铜打造的器皿亮晶晶，闪闪发光，散发出一种奇异的美。灰暗的泥泞巷弄中，一簇缤纷灿烂的色彩蓦然出现在你眼前——一堆金黄和翠绿的糖果，虽然布满苍蝇，却也让人垂涎欲滴。在这儿，你可以重新体验红黄蓝三原色的吸引力，那是玩具和一切会发亮的东西的色泽。在这儿，你能够找回被压抑了很久的儿童时期的品位，那也是农民的品位，骤然出现在这座城市里（以及印度其他地区），显现在金属亮片、彩色灯泡和我们曾经觉得美丽的一切事物中。从溢满了垃圾的狭窄巷子望进去，你会瞥见那一座座大杂院里，晾晒着色彩缤纷而图案精美的毛毯、地毯和轻柔的围巾。这些色彩和图案源自波斯，传入克什米尔，得以发扬光大。所有的编织品，从价值二千卢比的地毯到一件只卖十二卢比的老旧毯子都显示出极致的奢华。在这座肮脏灰暗的中古城镇，色彩是唯一的美，显现在每一张精工编织的毛毯、每一盆塑料雏菊，以及（如同中古世纪的欧洲）每一件缤纷亮丽的服装中，供人们欣赏品鉴。

与色彩相辅相成的是欢乐的节庆。整个冬季，城镇陷入冬眠状态。游客离开了，旅馆和船屋全都打烊休息。克什米尔人蜷缩在窗户狭小、光线暗淡的房间中，浑身包裹着毯子，坐在炭盆旁，消磨一整个冬天。春天带来阳光、灰尘和庙会，也带来色彩、噪音和露天饮食。每隔两周，克什米尔河谷中就有一个地方举行庙会。这些庙会大同小异。在每一场庙会中，你准会看到那位售卖各式图片的小贩。他把货品全都摊开在地面上：构图呆板、色彩浓艳的卷轴，画中的印度和阿拉伯清真寺是克什米尔人向往的圣地，还有电影明星照片、政治领袖的彩色肖像，以及成堆的平装廉价图书。市集中到处可见贩卖廉价衣服和廉价玩具的摊子。茶棚和糖果点心摊散布在各个角落。一位面目枯槁、模样吓人的印度教圣徒端坐尘埃中，身前摆着一排小瓶子，瓶中装着"蝾螈眼和狗舌头"——印度教的避邪物。从扩音器播放出来的音乐，不断回荡在庙会中。湖上的游船也传出阵阵音乐。春天的克什米尔湖泊，不只是游客的观光景点，也是本地人吃喝玩乐的地方。湖面上荡漾着一艘艘简陋的未上漆的小型船屋——本地人管它叫"东阁"（doonga）。厨娘和船夫随船出租。船夫沿着船舱走来走去，有时举起篙子，有时倚着它。舱中传出的阵阵嬉闹声，他似乎充耳不闻，但其实沉醉其中。一位妇人（也许是船夫的妻子吧）穿着一条邋遢的裙子，浑身戴着银首饰，独个儿坐在高高翘起的船尾，手里握着一根长桨，不停地划着。划啊划，荡啊荡，毫无目的。"东阁"总是停泊在距离花园和房屋不远的湖上，在这儿摇荡一整天，晚上就划到岸边花园，度过一宿。在"东阁"上举行的派对，往往会进行好几天。宾客们随时下船，赶回城里，办完事又回到船上来继续寻欢作乐。对我来说，这种休闲活动实在太过单调冗长，只会把自己累个半死。每个冬季，我总是忙得不可开交，哪有余力从事这种活动。坐落在西北方、距离我们旅馆不过数里之遥的甘德巴尔镇树丛中举行的市集，把这个季节的庙会带到高潮。湖上的"东阁"和"施客"，全都划到那儿，停泊过夜。荡啊荡，挤啊挤，吵啊吵。

在这个中古城镇，一如在任何一座中世纪城市，人们生活在古迹林立、奇观处处的环境中。在斯利那加城，人们终日流连在莫卧儿皇帝建造的好多座花园里。园中的小桥流水，亭台楼阁，早已荒废，但大体上仍然可以看出当年的气派格局。每逢星期假日，夏利玛花园的喷泉依旧喷出一簇簇多姿多彩、变幻莫测的水花，尽管有好几只喷嘴已经弯曲或破裂。这些花园的建造者，早已隐没在历史中，变成了传奇。关于这些神秘人，后人所知不多，只晓得他们都非常英俊，非常勇敢，非常有智慧，而且他们的妻子都非常美丽。"那座古迹，看到没有？"担任向导的克什米尔工程师伸出胳臂，指着十六世纪末叶阿克巴大帝建造的那座矗立在达尔湖中央的城堡，对我们说："这座城堡是五千年前兴建的。"湖中的哈兹拉特巴尔清真寺供奉着一根毛发，据说是从先知穆罕默德的下巴上拔下来的胡子。陪同我们参观的医科学生说，这根毛发是"某位人士"经历重重阻难，冒着生命危险带到克什米尔来的。这位人士到底是谁？从事什么行业？打哪儿来？这个学生说不出一个所以然。他只知道，途中这位人士遭逢一场重大的劫难。为了保护先知的遗物，他用刀子在胳臂上划出一道口子，把毛发藏在里头。这根毛发确实是先知的遗物——这是不容置疑的。它具有无边的法力，以至于连鸟儿都不敢飞越供奉它的清真寺，印度教徒膜拜的圣牛，也不敢把屁股朝向它蹲坐在地上。

上帝眷顾克什米尔人，克什米尔人以无比的热忱敬奉上帝。"穆哈兰"① 是回历的一个月份。在这个月中，克什米尔人以十天时间，哀悼和

---

① 回历的第一个月。

纪念在卡尔巴拉 ① 遇刺身亡的先知后裔胡笙 (Hussain)。在此期间,每天太阳一下山,我们就听到湖上回响起什叶派穆斯林的哀歌。身为逊尼派穆斯林的亚齐兹,笑嘻嘻地告诉我们:"什叶派并不是真正的穆斯林。"然而,到了第七天早晨,打开收音机,听到播音员讲述人家早已耳熟能详的卡尔巴拉事件时,亚齐兹却哭了。他越哭越伤心,脸上的五官扭曲成一团。他冲出餐厅,边跑边嚷道:"我忍不住哭了,我不喜欢听到这个故事。"

哈桑巴德城的什叶派信徒准备举行一场盛大的游行。听说,行列中有人用铁链鞭打自己的身体。那天早晨,情绪平复下来后,亚兹齐怂恿我们到哈桑巴德城走一趟,见识见识,他会安排我们的行程。于是,我们搭乘"施客啦",沿着水面上漂荡着绿色浮渣、两旁垂柳摇曳的船道,朝这座湖畔城镇出发。途中,我们经过一间又一间肮脏的庭院、一道又一道残破的水泥阶梯、一条又一条腥臭扑鼻的排水沟。我们看到成群大人和小孩,男男女女,聚集在河阶上洗衣服。我们旅馆的洗衣工,竟然也在这里洗我们的衣裳。我差点晕过去。湖上的水道恶臭,四处飘发着阴沟特有的怪味。每经过一间庭院时,孩子们就兴冲冲跑出来,一副小大人的模样,依照伊斯兰教礼仪向我们打招呼:"愿您平安。"

抵达哈桑巴德城,我们停泊在好几十艘撑起雨篷或华盖的"施客啦"游船中间,下得船来,走进城里,经过一座不知名的废墟,来到举行夏季庙会的地点。街道经过一番洒扫,尘土不再飞扬。遮阳篷和摊子如雨后春笋般冒出来。街上摩肩接踵,人来人往。有钱人家的女眷,从头顶

---

①卡尔巴拉,位于伊拉克中部,伊斯兰教什叶派的圣城。伊斯兰教创立者穆罕默德生前并无子嗣,亦未指定继承人。他逝世后,伊斯兰教分裂成两大政教派系——什叶派和逊尼派,逊尼派的名称源自"逊纳"。这是一部传统律法,据说是根据穆罕默德的言行编集而成,被视为《古兰经》的补充典籍,具有和《古兰经》同等的效力。逊尼派声称,他们有权任命先知的继承人。而什叶派坚持,穆罕默德的表弟阿里和他的子孙才是正统、合法的继承者。

到脚踵，浑身包裹在黑色或褐色的衣裳里，脚上穿着厚厚的鞋子，密不通风。这些妇女三三两两，结伴行走在街上。我感觉得出来，她们透过悬挂在眼睛前前的面纱，好奇地打量我们。穷人家的妇女是不戴面纱的。在克什米尔，就像在其他地方，保守和体面是一种特权，只有崛起中的家族才享受得起。我们从一对父女身边走过。这位父亲让他女儿把玩他那根簇新的还没使用过的鞭子。

这条空旷的充满乡野风味的道路尽头，就是城中的大街。窄窄的一条街道挤满了人。男人们大多穿着黑衬衫，一个男孩手里举着一面黑旗。不久，我们就遇到几个乩童。他们身上的衣裳沾满鲜血，绷得紧紧的。这会儿，游行还没开始。在众人仰慕的眼光注视下，乩童们大摇大摆行走在马路中央，故意推挤那些明天又会成为他们的长辈或上司的人。一排狭窄湫隘的楼房栉比鳞次地矗立在街边。二楼以上用枕梁支撑的楼层，开着一排窄小而形状奇特的窗户。从街头望上去，每一个窗口就像一幅中世纪图画：一群妇女聚集在窗前，专注地俯瞰着大街。年轻的姑娘容光焕发，而年长的妇女由于终年隐匿在屋子里，不见天日，脸色看起来非常苍白。这一张张脸庞出现在阴暗的窗户中，轮廓显得格外鲜明。窗户底下，人潮汹涌的街道上，停放着好几辆载满警察的卡车。一群男孩正在折磨躲藏在肉摊底下的小狗。我们听见狗哀嚎挣扎的叫声——小小的身子竟然能够发出那么响亮的声音，真让人惊讶。小贩的叫卖声此起彼落。被困在人群中动弹不得的汽车司机，拼命按喇叭。人声鼎沸、满街喧嚣中，蓦地响起伊斯兰教师尊的声音。他通过麦克风（这玩意儿在印度式的集会中是不可或缺的）向群众讲述卡尔巴拉事件的原委。师尊的声音充满悲情，近乎歇斯底里。讲着讲着，他老人家悲从中来，泣不成声，但他还是一个劲儿撑下去。师尊站在街道中央一顶遮阳篷下，整个人被满街汹涌的人群吞没。群众中，有些人手里举着彩色三角旗。

出现在街头的乩童越来越多。其中一个乩童的背脊血肉模糊，惨不忍睹,鲜血染红了他的裤子。他迈开大步行走在街上,故意碰撞路人,每次撞到别人时,他就皱起眉头来,仿佛责怪人家竟敢在太岁头上动土似的。这个乩童腰间悬挂着一根鞭子。它是用大约六条金属链子编织成的,每条链了长十八英寸,末端系着一小枚血淋淋的刀片。鞭子悬挂在腰际,乍看之下活像一支苍蝇拍。这些乩童的脸孔,跟他们身上的鲜血一样令人心悸。其中一个没有鼻子,只有两个孔穴,出现在他那张血肉模糊的三角形脸庞上。另一个只管睁着两颗凸出、满布血丝的眼珠。第三个乩童没有脖子——一团肥肉从脸颊延伸到胸膛。成群乩童游走在街头,招摇过市,四下睥睨,一副凛然不可侵犯的模样。但我怀疑他们身上那件沾满血迹的衣裳来路有问题。有些衣服看起来太干了,也许是去年穿的,也许是向别人借来的,也许是事先沾上动物的血。但其中有一位乩童显然是玩真的:他那颗半秃的头颅胡乱包扎着绷带,鲜血依旧滴滴答答流淌不停。鲜血代表荣耀。展示越多鲜血,你就能够获得越多掌声。

我们离开城中那条人潮汹涌、热烘烘的大街,走向城外的旷野,在一座尘土飞扬、地上满布足迹的坟场坐下来,观看一群男孩玩游戏。他们手里拿着一颗颗鹅卵石,不知在玩什么,但显然那是一种中古时代留传下来的游戏。今天早晨之前,对我来说,宗教狂热是一个难以理解的谜团。但在城中那条大街,血腥仪式却显得那么自然,那么寻常。街上,只有那成排的警车、一两辆偶尔路过的汽车、震天价响的麦克风,以及小贩叫卖的用马口铁圆罐子装的冰淇淋,不属于中古世纪。在这座城市中,反而是那群游走街头的美国女孩,会被看成不可思议的怪物——在这场宗教庆典中,她们竟然穿上在伦敦街头肯定会引起骚动的凉快衣裳,扭腰摆臀,招摇过市。在乩童眼里,这群洋妞似乎不存在。他自顾自走到运河台阶上,当着众人的面脱掉身上那件沾满血迹的衣裳,浑身赤条条站在阳光下,仿佛献宝似的。他才是这座城市的真正子民。今天是他的日子,他爱干什么便干什么,谁都不能阻挠他。他用血淋淋的背脊换来这项特权，把枯燥单调的修行转变成一场壮观而惨烈的表演。

表现在乩童身上的狂热，源自一个单纯的过度简化的认知：宗教只是一种庆典和仪式而已。亚齐兹说过："什叶派信徒不是真正的穆斯林。"他一边向我们示范，一边说，什叶派信徒祈祷时，是以这种方式弯腰俯首，和真正的穆斯林截然不同。他认为，基督教和伊斯兰教比较接近，跟印度教的距离就已经远了，因为基督徒和穆斯林都实行土葬。"可是亚齐兹，很多基督徒选择火葬呀。""这些人不是真正的基督徒。"一位医科学生向我们解释伊斯兰教和他最厌恶的教派锡克教之间的差异。他说，穆斯林宰杀牲畜时，一面念经，一面放血，让它慢慢死亡，而锡克教徒拿起刀来，一刀便砍下牲畜的头颅，连经也不念一句。他伸出手来比画一下，忍不住摇摇头，用手捂住脸庞。宰牲节①那天，旅馆主人巴特先生送我们一个蛋糕，上面用糖霜写着两个词：Id Mubarak（恭贺宰牲节）。收到贺礼，我们才知道这天是伊斯兰教的大节日。一整个早晨，成群游船载着一家家男女老少（他们个个穿着干净的白衣或蓝衣，正襟危坐，神情显得非常肃穆），穿梭在湖面上。这天是探访亲友、馈赠礼物和欢宴聚餐的日子，但对克什米尔人来说，今天也是一年中唯一能够使用肥皂和水清洁身体、去除污垢、穿上使人浑身发痒的新衣服的日子。可是，宰牲节究竟代表什么意义呢？带着礼物前来探访我们的医科学生、工程师商人，都说不出一个所以然。我们只知道，在这个日子里，穆斯林都必须吃肉。

对这些人来说，宗教只不过是一场盛大精彩的表演：一连串庆典；成群戴着面纱、活像终年被关在养鸡场笼子里的母鸡的妇女（那位商人

①原文为 Id。伊斯兰教的两大节庆都称为 Id：开斋节（Id ul-Fitr）是斋戒月结束时的节庆。宰牲节（Id ul-Zuha，或称 Bakr-id）则是纪念先知易卜拉欣之子易马仪被用于献祭之事。这里的 Id 应是宰牲节，伊斯兰教徒庆祝宰牲节的方式是宰杀一只公羊或山羊。

告诉我们，妇女戴上面纱，"男人才不会想入非非，蠢蠢欲动"）；祈祷前，成排男子站在大庭广众前，以宗教礼仪洗涤自己的生殖器；祈祷时，万名信徒同时跪伏在地上。这种宗教糅合欢乐、忏悔、歇斯底里和荒谬（这点最重要），给信徒带来一整天，甚至一整个季节的满足。它响应人们每一个单纯的需求和情绪。它是"生命"和"法则"；它的仪式不容许任何改变或质疑，因为改变和质疑会摧毁整体，甚至会危害生命本身。"我不是很好的穆斯林，"那位医科学生第一次见面就告诉我们，"我怎能相信，世界是在六天中被创造出来的。我相信进化论。但我不敢告诉我母亲，怕她老人家生气。"但他并不排斥伊斯兰教的任何仪式，他接受伊斯兰教的每一条律法。比起亚齐兹，这位医科学生更像一个宗教狂热分子——亚齐兹对自己的教派和体制很有信心，因此能够抱着宽容、好奇的态度观察别的教派和体制。人造卫星的发射，暂时动摇了一些穆斯林对他们宗教的信心，因为根据伊斯兰教典籍，大气层的上层早已被神封闭，只准许穆罕默德和他那匹白马进入。但只要脑筋转个弯，教义何尝不能配合新的科技发明。于是，穆斯林说："俄国人把人造卫星放在白马背上，让它带上天空。"不管怎样，教徒的信心终会恢复，因为比起教义衍生的仪式，教义本身并不那么重要。对这些人来说，比起进化论，有些教徒的主张（譬如说，妇女可以不戴面纱）更加可怕，更应该批判和封杀。

这些仪式和习俗，并不是经过千百年慢慢发展出来的。一个外来的征服者，一夕之间，把这整套仪式强加在被征服的民族身上，取代另一套仪式——后者，毫无疑问也曾一度被认为不可改变，无可替代，但如今却连一点痕迹也没遗留下来。克什米尔人特有的、中古世纪式的思维，能够把一座数百年前建造的城堡，随随便便说成具有五千年历史。同样，他们也有本领把三四百年前发生的事件遗忘得一干二净。就是因为欠缺历史意识，他们才那么容易改变宗教信仰，而且改变得极为彻底。许多克什米尔家族姓氏，譬如我们的旅馆主人巴特先生，至今仍然带着浓厚的印度教色彩。但是，对于他们的印度教出身和来历，克什米尔人却连一点记忆都没有。有一个穴居民族，住在克什米尔山区。男的一个个蓄着小胡子，五官鲜明凸出，相貌十分英俊，我猜他们是中亚游牧民族的后裔。每年夏天，他们骑着骡子下山来，跟鄙视他们的克什米尔人做买卖。当初，这些人怎么会来到克什米尔？民间流传着这么一则传说："很久很久以前，他们居住在山外。后来，喀布尔的一位国王对他们展开屠杀。他们逃离家乡，翻山越岭，来到这个地方。"但是，这个山谷的人自己却完全遗忘了皈依伊斯兰教的过程。如果你告诉亚齐兹，他的祖先极可能是印度教徒，他听了肯定会很生气，认为那是奇耻大辱。"那些玩意儿？"开车经过艾旺提普尔废墟时，担任我们向导的工程师满脸不屑地说，"那些是印度教的古董。"这会儿，他正引导我们参观克什米尔河谷的古迹，而印度教废墟就坐落在大路旁，但他并没放慢车速，也没作进一步的评论。在他眼中，这座八世纪的废墟根本不值得参观，它并不是他的历史的一部分。他的历史是从他的征服者开始的。尽管这位工程师拥有好几个学生，尽管他曾经出国，见过世面，他本质上仍然是一个中古世纪式的、改变宗教信仰的人，永远困宥于圣战之中。

可是，克什米尔人信仰的却又不是纯粹的伊斯兰教。正统伊斯兰教禁止偶像崇拜，反对迷信，但克什米尔人一看见先知穆罕默德遗留下的一根胡须，就会立刻陷入狂喜状态，浑然忘我。沿着湖岸，处处可见克什米尔穆斯林搭建的神龛，每天晚上点着灯火。我知道，如果我告诉亚齐兹，真正的穆斯林不会膜拜先知的遗物。他肯定会这么回答："你说的那种伊斯兰教徒，不是真正的穆斯林。"如果今天有一位征服者，就像数百年前的那位，强迫克什米尔人改信他的宗教，把一整套律法强加在他们身上，我敢说，再过一百年，没有一个克什米尔人会记得伊斯兰教是什么东西。

宗教如此，政治何尝不是这样？报纸上成篇累牍，分析探讨克什米尔局势，但在克什米尔人看来，这些讨论简直就是隔靴搔痒，根本弄不清楚问题的真正症结。在克什米尔河谷地区，最仇视印度的是从旁遮普移民过来的伊斯兰教徒。这帮人大多身居高位，掌握政经大权。在他们眼中，克什米尔人既"懦弱"又"贪婪"。他们常到我们旅馆串门子，带来各种传言：部队移防、兵变、边境冲突。克什米尔人带进政治的并不是个人的利益，而是民族神话和奇迹。他们的神话集中在一个人物身上——阿卜杜拉酋长。此人就是印度总理尼赫鲁口中的"克什米尔之狮"。他解放克什米尔人，让他们获得自由。他是克什米尔人的领袖。他原本对印度非常友善，但后来反目成仇。自从一九五三年以来，除了当中几个月，他的日子全是在牢狱中度过的。除此之外，克什米尔人无法提供给我更多讯息——我一直弄不清楚，这位领袖究竟是怎样的一个人，到底有什么魅力和功勋。他们一再告诉我（仿佛这就能够解答一切问题似的）：一九五八年，阿卜杜拉酋长出狱时，从库德镇来到首府斯利那加城，老百姓沿途夹道欢迎，马路上处处铺着红地毯，场面感人极了。

　　"听着！"一个大学生对我们说，"让我告诉你，阿卜杜拉酋长如何为克什米尔人民争取自由。他为老百姓的自由奋斗了很多很多年。然后，有一天，克什米尔大公开始担心起来，非常担心。于是，他派人把阿卜杜拉酋长找来。他对阿卜杜拉酋长说，'只要你让我保有王位，我愿意把半个王国割让给你。'阿卜杜拉酋长一口回绝了。大公非常生气，说，'我会把你扔进热腾腾的油锅。'你也知道，被扔进油锅是什么滋味。你会被煮成一锅肉羹，尸骨无存，只剩下一堆灰烬。阿卜杜拉酋长可一点都不在乎，他说，'好吧，把我扔进油锅煮一煮吧。但我告诉你，从我的每一滴血中，都会冒出另一个阿卜杜拉酋长。'大公一听，非常害怕，慌忙宣布退位，把王位让出来。这就是阿卜杜拉酋长为克什米尔人争取自由的经过。"

我提出质疑。我说，在现实生活中，人们是不会用这种方式处理问题的。

"不信，你可以随便问一个克什米尔人。"

这位大学生讲述的是一九四七年发生的事件，但是，对于印度国大党、甘地、英国和入侵克什米尔的巴基斯坦军队在这桩事件中所扮演的角色，他却故意略而不提。这位大学生是知识分子，通晓英文，称得上是克什米尔社会的精英。在这个阶层下面的，是一群像亚齐兹那样的克什米尔人。他们怀念以往的日子，因为那时物价比较便宜，只可惜大公的作风太过专制，引起民怒。最近发生的这段历史，早已经沉陷进克什米尔人的意识深处，变成一则中古传奇。亚齐兹和旅馆的厨子，曾经在英国人手下工作过，他们了解英国人的品位、技能和语言。他们还记得，英国人管神职人员叫 padre（神父）。每次，亚齐兹听见他们称呼狗 bugger（小家伙），就觉得格外亲切舒心。但英国人莫名其妙离开了，一如当年他们莫名其妙来到克什米尔。年轻一代的克什米尔学生，却只能从历史课本中认识、接触英国人。对他们来说，英国人在克什米尔的这段历史，就像光辉灿烂的莫卧儿王朝一样古老，遥不可及。

有一天，巴舍尔告诉我："东印度公司在一九四七年撤离。"在我们的政治讨论中，这是巴舍尔唯一一次提到英国人。他今年十九岁，在大学念书。"我是最好的运动员。"第一次见面时，他向我表明他的身份。"我是最好的游泳选手。我懂全部化学和全部物理学的知识。"对于克什米尔人和印度人穿睡衣上街的习惯，他深恶痛绝。他告诉我，这辈子他从没在街上吐过痰。巴舍尔自认是受过高等教育、思想开放的知识分子：不论是什么教派的信徒，巴舍尔都可以跟他"共餐"（inter-dine，这是印度次大陆惯用的英文单词）。平日，巴舍尔喜欢穿西装，他的英语说得还挺流利，因为"我出身于一个有名望的书香门第"。

巴舍尔对历史一无所知，也许是因为他天资不够聪颖，也许是因为他受的是英语教育，而英语并不是他能够充分掌握的语言。每次他说best（最好的），他的意思其实是very good（很好的）。也许是因为他的老师和教科书有问题。后来我有机会查看他的历史教科书。那是一本典型的印度教科书，课文全部采用问答方式。书上说，种姓阶级制度的一个优点，是它能够让人们的血统保持纯洁，而葡萄牙人在印度的势力之所以衰微，原因之一是他们实行异族通婚制度。巴舍尔对历史的无知，也可能只是因为他和他的朋友们对政治毫无兴趣。事实上，如果不看报纸，不听广播，即使你在克什米尔待了好几个星期，你也不会察觉，这个地区的局势动荡不安是国际瞩目的焦点，各方都在谈论克什米尔问题。全印电台巨幅报道联合国针对克什米尔问题展开的一年一度的辩论。巴基斯坦电台一再声称，在克什米尔，一如在印度其他地区，伊斯兰教正遭受无情的打压，而克什米尔电台则一再抗辩，反唇相讥。上回，印度总理尼赫鲁来到克什米尔首府斯利那加城。巴基斯坦电台报道说，尼赫鲁在一个公开场合演讲，听众发生骚动，整个场面乱成一团。事实上，尼赫鲁是来养病的。不管怎样，巴舍尔对近代史和他的国家目前的处境，竟然无知到这个程度，着实令人诧异，而他还是社会精英呢。在他下面还有一群脏兮兮打赤脚、营养不良、穿蓝衬衫的小学生，他们这辈子不会有机会上大学。在这群小学生下面，还有一群一辈子没上过学的克什米尔人。

一天下午，我喉咙发炎，正躺在床上休息，巴舍尔忽然带着一个叫卡迪尔的年轻人来看我。卡迪尔今年十七岁，个头很小，四四方方的脸庞上闪烁着一双柔和而深邃的眼睛。他在大学主修工程学，但却一心想成为作家。

"他是最好的诗人。"巴舍尔告诉我。他正在我房间里徘徊逡巡，东张西望。忽然，他停下脚步，一下子躺在我脚上，伸手拿起我的香烟就抽。他带卡迪尔来看我，但他真正的目的是向卡迪尔炫耀，他认识我这个从国外来的作家，因此，他才刻意装出一副跟我非常熟悉的模样，仿佛是多年的好友，平常他是不会跟我这么亲近的。我不好意思把他赶开。可怜我的脚趾头，被他的背脊压得快折断了。

"巴舍尔告诉我，他要带我去见一位作家，"卡迪尔说，"我就来了。"

"'最好'的诗人！"巴舍尔用手肘支撑起他的身体，松开了我的脚趾头。

诗人穿着一件邋里邋遢的衬衫，敞开领口。他那件套头毛衣，顶端有个破洞。他看起来瘦小，敏感寒酸：我真是服了他了。

"他的酒量'大得惊人'哦！"巴舍尔说，"他喝'太多'威士忌。"

这证明卡迪尔的确有才华。在印度，身为诗人和音乐家，你必须一天到晚装出一副很哀伤很忧郁的样子，你必须一天到晚喝得醉醺醺的。

可是，卡迪尔看起来那么年轻，那么寒碜。

"你真的喝酒吗？"我问卡迪尔。

他只点点头："是的。"

"朗诵你的作品吧。"巴舍尔命令卡迪尔。

"他听不懂乌尔都语。"

"你朗诵，我翻译。你知道，翻译诗歌并不是一件容易的事，但我愿意接受这项挑战。"

卡迪尔开始朗诵他的作品。

"他这首诗，"巴舍尔开始翻译，"讲一个穷船夫女儿的故事。你明白吗，诗中他说，这位姑娘把颜色赐给玫瑰花。你懂吗，先生？别的诗人会说，玫瑰把颜色赐给这位姑娘。他却偏偏要说，她把颜色赐给玫瑰。"

"这首诗很美。"我说。

卡迪尔忧郁地说："除了美，克什米尔什么都没有。"

然后，巴舍尔睁着他那双亮晶晶的大眼睛，开始朗诵一个对句。他说，我在德里会发现这两句诗镌刻在一栋莫卧儿建筑物上。他忽然变得多愁善感起来，"你知道吗，有一天，一位英国绅士在山中散步，看见一位古查尔姑娘坐在树下。她非常美丽。那时她正在阅读《古兰经》。英国人走上前去对她说，'你愿意嫁给我吗？'她抬起头来，回答他，'当然，我愿意嫁给你，但首先你必须放弃你的宗教，改信我的宗教。'英国人说，'当然，我愿意为你改变宗教信仰。在这个世界上，你是我最心爱的人。'他果然改变宗教信仰，娶这位姑娘为妻。他们婚后非常快乐，有四个儿女。其中一个儿子从军，官拜上校，另一个儿子成为承包商。女儿嫁给阿卜杜拉酋长。这个英国人非常有钱。太有钱了。尼都大饭店就是他的产业。你知道尼都大饭店吗？斯利那加城最好的饭店。"

"奥伯莱皇宫饭店才是最好的旅馆。"卡迪尔说。

"尼都大饭店是最好的。最好的饭店！你现在知道了，她是英国人。"

"谁啊？"

"阿卜杜拉酋长的妻子呀。纯粹的英国人。"

"她不可能是纯粹的英国人。"卡迪尔说。

"纯粹的英国人。她父亲是英国人啊！尼都大饭店是他的产业。"

就这样，每次聊天，话题总会转到克什米尔传奇人物阿卜杜拉酋长身上。他跟新德里不是挺亲近的吗，后来怎么又会闹翻呢？一位朋友告诉我，那是因为印度政府想收购克什米尔邮局，但阿卜杜拉不肯出售。显然，双方为自治权问题展开了一场政治拉锯战。（克什米尔政府要求更大的自主权。）然而，告诉我这件事的朋友却有不同的看法。他说，这个坐落在斯利那加城堤岸上的邮局，其实是一家超级商店，生意好得不得了，引起印度政府垂涎，才处心积虑想把它从克什米尔政府手中抢走。我这位朋友是知识分子，竟也说出这种话来。显然，克什米尔当局把这桩单纯的政治事件（要求更大的自治权）刻意加以扭曲简化，然后才让老百姓知道。你若想让政治宣传发挥效果，就必须配合老百姓的知识程度，而中古世纪式的宣传，就跟现代游说技巧一样有效：简单明了，一针见血。巴基斯坦电台声称：印度政府花一大笔钱，在克什米尔推行教育，目的是破坏伊斯兰教及其律法。比起克什米尔政府的官方文告（尽管它提供的是具体的事实和数据），巴基斯坦电台的宣传显得更加有效。

"阿卜杜拉当过五年多的克什米尔邦首席部长。可是，他到底为老百姓做过什么事情呢？"

"哦，这就是他了不起的地方。他什么都没做。他不接受任何人帮助。他要让克什米尔人民挺起腰杆站起来，学会自力更生。"

"当了五年首席部长，什么事都没干，你们还觉得他非常伟大。为什么呢？能不能请你举出一个具体的事例，证明他真的非常伟大。"

"好吧，我告诉你一件事。你知道，有一年克什米尔稻子歉收，老百姓挨饿。他们跑去向阿卜杜拉酋长陈情，'我们没有饭吃，肚子空空如也，给我们米吧。'你知道他怎样回答老百姓吗？他说，'吃马铃薯。'"

这可不是幽默，而是一个诚恳而中肯的建议。印度人只愿意吃他们平日吃惯的食物，而每一个省份的主食都不一样。在旁遮普省，印度人的主食是小麦；在克什米尔，就像在印度南方，他们只吃米饭。亚齐兹身材矮小，但却充满精力，就是因为他平日都只吃饭——一大盘一大盘，上面浇一点西红柿汁。稻子歉收时，克什米尔人就得挨饿。马铃薯也许买得到，但在他们心目中马铃薯并不是食物。阿卜杜拉要求老百姓吃马铃薯，可谓用心良苦。不用说，这样的忠告老百姓是听不进耳朵的。久而久之，这件事就渐渐演变成一则充满智慧、几乎具有预言意义的传奇，世世代代留传下去。很早很早以前，有一年闹饥荒，老百姓跑去向他们的领袖陈情："我们没有食物。我们都在挨饿。"领袖说："谁说你们没有食物？你们有马铃薯。马铃薯也是一种食物啊。"

克什米尔街道上，你不时看到白色的吉普和旅行车呼啸而过。每天下午，这些车子运载成群戴着草帽的妇女和孩子到城外野餐。傍晚，坐在车中的是一群去俱乐部打桥牌的男女。这一辆辆吉普和旅行车车身上都漆着两个四方形的窄小英文字母：UN（联合国）。它们的职责是巡逻并监控印巴边界的停火线。这些车子出现在克什米尔街道上，让人产生时空错乱的感觉，就像莎翁名剧《恺撒大帝》里面的时钟。

但克什米尔现在很有钱，比以往有钱得多。他们告诉我，一九四七年，全克什米尔只有五十二辆私家车，现在却有将近八千辆。一九四七年，一个木匠每天收入两三个卢比，而今每天却能赚到十一个卢比。街上戴上面纱的妇女越来越多，这显示克什米尔男人的经济能力已经大大提升——对双轮出租马车夫或售卖燃料的小贩来说，娶一个戴面纱的新老婆，毋宁说是最有面子、最能表现财富和身份的事。根据有关方面估计，克什米尔一如印度其他地区，政府拨的建设经费有三分之一被贪污掉。这并不是什么可耻的事。一位克什米尔裁缝，提起他那位担任测量官和某种档案管理员——当地人管这种职务叫"帕特瓦里"（patwari）——的朋友，脸上流露出又羡又妒的神色，因为这家伙每天都有一百卢比的进账。货车司机对交通警察也万分敬仰，因为他每个月向他们收取的保护费多得吓人。印度国会和媒体隔三岔五就发飙，严厉抨击贪污行为。全国大小官员看到风头不对，纷纷采取行动自清，因而闹出一箩筐笑话。在某一个邦，一位部长亲手将他的门房扭送法办，罪名是贪污渎职——原来，这个门房每次看见部长大人，都会深深鞠一躬，满脸谄笑，显然意图索取小费。德里一位建筑师告诉我，即使是这种象征式的"肃贪"行动，也往往会产生负面的效果，因为它会打击公务员的士气，降低行政效率。在印度，贪污是必要之恶。官员不贪污，政令就推行不了。

从我那位工程师朋友口中，我终于探听出，这种体制在克什米尔究竟是如何运作的。譬如说，某甲向政府承包工程，挖掘一百立方英尺的泥土。他寄出一张账单，要求政府支付两百卢比。为了防止承包商浮报工程款，印度政府制定一套查核和复核程序。承包商申报的账目必须经过查证，查证必须经过背书，背书必须经过批准。这套程序执行得非常彻底，目的在于确保公平。查证完毕后，每个人（从部门主管到跑腿的工友）都知道有这么一桩工程，而这些人你都必须一一打点。承包商依照一定的百分比，从额外利润中拨出一笔钱，按照一定的比例分给相关部门的员工。这一切都有规范可循，都是光明正大地进行。诚如我那位工程师朋友所说的：一切都是"通过正当的渠道进行"。使用印度公务员的这个口头禅时，这位工程师忍不住露出笑容。几乎没有一个公务员能够置身事外，而事实上，也没有人不想分一杯羹。你想做政府生意，就得花钱打通关节。挖掘一百立方英尺的泥土就老老实实申报一百立方英尺工程款的承包商，不啻是自找麻烦。而我听说，确实曾经有一些洁身自爱的公务员被调职或革职，罪名是贪污。"即使承包商是你的亲戚，身为公务员，你还是指望他送你一个红包。这是原则问题。"工程师如是说。在任何一个案子中，身为主管的人不一定分到最大的一块饼，但集腋成裘，经年累月下来，他捞到的外快肯定比手下多得多。

与我谈论这些事情时，这位工程师正待在他的帐篷里。营地坐落在一座松树林边缘，太阳一下山就变得非常寒冷。一条小径通往他的帐篷，两旁排列着一颗颗漂白的石头。不远处树立着另一座帐篷。他手下的员工正在那儿准备晚餐。工程师告诉我，刚到这个营地时，员工对他充满敌意。前任工程师分配红包不公，引起手下不满。他到任后，第一件事就是拿出他应得的一份分给弟兄们，同时还帮他们弄到一些一般人不容易取得的物资，这才平息了众怨。这位工程师声称，他个人是反对这种体制的，但只要运作公平，它确实有助于提升工作效率，而他也就乐得睁一只眼闭一只眼。这种体制能够激发员工的工作热忱。就拿电线杆来说吧，根据政府的规定，每根杆子必须高三十四英尺，埋入地面必须深达五英尺（杆子的直径和周长，政府也明文规定）。一旦双方协议使用三十二英尺长的杆子——只有使用这种低于标准的电线杆，大家才有希望分到花红——工人们就必须赶紧把它竖起来，免得被人识破，如此一来，工作效率自然提升。完工后，谁又能看得出来，这些杆子插入地面只有三英尺呢？

这位工程师的说辞虽然无从查证，但我觉得，它至少解开了一个谜团：为什么克什米尔的森林会遭受大量非法的砍伐，以致许多林地变成光秃秃的一片。克什米尔人都声称，这种现象是最近几年特别酷热的夏天造成的。有一个现象是大家有目共睹的：斯利那加城中，电线低低悬挂在杆子上，仿佛随时都会掉落下来砸向路人头顶，令人怵目惊心。

这阵子，我们居住的那家旅馆的花园被糟蹋得面目全非。首先，一群工人跑来挖掘，竖立起一排丑陋的电线杆。接着，另一群工人跑来挖掘，插上一根根杆子，用来支撑遮阳篷。有如闪电一般，只消三两下工夫，湖中的木匠们就把遮阳篷给竖起来，非常草率。湖中的居民三五成群，穿着睡衣和宽宽松松的裤子，纷纷涌进旅馆花园，有的提供建议，有的卷起袖子帮忙，有的只管站在一旁看热闹。遮阳篷是船屋的附属品。这是它出现在旅馆花园的唯一理由。除此之外，对我们来说，它简直一无是处。太阳出来时，它提供不了多少荫蔽。待在里面，反而让人觉得闷热不堪。每次看到快要下雨了，船屋主人就急忙把遮阳篷收起来。这座遮阳篷具有扇形边饰和黑色条纹，看起来，跟湖中其他的船屋的遮阳篷一模一样。它们全都是出自同一位裁缝之手。这家简陋的裁缝店坐落在湖中航道上。每个人（花贩、杂货商人、头缠红布巾的警察）经过那儿时，都会走进店里歇歇脚，聊聊天，抽几口水烟。

过了一两天，旅馆主人巴特先生亲自动手，把遮阳篷的杆子漆成淡绿色。我走下楼来，站在一旁观看。他抬起头来，对我笑一笑，然后又低下头去自顾自干活。过了一会儿，他又抬起头来，但这回笑容不见了。

"先生，您邀请马丹先生来喝杯茶好吗？"

"不行，巴特先生。"

长夏漫漫。我们一直提不起劲儿来，参访附近一带的古迹和废墟：坐落在湖外山腰上一眼就可以望见的仙子殿、阿克巴大帝在湖中央建造的哈里·帕尔巴特堡、潘德雷善镇的神庙、玛尔丹德镇的太阳庙、艾旺提普尔的庙宇。现在我们终于下定决心，准备一口气看完这些古迹。

到艾旺提普尔村参观古庙那天，天气十分凉爽：褐色的田野显得非常干燥，一畦畦绵延在暗沉沉的灰蓝天空下。我们漫游在废墟间，弄不清楚这些古迹的来历：规模宏伟而气象万千的中央祭台，散布在瓦砾间、用石头雕凿的形状像砧板的圣水盆，四处林立的雕像。一路跟随我们的那个村民，对这座古庙的历史也不甚了然。"全都倒塌了。"他说着印度斯坦语，挥挥手，指着周遭那一片废墟对我们说。"全部？""全部！"印度斯坦语是印度北部通行的一种方言。它有个特色：重音特别多。我渐渐喜欢上了这种语言。这位村民带我们去看一根石柱的基座，他比手画脚地告诉我们，这是圆石磨底下的垫石。他对这座古迹的认识，就只有这些。我们没给他小费。参观完古庙，我们一路走下山去，到村子里等公共汽车。

穿蓝色衬衫的学童们刚刚放学。沿着一条小巷走下去时，我们看见一位年轻的锡克族教师带领一群男生在学校庭院里打球。孩子们一拥而上，团团围绕住我们。每个人手里都抱着一大摞用脏兮兮的沾满墨迹的布巾包扎起来的书本。在我们劝诱下，一个男孩拿出他的英文课本。他翻开一页，上面印着课文的题目：Our Pets（我们的宠物），但他却把它念成 Our Body（我们的身体），然后开始滔滔不绝朗诵起课文来。我们翻查课本，发现他念的竟然是另一课的课文。咦，这一本又是什么课本呢？乌尔都语？孩子们忍不住捧腹大笑：那是帕尔西语，波斯的一种方言，连三岁小孩都看得出来。看热闹的人越聚越多。我们钻出人堆，告诉大伙儿，我们要搭车回到斯利那加城。孩子们纷纷伸出手臂，帮我们招呼公共汽车。一辆接一辆公共汽车满载乘客呼啸而过。一辆汽车飞驰过来，踌躇了一会儿，终于踩刹车。一个克什米尔人钻上车去，却被售票员赶下来。售票员让我们上车。

我们坐在后座，周遭尽是一些满身恶臭、腰间缠着一条脏兮兮褐色棉布巾的印度人。车后堆放着好几十个戴尔达（Dalda）铁罐子。坐在我身旁的那个家伙，伸开四肢躺在坐椅里，一副病恹恹的模样，只管呆呆瞪着两个眼睛。成群印度苍蝇（传染病的媒介）大模大样栖停在他的嘴唇和脸颊上。他时不时张开嘴巴，发出一声惊天动地的呻吟。满车男女老幼只顾聊天，没人理睬他。过了好一会儿我们才看出来，这辆车载的是一群"低收入"观光客，而坐在我们身旁的那些人，就是他们的仆从。

车子在一座废墟旁停下来。身穿卡其色制服、嘴唇上蓄着一撮八字胡的司机，回过头来，请乘客们下车，到废墟中走一走，看一看。大伙儿只管呆呆坐着，一动不动。司机催促大家下车。一位老者（我们已经看出他是这群观光客的领袖兼导师）幽幽叹口气，吃力地撑起身子，钻出车门。他身上穿着一件黑色印度外套，头顶上扎着一个发髻，显示他是印度教的婆罗门。大伙儿纷纷站起身来，跟随他老人家下车。

不知从哪里突然冒出一群小孩，嘴里一个劲嚷着："派沙，老爷，派沙！"老者用印地语对孩子们说："哦，你们向我讨钱对不对？年纪小小的要钱干什么啊？"孩子们又齐声叫嚷起来："罗弟，罗弟，面包，面包！""你们要钱买面包，对不对啊？"老者逗够了孩子们，才掏出钱来打赏他们。大伙儿见状，纷纷打开荷包掏出钱来。

老者拾级而上，攀登到石阶顶端，意气风发，观看起脚底下那一片壮阔的废墟来。他说了几句俏皮话，然后开始发表演说。大伙儿毕恭毕敬跟随在他身旁。他老人家的眼睛往哪儿瞧，大伙儿就往哪里看，但他们脸上的表情显示，他们对这座古迹一点兴趣都没有。

一个身穿白色法兰绒长裤、年龄约莫十六岁的男孩朝我跑来，兴冲冲地告诉我:"这座古迹是班度家族①的城堡。"

我说:"这根本不是一座城堡。"

"这是班度家族的城堡。"

"不是。"

男孩伸出手来,迟疑了半晌,朝向老者挥了挥。"他老人家说这是班度家族的城堡。"

"你去告诉他老人家,他搞错了,他胡说八道。"

男孩吓了一跳,仿佛骤然间被我揍了一拳似的。他蹑手蹑脚地从我身旁溜走,猛然转个身,逃回到那群围绕着老者的游客身边。

乘客们全都回到车上。正要开车,老者忽然宣布:开饭时间到了。售票员再次打开车门。一个又老又脏的无牙男仆,立刻从昏睡中苏醒过来。他开始干活,手脚干净利落,浑身是劲儿。首先,他把后座堆积的铁罐子搬到灰尘满布的车厢地板上,往车门口推过去,然后搬到路旁草地上。看来又得耽搁一阵子了,我忍不住向司机提出抗议。穿白色法兰绒裤子的男孩只管盯着我,一脸惊惶。现在我总算弄清楚,原来车上的乘客是一家人,这辆汽车是他们包租的。他们让我们搭便车,是出于慈悲心肠。这家人全都下了车,整个车厢空荡荡,只剩下我们两个人孤零零坐在后座,眼睁睁望着那一辆辆公共汽车(车上显然还有空位)擦身而过,驶向斯利那加城。

这家人属于婆罗门阶级,吃斋,平日用餐、食物的准备和分配必须遵照传统的习俗和固定的程序。除了那个邋遢的老仆人,谁都不许碰触食物。一听到主人宣布开饭,这个平日病恹恹的老家伙精神一振,容光焕发,仿佛变成了另一个人似的。只见他伸出脏兮兮的手指头(几分钟前,这些手指头还捏着一支皱巴巴的香烟,接着又从满是灰尘的车厢地板上,

---

①班度家族,印度史诗《摩诃婆罗多》中的一个英雄家族。

抓起沾满灰尘的罐子）开始准备和分配食物。首先，他从第一个罐子中拿出面饼，分发给每一个人。然后，他用勺子从第二个罐子中舀出咖喱马铃薯。最后，他打开第三个罐子，用手指捞出酸辣酱。当然，为主人准备食物时，他只能使用右手。这个老仆人家世清白，出身一个正当的阶级。他用右手准备的食物绝对不会受到污染，保证纯净。大伙儿都吃得很安心。路旁的草地原本空荡荡的，这会儿，却突然冒出一群村民和好几只克什米尔长毛狗，把这一家人团团包围起来。狗垂着尾巴，远远站着，一动不动。在它们身后，克什米尔的田野一畦畦伸展开来，绵延到天边山脚下。村中的男人和小孩，站在这群蹲在地上用餐的观光客身旁，眼睁睁地看着他们吃东西。众目睽睽之下，这家人仿佛变成了国际影视红星，开始装模作样起来。他们端起碗盘，吃得津津有味，啧啧有声。他们稍微提高声调，谈笑风生。老仆人干起活来就更加带劲儿了，只见他不停钻进钻出，忙得不亦乐乎，但却一径皱着眉头，满脸不耐烦，仿佛被身上的重责大任压得喘不过气来似的。他紧紧抿着他那张光秃秃、连一颗牙齿都没有的嘴巴。

老者把仆人叫过去吩咐几句话，仆人就朝我们走过来，一副大忙人的模样。他二话不说，把两块面饼塞进我们手里，在饼上放几块咖喱马铃薯，在马铃薯上浇一些酸辣酱。然后，他老人家就抱着他那几只罐子，匆匆走开，伺候他的主子去了。当然，我们是用右手拿的食物。

这个家族的一位发言人走到车门口，对我们说："请尝尝我们的食物吧。"

我们开始吃起来。我们发觉村民们的眼睛都瞪着我们。我们发觉那一家人的眼睛也瞪着我们。我们一面吃，一面微笑。

老者代表他的家族，向我们伸出友谊之手。此后，一路上，他都尽量跟我们聊天，我们一径微笑着。现在，反而是那个穿白色法兰绒裤子的男孩绷着脸，不理睬我们了。尽管如此，我们还是设法保持微笑——

一路笑到我们的目的地斯利那加城。

身在印度，我总觉得自己是一个异乡人，一个过客。它的幅员，它的气候，它那熙来攘往摩肩接踵的人群，这些我心里早已经有准备，但它的某些特异、极端的层面，却依旧让我觉得非常陌生。不由自主地，我试图用一个岛民的眼光（莫忘了，我是在一座小岛上出生、长大的印度人），观看印度这个国家：我刻意寻找那些我所熟悉的细微而容易掌握的事物。初履斯土，我就发觉，种族的血缘关系和共同点有时会变得没有多大意义。我在德里的俱乐部和孟买的公寓结识的印度人，我在乡下"郡县"遇到的村民和官员，在我眼中，全都是陌生人——他们的身世背景，对我来说是一个谜团。感觉上，这些人的心胸非常狭窄，但同时却又显得无比开阔。表面看来，在日常生活中，他们所受的限制和束缚比我大得多，但他们却是一个泱泱大国的百姓。他们能够轻易、毫不浪漫地接纳和理解巨大而复杂的事物。在我看来，印度的自然景观过于苍凉杂乱，让我觉得格格不入——我怀念印度人聚居的特立尼达岛上那井然有序、和谐宁谧的乡野风光。有一回，在印度北部的阿格拉附近，我看到（或者以为我看到）这样的一种乡野风光，但是，一群病恹恹、孤零零、躺在绳床上的人影却骤然出现在我眼前，破坏了整个画面。这些令人怵目惊心的细节，不管怎么看，都和我在特立尼达岛上一座小镇所认识和体验的印度，连接不起来。

而今，出乎意料，在克什米尔，我却跟一个外出旅游的印度家庭相遇，而这场邂逅竟然让我感到莫名的温暖和亲切。我跟他们一样探访班度古堡，分享他们的欢乐。我看到他们掏出铜板，赏给那群伸手乞讨的儿童。我品尝他们那匆匆准备和分发、但却严格遵守传统礼仪的午餐。这家人好熟悉啊，就像特立尼达岛上那些印度家庭。我一眼就看出这家人的关系：谁是强者，谁是弱者，谁是专门搬弄是非的人。我跟这些印度人原本隔着三个世代（我外祖父从印度移民到特立尼达），但骤然间，我们之间的差距缩小了，隔阂消除了，仿佛变成了同一个世代的人。

这场邂逅，不只唤醒了我的童年记忆，也激发了我那被压抑已久的意识。食物的准备和分发，必须遵守一套严格的礼仪和程序。这一点，我能立刻体会和理解。同样，我也能够理解，为什么严格的礼仪和肮脏的食物会掺混在一起，为什么那位老仆会以一种造作轻率的态度，把面饼和马铃薯塞进我们手中。这其实是一种错乱而扭曲的禁欲主义，印度人可以从中获取某种必要的乐趣。它也是一种信念（也许源自宗教，也许源自物资和器具极端匮乏的乡村社会）：奢华的生活和繁复的礼节是不必要的、虚夸的、荒谬的。*

更重要的是，它反映印度人对传统习俗和仪式的尊敬。

然而，我和这个印度家庭之间，毕竟隔着三个世代和一种我听不懂的语言。那个男孩指着废墟说：这是班度家族的城堡。班度是《摩诃婆罗多》的英雄人物。这是印度举世闻名的两大史诗之一，具有神圣的地位，而《薄伽梵歌》就是《摩诃婆罗多》中的部分章节。根据一些学者的考证，这部史诗成书于公元前第四世纪，而它描述的事件可

---

*对印度人（尤其是印度教徒）来说，奢侈是一种虚夸造作的行为，能够斫伤人的元气。世界上没有一个民族，比印度人更不重视室内装潢。这似乎跟印度的历史和文化有关。印度教的《爱经》指出，风雅之士"应该居住在繁华富庶的地方，最好是一座城市、都会或热闹的村镇"。这部男女情爱宝典然后为起居室的装潢和陈设作出这样的规定："外房必须放置一张床，铺上厚厚的垫子，中间凹陷。床头和床尾各放置一个枕头。整张床必须铺上干净的雪白床单。床旁必须放置一把睡椅，专供行房之用，以免弄脏床铺。床头上必须装设一个莲花形托架，上面放置一幅彩色画像或一座神像。托架底下，靠着墙壁应该摆放一张茶几，宽约一腕尺。桌上放置下列物品，以增进鱼水之欢：香脂和软膏、花环、彩色蜡碗、香水瓶、石榴果皮和特别调制的蒟酱。床旁地板上必须放置痰盂。一堆象牙从墙中伸出来，悬挂下列物品：一只琵琶、一块画板、一个装着颜料和画笔的罐子、几本书和几个花圈。一把高背圆椅放置床旁，供休憩之用。棋盘和骰子应该放置墙边。房间外面走廊上，装设一排用来悬挂鸟笼的象牙。"——作者原注

溯至公元前一五○○年。我们参观的这个废墟,显然是一栋四面有围墙、墙外毫无防御工事的建筑物,怎么看都不像五位骁勇善战的王子的城堡。但那个男孩却一口咬定,这是班度家族的城堡。他又不是没看过城堡——斯利那加城中就有一座,每个人都看得到。坐在游览车上的这家人,明明知道这个废墟不是一座城堡,却睁着眼睛说瞎话。这倒不是因为他们渴望看到神奇的古迹,而是因为生活在处处是古迹的国家,他们已无法辨识神奇的事物了。难怪,在司机百般催促下,他们才勉强站起身来,走下车去观赏这座废墟。他们从小就熟知《摩诃婆罗多》的故事,把它当作史实来接受。它已经融入他们的意识中。以具体的形式展现这些故事的石头建筑物,他们根本不感兴趣,何况这些建筑物已经沦为一座废墟,毫不起眼。所以,他们就随口说,这是班度家族的城堡——一堆残垣破瓦,不再有任何用处。开饭时间到了,大家坐下来吃面饼和咖喱马铃薯吧。班度家族和《摩诃婆罗多》真正的光辉,永远留存在他们心中。

我们来到斯利那加城外数英里的潘德雷善镇。在这儿的军营中,我们发现一座窄小的、只有一间祭殿的庙宇。它歪歪斜斜地矗立在洼地中央,庙旁有一株浓荫蔽天的大树,周围是一个小小的人工池塘。这是一潭死水,水面漂荡着落叶。庙宇的石造部分显得非常沉重粗糙,裂痕斑斑。人们随便用混凝土修补,看起来挺刺眼的。在建筑风格上,这间寺庙近似艾旺提普尔废墟——那个男孩口中的"班度家族城堡"。不同的是,这间庙宇目前仍在使用,而这一点使它的存在具有意义(对印度人来说,建筑物的意义在于它的用途,而非它的历史)。超乎物质层次的丧失,会让人们产生一种浪漫的悲情,但在这儿,印度教徒和伊斯兰教徒都觉得,他们从不曾丧失任何东西。一栋建筑物倒塌了,被摧毁了,不再具有任何用途了,但另一栋建筑物会取而代之——规模也许大一些或小一些,外观也许更美或更丑。阿克巴大帝的湖中堡垒东边,有一座早已沦为废墟的精美建筑物。它极可能是一座皇陵。两座塔楼原本矗立在一间墙壁嵌着黑色大理石的阴凉四合院一边。塔楼已经崩塌，砖砌的圆顶布满裂罅。结构匀称优美的莫卧儿式拱门，不知被谁塞满一块块如今已经开始碎裂的剥落的泥砖。一堆堆瓦砾堵塞住皇陵的入口，散布在那一座陡峭的、通往下层祭殿的楼梯间。殿堂满布灰尘，精美的石雕窗饰早已破损不堪，残缺不全。然而，只有观光客才会前来凭吊这座壮丽的废墟，感叹它的腐朽。在本地人眼中，比这座古迹更重要的建筑物，是他们用波状铁皮在那儿建造的、专供附近清真寺的香客使用的厕所和澡堂。

莫卧儿花园维修得非常完善，看起来依旧很美，因为它到现在仍然是一座花园——仍然在使用中。同一个时期兴建的皇陵，早已经丧失它的用途，因此人们才会在它的废墟中建造厕所。这种盲目讲求实际用途的意识，把整个克什米尔河谷糟蹋得疮痍满目，面貌全非。只有观光客才会凭吊它的废墟，也只有观光客才能欣赏它的美。莫卧儿花园本来坐落在湖畔的林园，景致十分优美，如今，在浓荫密布的查斯马莎希花园中，那座高过树梢头的宝塔式绿色亭台旁边，却出现十间簇新的"观光茅屋"，分成两排，一排六间，另一排四间，看起来十分突兀刺眼。亭台另一边则是政府宾馆——尼赫鲁总理在这儿住过。宾馆旁边有一家牛奶低温杀菌和装瓶工厂。坐落在工厂一侧，不用说，当然就是那座规模宏大的国营农场了。他们在这儿饲养绵羊。山坡上散布着绵羊的足迹，一路延伸到山顶的仙子殿。这栋十八世纪建筑物，原本也许是一座图书馆或天文台（现在已无从考查），如今它那野草丛生，四处飘漫着野生白玫瑰的清香有成群蜜蜂飞绕出没的平台上，却散布着一堆堆羊粪。透过那一排灰泥早已剥落、露出砖块的拱门，我们可以眺望到山下的湖泊。近来，湖上出现越来越多汽艇，乐坏了湖中的居民。这些船舶污染空气和水源，马达声震天价响，回荡在整个湖面上，螺旋桨卷起一团团烂泥巴，宛如旋涡一般。汽艇开走后，湖水依旧激荡不已，哗啦哗啦，不断冲刷着临水的花园，摇荡着那一艘艘穿梭在湖中的"施客啦"。而这只是一个开端而已，好戏还在后头呢。

克什米尔人那中古世纪式的思维只能看到延续性，这种思维如此顽固。它存在于这样的一个世界中：尽管历尽沧桑，这个世界依旧保持它的和谐与秩序，依旧可以被人们"视为当然"。这样的思维只重视事物的延续性，从不曾发展出历史意识——历史意识是一种丧失感，也从不曾发展出真正的美感意识——那需要天赋的评鉴能力。这种思维把自己封闭起来时，这种缺失会使它感到安全。一旦暴露出来，它的世界就会变成童话中的桃花源，显得无比脆弱。从克什米尔祈祷曲转到斯里兰卡电台广告歌，只需切换收音机频道。把克什米尔玫瑰转换成一盆塑料雏菊，也只是举手之劳而已。

平日，巴特先生总是在旅馆花园那座船屋式遮雨篷下，以正式的礼仪接待客人，不管他们是观光客还是湖中的居民。一个星期天早晨，天气异常闷热，我望向窗外，看见一位衣装体面的年轻男子独个儿坐在遮雨篷中，矜持地端起茶杯，一口一口慢吞吞啜饮着。阳光透过篷子洒在他身上，使他整个人看起来红扑扑的，非常可爱。他身前搁着一个用金属打造的茶盘，盘中整整齐齐地摆放着这家旅馆收藏的一套精美瓷器。

楼梯上忽然响起脚步声，笃笃笃。接着，门上响起一阵敲门声。亚齐兹走进房间来，气喘吁吁，神情严肃，左边肩膀上搭着一条毛巾或抹布。

"老爷，下来喝杯茶。"

我刚喝过咖啡。

"老爷，请您下来喝杯茶。"亚齐兹一边说，一边喘气，"巴特先生说的。不是喝'您自己'的茶。"

我下楼去见这个衣装体面的小伙子。这阵子，巴特先生时不时就把我召唤下来，要我帮忙应付那些吹毛求疵、难以伺候的"客户"。我动用如簧之舌，跟这些客人周旋。在我游说下，他们往往会接受巴特先生所提的比阿里·穆罕默德在"游客接待中心"提出的要合理得多的房租。

小伙子放下茶杯，腼腆地站起身来，怯生生望着我。我拉过一把破旧的藤椅，一屁股坐下来，请他继续喝茶。几秒钟前，亚齐兹还装出一副趾高气扬的模样，仿佛他是这家旅馆的老板似的。这会儿，他却变得十分恭谨，一个劲儿鞠躬哈腰，帮我倒茶，然后蹑手蹑脚退出去，不敢回头看我们一眼。但不知怎的，我却感觉得出来，他依旧保持高度警戒，留神倾听我们的谈话。瞧他那副德行：身上穿着一条宽宽松松的裤子，头上歪歪斜斜戴着一顶毡帽，肩膀搭着一块抹布，黑黝黝的两只脚没穿鞋子，啪嗒啪嗒踩在地板上。

我说，今天天气好闷热啊。小伙子点点头表示同意。我接着说，再过一阵子，天气就转凉了。斯利那加城的气候就是这样变化莫测，但湖中肯定比城里凉爽，而咱们这家旅馆，又肯定比任何一间船屋凉快。

"这么说来。你待在这儿，觉得非常愉快喽？"

"没错，"我说，"我挺喜欢住在这家旅馆的。"

话匣子一打开，我就动用如簧之舌，向他推销这家旅馆，建议他在这儿住下来。但显然，这小伙子跟我不投缘——在我面前，他似乎感到很不自在。看来，这回我无法完成巴特先生交付的使命，帮他争取到一个新房客了。

"你从哪里来？"我提出的这个问题，是印度人最喜欢向陌生人提出的。

"哦，我是从斯利那加城来的，"小伙子回答，"我在观光局工作。这几个月，我常常看到你在城里走动。"

我亲自撰写、用打字机打好、具名发出的邀请函并未发生效用，而巴特先生和亚齐兹这两个土包子，不知通过什么渠道，竟然能够把观光局的官员邀请到旅馆来喝茶。幸好亚齐兹表现得还算有风度。他说，我在花园接待那位年轻官员的过程，厨房那伙人都看在眼中，感到非常满意。过了几天，他向大伙宣布：观光局副局长卡克先生已经接受邀请，即将前来咱们这家旅馆视察，说不定还会坐下来喝杯茶呢。听亚齐兹的口气，仿佛这件事是由我一个人促成的。

卡克先生来了。一看到他搭乘的游船驶到栈桥下，我就赶紧溜进浴室，把自己反锁在里头。等了半天，却没听见楼梯上响起笃笃脚步声。巴特先生也没召唤我下楼去，那天和往后几天，大伙都没提起卡克先生来访的事。直到一天早晨，在"全克什米尔游船工人联合会"秘书陪同下，巴特先生走进我的房间，我才知道卡克先生的来访已经产生了效果。巴特先生央求我用打字机列举出咱们这家旅馆的"设备和特征"，以便刊登在观光局出版的旅馆名录里头。我觉得很没面子，我没办成这件事，就连最后的懦弱行径也与这事无关。巴特先生一径微笑着，显得很开心。二话不说，我坐在打字机前开始打字。

工会秘书站在我身边口述："旅馆，西方风格。"

"是！是！"巴特先生一个劲点头，"西方风格。"

"这我不能打出来，"我说，"这家旅馆根本不是西方风格。"

"冲水马桶，"巴特先生继续口述，"英国食物。西方风格。"

我站起身来，伸出胳臂，指着窗外厨房旁边那间小小的箱形房屋。

这间房子约莫六英尺长、四英尺宽、五英尺高，里面住着一对身材瘦削、成天板着脸孔的中年夫妻，我们给他们取个名字叫"赊民夫妇"。他们是耆那教① 信徒 。这对夫妇把他们家的锅碗瓢盆全都带到克什米尔来：自己煮饭烧菜，自己洗锅子，从不跟任何人混在一起。他们蹲在花园水龙头下，抓起地上的烂泥巴，使劲擦洗碗盘。最初，他们以游客身份住进这家旅馆，租用楼下的一个房间。他们有一台晶体管收音机。我

---

① 耆那教，公元前 6 世纪在印度兴起的二元论禁欲主义宗教。

常看到这对夫妇跟巴特先生一块儿坐在遮雨篷里，聚精会神听广播。收音机摆放在他们中间一张桌子上，天线竖立起来，音量调得很高。我们听亚齐兹说，巴特先生正在跟这对夫妻谈一桩买卖。一天早晨，我们眼见夫妻俩把锅碗瓢盆、床铺被褥和板凳椅子，一股脑儿从旅馆房间搬到厨房旁边那间箱形小屋。不用说，这是这桩买卖那商讨的结果。那天黄昏，我们就看见屋里亮起灯光，从墙缝中照射出来，跟着我们就听到屋里响起收音机播放的音乐。这间房屋有一扇窗子，大小约莫一平方英尺，歪歪斜斜，摇摇晃晃，看来肯定是克什米尔木匠的杰作。透过这个小窗子，我依稀看得见屋里的陈设。有一天，我正在窥视，却被发现了。一个女人的手从窗户中伸出来，砰然一声把窗户合上。

而今，我伸出手臂指给巴特先生看的，就是这间箱形小屋。

工会秘书忍不住嘿嘿笑起来。巴特先生只微微一笑。他伸出一只手来放在自己的心窝上，嘴里一个劲儿说："先生，先生，恕罪，恕罪。"

夏天的斯利那加城非常闷热。游客们纷纷上山避暑：喜欢"印度风味"的人，成群跑到帕哈尔甘镇；崇尚"英国品位"的游客，则选择古尔玛格村作为度假地点。没多久，房客全都走光了，整个旅馆只剩下我们两个人，就像初春时节我们刚搬进来时那样。草坪上不再有人洗衣服和碗盘，台阶底下藏放扫帚的橱柜也不再有人蹲在旁边煮饭。在太阳暴晒下，花园水龙头四周的烂泥巴渐渐干枯，凝结成一块块黑色的泥土。园中，向日葵盛开，花团锦簇，煞是好看。夏日炎炎，连做生意的人都变得没精打采。贩卖围巾的那个家伙——他有个古怪的名字叫"毛拉纳·值得做"（Maulana Worthwhile），有天跑到旅馆来，问我有没有英国鞋油。根据他自己的说法，只有这玩意儿才治得好他身上的癣。地方法院在旅馆遮雨篷下聚会，选出新法官。选举结束后，大伙喝茶吃蛋糕，庆祝一番。最近这阵子，亚齐兹常常提到古尔玛格村。他用暗示的口气对我说："先生，您什么时候到古尔玛格村度个假啊？"他要我们带他一块儿去。只有在这段生意清淡的日子里，他才离得开旅馆，出外走一趟。但我们一再拖延，因为我们实在舍不得离开仲夏时节的湖泊，我们要尽情享受这难得的清静。

这一片宁谧祥和，骤然间消失了。

德里城中住着一位"圣人"。今年，有一家在东非共和国经商致富的印度人返回祖国度假，在德里城中见到这位圣人。双方甚是投缘。这家人决定把假期奉献给圣人，全心全意服侍他老人家，供他老人家差遣。今年，从印度洋刮来的季风也迟到了。圣人坐在德里家中，闲极无聊，有一天忽然向徒众们宣布："我打算到印度教圣地克什米尔走一遭，探访埃玛纳锡的神圣洞穴，观赏冰清玉洁的千蛇湖，朝拜湿婆神当年舞蹈过的平原。"这群来自东非的印度商人一听，二话不说，立刻收拾行囊，准备好几辆美国制造的加长型礼车，亲自护送圣人到克什米尔。但他老人家却说："路途遥遥，舟车劳顿，我身上这把老骨头怎担受得起呢？你们开车先上路吧。我搭乘印航子爵式飞机随后就去。"安排停当，大伙开车上路，一路朝北行驶，一天一夜后终于抵达圣城斯利那加。进得城来，已经是子夜时分。二十名香客抵达的消息，立刻在空荡荡的门可罗雀的船屋间传扬开来。不管他们走到哪，身后总是如影随形地跟着成群扯着嗓门厉声尖叫的船夫，央求香客们到他们船屋住几天。这群香客来到湖中一座小岛上，看到一家小小的旅馆。"这就是咱们一直寻找的地方！我们就在这儿住下来，恭候圣驾吧。"一整晚，船夫络绎不绝，纷纷上门，哀求香客们到他们船屋瞧一瞧，住住看。整个旅馆扰扰攘攘，乱成一团。

这是阿里·穆罕默德的说辞。

"但香客们说：'我们不想住船屋。我们只想住这家旅馆。'"吃早餐时，他告诉我们。

这是丽华大饭店开张以来招揽到的最大一批客人，难怪负责拉客的阿里·穆罕默德感到那么得意。他可不是亚齐兹，我们的处境，他压根儿不放在心里。亚齐兹爱莫能助。一看到我们，他就像见到鬼一样远远避开。

这群香客有备而来。他们那几辆加长型礼车——湖中居民啧啧称奇的最新科技产品，运载一大捆一大捆树叶。这些叶子据说非常神圣。香客们把它当作碗盘使用，就像古时的贤人君子那样。他们嫌水龙头的水不够纯净。每天清早，他们带着特制的容器，前往湖畔的查斯马莎希花园，从皇泉中舀取纯净的泉水。当然，他们自己煮饭烧菜，不让别人碰触他们的食物。他们在草坪上安放几块石头当作炉灶。负责烧饭的是四个身穿橘黄袈裟、模样像阴阳人的小伙子。烧完饭，他们无所事事，整天闲荡。对这帮人来说，圣洁就意味着简朴：在一堆石头上煮饭；把食物放在树叶做的碗盘里，一口一口扒着吃；不辞劳苦，到几英里外舀取山泉的水来喝。但是，这样的生活反映出的也是一种懒散而漫不经心的人生态度。旅馆房间里的地毯全都被翻卷起来，窗帘高高挂起，家具乱成一团。身为一位圣人的徒弟，过着简朴的生活，使这帮人变得异常狂妄自大。这群香客中的男人，成天在草坪上高视阔步，大摇大摆。在他们面前，阿里和亚齐兹，甚至旅馆主人巴特先生，都得蹑手蹑脚，低声下气。这些人讲话就像吵架似的，嗓门特别大。他们时不时就用力清一清嗓子，呸一声，把一团浓痰吐到池塘中的一朵朵荷花上——这种植物是前任克什米尔大公从英国带回来的，跟印度教崇奉的莲花没有多大关系。他们端着树叶盘子，蹲在他们刚吐过痰的草坪上吃饭，吃完，就开始打嗝。这帮人打起嗝来，就像打雷一般，但节奏控制得恰到好处，仿佛训练有素似的。光从他们的打嗝声，您就可以判断出来谁是师兄，谁是师弟。这伙人的大师兄年纪约莫四十，个头又高又壮，浑身肉颤颤的，跟师弟们一样，他身上穿着袈裟，但额头上却缠着一条五彩斑斓的花布巾，独树一帜。他手下那群小伙子，一有空就做俯卧撑或其他健身运动。

看来，这帮人日子还过得挺惬意的。对他们来说，这次跟随圣人出游，就像一群童子军到野外露营一样，非常好玩。不幸的是，我们这家湖中旅馆——丽华大饭店，竟然变成了他们的露营场。

至于圣人何时抵达，却一直没有明确的讯息传来。他的徒众可不敢掉以轻心。他们隔三岔五就驱车直奔斯利那加机场，迎接从德里来的每一班飞机。那几个身穿橘黄袈裟、模样像阴阳人的小伙子，则奉命留守在旅馆。闲极无聊，他们开始玩起某种游戏来。我站在一旁观看，只见他们随手捡起一些残砖破瓦，默默地、慢慢地、专注地构筑一道临时防御工事，把他们放置在草坪中央当作炉灶使用的石头团团围绕起来。这时我才发觉，他们根本不是在玩游戏，而是在建造一座围墙，防止外人偷窥，因为我们这些"不洁"的人的目光会污染他们的食物。事情还没完呢。由于这家旅馆的草坪已经被无数"不洁"的人践踏过，这帮人决定把草皮全部铲掉。这会儿，他们穿着袈裟蹲在花园里，正在默默地进行破坏工作。

我叫亚齐兹来见我。自从这群香客搬进旅馆以来，我们就没打过照面。他垂着头，一副腼腆羞怯的模样。显然，他也看到了这帮人在花园干的好事。最让我生气的是，他竟然帮这些身穿橘黄袈裟的家伙找来一块木板，铺在他们挖掘出来的烂泥巴上。这种搞法简直莫名其妙。但他又能怎么样呢？巴特先生最近手头紧，正在伤脑筋之际，上帝给他送来一批客人。他告诉我，这群香客可不是寻常的游客，他们是圣人（所谓圣人，就是如假包换的圣贤）的门徒，绝对不会乱搞的。

那天下午，香客们终于把这位圣人带回旅馆来。刹那间，整个旅馆的气氛改变了：原本是乱糟糟的一团，打嗝声此起彼落，现在却突然变得无比肃穆寂静，只听到徒众们急匆匆的脚步声和叽叽喳喳的耳语声。圣人端坐在遮雨篷下一把椅子里。妇女们再也忍不住，纷纷冲出旅馆，拜倒在圣人脚下。圣人正襟危坐，也不正眼看这些婆娘一眼。大部分香客只管呆呆坐在一旁，睁着眼睛，瞻仰他们的上师。说实话，这位圣人长得比他的徒众们体面得多，果然称得上宝相庄严。他那件橘黄袈裟裹着一具结实光滑的古铜色身躯，他那张脸孔十分端正坚毅，看起来反倒比较像一位企业主管。

那几个穿着橘黄袈裟的小徒弟，蹲在他们构筑的防御工事里头，帮师父烧饭做菜。香客们分成两排，静静坐在草坪上陪圣人用餐。饭后，眼看太阳就要下山了，上师领导徒众们齐声吟唱起圣歌来。两个徒弟端来一盆水，擦洗师父的袈裟。洗干净后，他们合力把衣服提起来，不停摇晃，直到整件袈裟全都干了才停手。

我走进厨房，找人聊天，却看见大伙儿挨挤成一团，闷声不响，轮流抽着一筒水烟。

"在他们眼中，我们全都是不洁的人，"一个船夫说，"这样的宗教未免太不近人情了吧？"

这正是巴基斯坦电台对印度教的指控。然而，连这位船夫都尊敬印度教的圣人，说话时刻意压低嗓门，以免惊扰他老人家。

隔天早晨一觉醒来，我们发现花园中的草皮又被铲掉一些，泥泞满地，惨不忍睹。香客们更加肆无忌惮，他们聚集在花园中，闹哄哄的，忙得不可开交：有的聚在一起剥豌豆，有的在煮东西，有的在打嗝，有的在刷牙（呸一声，把满嘴牙膏吐到池塘中的荷花上），有的在洗澡，有的在洗衣服，有的在台阶跑上跑下。

吃早餐时，我问阿里·穆罕默德："这些人什么时候离开啊？"

他显然没弄清楚我问这话的原因。他微微一笑，露出嘴里那副凹凸不平的假牙。"上师昨晚开示：'我喜欢这个地方。我觉得我喜欢这个地方。我在这儿也许会待上五天，也许待上五个星期，不一定。我觉得我挺喜欢这个地方。'"

"把亚齐兹叫来。"

亚齐兹来了。他手里拿着一块抹布，一副没精打采的模样。抹布脏兮兮的，他也一身脏兮兮的，我也一身脏兮兮的——在圣人眼中，我们全都是不洁的人。

　　"亚齐兹，麻烦你转告巴特先生一声：要么他们走人，要么我们走人。"

　　巴特先生来了，眼睛只管望着鞋尖。

　　"这根本不是西方风格的旅馆，巴特先生。这根本不是丽华大饭店。这是丽华寺——印度教神庙。我马上就去写一封信，邀请观光局长马丹先生来喝茶。"

　　亚齐兹知道我在虚张声势。这最后一句话，只是吓吓巴特先生而已。亚齐兹精神一振，挥了挥他手上那块抹布，一面擦拭餐桌，一面问道："先生，您打算什么时候动身到古尔玛格村度个假啊？"

　　"好主意，好主意！"巴特先生连连点头，"到古尔玛格村度个假。带亚齐兹一块儿去。"

　　我们只好妥协。当下，我们决定到古尔玛格村避避风头，过几天再回来。

　　"可是，巴特先生，我先跟你讲好！回来后，如果我们发现他们还待在这儿，我们就立马走人了。"

　　"没问题，先生。"

　　事实上，我有办法让这群香客和他们的上师在五分钟之内收拾好行囊，乖乖离开丽华大饭店。我只消告诉他们：为求"洁净"，他们铲掉花园的草坪，把它转变成一间厨房，用栅栏围起来，可是，他们的厨房下面却有一个坑洞，那是旅馆的化粪池。

　　"亚齐兹，我们是不是应该查问一下，前往古尔玛格村的公共汽车什么时候开出？"

　　"不必查问，老爷，班车多得很哪。"

早上刚过八点钟，我们就赶到公车站。亚齐兹穿着他向巴特先生借来的那双褐色大皮鞋，一瘸一拐，走到售票窗口前，帮我们买车票。

　　"我们错过了八点钟的车。"他两手空空走回来。

　　"下一班什么时候开呢？"

　　"十二点钟。"

　　"那我们该怎么办，亚齐兹？"

　　"还能怎么办？等啊。"

　　这座簇新的公车站新近才落成。克什米尔人三三两两，从男厕钻出，伸出手来就往门帘上抹一抹，把手擦干净——这幅门帘可是用时新布料缝制成的。一个装扮得挺整齐体面的女乞丐，手里拿着一沓精心印制的传单，分发给旅客们。传单诉说她的悲惨遭遇。我们只好待在车站，等下一班车。

　　古尔玛格村究竟有什么魅力，那么吸引亚齐兹？它只不过是一个度假村，坐落在海拔约莫三千英尺的高山上，俯瞰着克什米尔河谷。几栋简陋的木屋，散布在一片苍翠的牧草地上。村子的一边，山坡上松树丛生，牧草地一路绵延到山脚。村子另一边矗立着高耸的山峰，即使在夏日炎炎的八月天，山上的石缝依旧堆满褐色的积雪。大雨滂沱中，我们抵达古尔玛格村。今晚，我们借住在朋友的一幢单层平房小别墅里。一跨进门槛，亚齐兹就被主人打发到仆人房，直到雨停，我们才又看见他。那时，他正沿着一条湿漉漉的泥巴路，从村子中央的市集回来。只见他一脚高一脚低，吃力地蹬着巴特先生那双笨重的皮鞋，模样甚是古怪。（后来，巴特先生哭丧着脸孔告诉我们，亚齐兹陪伴我们到山村走一趟，把他那双宝贝皮鞋糟蹋得不成样子。）一看到我们，亚齐兹脸上就绽露出笑容，显得非常开心。"先生，您还喜欢古尔玛格村吗？"

　　来到山村后，我们一直窝在屋子里，只看到乌云覆盖的山峰，以及一簇簇丛生在那片绿油油湿漉漉牧草地上的紫色野花。我们也看到几栋早已沦为废墟的建筑物，那是被一九四七年入侵的巴基斯坦部队放火劫掠夷为平地的废墟。其中一幢规模宏伟、气象万千的木造建筑物，从屋顶一路崩裂下来，乍看之下就像一个巨大的玩具。夜晚，风起时，听到它那残破的彩色玻璃窗，咯吱咯吱响个不停，真会让人做噩梦。

亚齐兹是否在村子周遭走了一趟？难道他有一位特别的朋友，居住在古尔玛格村？他在这儿有个女人吗？这一整天，他的心情起伏不定。早晨，他还是旅馆里一个手脚利落、办起事来讲求效率的仆人。坐在车站等公共汽车时，他那张原本充满期待的脸庞，却渐渐变得木然，一副昏昏沉沉、神志不清的模样。直到坐上汽车，双手紧紧搂住那个装着三明治的篮子，他才稍微放松心情，有一搭没一搭跟我们闲聊。下了车，我们骑上小马，穿过松树林一路朝古尔玛格村行进。刹那间，亚齐兹整个人全都变了——他变得非常活泼调皮，活像一个淘气的小顽童。只见他跨坐在马鞍上，颠一颠，跳两跳，手里不断挥舞着马缰，啪嗒啪嗒直响。好一会儿，他只管策马来回奔驰，把山中其他马儿惊吓得四处逃窜。我终于明白：吸引他前来古尔玛格村的就是这群小马。看来，他身上还残留着游牧民族的血液。即使穿着皮鞋，一旦跨上马鞍，他就不再是一个小丑似的旅馆侍应生，连他身上穿着的那条宽宽松松、裤脚尖细的长裤，也变得甚是帅气，因为那正是中亚细亚骑士的服装。第二天，我们离开村到山中游玩。一有工夫，亚齐兹就骑上马，即使在最陡峭最崎岖的山径上。一跨上马鞍，他就变成一个神采飞扬、意气风发的小伙子。每当马儿失蹄，在山路上滑一跤，他就兴奋地扯起嗓门大声叫嚷："哇，哇！别急，别急嘛！"他变得很健谈。他跟我们谈起一九四七年的印巴战争。根据他的说法，入侵的巴基斯坦部队笨到把黄铜看成黄金而争相抢夺。他为什么不喜欢走路呢？亚齐兹终于告诉我们原因：有一年冬天，他离开原来的雇主，到克什米尔河谷来找工作，身上一文不名，他只好徒步穿越覆盖着积雪的巴尼哈尔山隘，结果生了一场大病。从此，医生不准他再走路。

在我们眼中，亚齐兹是一个千面人，具有多重性格。我们最喜欢看他跟我们的朋友(山中别墅的主人)打交道,看他如何在他们身上下功夫。他使出当初在我们身上用过的一招:一面以仆人之礼伺候他们,一面评估他们身为主人的分量。朋友家里有一群仆人,并不需要亚齐兹服侍,但不知怎的,亚齐兹却跟他们攀上关系,变成了他们最信赖的仆人。他这样做,并不是为了求取某种报偿。他只是遵循自己的本能和直觉。亚齐兹不识字,是个大文盲,然而他却能把旅馆的客人当作观察和研究的对象。这些人也是他的职业,毫无疑问也是他的娱乐。这样的邂逅和人际关系,构成他的生活圈子。生活在这样的一个世界中,他的反应被训练得异常敏锐。(他体察到我们的感觉,二话不说,就"正式地"把旅馆的厨子打发走,叫他另谋高就。他还对我说:"这是为了他好,你应该替他高兴。"可怜那个厨子莫名其妙被炒鱿鱼,只能在他背后诅咒他。)亚齐兹那口英文,全是用耳朵学来的:听别人怎么说,他就怎么说。一般印度人学英文是通过书本,发音非常怪异。亚齐兹说起英文来,咬字就比许多印度大学生精确得多,口音也比较地道。他讲英文,有时难免犯错。譬如,他总是把 any 当成 some;anybody don't like ice① ——但这种错误却也显示他对英文这种偶尔听人家说说的语言,具有惊人的学习能力。最让我诧异的是,我在平日言谈中使用的一些字眼和词组,几天后就会从亚齐兹口中说出来,而这家伙模仿我的腔调和发音,竟也惟妙惟肖。如果他识字,能读能写那还得了? 可是话说回来,亚齐兹身为文盲,不是反而使他的知觉变得更加敏锐吗? 他精通人情世故,善于跟人打交道,一如这个地区的统治者(他们也是文盲):锡克教徒领袖兰吉特·辛格和"查谟与克什米尔联合邦"的建立者古拉布·辛格。在我们看来,文盲是一种缺陷。但对居住在一个比较单纯的世界里的天资异常聪颖的文盲来说,识字也许是一种累赘,反而会使人们的情感和知觉变得更加

---

①意为:任何人不喜欢冰块。但其实应该是"有些人(somebody)不喜欢冰块"。

迟钝。也许，在他们眼中，读写能力只是抄写员应该具备的谋生技能。

返回斯利那加途中，我发觉，亚齐兹刻意装出一种表情，准备面对他的雇主巴特先生：他不再有说有笑，兴高采烈。他绷着脸孔，闷声不响，一副疲惫不堪的模样。一坐上公交车，他就把行李一股脑儿往自己身上堆放，尽量把自己弄得很不舒适。下车后，他脸上那副表情会让每一个人都相信：这趟古尔玛格村之旅，非但不能纾解他在旅馆工作的劳累，反而让他觉得更加疲倦。在我们面前，他刻意表现出很不耐烦的模样，简直把我们当成他的一大负担。说不定他跟我们一样，一想到回到旅馆就会再看见那位印度教圣人和他那群门徒，心里就觉得很烦。我搭乘出租马车，沿着湖畔林荫大道回到旅馆时，亚齐兹忽然对我说："巴特先生告诉我，你不肯支付我的向导费。"

向导费！这家伙什么时候当过我们的向导了？他不是天天缠着我们，央求我们带他去古尔玛格村吗？他在那儿骑马游玩，费用不都是我们支付的吗？

"圣人昨天开示——'今天，我觉得我应该去帕哈尔甘镇走一趟。'"

回到旅馆，刚跨进门槛，我们就听到阿里·穆罕默德宣布的好消息。果然，这帮人全都走光了，只留下一些痕迹，证明他们曾经在这儿住过：满目疮痍的草坪、沾满泥巴的墙壁和散落一地的扁豆（有一些已经发芽）。花园里，美人蕉开始绽放，鹅黄的花瓣带着朱红的斑点，煞是好看。

我捡起发芽的扁豆，拿给巴特先生瞧瞧。

"哦，先生，抱歉抱歉。"他说。

也许为了表示他的歉意，隔天早晨，他带着亚齐兹走进我的房间。根据亚齐兹的翻译，他对我说："先生，您邀请克什米尔大公卡兰·辛格来咱们旅馆喝杯茶吧。卡兰·辛格大公大驾光临敝店，为了表示欢迎，我会把旅馆招牌拿下来，把客人全都赶走，把大门关上。"

第七章 进香

年轻的克什米尔大公卡兰·辛格,目前是"查谟与克什米尔联合邦"的民选元首。他鼓励我们参加进香团,前往永恒的神明——埃玛纳锡的洞穴朝圣。这个洞窟位于斯利那加东北部约莫九十英里海拔一万八千英尺的埃玛纳锡山。它坐落在山腰,距离地面一万三千英尺。埃玛纳锡洞窟被印度教徒奉为圣地,因为每年夏天洞中都会出现一个冰雪凝结成的、长达五英尺的阴茎图腾。这是湿婆神的象征。据说,这只阴茎会随着月相变化伸缩自如。每年八月,月圆之夜,它的长度达到顶点。进香团就在这一天抵达。就像德尔斐①,埃玛纳锡洞窟是古代世界遗留下来的奥秘。岁月变迁,沧海桑田,它之所以能够留存到今天,因为它是印度教的圣地。这种宗教无始无终,根本不像西方人熟知的那种宗教,但千百年来,它一直存在于印度,作为人类宗教意识的一个宝库和活生生的档案纪录。

若干年前,卡兰·辛格曾前往埃玛纳锡洞窟朝圣,但据我所知,那时他不是跟随进香团一块儿去的。回来后,他写了一本书,记录这趟朝

---

①德尔斐,古希腊城市,以神谕著称的阿波罗神殿坐落在这里。

圣之旅。我无法体会他的宗教热忱，但书中对雪山、冰湖和山中变化莫测的气候，描写得极为精确逼真，让我读得津津有味，不忍释手。对我来说，这个洞窟的真正奥秘在于它的地理位置。它坐落在一条长二十英里的山路尽头。吉普车只能开到昌丹瓦里村。从这里出发，香客们沿着山径行走两天，才能抵达朝圣的地点。一年中总有好几个月，这条山路消失在喜马拉雅山脉的积雪中，看不见踪影。夏天来临时，尽管克什米尔政府工务局努力维修，路况依旧十分恶劣，险阻重重，尤其是在天气恶劣的日子里。这条羊肠小道，蜿蜒攀升上一座长达两千英尺的陡坡，穿越一个海拔一万五千英尺的隘口，沿着迂回曲折、光秃秃的山边凸伸出来的一座狭窄的岩脊，通往埃玛纳锡洞窟。在林木界线外，呼吸非常困难。夜晚气温陡降，变得十分寒冷。山中的积雪从不曾完全消融。在隐蔽的山沟和峡谷，积雪依旧十分坚厚。夏日，流水潺潺的山涧上，冰雪形成一座座坚固的桥梁，表面看来，跟周遭的土地一样布满褐色的沙砾，但就在几英尺之下，它却凹陷成一个个低洼的冰蓝色洞穴。

埃玛纳锡洞窟是怎样被发现的？它的奥秘和传奇又是如何建立起来的？这个地区十分荒芜，草木不生。经过这儿的旅人，找不到燃料和食物。喜马拉雅山区的夏季十分短暂，气候变化莫测。当年的探险之旅，一如今天的朝圣旅程，必须进行得非常快速，分秒耽搁不得。隐藏在冰雪底下的每年匆匆露一次脸的埃玛纳锡洞窟，它的奥秘和传奇，究竟通过什么渠道，传扬到古代印度的每一个角落呢？它坐落在"冰雪之乡"喜马拉雅山脉，怎么会跟酷热的北印度平原和棕榈丛生的南印度海滩扯上关系呢？然而，很早很早以前，这个洞窟就已经被探测过，它所蕴含的奥秘也早已经被发掘出来。矗立在埃玛纳锡洞窟背后的是凯拉斯山①，山后有个湖泊叫玛旁雍错。进香团经过的每一个地点，都拥有一则古老的

---

①凯拉斯山，即西藏阿里地区的冈波仁齐圣山。

神话和传奇：这些岩石是被神打败的妖魔变的；从那边的湖泊中，护持神毗湿奴骑坐在一条千头蛇的背脊上，骤然显现；在这片平野上，湿婆神曾经跳过一场宇宙的毁灭之舞——他那满头飞扬的绺绺发丝，转化成这儿的五条溪流。这些神迹每年只显现几个月，然后就被另一个巨大的奥秘（冰雪）覆盖起来，进而消失无踪。这儿的山脉、湖泊和溪流，的确是孕育神话和传奇最适当的地点。进入山中，仿佛置身于太虚幻境。这儿的山川从不曾向人们显露它的真面目，它们只是悄悄地揭开面纱，然后又匆匆地把脸孔遮藏起来。每年，它们都得忍受一次众人的骚扰：山径上的一块石头松脱了，砰然一声滚落进溪中；进香客绕过一堆积雪，把旁边的一条小路践踏得尘土飞扬。然而，每次朝圣完毕，香客们匆匆忙忙下山后，这儿的山川又变得虚无缥缈，遥不可及。数以百万计的香客曾经进入埃玛纳锡洞窟，但在这块荒凉的土地上，他们只遗留下些许痕迹。每年冬天，大雪降临，把人类的足迹扫除殆尽。每年夏天，洞窟中又会出现冰雪凝结成的阴茎图腾。年复一年，这个玄秘现象总是以崭新的面貌，出现在人们眼前。

神祇被供奉在洞窟中：一根巨大冰冷的阳具。印度教的哲学思维是那么高超繁复，而它的仪式却又是那么原始单纯。四大皆空的观念和阳具崇拜，其间并无任何关联。它们源自不同的反应层次。但印度教从不弃绝任何东西，而这种做法也许是对的。洞窟中的那根阳具一直留存到今天，但香客们并不把它当作男性生殖器官，而是把它看成湿婆神的面相和生命的延续。这两者都是印度的象征。每次出门旅行，穿越印度那荒凉残破的乡野时，我总是觉得，在这块土地上只有生殖力量依旧保持它的功能；它脱离了它的工具和牺牲品——人类，单独存在。被它贬损摧残得不成人形的印度教徒，却依旧把它的标记看成欢乐的象征。不论从哪个角度看，这趟朝圣之旅都挺恰当的。

"你需要一个厨子，"亚齐兹说，"你需要找一个人来帮助我打点一切。你需要脚夫，你需要清洁工，你还需要七匹马。"

马的主人当然跟我们一起上路。这一来，我们这个朝圣团人数多达十四人，牲畜不算在内。亚齐兹担任总管。

我开始删减人数。"我们不需要厨子。"

"老爷，他不只是帮我们烧饭做菜，他还担任我们的向导呢。"

"两万香客一齐上山，咱们还需要向导吗？"

厨子是亚齐兹的拜把子兄弟，人长得胖胖的，成天笑眯眯的。我原本想带他上路，但他却通过亚齐兹告诉我：跟他老哥一样，他的双腿有毛病，不良于行，医生不准他长途跋涉，因此他需要一匹专用的马。接着，他又通过亚齐兹，从厨房传出话来：这回跟随我上山朝圣，他需要一双新鞋。这个贪得无厌的家伙，我可雇用不起。我也把脚夫从名单中剔除掉。我们上山朝圣，身边带个清洁工人干什么，只需随身带一把小铲子就行。

被我这么一删减，亚齐兹整个人登时变成一个泄了气的皮球。他服侍过规模更大、气派更恢弘的进香团。显然，他以为这回我们上山朝圣，一切都会依照老规矩来进行。在亚齐兹的想象中，他身上穿着外套和长裤，头上戴着毡帽，高高跨坐在马背上，四下奔驰，指挥若定。而今他看到的却是一连五天的苦差事。但他这辈子还没去过埃玛纳锡，如今有机会一游，感到非常兴奋。他告诉我们：最先登上埃玛纳锡山的是一群伊斯兰教徒。这个洞窟，连同它的阴茎图腾，原本是一间伊斯兰教"寺院"。

亚齐兹向巴特先生提出报告。巴特先生找来一位懂英文的抄写员。几天后，我又染上感冒卧病在床时，巴特先生差人送来他的估价单：

从斯利那加到帕尔吉米，搭乘汽车	30.00
三匹骑乘用的马	150.00
两匹运载行李的马	100.00

帐篷和厨具		25.00
桌椅和床铺		15.00
一个脚夫		30.00
	小计	350.00
清洁工		20.00
额外的搬运工和脚夫		20.00
	小计	390.00
从 8 月 11 日到 8 月 17 日		
七天口粮		161.00
	总计	551.00 卢比

若搭乘汽车到伊姆里·纳锡，需另加 100 卢比。

这份用英文书写的估价单，字体怪异，许多英文单词的拼法乱七八糟，但它所估的价钱，我大致看得懂。只瞄一眼，我就看出来，我被他们当成一只肥羊了。我感到很难过。我和他们相处四个月，对他们可谓仁至义尽，能帮忙的事情我都大力帮忙，甚至为他们举行一场派对，然而这伙人竟然用这种方式回报我。他们太让我失望了。我在病床上已经躺了两天，心情低落，一看到这份估价单，登时气得从床上跳起来。我推开亚齐兹，冲到窗口，把窗户推开，扯着嗓子朝巴特先生叫嚷（我的声音听起来连我自己都觉得非常怪异，很诚恳却又不很诚恳，大概因为在呼叫的过程中，我尽力提醒自己，我必须使用巴特先生能够理解的字句，就像跟小孩说话那样）："这样做不好啊，巴特先生。巴特老爷，这样做不诚实。巴特先生，你知道你对我做了什么事情吗？你伤了我的心。"

巴特先生正站在花园里，跟几个船夫说话。他慌忙抬起头来，一脸诧异。然后，我看见他那张向我仰起的脸庞，刹那间变成一片空白，毫无表情。他什么都没说。

发泄完后，我觉得自己很愚蠢，感到非常羞愧，于是就悄悄把窗门关上，蹑手蹑脚回到床上。以前常听人家说，印度这个国家会把人们性格中那些隐秘而丑恶的层面激发出来。刚才大声叫嚷的那个人，莫非就是真正的我？这就是印度对我造成的影响吗？

不论如何，经我这么一闹，整个旅馆的人都吓坏了。等我冷静下来后，他们纷纷走进我的房间，环绕在我床旁，跟我逐项讨论估价单上的价目。他们显得很忧虑，仿佛我罹患的是某种恶疾，而不仅仅是感冒。从他们的神态和口气中，我也看得出来，他们心里责备我：我跟他们相处这么多个星期，却一直刻意把自己那容易感情冲动的个性隐藏起来，不让他们知道，他们才会一时失察，开出这么一份估价单。这又怎能怪他们呢？

磋商了半天，我们终于从估价单上删掉好几十个卢比。大伙儿又变成好朋友。巴特先生显得很开心。他亲自陪同我们到帕哈尔甘，给我们送行。亚齐兹也很开心。他头上戴上自己的毡帽，身上披着阿里·穆罕默德的蓝色条纹西装，脚上穿着拖鞋（巴特先生拒绝再借出他的皮鞋）和我的一双袜子。唯一让他感到遗憾的，是他手下并没有一大群随从。但话说回来，到山里进香，谁又会带着一大堆跟班呢？我们手下倒是有几个仆从，我们得为他们准备另一座营帐。日落时分，我们来到昌丹瓦里村，在炊烟袅袅、人潮汹涌的树林里扎营。在亚齐兹快速明智的安排下，大家齐心协力，突破重重限制，为我们建立起一座颇为温暖舒适的营帐。亚齐兹忙进忙出，向马夫和助手发号施令，对我则表现出一副曲意奉承近乎夸张的恭顺态度。整个营地乱成一团：满坑满谷的帐篷和绳索、用石头堆砌成的炉灶、成群蹲伏在树丛中大小便的进香客。林中早就散布着满地粪便。黎德河畔每一块大圆石，只要人们能够攀登上去，就会出现一堆堆臭烘烘的排泄物，而我们的营帐就坐落在河边。亚齐兹想尽办法，让我们跟其他进香客保持一个距离。他把我们当作展示品，向众人炫耀。这是他的职责，也是他引以为傲的专长。那天早晨，我们从旅馆出发前往古尔玛格村时，一路上，他喜滋滋地告诉途中遇到的每一个人，他跟随我们去古尔玛格村度假。而今，在帐篷里，他一面倒热水让我洗手，一面喜滋滋地告诉我："一路上每个人都问我，'你家老爷是谁啊？'"听他的口气，仿佛在恭维自己似的。

可没想到，隔天他就碰到麻烦了。从昌丹瓦里村出发，香客们沿着鹅卵石的黎德河畔，轻快地行走了约莫半英里路，来到那座高达两千英尺宛如石墙一般矗立在路旁的琵苏·格堤峭壁。这儿，山路变得非常狭窄。一连两英里路，它蜿蜒穿梭在乱石堆中，一直往上攀升。根据传说，这些石头是被神杀死的妖魔变成的。香客们排成长长的一纵队，慢吞吞地鱼贯行进。在昌丹瓦里村，整个队伍停顿下来，动弹不得。干等了好几个钟头，队伍才开始移动。我们终于走出村子。就在这当口，我们蓦然发觉，我们手下的一个马夫，竟然趁着我们今天早晨昏睡时悄悄开溜。这一下，亚齐兹可就有苦头吃了。沿着山径，一路攀登上琵苏·格堤峭壁顶端，马夫必须时时守在马身旁，牵着它们，催促它们上山——一路上，我们不时听到马夫们的吆喝，偶尔还听见砰然一声，行李从马背上掉落下来。亚齐兹没有选择的余地，只好乖乖从马背上爬下来，牵住那匹驮载着帐篷、主人却潜逃无踪的马，沿着陡峭的小径，一路陪伴它上山。瞧他那副德行：身上披着蓝色条纹西装，头上戴着毡帽，脚上穿着尼龙袜子，伸出双手托住马的臀部，把它推送上山。据他自己说，医生曾禁止他走路。这会儿，他也顾不得什么尊严了。他就像一个小孩，开始抱怨。他用克什米尔语大声诅咒，发誓要报仇。他要求我写信给观光局长马丹先生。他手上那根马鞭不停挥舞在空中，啪嗒啪嗒响。"该死的猪猡，王八蛋！"他用英文大声咒骂。他脚上那双尼龙袜子松脱了，一直滑落到他那两只趿着拖鞋、使劲蹬着地面的脚丫子上。我们不理他，自顾自策马前进。亚齐兹的呼叫声越来越微弱。回头一望，只见他牵着马，小心翼翼穿梭在蜿蜒曲折的羊肠小道上，不时还得闪躲散落一地的帐篷杆。

每回头望一次，我们就发现他变得更渺小，更憔悴，更愤怒。

我们攀登到峭壁顶端，停下脚步，等待亚齐兹。等了好一会儿，才看见他气急败坏地驱赶着那匹倔强的马，可怜兮兮地出现在我们眼前。他身上那件向阿里·穆罕默德借来的蓝西装沾满尘埃，变成黄褐色，就像我借给他的那双尼龙袜子的颜色。袜子顶端已经滑落到脚跟上。他那张狭小尖细的脸庞淌着汗，风尘仆仆。看着他身上那件皱成一团的衣裳，我可以感觉到，他那双不良于行的腿正不停打着哆嗦。看他那副狼狈不堪的模样——从高高在上的管家，一下子沦落成低三下四的克什米尔马夫，我原本有点幸灾乐祸，但现在看到他这副可怜兮兮的嘴脸，我反而感到有点不忍心。

"可怜的亚齐兹，都是那个该死的马夫害你变成这个样子。"我说。

我不该安慰他。从这一刻开始，他从早到晚喋喋不休，只顾埋怨那个临阵脱逃的马夫。"老爷，您一定要扣他的薪饷！您一定要写封信给'光光局'的马丹先生，检举这个马夫，要求政府吊销他的执照！"为了补偿他一路徒步走上琵苏·格堤峭壁的辛劳，他骑着马，从这儿一直走到舍施纳格湖。我们叫他下来，让他的助手骑一会儿，歇歇脚，但他装作没听见。我们只好自己下来，把马让给助手骑。这个可怜的助手，爬上琵苏·格堤峭壁后就被亚齐兹当作出气筒。在这座高山上，呼吸很困难，徒步行走更是痛苦，即使爬上一段平缓的山坡，也会让你气喘吁吁。根据合约，我们必须提供亚齐兹一匹坐骑。这会儿，只见他高高地骑坐在马背上，威风凛凛，一路策马前进。他又变成了高高在上的管家，身上背着一个英国热水瓶，顾盼自如，好不得意。（"这只热水瓶挺美的！"他伸出手来，一面抚摸热水瓶，一面模仿我们说话的口气对我们说。）一路上，他不时停下来等我们。一等我们赶上来，他就央求我："您一定要向政府检举那个马夫！您一定要请求政府吊销他的执照！"从他那副咬牙切齿的模样，我看得出来，他心里真的恨透了这个马夫，非得好好教训他不可。

在我们身前和身后，进香的队伍绵延成一条细细的、歪歪斜斜的长线，看不到起点，也望不见尽头。人类的渺小，凸显出大自然的壮阔。进香客的行动，衬托出山脉的沉寂。山路上的泥土早已经被人们践踏成灰尘，厚达好几英寸；你一脚踩上去，一团灰尘就跟着飞扬起来。队伍在狭窄的山径上鱼贯而行，缓缓前进。你不能超越别人，可也必须提防别人超越你。灰尘充塞在湿漉漉的岩石底下。灰尘飘散在山沟中凝结的冰雪上。在一条山沟中，伫立着一个头戴瓜皮小帽的克什米尔人。他手里握着一把铲子，不停地挥舞着，铲起地上的积雪，以几文钱的代价，卖给路过的进香客。队伍后面的人不断向前推挤，前面的进香客无法停下脚步来。卖雪的克什米尔人挖起一铲子冰雪，拼命往前冲，追上已经离开的进香客，匆匆讨价还价，一手交钱一手交货，然后又慌忙跑回来，挖起另一铲子冰雪，卖给另一群进香客。就这样，一整天他在山径上不停挖掘跑动。他一年只做这一天的生意。

我们已经跨越林木界线，这会儿，正向奶绿色的舍施纳格湖和湖中的冰川一步一步行进。从克什米尔大公卡兰·辛格的那篇文章，我得知，冰冷的舍施纳格湖水具有神奇的疗效。他那个进香团的一些成员，不辞劳苦，徒步走下半英里长的山坡，来到湖畔，就是为了能够在这个神圣的湖泊中浸泡一番。但卡兰·辛格自己却采用一个折中办法："我必须承认，我使用的是一种非正统但比较便捷的方法——我叫人把湖水挑上来，把它烧热，再让我沐浴。"我很想在这个地方逗留一会，到湖畔走一趟，但后面的进香客不断推挤上来，而亚齐兹也急着扎营，不愿在这儿停留一分一秒。

亚齐兹的焦急并不是多余的。我们抵达时，整个营地已经挤满了进香客。山中，水流湍急。乱石满布的河岸上早就蹲着长长一排进香客，一个个脱下裤子，开始大解。我们若晚到几分钟，也许就找不到一个比较干净的地点,洗去身上的灰尘。数以百计的马,卸脱了身上驮载的行李,这会儿正蹒跚踯躅在山坡上寻找青草。这些马,肯定会有好几匹死在旅途中。晚霞金灿灿的,洒照在舍施纳格湖畔三座雪峰上。夕阳中,只见整个营地炊烟袅袅,四处弥漫,把那一座座帐篷转变成群峰林立,在暮霭中缥缈的小山脉。印度教的苦行高僧接受克什米尔政府供养,分成两排,坐在一个空旷而不受污染的地点,正在用餐。落日照射下,他们身上的橘黄和猩红袈裟显得格外灿烂夺目。这些高僧是克什米尔观光局从印度各地邀请来的上宾。我猜,这是一种公关手段,目的在于推动克什米尔的旅游业。在官方用语上,我们全都是"观光客兼进香客"。

亚齐兹依旧喋喋不休,要求我惩治那个半路落跑的马夫。我知道他把我当成报仇的工具,但我不明白,为什么我不抗拒,乖乖任他摆布。在他苦苦哀求下,我终于屈服。晚餐后,我让他带领我穿过冷飕飕暗沉沉的营地,钻过一根根四处悬挂的绳索,跨过一条条闪闪发光的沟渠,经历重重险阻,来到进香团随行官员的帐篷。昨天傍晚,我在昌丹瓦里村见过这位官员,今天晚上他看见我,显得非常高兴,亲切地跟我打招呼,把我迎进帐篷里。我也感到很欣慰。为了亚齐兹,也为了我自己,因为我发现自己在这个营地中还拥有一点影响力。这一切都看在亚齐兹眼里。显然,他感到很满意。如今,他不再是高高在上、作威作福的管家,他只是我手下一个卑躬屈膝、亦步亦趋的仆从。在他操纵下,我变成了一个受骗的观光客,是权利遭到侵害的一方。陈诉完毕后,亚齐兹悄悄退出帐篷,留下我一个人单独面对这位官员。我强打起精神向官员说明事情的原委。官员煞有介事地掏出笔记本,逐项记下我的控诉。然后,我们谈起组织这么一个进香团会遭遇到的种种困难。他请我喝杯咖啡——印度政府咖啡委员会赠送的。

我坐在咖啡委员会营帐里喝咖啡。就在这当口,一个身材高挑、容貌秀丽的白种女孩走了进来。

"嗨！"她打个招呼，一屁股在我身旁坐下来，"我叫乐琳。"

原来是个美国妞。她说，参加"雅特拉"（印地语，进香团之意），她感到非常兴奋。这个女孩说起英文来总爱夹杂着几个印地语。

乐琳长相还挺吸引人。但这种年轻貌美、四处浪荡的美国妞，我遇得太多了。把她们当作美国中情局或其他情报机构的间谍，倒是挺有趣的。但这种美国女孩实在太多了，不可能全都是特工人员。事实上，她们是一种新型的美国人。这种美国人男女都有。他们云游四海，混吃混喝。我在埃及就曾经碰到一个。她来探访英国小说家劳伦斯·德雷尔笔下的亚历山大港，每天只靠几个披亚斯德过活，成天吃些不干不净的东西，愿意接受任何东方形式的资助。在希腊，我曾经请一个厚颜无耻、公然伸手向人乞讨的美国佬吃饭，把他喂饱。据说他还是个"教师"！他说他不曾上过餐馆，也不曾住过饭店："看到门，我就敲。"（这家伙肯定是中情局的间谍。有趣的是，他也把我当成一个间谍。他问我："为什么不管我到什么地方，即使是鸟不拉屎的穷乡僻壤，都会碰到印度人呢？"）在新德里，我遇到这类美国人中最老练的典型。他是个"研究生"，举止言谈却十分粗野。在一个偶然的机会里，他参加一场婚宴，结识一个陌生人，于是就毫不客气地搬进他家，一住就是六个星期。对这帮美国佬来说，印度（全世界最大的贫民窟）具有异常的吸引力："文化"的卑微固然甜美，但"精神"的卑微却要甜美得多。

于是，我对这个叫乐琳的美国女孩说：不，我并不喜欢参加进香团。我觉得，这些印度香客毫无卫生观念，随处吃喝拉撒，把山中的每一条河流全都污染了。但愿他们遵从圣雄甘地的劝诫，随身携带一把小铲子。

"那你为什么还要来呢？"

面对乐琳的质问，我登时哑口无言。我一时气愤，说了不该说的话。我试图把我们之间的谈话引导回正轨上，聊些轻松的话题，我请乐琳谈谈她的经历。

她说，她原本计划在印度旅游两个星期，没想到一待就是六个月。她喜欢上了印度哲学。这趟朝圣之旅结束后，她打算到乡下找一处专供人静修沉思的静修处，住上一阵子，她想寻找人生的答案。

　　这个美国妞长得还挺秀丽：颧骨高高的，脖子又细又长。乍看之下，她的身材显得有点瘦削，但那种瘦削非常性感——瞧，她那对乳房多么浑圆高耸。我认为拥有这种身材的女孩不可能在乡间静修处中静修一辈子。然而，不知怎的，在帐篷的灯光照射下，她的眼神却闪烁不定，令人难以捉摸。我猜，这个女孩的童年生活一定很不快乐，家中一定存在着一些问题。这一点，再加上她那身略显粗糙的肌肤，使她那张秀丽的脸庞让人感到莫名的不安。

　　我希望能再看到她。分手前，我们答应保持联络，但往后的整个朝圣行程中，我们却无缘再见。

　　不过，乐琳的故事并未就此结束。

　　说来荒谬，第二天早上我还是被亚齐兹说服，又去向政府官员抱怨一番，要求他惩治那个半途脱逃的马夫。看来，此仇亚齐兹非报不可，而他相信，政府官员有权处置任何人。亚齐兹神采飞扬，洋洋得意，跨上坐骑随同我们出发。还没走上一英里路，我们的寝具就从那匹没人看管的马背上翻滚下去，掉落山崖。我们的马队被迫停下来。亚齐兹只好牵着马爬下山崖。把寝具搬回马背上，再把它驱赶上来。半个小时后，他才气咻咻追上我们，嘴里一个劲儿诅咒："猪猡！该死的猪猡！王八蛋！"从这儿到潘治达尔尼，一路上他时而低头沉思，闷声不响，时而咬牙切齿，大肆咆哮。

　　舍施纳格湖坐落在海拔一万三千英尺的山腰。从湖畔出发，爬上一座两千英尺高的山坡，我们来到玛哈古纳斯隘口。一堆堆漂白的灰色石头霍然展现在我们眼前，积雪只是暂时消失而已。这一带的山峦，岩石上全都有纹理，就像木材一样，但每一座山峦的纹理角度都不尽相同。从这儿开始，山势渐趋平缓。我们一路策马走下山坡，来到潘治达尔尼平原。这是一块骤然出现在两山之间的平地，长达一英里，宽约四分之一英里。一股凛冽的山风迎面刮来，冷飕飕的。水流湍急，一条条小溪穿梭在灰石堆中，迸溅起一簇簇水花。这儿的山色变得十分荒凉——刹那间，我们仿佛来到了北极。乍看之下，这片"平原"仿佛是月球上的景观。

在这片湿漉漉、灰蒙蒙的平原边缘，我们看见一匹马卸下行李，松脱脚上绑着的绳索，孤零零伫立朔风中，不停打着哆嗦。它的克什米尔主人站在一旁，眼睁睁瞅着它挨饿受冻，无可奈何。平原另一端，营地闹哄哄的——进香团在这儿扎营，度过最后一夜。脚夫和马夫们已经在谈论回程的事了。连一路绷着脸生闷气的亚齐兹，也感染到这种气氛。他用行家的口气向我们宣布："明天，我直接回昌丹瓦里村。"他口中的"我"，包括我们每一个人。

下午三点左右，我们搭起帐篷。帮我们准备好茶水后，亚齐兹就走出帐篷，说要到外面走走。我们看出他有心事。还不到半个钟头，他就回来了，脸上那副心不在焉的神情消失了——他满脸堆笑。

"老爷，旅途还愉快吗？"

"非常愉快啊。"

"马死了。"

"马死了？！"

"清洁工人刚才来这儿，把马抬走了。"在海拔一万两千英尺的高山上，我竟然从一个虔诚的穆斯林口中听到这个噩耗，感觉怪怪的。"老爷，您为什么不给巴特先生写封信，向他报告旅途的情况呢？咱们进香团设有一个邮局。您随时可以在这儿把信寄出去。"

"我没信纸，没信封啊。"

"我买。"

他早就准备好了。他从身上那件向阿里·穆罕默德借来的西装口袋里，掏出一张国内邮笺。

我是以寄明信片的态度和心情，给巴特先生写这封信的。写完，我正要把信封起来，亚齐兹忽然说："老爷，请您把这个也装进去吧。"我抬头一看，发现他手里拿着一张脏兮兮的纸条，仿佛是从一个信封上撕下来的，再仔细一瞧，发现那上面用圆珠笔写着一行乌尔都文字。

"亚齐兹，这种国内邮笺，里面是不能装进任何东西的。"

他立刻把纸条撕得粉碎，扔到地上。往后，他没再提起过这件事。我不相信他真的把我写的那封信寄出去了，至少，巴特先生从没收到它。显然，亚齐兹托我寄的便条是一封密函，连那位乌尔都语抄写员，都不知道这张便条到底寄给谁——邮笺上的地址是我写的。原来，亚齐兹这一整天都在筹划这件事。可是，他为什么那么轻易就放弃呢？难道只是一时觉得好玩而故弄玄虚？即使是出于好玩，它也险些让亚齐兹这个文盲，通过我将一个秘密讯息传送到九十英里外，传给某一个人。为此，我心里感到很不安。对亚齐兹这个人，我究竟了解多少呢？我诚心诚意对待他，他会以同样的心意回报我吗？难道说，他只对雇主一个人忠诚？

在路途中行走的时候，香客们形成一支长达十到十五英里的队伍。一连好几个钟头，这支队伍不停地向前推进，绵延不绝，从一个营地跋涉到另一个营地。太阳渐渐沉落在灰蒙蒙的、朔风怒吼的平原上。一匹马倒毙在路途中。这里，年年都有马匹倒毙。香客们依旧埋头赶路，一个接一个走下山坡。穿过平原，一支五彩缤纷蜿蜒曲折的队伍，迅速消失在黑夜中。在营地灯光照射下，我们看到长长的一纵队进香客，缓缓地、静静地、不停地行进——克什米尔马夫，头上戴着瓜皮小帽，沾满灰尘的脚上穿着破破烂烂的草鞋；容貌俊秀五官轮廓分明的古札尔人，脚上穿着小巧精致、鞋尖高高翘起的镶宝石皮靴；侧着身子坐在马背上的妇女，浑身包裹着衣裳，白天用来抵御风沙，夜晚用来保暖。

香客们拖着疲累的步伐进入营寨——今天早晨的高昂情绪早已消失大半。惊险刺激的朝圣之旅即将结束。香客们心中依旧浮躁不安，但那是一种队伍解散、各自回家前的心情。大部分香客提早就寝，准备一早起床，加入凌晨四点钟出发的队伍，抢先进入埃玛纳锡洞窟参拜神祇。"印度咖啡委员会"营帐中悬挂的海报早已沾满污痕，斑斑驳驳。再过几个钟头，这些海报就会被撕掉。比起舍施纳格湖畔或昌丹瓦里村的营寨，这儿的营地少了一些深更半夜还在游荡的人。营寨大门口，矗立着一座灯火通明的帐篷，里面展示着好几支银杖——一百年来，克什米尔王室每年都会差遣部属，带着令牌参加朝圣之旅——但今天晚上再也没有一个香客看它们一眼。这些光彩夺目的宝器，香客们早就见识过了。另一座帐篷中，静静坐着聆听上师开示的信徒，比起前两个夜晚，也减少了许多。根据卡兰·辛格那篇文章，我可以想象，在这趟朝圣之旅中，每晚扎营时，上师总会向信众吟诵《埃玛卡塔》经文。这部描述朝圣之旅的梵文经典，"据说是湿婆神在埃玛纳锡洞府中念诵给他的妃子帕瓦蒂听的"。这位上师相貌堂堂，长发披肩，两眼炯炯有神，一脸胡须浓黑卷曲，模样看起来挺酷的，简直可以当杂志封面人物。他体格非常强壮——置身在寒风刺骨的高山中，他竟然光着肩膀。今晚，在他那座通风的营帐中，上师闭上眼睛，双手交握在膝盖上，端坐着向信徒们吟诵经文。昏黄的帐篷灯外，银色的月光洒照山中：明天就是月圆之夜了。山中的石头白花花的，就像山涧中迸溅起的一簇簇水花。朔风怒吼，蚀人心骨。进香团的营寨渐渐沉静了下来。

通往埃玛纳锡洞窟的小径是一座狭窄的、成对角线上升的岩脊，蜿蜒曲折，一直延伸到潘治达尔尼平原外的群山之中。第二天早晨，阳光灿烂，我们从营地出发，展开最后一段的朝圣之旅。这时，早起的香客已经从洞窟中朝圣回来。一群衣袖上系着红色"工务局"臂章的男子站在狭隘的路角，监控来往的人畜。朝圣回来的香客，额头上全都被涂上一层檀香膏，每个人脸上都露出狂喜的神色。他们看到了神。他们神采飞扬，意气风发，大摇大摆行走在狭窄的山径上，不肯让路给迎面而来的香客。一路走下山，他们扯着嗓门不断叫嚷："湿婆神大慈大悲！"正准备进入洞窟的香客，就像一群排队站在戏院门口等待上一场观众看完电影走出戏院的男女。面对那群蜂拥而出、不断呼喊口号的香客，他们压低嗓门，悄声响应："湿婆神大慈大悲！"

"你！"一个额头上带着檀香印记的小伙子，用英语向我大声呼喝，"你为什么不喊'湿婆神大慈大悲'？"

"湿婆神大慈大悲！"

我立刻响应。他呆了呆。"好吧。"他放过了我，继续走下山去。"湿婆神大慈大悲！"

我们沿着山径行走了一会儿，眼睛蓦地一亮，一簇簇鲜黄的花儿绽开在陡峭的山坡上。香客们都知道，鲜花是奉献给神祇的最佳祭品。今天早晨，从四点钟开始，一拨又一拨香客经过这儿，把路旁伸手可及的野花，全都摘光了。我们这群晚起的香客，只好将就着把从营寨市场买来的早已经枯萎的花儿，呈献给洞中那位神祇。走了一会儿，我们看到山径旁石洞中蹲着好几个克什米尔人。他们身前摆着一束束黄花。原来，这群闷声不响、眼神闪烁不定的家伙，都是卖花的。

我们沿着山径一路往下走，不久之后，就从阳光普照的旷野走进一条阴冷狭长的山谷。看来，没多久前，这座山谷还是一条河流的河床。谷底四处散布着褐色的碎石，两旁的峭壁带着黑斑，依旧遗留着潮水冲刷的痕迹。仔细一瞧，我们才发现散布在河床上的东西，并不是碎石或灰色的沙砾，而是一堆堆陈年积雪——土壤的颜色和质地全都被遮盖住了。山谷的一边，长长的一纵队进香客不断移动，不断延伸。远处，香客们正穿过结冰的河床，远远看去，就像一个个小黑点，中间夹杂着三两件色彩鲜艳的衣裳，在满布碎石的积雪上不断蠕动着。这边是一座山，那边是一道山谷和一条河流：这儿的地形就这么简单，这么容易理解。人们习惯用自己的世界（一个比较小比较容易掌握的世界）的尺度，衡量这儿的山脉。当你发现，一纵队进香客进入山中，越变越小，很快就消失在表面看来很小的一个空间里，你就会开始领悟，喜马拉雅山脉究竟有多么高耸辽阔。

这座山谷变成了印度的象征。我们骑马沿着山路前进。然而，在草木不生的阴暗山谷中的褐色的积雪上，却赫然出现一群来自平原、握着手杖徒步行走的香客（手杖是在帕哈尔甘镇向路旁的小贩买来的）。这支零零落落的队伍，走到山谷尽头，跟另一纵队香客会合在一起。整支队伍穿过积雪的河床，朝遥远的目标前进，最后消失在灰褐色的群山中，与大自然融为一体。神确实存在！那一群群朝圣回来的香客，通过他们脸上的表情和嘴里的呼喊声，传达出这个令人欣慰的讯息。但愿我能够分享他们的喜悦。但愿，在旅途尽头，我也会像他们一样快乐。

不过，在整个朝圣旅程中，甚至在克什米尔逗留的这段日子里，我确实感觉到一种莫名的喜悦：那是置身山中，尤其是喜马拉雅山中，特有的一种喜悦。感觉上，我跟周遭的群山声息相通，心灵契合。我喜欢在心中念诵它们的名字。印度、喜马拉雅山脉——对我来说，它们是一体的。小时候，在外祖母家里，我常在墙上悬挂的一幅幅五彩缤纷的宗教图画中，看到这些山脉：一座座白雪皑皑的圆锥形山峰，矗立在冰蓝色的天空下。它们已经成为我想象中的印度的一部分。那个时候，居住在距离这座我从小就熟悉、显得十分亲切真实的山脉十分遥远的特立尼达，如果有人告诉我，有一天，我会漫步行走在这些山中，我肯定会以为他在开玩笑。长大后，我知道那些图片并不真实，它们传达的讯息并不是我所需要的。但内心深处——内心那个至今还保存着一颗赤子之心的角落，这些图片透露的真理，依旧深深吸引着我，依旧有实现的可能。

祖母家的那些图片，以及后来我在印度市场和路边书摊看到的那些脏兮兮的沾满灰尘的图片，给我带来一种可望而不可即的感觉。而今，我就是带着这种感觉，仰望喜马拉雅群山。置身这座大山中，只是暂时拥有它——只是加深你内心中那份可望而不可即的感觉。拒斥千头蛇施纳格的传说并不难，但这个传说毕竟存在——因为这个传说，舍施纳格湖仿佛变成了我的。我拥有它，但以前曾经丧失它，而今，不久之后我又得再度离开它。把喜马拉雅山脉（不知多少前辈勘探过的喜马拉雅山脉）看成一个象征——印度的、失落象征，难道这只是一种荒诞不经的想法？瞧，在酷热的平原上，印度人带着向往的眼光，回头眺望喜马拉雅山脉。如今，他们只能经由朝圣之旅、传说和图片，回归到这座山中。

行行复行行，进香队伍走到阳光普照、冰雪消融的山谷尽头时，一幅小时候看过的图画活生生展现在我眼前：一个苦行僧，身上只披着一件豹皮衣，打赤脚行走在喜马拉雅山的积雪上，仿佛即将看到他一路追寻的神。他手里握着一根三叉戟，就像握着一支长矛，又尖上系着一幅三角旗，宛如纱巾一般飘荡在风中。他独自一个行走在山路上。看来，他来这儿朝圣好多次了。这位苦行僧是个年轻小伙子，长得十分英俊——英俊得令人不安。他的肌肤被太阳晒得黑黝黝的，浑身涂抹着白灰。他那一头金黄发丝披在肩上，早已被太阳晒得火红。这使得他那俊秀的外形看起来更加不自然，更加诡异：完美的五官、浑圆的头颅、矫健的四肢、轻盈而充满自信的步伐、走路时不停颤动的腹部和背部肌肉。进香团出发前几天，我在斯利那加城中见过他。那时，他正坐在一株法国梧桐下歇息，公然暴露他那软绵绵的生殖器。那副模样看起来像个浪人或游民，抑或头一次进城的山胞。他把白灰涂抹在他那赤条条的躯体上，固然显示他对肉身的漠视，但也给他那俊美的容貌增添几分邪恶的神采。而今，他却将他那高贵的气质和情操，赋予每一个进香客——他追寻的目标就是他们共同追寻的目标。

走出阴暗的山谷，壮阔的金字塔形的埃玛纳锡山霍然出现在我们眼前。满山散布着岩石，白灿灿晃漾在阳光中。山坡上的洞窟漆黑，悄无声息，比我原先想象的还要高耸宽阔，期盼了多年，如今乍然看到这座洞窟，觉得格外亲切，感觉上它就像宗教图画中所描绘的仙山洞府。挨挤在洞口的进香客，显得非常渺小——越是简单的地形，越需要人类来衬托其辽阔壮观。山坡下，成群准备进入洞窟的进香客，浸泡在清澈神圣的埃玛华蒂溪流水中，用沙砾擦洗他们的身体和四肢。当年前来这儿朝圣时，克什米尔大公卡兰·辛格采用折中办法，斋戒沐浴，一如他在舍施纳格湖畔扎营时那样："在这儿，我又采用非正统的方法沐浴净身。我叫人把溪水舀进桶里，带进帐篷中，但这回我并没把水烧热，就直接用冰冷的溪水洗澡。溪水非常清澈，浇在身上觉得暖洋洋的。因此，这场冷水澡并未让我觉得很不舒适。"

　　阳光、白石、流水、赤裸的身子、五颜六色的衣裳——好一幅田园风光，出现在海拔一万三千英尺的高山上。然而，就在溪畔山坡上，整个场面却闹哄哄的，乱成一团。小溪对岸，疏疏落落地站着几个身穿卡其色制服维持秩序的警察，以及一小群袖子上系着红色臂章的工务局员工。沐浴后，香客们争先恐后攀上山坡，来到洞口，加入那一堆已经净过身子、正挨挤在神龛前准备参拜神明的群众。这个神圣的洞窟约莫一百二十英尺宽，一百英尺高，一百英尺深。偌大的山洞，容纳不下源源涌入的香客。湿淋淋的洞窟中，有一条陡峭的坡道通往内殿——神明的居所。坡道前头，装设着一排高耸的铁栅栏和一扇向外开启的门。大家不断向前推挤，把大门给堵住了。好不容易，大门被打开了，香客们蜂拥而入，整条坡道沸沸腾腾，人头攒动，人堆中不时传出凄厉的呼叫声——倘若一个不小心，被挤出坡道，从阴暗的洞窟直摔落到阳光普照的白花花的山坡，肯定会粉身碎骨！一拨一拨进香客，不断攀爬上山坡来。新来的香客打赤脚，手里捧着新鲜的或已经枯萎的花束，拼命挤进人堆中，让汹涌的人潮把他们推送进洞中。每个人都身不由己，跟随人潮前进或后退。一位妇人吓得哭出声来。我爬到坡道口，伸手抓住铁栅栏，探头向内一瞧，只见满坑满谷的人头和一个因为潮湿或被熏黑而变得黑魃魃的拱形石窟。我退下来。远处山谷中结冰的河床上，进香的队伍绵延不绝，朝山坡上的洞窟持续挺进，乍看之下宛如一长串鹅卵石或沙砾，斑斑点点，五颜六色，一路向后延伸，变得越来越细微渺小。一连几个钟头，也许一整天，洞窟中的坡道都会挤满进香客。

我不想参拜什么神明了。我宁可坐在洞口观赏山川景色。亚齐兹不愿错失这难得的机会。他是穆斯林，不崇拜偶像，但一个虔诚的穆斯林的身份，并不妨碍他作为一个克什米尔人的好奇。他挤进洞口，转眼消失在人堆中——我只看得见他头上那顶不断向前移动的毡帽。我蹲在湿漉漉的、四处散布着纸屑和香烟盒的地面上。一个头戴瓜皮小帽、浑身脏兮兮的克什米尔伊斯兰教徒，蹲在我身旁，替虔诚的印度香客看管鞋子，每双收费四个安钠①。生意还真不错。亚齐兹跟随群众缓缓前进，好不容易走到门口，却被挤出人堆外，就像一粒种子从一个橘子中迸出来。瞧他那副德行：头上戴着毡帽，身上穿着向阿里·穆罕默德借来的蓝条纹西装，一脸仓皇，双手紧紧攥住铁栏杆。他手脚并用，奋力挣扎了好一会儿，终于挤进狭窄的门洞，接着，整个人连同他的毡帽消失了。

好久好久，我只顾蹲在充满回音的洞窟中，等亚齐兹回来。短短几个钟头，这个神圣的洞窟就变成了闹哄哄的印度市集。市集！我最担心的事情果然发生了：在高潮来临的时刻。我却突然感到非常沮丧，就像一个泄了气的皮球，就像我刚抵达印度、在孟买登岸那天的感觉。参拜神明是信徒的职责。我只管蹲在神龛外头的洞窟中，眼睁睁瞅着身旁那个克什米尔人看管的一堆鞋子，以及那一枚枚散落在报纸上的铜币。

---

①安钠，印度和巴基斯坦的旧货币，相当于十六分之一卢比，1960年停止发行。

亚齐兹终于回来了，蓬头垢面，一脸肃穆，他带着既满足又失望的口气向我报告（我丝毫不感惊讶，因为他毕竟是穆斯林）：洞中并没有传说中的阴茎图腾。也许，今年洞中的冰雪没有凝结成一根巨大的阳具；也许，它形成了，但在香客们闹哄哄的参拜中，很快就消融了。神龛中空荡荡的，只有信徒们奉献的一堆鲜花和钱币。尽管如此，香客们参拜完毕，走出洞口时，脸上依旧带着狂喜的神情，就像我们早上遇见的那群朝圣回来的信徒。

"我们来这儿，可不是为了观看一根阳具，"一位香客说，"我们是来求取精神经验的。"

精神经验！蹲在洞窟中，聆听着满洞回响不停的叫嚷声和脚步声，愣盯着满地湿漉漉的垃圾，眼角瞅见一拨接一拨攀爬上来的进香客（对我来说，他们的人数比壮阔的山川景色还要令人感到震撼迷惑），我只觉得头昏眼花。不寻常的自然变化增长是一个精神象征。一旦增长失败，它就变成了象征的象征——这种螺旋式的、莫名其妙的逻辑，让我感到窒息。我赶紧冲出洞口，走进阳光中。参拜过神明的香客驻足洞口，仰望山坡上的两只石头鸽子——据说，它们曾经是湿婆神的门徒，后来得罪神明，被罚变成鸽子，永远居住在这座山上，陪伴洞中的湿婆神。我没抬起头来，只顾一路跑下山坡，从一块石头跳跃到另一块石头，一直跑到那条清澈的小溪，才停下脚步。

我们的回程将会十分快速。在潘治达尔尼平原，今天早晨还矗立着的营寨，如今几乎已经拆除殆尽，而我们的行李也已经打包好，放在马背上，等着我们。亚齐兹主张，从这儿直奔昌丹瓦里村。他希望能在明天赶回斯利那加城，以便参加另一场宗教庆典：城中的哈兹拉特巴尔清真寺，即将公开展示先知穆罕默德的那根胡须。我原本打算在山中多住几天。但不行，我们必须赶路。整个营地乱哄哄的，大伙儿都忙着收拾行囊，准备回家，那股匆忙劲儿就像逃难似的。以后再找个机会回来住一阵子吧。本来，我们可以在山中待一整个夏天，好好体验一下这儿的天气。我记得，那天早晨，在舍施纳格湖畔的营地，大雾突然从白雪皑皑的山峰降落下来，迷迷茫茫，笼罩了整个湖泊，但没多久，却又突然消散，露出一个阳光灿烂的天空。整个下午，我们可以待在人迹罕至的溪畔，享受大自然的宁谧。"以后再找个机会"，我心里知道，这只是说说而已。事实上，潘治达尔尼营地的荒凉气氛，那种曲终人散的感觉，已经感染了我。朝圣之旅已经结束了，这条山路已经走过了。对我们来说，回程就像馊了的食物，不再有新奇之感。

晌午，途中，一个头戴青色帽子的克什米尔人突然出现，要求加入我们的队伍。一言不合，他就跟亚齐兹吵起架来。那时，我正徒步行走在山径上，远远看见两个人比手画脚，吵得不可开交，赶忙跑过去瞧一瞧，才发现那个克什米尔人竟然就是临阵脱逃、半途开溜的马夫。这会儿，他又跑回来了，试图夺回两天前被他遗弃的那匹马。谁都阻止不了他。亚齐兹叱责他，他就吓得缩起脖子，仿佛挨了一拳似的。亚齐兹苦苦等待的报仇机会终于来临了。在我们眼中，他那一脸愤怒轻蔑的表情还真吓人，但看在克什米尔人眼里，那只是虚张声势。事实上，连我们都看得出来，这两个人吵起架来好像在演戏。马夫低声下气，只管哀求，对亚齐兹的辱骂无动于衷。亚齐兹扯着嗓门，破口大骂。马夫哀哀哭泣起来。亚齐兹跨坐在他那匹瘦小的马背上，只管摇荡着他那两只穿着袜子、趿着拖鞋的脚，表情漠然。马夫擦干眼泪，二话不说，拔起腿来朝那匹被遗弃的马冲过去，伸手就要攥住它的缰绳。亚齐兹尖叫一声。马夫刹住脚步，收回手——那副德行就像一个小偷被当场逮住，头顶上挨了一棍似的。他恼羞成怒，不再哭泣也不再哀求，而是扯开嗓门，跟亚齐兹对骂。他一会儿退缩，一会儿冲上前，最后，他慢慢后退到远处一个角落，伫立在那儿，不时伸出拳头，挥向头顶那一片蔚蓝的喜马拉雅天空。

"抵达帕哈尔甘镇时，您立刻去向'光光局'检举这个家伙，"亚齐兹气定神闲地对我说，"他们会吊销他的执照。"

舍施纳格湖畔的营地空荡荡的，香客几乎全都走光了。放眼望去，只见整座营寨疮痍满目，惨不忍睹。我们从车门口经过，继续往前行走了几英里，直到薄暮时分才停歇下来，在一个小小的营地上搭起帐篷。接下来一连好几个钟头，我们看见一盏一盏灯光，闪闪烁烁，从山上一路延伸下来，经过我们帐篷门口，继续往前行进。这群香客匆匆赶路，直奔昌丹瓦里村。皓月当空，月光下只见山径上飞扬起滚滚尘沙。

剩下来的一段路程好走多了。第二天清晨，我们来到昌丹瓦里村的树林，中午时分，我们就已经望见了帕哈尔甘镇。终于，我们又回到了绿野平畴、阡陌纵横的世界。往后的路程都是下坡路。我从马背上爬下来，徒步跑下山坡，避开九曲十八弯的吉普车道，把亚齐兹和其他伙伴远远抛在后头。亚齐兹骑着马徜徉下山，悠哉悠哉的。独个儿行走了一会，我才跟大伙会合。我们沿着碎石路走进镇中。经过公车站和观光局办事处时，亚齐兹并没提起那个开小差马夫的事，而我也没有提醒他。倏地，他从马背上跳下来，伸出嘴巴，二话不说，就往一个陌生人的水烟袋上抽了两口。看来，他已经放弃了高高在上的总管身份。抽过了烟，他一头钻进人堆，消失无踪，过了好一会儿才又出现在我们眼前。他把衬衫前摆打个结，当作盆子，里面装着一大堆豌豆，也不知道究竟是从哪里弄来的。骤然间，他从进香团总管转变成了旅馆服务生，而且转变得还真彻底。他身上不再背着热水瓶。那个英国热水瓶，就像巴特先生的鞋子，早就被他毁掉了。

头戴青色帽子的马夫，站在我们的基地（一座搭建在大树下的营帐）门口，恭候我们。一看见我，他就扯着嗓门哀哀哭泣起来，但谁都听得出，那只是干号，装出一副可怜兮兮的样子，自我作践。他一面哭，一面朝我奔跑过来，二话不说，就在我眼前下跪，伸出两只孔武有力的手，紧紧攥住我的双腿。其他马夫纷纷走过来，围聚在我们身旁，脸上露出幸灾乐祸的神色。用衬衣前摆兜着一大堆豌豆的亚齐兹，站在一旁，笑嘻嘻的，只管瞅着这个半途开溜的马夫。

"老爷，您可怜可怜他吧，他是个穷人。"

怎么回事？亚齐兹一路喋喋不休，向我抱怨这个马夫，如今却公开替他求情。没搞错吧？

马夫一听，哭得越发响亮了。

"他家里有老婆孩子，"亚齐兹说，"老爷，您就别向'光光局'检举他了。"

马夫伸出双手，上下揉抚着我的双腿，然后伸出额头来，在我的鞋子上使劲磕着。

"老爷，他家里很穷，您就别扣除他的薪饷了，您也别要求政府吊销他的马夫执照了。"

马夫紧紧搂住我的大腿，一个劲地用他的额头摩擦我的膝盖。

"老爷，他不是一个老实人，他是一只该死的猪猡，可他家里实在很穷，您就开开恩，别向'光光局'检举他了。"

这两个家伙仿佛在唱双簧，把我当成一个观众。

"好吧，好吧，"我说，"我不向观光局检举他。"

马夫倏地站起身来。他那张宽阔的克什米尔农民特有的憨厚脸庞上，看不出任何表情——他只是在干活而已。他伸出手来，干净利落地掸掉裤子膝盖处沾着的尘土，然后从口袋中掏出一沓卢比钞票，挑出五张，当着我的面递到亚齐兹手里。

这就是亚齐兹替他求情的代价。莫非前一天下午，这两个家伙就已经达成某种协议？甚至，早在好几天前，他们就已经设计好这一幕？一路上，亚齐兹喋喋不休，向我抱怨这个马夫，难道只为了多赚五个卢比？这怎么可能？那天亚齐兹牵着被遗弃的马，辛辛苦苦，攀爬上险峻的琵苏·格堤峭壁，这应该不是演戏吧？可是，亚齐兹实在太滑头了，谁也摸不清楚他心里在打什么主意。这家伙似乎吃定了我：他当着我的面收受一份礼金——羊毛出自羊身上，那是我的钱！一路上，他刻意抬高我的身份，显然，他拿我这个"要人"当作幌子，把那个马夫吓得一愣一愣的。但我知道他心里对我的真正看法：我是个滥好人。面对这样的一种评价，我感到十分气恼，但为了我的尊严，我不会跟亚齐兹吵架。不管怎么说，他毕竟是我的仆人，他爱怎么看待我就怎么看待我吧。回到斯利那加城，再跟这家伙算账也不迟。

亚齐兹接过那五个卢比，清点无误，一把塞进口袋里。他以为我会责备他，但我什么都没说。亚齐兹对我的看法果然是正确的。

马夫牵着他的马，朝我走过来。

"赏点小费吧。"他伸出一只手。

旅馆花园中的向日葵凋谢了，乍看之下，就像一个个即将沉落的太阳。它们那宛如火舌的花瓣早已枯萎，变成软绵绵的一团。我计划的行程已经告一个段落，该离开克什米尔了，不过我得先向几个朋友辞行。我们造访的第一家，是住在古尔玛格村的那对夫妻。

"这阵子，我们也遇到一些挺有趣的事情。"男主人伊斯迈告诉我们。

这对夫妻经常碰到奇人奇事。他们喜爱文艺活动，屋里总是聚集着一大群作家和音乐家。

"这趟朝圣之旅的路上，你有没有遇到一个名字叫乐琳的女孩？"

"美国女孩？"

"她告诉我们，她打算到埃玛纳锡洞窟走一趟。"

"太巧了！她也在你们家住过吗？"

"她和雷菲克差点把我们逼疯了。"

这桩奇遇（据伊斯迈说）开始于斯利那加官邸路上一家叫"印度咖

啡屋"的餐厅。一天早晨，伊斯迈在那儿遇见了雷菲克。雷菲克是锡塔尔琴①演奏家。在印度，你若想成为一位音乐家，必须先熬过一段漫长艰辛的学徒阶段。尽管雷菲克今年快三十岁了，尽管（根据伊斯迈的说法）他的琴技十分出色，但至今犹未闯出名堂来，只能在地方电台举行演奏会。最近的一场演奏会即将举行。为了养精蓄锐，雷菲克特地前来克什米尔度假，为期两周。他身上没什么钱。爱才如命又十分慷慨的伊斯迈，立刻邀请这位素昧平生的音乐家，到他那栋坐落在古尔玛格村的小别墅小住几天。雷菲克拿起他的锡塔尔琴，就跟伊斯迈走了。

这样的安排，双方都很满意。搬进别墅后，雷菲克发觉这对夫妻真的能了解艺术家的气质和性情。他们欣赏雷菲克的音乐，雷菲克在他们面前卖力演出。别墅中的日常作息，也很符合雷菲克的生活习惯。宾主聚集在客厅喝酒聊天，听了一整晚的音乐，直到午夜才吃晚餐。日上三竿，大家才起床吃早餐。下午，有时候按摩师来访，手里拎着一只印有他名号的黑色小箱子，里头装着按摩的工具。之后，倘若没下雨，宾主就结伴到松林中散步。大伙儿有时采集蘑菇，有时捡拾干枯的松果带回家当柴烧，在壁炉中噼噼啪啪生起一堆熊熊燃烧的大火。

一天下午，有个人闯进来，一切都变了。

那时，他们正坐在阳光灿烂的草坪上喝咖啡，忽然看见山坡下的小径上出现一个白种女孩。她正在跟一个克什米尔马夫争吵。这个洋妞孤零零的，竟敢闯进山里来，现在显然碰到了麻烦。伊斯迈请雷菲克下去走一趟，看看他能帮上什么忙。就在这一瞬间，雷菲克的假期毁了，他整个人迷失了。约莫过了一两分钟，他回来了，仿佛变了一个人似的，再也不是伊斯迈夫妇认识的那个文质彬彬、跟他们一起到林子里摘蘑菇的锡塔尔琴演奏家。乍看之下，他就像一个着了魔的人。在这短短一两

---

①锡塔尔琴，印度的一种六弦乐器，形状像拉长的琵琶。

分钟内，他变成一个征服者，但在征服对方的过程中，他也把自己整个人交了出来——一桩情缘，一段爆炸性的男女关系，就这么样建立起来。雷菲克把马夫打发走后，带着这个叫乐琳的美国女孩回到别墅来。他告诉主人，乐琳想在他们家住几天。他们会介意吗？他们能不能腾出一个房间来？

伊斯迈夫妻一听，呆住了，但又不能不表示同意。那天晌午，他们带着这位新客人到林中散步，看看那座矗立在四十英里外、满山积雪宛如油漆般闪闪发光的南葛·帕尔巴特峰。一行人走着走着，雷菲克和乐琳忽然开溜，双双消失在林子里。伊斯迈夫妻感到有点不是滋味。夫妻俩反倒像新来乍到的客人，默默地、局促不安地自顾自继续散步，不时停下脚步来观赏风景。没多久，雷菲克和乐琳又追了上来，但他们脸上却看不到丝毫的满足和倦怠，反而露出一副歇斯底里的模样。这两个男女刚认识就争吵，而且吵得还真凶。这会儿，他们一言不合，竟然在主人面前打起架来。两个人脸庞上早已经布满抓痕。她伸出脚来，狠狠踢了他几下。他哀号起来，伸手甩了她一巴掌。她扯开嗓门厉声尖叫，举起手里拎着的皮包，没头没脑往他身上抢过去，然后又伸出脚来狠狠踢他。他膝头一软，摔倒在地上，整个人滚落下长满荆棘的山坡。他浑身伤痕，血淋淋的，一面吼叫，一面从山坡底下爬上来，一把抓住她的皮包扔到山谷中——往后它就静静躺在那儿，直到大雪降临，把它掩住。她看到自己的皮包被扔掉，一屁股在地上坐下来放声大哭，就像一个小孩。一看见她哭成这个样子，他那满腔怒火登时烟消云散。他赶紧跑到她身边，低声下气哄慰她。她一头钻进他的怀里。

回到屋里，他拿出锡塔尔琴，向她倾诉心事。一首曲子接一首曲子，他只管弹奏不停。琴声如泣如诉，好久好久回荡在偌大的一栋别墅里。那天晚上，他们又吵了一架。尖叫声和咆哮声惊动了警察——他们驻守在边界，提防巴基斯坦部队突击。就在去年，巴基斯坦突击队越过停火线，进占基兰玛格山坡，烧杀掳掠一番，然后又立刻撤回巴属克什米尔。

狠狠吵了几架后，这一对男女身上都伤痕累累。如果让他们继续居住在一起，说不定会闹出人命。神志清醒时，乐琳就离开屋子，独个儿到外面游荡。有时，雷菲克出去把她找回来。有时，雷菲克还在屋里弹锡塔尔琴，乐琳自己跑回来。伊斯迈夫妻俩受够了。第二天晚上，趁着乐琳出外游荡，他们要求雷菲克立刻搬走。雷菲克拿起锡塔尔琴，顶在头上，二话不说就转身走出大门。这个时候的雷菲克，显得十分温顺，仿佛又变成了伊斯迈夫妻当初认识的那位锡塔尔琴演奏家。看到一位音乐家背起乐器，被赶出大门，伊斯迈夫妻心肠一软，要求他留下来。他果然留下来。乐琳在外游荡累了，也回到屋子里来。一切又重演。

最后，浑身瘀伤、疲惫不堪、时而清醒时而迷糊的乐琳崩溃了。对伊斯迈夫妻来说，跟雷菲克共处三天有如三个星期；在乐琳和雷菲克的感觉中，却仿佛是一辈子——乐琳再也受不了了。她非得离开不可。她打算参加进香团，到埃玛纳锡朝圣，然后找一处静修舍住下来。作为女人和美国公民，乐琳拥有足够的意志力，使她能够摆脱雷菲克这个印度男人的纠缠。

这个美国女孩走了。雷菲克待在屋里，扯开嗓门厉声叫唤："乐琳！乐琳！"她的名字从他那张印度嘴巴里冒出来，让人听得头皮发麻，毛骨悚然。

他每天依旧练习弹奏锡塔尔琴，但弹着弹着，突然间他会扯着嗓门尖叫："我一定要把乐琳找回来！"

雷菲克体验了男女之间的激情。我羡慕他，但也可怜他。分手后那段日子里，他日夜思念乐琳，但我猜，最让他魂牵梦系、难以忘怀的也许不是那三天共处的时光，而是两人当初见面的那一刹那：他走下山坡，蓦然看见这个陌生的女孩。她睁着她那双乌溜溜的惊恐不安的眼睛望着他——从此，她再也不会用那样的眼神看其他男人了。那天傍晚，在朝圣的旅途上，我在舍施纳格湖畔冷飕飕的"印度咖啡委员会"帐篷里遇见乐琳时，雷菲克也许正抱着锡塔尔琴，坐在古尔玛格村那栋别墅里，厉声呼唤乐琳的名字。记得那个时候，在乐琳那双眼眸中，我看到一个破碎的家庭和不快乐的童年。后来事实证明，我的观察是正确的。然而，古尔玛格村别墅里的纷纷扰扰，我却错过了。

雷菲克终于离开古尔玛格村，出门寻找乐琳。她曾告诉他，她打算找一处静修舍住下来。可是，印度这个国家到处都是静修舍，雷菲克上哪儿去找呢？

远在天边，近在眼前。

一天下午，我正坐在旅馆房间书桌前埋头写作，忽然听见花园里有一个美国口音的女人在说话。我走到窗前，探头望了望。果然是乐琳！我正想回到书桌前继续写作，忽然瞥见一个男人的后脑勺和一双宽厚结实的肩膀。这个男人穿着黄褐色夹克。看来，乐琳终于投降了，不再追寻生命意义和心灵境界了。今天他们俩结伴来旅馆喝茶。坐在房间里，我听到他们在向旅馆的员工探询房子的事，后来还听见他们四处走动看房间。

"一切都 thik？"乐琳问道。印地语的 th，她总是拿捏不准，发音非常怪异。这个美国大妞到现在还是对印度充满兴趣，说起英文来总不忘夹杂几个印地语字汇。"一切都没问题吧？"

她身旁的男人压低嗓门，叽里咕噜回应几句话。小两口儿结伴走下阶梯。

第二天，他们就搬进来了。我从没跟他们打过照面。从早到晚，两口子都待在房间里。整个旅馆时不时呜呜咽咽回响起锡塔尔琴声。

"我猜，"吃晚饭时亚齐兹告诉我，"那位老爷和夫人今天结婚了。"

那天半夜，我被旅馆中举行的一场活动吵醒了。隔天早晨，亚齐兹端着咖啡走进我房间时，我问他这究竟是怎么一回事。

"那位老爷昨晚迎娶夫人，"亚齐兹压低嗓门，悄声告诉我，"喜宴在凌晨一点钟举行。"

"天哪！"

"巴特先生和阿里.穆罕默德替他们请来一位伊斯兰教长老。她皈依伊斯兰教了。长老给她取个伊斯兰教名字。他们结成夫妻。半夜一点钟举行喜宴。"半夜吃喜酒，跟这桩姻缘一样让亚齐兹感到十分新奇。

这会儿，天色已经大亮，新房依旧静悄悄的，连锡塔尔琴声也消失了。新婚夫妇并没起床共进早餐，也没结伴走到阳台上观赏日出。一整个早晨，房门紧闭——莫非夫妻俩躲在房里，不好意思出来见人？午餐后，他们才蹑手蹑脚悄悄溜出旅馆。我没看见他们出去。

直到傍晚时分，我坐在草坪上喝茶时，才看见乐琳独个儿从湖对岸返回旅馆。她身上穿着一件蓝色棉布连身裙，手里握着一本平装书，模样看起来挺酷的。乍看之下，和一般观光客并没什么两样。

"嗨！"

"我没听错吧？你真的结婚了？"

"你知道我这个人容易感情冲动。"

"恭喜啦。"

"谢了。"

她在我身旁坐下。我看得出来，她有点害怕，想找个人谈谈。

"我到底是不是疯了？我对印度教这么感兴趣……"她把手里那本平装书拿给我看：雷杰戈巴拉查里（Rajagopalachari）用英文讲述的印度史诗《摩诃婆罗多》的故事。"如今，一夜之间，我却变成了一个穆斯林，还取了一个伊斯兰教名字呢。"

"你的新名字是什么？"

"齐诺比雅，你觉得这个名字好不好听？"

这个名字很美，但它也给乐琳带来一些麻烦。她不明白，她究竟会不会因为婚姻丧失美国国籍。她也弄不清楚，她到底能不能留在印度工作。她只知道，现在她很穷，婚后得跟随丈夫住在某一个印度城镇，过清苦的日子。究竟有多清苦，我想她现在还没完全体会出来。但尽管如此，每次提到雷菲克时，她总是以"丈夫"相称，仿佛他们俩已经结婚了几十年似的。她开始关心"我丈夫的事业"和"我丈夫的演奏会"。

这对新婚夫妻，比乐琳自己想象的还要贫穷。"丽华大饭店"这样的旅馆，对他们来说也过于高级了。婚后第二天，他们就不得不搬到别的旅馆。那天早晨结账时，双方争执起来了。

亚齐兹告诉我："他说我敲竹杠，还责怪我：'你为什么告诉其他房客我结婚了？'我回答说：'你为什么要保密呢？结婚是一件好事啊。男人讨老婆，办桌请客，有什么好隐瞒的呢？你们吵醒我那位老爷，他向我抱怨，我才告诉他你们结婚了。'"

"亚齐兹，你真的没敲他们的竹杠？"

"怎么会呢，老爷。"

"可是亚齐兹，他真的没什么钱。到克什米尔来度假的时候，他并没想到他会结婚。他们的婚礼，到底花费多少啊？"

"哦，老爷，你问到底花费多少钱？有些新婚夫妻送给主持婚礼的伊斯兰教长老五个卢比，有时给十五卢比，有些五十卢比。"

"他们给了多少钱？"

"一百卢比。"

"你这个家伙好狠哪！你怎么可以让他当冤大头呢？他哪里付得起一百卢比！难怪，他现在没钱付旅馆的住宿费用。"

"老爷，我也是为他着想呀。你讨了个美国老婆，就应该风风光光办桌请客。你就应该像帕西教徒办喜宴那样，噼噼啪啪放烟火庆祝一番。你不应该躲藏起来。他们没办桌，连一杯喜酒也没请我们喝。"

"他太太是美国人，他们真的没钱。"

"老爷，你被他们骗了。他们把钱藏起来。很多外国人跑到克什米尔来乱搞，随便结个婚，觉得很好玩。可是老爷，让我提醒您，克什米尔的结婚证书是有法律效力的。"

阿里·穆罕默德听到亚齐兹这么一说，立刻掏出一张结婚证书。我凑上眼睛仔细一瞧，发现上面果然有齐诺比雅、雷菲克和巴特先生的签名。

"老爷，他们想隐瞒也来不及了，"亚齐兹说，"他们的婚姻是有效的。"

看来，他们争的不只是金钱而已。他们觉得，身为克什米尔人和穆斯林，他们的尊严遭受了践踏。他们诚心诚意欢迎一个美国女孩皈依他们的宗教，而今他们却担心自己被愚弄了。

"他不付房租，我就拿走他的锡塔尔琴！"亚齐兹说。

雷菲克在斯利那加城奔走一整个早晨，四处张罗，终于筹足这笔钱。中午时分，夫妻俩搬出旅馆。我们正在吃午餐时，齐诺比雅走进来向我们道别。一个男人站在门帘后，躲躲闪闪。

"雷菲克！"

他应声走进来，站在她身后约莫两三英尺处。

她脸上那副泰然自若的神情刹那间消失了。显然，她知道我们已经听说了古尔玛格村发生的事。

"这是……"她忸怩地说，"我的丈夫。"

在我想象中，雷菲克是一位心灵饱受煎熬、神情十分憔悴的音乐家，不料出现在我眼前的竟是一个身材中等、体格健壮、脸如满月、五官平板的家伙。我原本以为我会遇到一位目光炯炯神态傲慢的锡塔尔琴演奏家，没想到我看见的却是一个睡眼惺忪、畏畏缩缩的小伙子。瞧他那副德行，就像一个偷偷抽烟被当场逮住、慌忙把香烟藏在身后、悄悄把嘴里那口烟吞进肚里的少年。雷菲克是印度人，又是一位音乐家。我期望看到的是一头长发和一件袖子宽大的印度式白衬衫，而不是一颗小平头和一套印度裁缝店定做的黄褐色西装。

怎么看，雷菲克都不像是一个会通过锡塔尔琴向恋人倾诉衷曲的大情人。他只是一个不想让别人知道他已经结婚的小伙子。可怜的雷菲克！他到克什米尔来只是想度个假，却莫名其妙讨了个美国老婆，把自己弄得疲累不堪，身上一文不名。以往我总是以为，激情是一种天赋，不是每一个人都拥有的。现在我却觉得它是一种奇妙而复杂的机缘，每个人一生中总会遭逢的。

雷菲克伸出手来，跟我紧紧一握——感觉上就像跟军人握手似的。接着，他把手伸进西装内襟口袋，掏出一支不怎么起眼的钢笔，以一种流畅的文书字体写下他的地址（如今，也是乐琳或齐诺比雅的地址了）。

"你们一定要来看我们！"她说，"哪天晚上有空，就来我们家吃晚饭吧。"

一转身，夫妻俩掀开门帘走出去了。从此以后，我再没遇见过雷菲克。

我们也该打包行李，离开克什米尔了。我们该向这个有两扇窗子、窗外有群山的旅馆房间说声再见了。湖畔的芦苇已经转变成黄褐色，每天下午，我们看见一艘艘运载着已经收割的芦苇的"施客啦"游船，航行在湖中的水道上。向日葵的梗茎变得十分粗大，成群鸟儿聚集在一堆乌黑的、被太阳晒焦的花瓣中，啄食种子。一天下午，花园中的向日葵全都被砍掉了，扎成一捆，丢弃在厨房门口。疮痍满目，整个花园暴晒在太阳下。向日葵的残株，看起来就像木材一样的发白。

一天黄昏，亚齐兹邀请我们到他家那栋高高矗立在湖中的砖房子里吃晚饭。他亲自撑船，送我们过去（船上载着一罐从旅馆带去的自来水，罐口覆盖着餐巾）。夜色迷蒙，"施客啦"游船上悬挂着一盏灯笼，静悄悄地沿着一条垂柳夹道的水路，朝亚齐兹的屋子荡过去。亚齐兹以古礼对待我们。恍惚间，我们仿佛走进了威尼斯水乡中。我们坐在楼上一个空荡荡的、家具全都被搬走、家人全都被赶出去的房间，但我们听得见门后有人在走动，讲悄悄话。亚齐兹跪在我们面前，陪我们聊天，但这个时候的亚齐兹不再是旅馆服务生，而是我们的主人——一个家道殷实、独立、认真而有主见的男人。妇女和小孩涌进房间时，亚齐兹在他们面前表现出来的面貌，却是一个负责顾家的男人。这栋房子的墙壁十分坚厚，黑黢黢的，感觉挺温暖舒适。墙上装设着一个个拱形壁龛，窗子很小。冬天，屋里摆个火盆，一家人围炉闲话家常。屋外，整个湖面都已经结冰了，冰层坚厚到可以让吉普车在上面驰骋。我们得赶在大雪降临斯利那加城之前离开克什米尔。

我们在旅馆吃完最后一顿晚餐后，巴特先生召集全体员工，参加"小费致赠典礼"。出席的员工包括亚齐兹、阿里·穆罕默德、厨子、园丁和打杂的小厮。在前几天举行的一场婚礼中，他们已经失望过一次。这次我不想再让他们失望——从他们脸上的笑意，我看得出来，他们相信在这个时代，依旧还有一些讲究格调、出手大方的客人。他们以优雅的伊斯兰教礼仪，领受我致赠的礼金和用打字机书写的感谢状，脸上一径微笑着。也许，他们只是表示礼貌而已，也许，他们已经学会如何应付吝啬的客人。但亚齐兹显然感到很满意。这一点，我看得出来：他故意装出满不在乎的模样，匆匆瞄一眼，二话不说，就把整沓钞票一股脑儿塞进口袋里，然后就板起脸孔开始干活，不断忙进忙出，仿佛要让全世界的人知道：这一刻，对他来说，把餐厅布置整齐是他最重大的职责，远比领取小费重要得多。但我知道，一走出餐厅，他就会开始放松。他们全都会放松。那天傍晚，我走进厨房抽最后一口水烟时，我发现他们团聚在一起，一面欣赏我花费一番心血为打杂的小厮撰写的感谢状，一面哈哈笑个不停。

第二天，我们一早上路。巴特先生亲自划船，把我们载送到湖滨林荫大道。天还没亮。湖面上静悄悄的。一辆双轮出租马车停驻在湖滨大道上等客人。我们坐上马车，经过一间间门窗紧闭的船屋和湖畔一圃圃莲花。一个男子站在湖滨大道石栏上，正在做健身操。车篷垂得很低，我们得倾身向前，才望得见车厢外的湖泊和群山。整个城镇渐渐苏醒过来了。抵达游客接待中心时，我们发现里头闹哄哄的，挤满了人。

"三个卢比。"车夫说。

在这座城中居留了四个月，湖滨的马夫都知道，我搭乘马车进城，每次只付一又四分之一卢比车钱。但今天情况特殊。我愿意付两个卢比。车夫拒绝接受。我不肯多给。车夫举起手里握着的马鞭，一副想打人的模样。情急之下，我伸出双手掐住他的喉咙——这个举动连我自己都吓了一跳，大概是因为一早起床，心情不好的缘故。

亚齐兹出面调停："他不是游客。"

"哦！"马夫松了一口气。

他垂下握着马鞭的右手，我放开了他的喉咙。

我们的车票是预订的，但我们还是必须跟一大堆乘客挤在一起，大叫大嚷，争着上车。亚齐兹和阿里·穆罕默德自告奋勇，帮我们抢位子。我们退到人堆外。

就在这一刹那，我们看到了乐琳——齐诺比雅。

她只身一人，眯起她那双近视眼，察看停靠在车站上的每一辆公车。她上身穿着一件奶油色短衫，腰间系着一条巧克力色裙子，模样看来清瘦多了。看到我们，她并没显得很开心，也没什么话可讲。拖延了好久，她终究决定去她的印度教静修舍住上一阵子，再跟她丈夫相聚。这会儿，她正忙着寻找她那辆公车。那是开往雷达基顺的班车。她把这个地名改成比较亲切顺耳的"罗陀·克利须那"。到现今，她还着迷于印度教神话和传说。克利须那是黑暗之神，而罗陀则是他调戏过的一位年轻貌美的挤牛奶姑娘。

寻寻觅觅，眯起眼睛查看每一辆公车的号码牌，寻找那部开往"罗陀·克利须那"的车子，乐琳——齐诺比雅消失在人群中。

我们的座位保住了。我们的行李被搬到车顶上，覆盖着防水布。我们伸出手来，跟亚齐兹和阿里握手道别，回身钻进车厢。

"您不必担心那个马夫会找你麻烦，"亚齐兹说，"这件事我会处理。"他的眼睛闪烁着泪光。

公车开动了。

"马夫？"

"您别操心，老爷。正确的车钱是三个卢比。我会付给那个马夫。"

司机猛按喇叭。

"正确的车钱？"

"三卢比是早晨的费率，老爷。"

他说得对。我也知道，早上搭乘马车必须付三卢比。

"两个卢比，三个卢比，何必计较呢？再见，再见，老爷您不要操心。"

我赶忙伸手掏钱。

"您别操心，老爷。再见。"

我把几张卢比钞票塞到车窗外。

亚齐兹接过钞票，两行眼泪扑簌簌滚落下他的腮帮。即使在这样的时刻，我都不敢确定，亚齐兹曾经当过我的仆人。

乐琳上身穿着一件奶油色短衫，腰间系着一条巧克力色裙子。雷菲克一辈子都不会忘记这两件衣裳。说不定，昨天晚上他看见她打开衣箱，拿出裙子和短衫，准备今天穿着上路。今天早上在车站分手后，他再也没看见过她。她在静修舍住了一阵子，然后就离开印度。他写信，她回信，然后，他的信原封不动被退回来了。她的双亲早已经分居，如今居住在不同的国家。其中一位接纳他，另一位却不承认他是女婿。但他还是继续写信给她。分手好几个月了，他依旧痴痴想她。

这些事情，我是后来才听说的。在另一座城镇的邮局，有一封信函等待我前去领取：

丽华大饭店

代客安排

健行、打猎、钓鱼

导览古尔玛格村及帕哈尔甘镇

业主：巴特

敬启者：

本月七日大函收悉。信中您提到，前往目的地途中，您曾遭遇一些困难，因为您搭乘的巴士中途抛锚。所幸吉人天相，您终能平安抵达目的地。

我相信，克什米尔的风光和此地的人情习俗，必将永远留存在您的记忆中。恳切盼望您能再度来访，让我们有机会再为您服务。

您的房间，曾经住过一位来自孟买的客人和另一位来自德里的客人。

我们的家人向您问候。

祝您身体健康，万事如意。

谢谢您的惠顾。

巴特 敬上

（穆罕默德·西迪克·巴特）

第三部

第八章 废墟狂想曲

当年，英国人对印度的统治是那么彻底，后来他们撤离这个国家却又是那么坚决，无可挽回。对我来说，即使在印度待了好几个月，在我眼中，英国人的统治所遗留的痕迹，依旧带着几分虚幻不实的色彩。我在一个英国殖民地出生长大。对我这种出身的人来说，英国人在印度留下的遗迹，原本应该显得很熟悉。然而，英国和印度一样，是一个具有多重性格和面貌的国家。表现在特立尼达岛上的"英国"，跟我居住多年的"英国"不尽相同，而这两个英国，和我目前在印度看到的这个遗留下许多痕迹的英国，也实在联系不起来。

这个英国，在我抵达印度的那一刹那，就让我感到深深的不安。那时我正坐在汽艇中，抬头一望，却看见孟买码头上的起重机展示的全都是英国名字。当一个怪异但却早已存在的事实终于获得确认，展现在我们眼前时，我们心里都会感到不安——骤然间，我们丧失了评估的能力，眼前的一切仿佛都变得虚幻不实。但对我来说，这种不安还有更深一层的根源。面对孟买码头的景象，我猛然醒悟，这些年来，我在潜意识中一直欺骗自己：矗立在冰蓝色天空下的白雪皑皑的喜马拉雅山群峰，确实是存在的，一如我祖母家里那些宗教图画所描绘的那样。我童年的印度，在我想象中，那是一块从我外祖母的屋子延伸出去的土地，与周遭的异质文化完全隔绝开来——外国势力是不存在的。这种想法是怎样形成的呢？特立尼达岛上的印度小区，虽然正在萎缩中，但仍旧自成一个世界。跟岛上的英国人打交道（我们对他们所知不多），不啻是一种侵犯——我们宁可跟我们更熟悉更了解的中国人和非洲人交往。我们每天都得接触这个异国文化，最后完全融入其中。我们改变了，有得也有失。失去的是一个曾经完整无缺的东西：印度——我们心目中的印度。

历史事实并没有刻意被湮没打压，以保存印度作为一个完整国家的观念。这些事实全都被接受，但也全都被漠视。来到印度后，我才发觉，这是印度人待人处世的典型的退隐态度的一部分：对显而易见的事实视若无睹。这种心态，在其他民族中肯定会引发精神错乱，但印度人却把它转化成一套博大精深、强调消极、超脱和接受的哲学。此刻撰写本书，在探索内心、自我反省的过程中，我终于体悟，这套哲学有一大部分从小就融入我心中，成为我的人生观最重要的一环。长期居留英国，身心遭受各种压力，在这套哲学影响下，我扬弃了狭隘的国家观念，不再对任何团体效忠——除了对个人。它让我安于自我，安于工作，安于我的姓名（后两者与前者截然不同）。它让我相信，每一个人都是人海中的一座孤岛。它教导我，如何保护内心中仅存的一些美好纯洁的东西，不让它们遭受各种外在的、腐败的力量玷污。

在这种心态下，面对英国人遗留在印度的痕迹，我原本应该冷静漠然，无动于衷。然而，这些痕迹却迫使我面对一个事实：我一直在欺骗自己，虽然这种自我欺骗是隐藏在内心深处那个容许幻想存在的角落，可是一旦被揭穿，你还是会感到非常痛苦。这种羞辱，我以前从不曾体验过。在这方面，我的感受肯定比那些行走在孟买街道上熙来攘往的印度人深刻得多（这种街道拥有荒诞不经的英文名字，两旁矗立着宏伟的帝国式建筑物）。这种情况就像在特立尼达，我从不曾感受到身为殖民地子民的屈辱，但外来的、不相干的人，反而会有这种感受。

我无法将殖民地的印度和殖民地的特立尼达联系在一起。特立尼达是英国殖民地，但连三岁小孩都知道，我们那座岛屿只不过是世界地图上的一个小黑点，因此，对我们来说，身为英国子民是非常重要的——这样的身份，至少够把我们纳入一个更大的体制中，赋予我们一个更明确的定位。这个体制并不会让我们觉得受到压迫。尽管身为英国子民，在制度、教育和政治形态上，我们却是属于新大陆。特立尼达的人口由许多种族组成，英国人很少，自成一个社会，与其他族群鲜少来往，因此，在我们心目中，英国只是世界众多国家中的一个而已。

对一般特立尼达人来说，英国是一个陌生的国家，只有那些自以为高雅、有教养的特立尼达人，才会刻意追求英国品位。在大多数特立尼达人心目中，美国比英国重要得多。英国人制造的汽车精致小巧，性能不差，适合谨慎小心的司机使用，但在我们感觉上，美国人制造的才是真正的汽车，一如他们制作真正的电影，培养一流的歌手和乐团。美国电影诉诸人类共同的情感，表达人类共同的心声。他们的幽默，我们一听就懂。美国电台的节目十分现代化，多彩多姿，迷死人了——至少我们听得懂他们的口音，不像BBC节目，你听了十五分钟新闻，还弄不清楚主播到底在讲什么。美国大兵喜欢肥胖的妓女，皮肤越黑的越对他们的胃口。他们把这些女人弄上吉普车，众目睽睽之下，招摇过市，从一家俱乐部飞驰到另一家俱乐部，四处撒钱，一言不合就跟人家干起架来。这种人，你可以跟他们沟通。站在他们身旁，英国士兵看起来就像一群外国人。在特立尼达，英国兵总让人觉得怪怪的，很不对劲儿。他们要么很吵，要么装出一副矜持的模样，拒人于千里之外。他们讲的英语口音怪异，听起来很刺耳。他们喜欢自称"家伙"——《特立尼达卫报》曾在一篇报道中探讨这个名词的含义。但他们并不清楚，这在特立尼达可是骂人的话。他们的制服，尤其是短裤，看起来怪模怪样，穿在他们身上简直难看极了。英国兵不像美国兵那么有钱。有时，我们看见他们成群聚集在叙利亚人经营的店铺里，购买廉价的女用内衣裤，实在不成体统。这就是特立尼达民众心目中的英国。当然，还有另一个英国（总督和高级公务员所属的那个英国）存在于这座岛屿上，但对我们来说，这个英国显得太过遥远，跟老百姓没有关系。

我们是一群很特殊的殖民地子民。在西印度群岛的大英帝国，历史相当古老。这是一个海洋帝国，除了一两座广场和海港，它并没有留下多少宏伟的、具有纪念意义的建筑物。由于特立尼达位于新大陆——直到一八〇〇年，岛上还没有多少人居住，在我们看来，这些建筑物简直就是属于史前时代。就是因为它的历史古老，在我们心目中，大英帝国不再是一个强加在我们头上的格格不入的东西。我们得保持一种超然客观的态度，才看得出我们的制度和语言全都是大英帝国造就的。

统治印度的那个英国，和我们在特立尼达岛上接触到的英国截然不同。它是强加在印度人民头上的东西，跟印度传统扦格不入。规模宏伟、具有十八世纪英国建筑风味的灰色圣乔治堡，不管你怎么看，都跟印度南部大城马德拉斯的景观连接不起来。在加尔各答，一栋门面宽广、廊柱林立的豪宅，坐落在通往杜姆杜姆机场的一条繁忙、拥挤的道路上，据说是克莱夫将军 ① 生前居住过的房子。它出现在这座东方大都市，显得非常突兀。就因为它显得格格不入，它的年代（英国殖民印度的历史，比西印度群岛的大英帝国历史短得多）让人们感到格外惊讶：这些规模宏伟的十八世纪西方建筑物出现在印度，照理说，应该显得很浅薄，缺乏深厚的根基，但现在我们却发觉，它们已经完全融入这个充满外国废

---

①克莱夫将军（Robert Clive，1725 – 1774），英国将军，为英国独占印度奠定基础。

墟和遗迹的国家，变成它的一部分。这就是"印度的英国"显现在我们眼前的一个面貌：它属于印度的历史，它已经死亡。

跟这个英国不同的是身为印度殖民地宗主国的英国。直到今天，这个英国依然活着。它存活在印度的各个角落和层面。它存活在印度的行政区域：英国人将印度的城镇划分为"军区"、"民区"和市场。它存活在军官俱乐部和餐厅：军官们穿英国式制服，蓄英国式八字胡，手持英国式短杖，说英国式英语，使用擦拭得亮晶晶的银器进餐。它存活在地政事务所和档案局：那儿保存的字迹整齐但早已经泛黄的土地调查资料，加起来，就等于是一整个大陆的地籍簿。这些档案，是英国测量官骑着马，带着成群仆从，忍受风吹日晒，花了无数时日走遍印度各个角落所取得的成果。（一位年轻的印度行政官告诉我："这种工作，把他们弄得身心俱疲。出差一趟回来，就没法子再做别的事情了。"）这个英国存活在俱乐部、礼拜天早晨的宾果游戏、黄色封面的英国《每日镜报》海外版——印度中产阶级妇女那十指纤纤、指甲修剪得十分整齐的手，总是握着这么一份报纸。这个英国也存活在城市餐厅的舞池中。这样的一个英国，比我这个来自特立尼达的印度人当初所想象的，要鲜活得多。它更气派，更具创造力，但也更加粗俗。

但不知怎的，我总觉得这个英国并不真实。它出现在吉卜林和其他英国作家的作品中，感觉并不真实。如今它活生生展现在我眼前，感觉还是一样不真实。难道是因为它是英格兰和印度的混合？难道是因为我的偏见——我那出身特立尼达殖民地、说英语、深受美国影响的偏见，使我无法接受这种欠缺互动和竞争、任由一个文化凌驾在另一个文化之上的关系？我觉得，对印度来说，这样的结合不但是一种亵渎和侵犯，而且荒谬可笑，因为它制造了一些非常滑稽、诡异的效果，譬如，服装的混合穿搭与对一种外来语言大量的、一知半解的使用。还有一个现象让我感到不安，而反映这种现象的，正是英国殖民政府遗留下的建筑物：

贮藏历代测量官耗尽心血搜罗来的各种地籍数据的档案局、俱乐部、戏院、警署、火车站头等车厢候车室。我总觉得，这些建筑物地基太过宽敞，天花板太高，廊柱、拱门和山形墙装饰太过华丽。在我看来，这些建筑物既不是英国式，也不是印度式，不伦不类，摆在印度这个贫穷残破的国家，显得过于虚浮。它们反映的是"积极"的观念，而不是真正的积极进取的行为。它们自外于印度，跟周遭的景观格格不入——事实上，比起殖民地初期的英国式建筑（乍看之下，简直就像是原封不动从英国直接搬到印度来的），它们的异国风味更加浓烈。最能反映这种阴沉拘谨建筑风格的是加尔各答的维多利亚纪念堂和寇松勋爵[①]赠送给泰姬陵的"礼品"。他们明明知道，这样的建筑风格肯定会招来嘲讽和讪笑，但他们不在乎，因为他们有信心：身为统治者，他们禁得起任何人的嘲讽。置身在这些建筑物中，你会感到莫名的尴尬。直到今天，它们还试图主宰周遭的人群，不论是在屋内的还是在屋外的。

这些现象和事件全都记录在吉卜林的作品里，除了英国人撤出印度、放弃庞大遗产的那段历史。你若想认识英国人统治下的印度，不必亲自到印度走一趟。没有一位英国作家对印度的描写，比吉卜林更坦诚，更精确；没有一位英国小说家比他更能揭露他本人和他那个社会的真面目。在作品中，他把"盎格鲁－印度"遗留给我们。我们只需阅读他的小说，就能够找到当年活跃在印度殖民地的各种典型人物。我们发觉，这些人时时刻刻意识到他们的身份、角色、权力和独特性，然而，对于他们的处境，他们却又不敢公开表示欣喜和得意，因为他们全都是肩负重责大任的殖民地父母官。这些责任可都是真的，但表现在吉卜林的作品中，所产生的整体效果却是：这帮人全都在演戏，他们全都是演员，他们知道观众对他们的期望。他们卖力演出，没有人愿意搞砸这出戏。典型的

[①]寇松勋爵（George Nathaniel Curzon，1859－1925），英国政治家，1899年至1905年担任英国驻印度总督。

吉卜林式殖民地行政官员，身边永远跟随着一大群鞠躬哈腰、胁肩谄笑的仆从。他们生活在一个充满传奇色彩的国度中，但一辈子都在流亡，饱受骚扰、迫害和误解——误解他们的人，往往是他们的上司和他们试图提拔的本地人。身为他们的代言人，吉卜林有时会装出一副愤愤不平的模样，大声疾呼，从而产生出一种假惺惺的、咄咄逼人的、自怜自艾的效果，简直就像一出"戏中戏"。

> 待在英国老家的那帮人，身份和地位跟我们相等，但却能享受美好的英国城镇生活：繁华热闹的大街、满城璀璨的灯火、一张张笑脸迎人的面孔、成千上万的乡亲、满街游逛的漂亮英国女人……被放逐到印度的我们，却被剥夺了遗产。待在英国老家的人，正在享受这一切。他们并不知道这份遗产究竟有多丰美。

自赞自夸之余，却也不忘装腔作势地抱怨几句：这是俱乐部作家（接受俱乐部的价值观，透过俱乐部会员的眼光观看这些人物的作家）特有的一种阴柔而幽怨的笔调。一九一二年出版的小说《针毡》（*Tenterhooks*）中，英国小说家艾达·莱弗森（Ada Leverson）精确地描述了这种笔调：

> 我总觉得，他（吉卜林）没经过别人介绍，就直接用我的教名称呼我。有时我甚至觉得，他想跟我交换帽子呢……他和他的读者总是那么亲近，熟稔得就像老朋友似的。
>
> 可是，难道你不觉得，他总是跟他笔下的人物保持一个适当的距离吗？

我说吉卜林是一位俱乐部作家，当然是在使用一个具有特别含意的词。"俱乐部"是"盎格鲁-印度"的一个象征。在《自述》中，吉卜林告诉我们，在拉合尔，每天傍晚他都会到俱乐部用餐；在那儿，他常遇到刚拜读过他前一天写的作品的读者。吉卜林很珍惜这种机缘。俱乐部会员的赞许和认可，对他来说非常重要：他是为这些人写作，而在他的小说中，情节总是跟俱乐部有关。他那独特的坦诚和他身为一位诗人般的"盎格鲁-印度"编年史家的价值，就展现在这些作品中。然而，这也正是他特有的弱点，因为他只使用俱乐部的价值观，描写俱乐部发生的事，这样做只会让他自己和俱乐部的真面目，暴露在读者眼前。

吉卜林的作品，在风格气质上与英国人遗留在印度的建筑物是一致的。在帝国的外壳内，我们找到的不是撞球场式的漫画或郊区的中产阶级的小说品位，一如在地方性的俱乐部中，而是霍克思比太太这号人物：西姆拉城的才女、社交王后、实际统治者和传奇人物。她待人慷慨热诚，但却反而身受其苦。她的智慧并不是真正具有深度的智慧。在今天的读者看来，她身边那些男人对她的仰慕显得有点小家子气、有点感伤。但这个圈子——王后、朝廷和弄臣，却显得那么的完整、齐全。不管我们赞同与否，这些人创造出一套体制，让他们能够存活在特殊的异国环境。身为读者，我们实在不忍心拆穿他们的虚假面目。我们对吉卜林小说的响应，只能在这样的个人层次上。他太诚实，太热心，也太单纯，太有才华。他的弱点和缺失让人觉得尴尬，但我们不愿批评他，因为那会让我们觉得很残忍。霍克思比太太的虚伪和造作，早已经被毛姆拆穿。她曾这样形容书中另一位女性人物说话的声调：听起来，就像一列地下火车驶进伦敦伯爵府车站时踩刹车发出的声音。毛姆评论说：霍克思比太太如果真的是她声称的那种人，她就不应该出现在伯爵府车站，更不应该搭乘地铁，到那样的地方去厮混。我们可以用同样的方式和观点，看待吉卜林作品的其他层面。他把他笔下的人物描写得太伟大、太了不起了，而这些人物——也许不像吉卜林那么充满自信，那么有安全感，也把自己看得很了不起。他们在一个小圈子里交往互动，幻想逐渐凝结成一种僵硬的信念。而今，他们的真面目全都暴露在我们的眼前。

从德里到卡尔卡，你可以搭乘夜班火车。从卡尔卡前往西姆拉，你可以坐汽车，经由公路上山，也可以搭火车，经由那条如同玩具一般很小的蜿蜒穿梭的窄轨铁路上山。我搭乘汽车，前往西姆拉。跟我做伴的是一位年轻的印度行政官员。我们俩是在开往卡尔卡的火车上结识的。途中，他满怀忧伤地告诉我，自从一九四七年以来，西姆拉城就开始没落了。对他来说，以及对所有印度人来说，西姆拉神话是真实的。西姆拉城的光辉历史是印度传统的一部分，而今却被糟蹋了：城中竟然出现槟榔摊。我们一路聊着。厢形车后座不断传来窸窣声。那是我的旅伴饲养的织巢鸟发出来的。它们被关在一个覆盖着幕布的巨大鸟笼里。鸟儿们吵得不可开交时，这位官员就回过头去哄慰它们，模仿母鸡和鸽子，一会儿咯咯叫，一会儿咕咕叫。从车窗口望出去，不时瞥见那列蜿蜒行驶山中、看起来好像玩具的火车。火车从隧道中钻进钻出。元月中旬，山中空气冰冷，但火车上的乘客却只穿着衬衫，倚着敞开的车窗静静向外眺望——这毕竟是印度。在一般人心目中，印度一年四季都是夏天。

初抵西姆拉城，乍看之下，果然如同这位印度官员所说，这座吉卜林笔下的城市确实已经没落了。整个城镇湿漉漉冷飕飕的，狭窄的街道泥泞不堪，身材矮小、打着赤脚的男子背着沉重的货物，一步一步登上山坡。他们的帽子使我想起克什米尔，想起那成群衣衫褴褛、守候在旅游景点巴士站上争相拉客的脚夫。在这样的地方，你真的能够找到吉卜林描绘的那种魅力吗？百闻不如一见，你从小在书本中认识的每一个印度景点，不都是跟西姆拉城一样：先是欺瞒，接下来就是颓败、没落。前景中的那些人物乍然出现在你眼前，对你的心灵造成强劲的冲击，然后开始从你的视界隐退消失。这会儿，你的视界就会变得更加敏锐，更加挑剔，就像在一个熟悉的、阴暗的房间中，你的眼睛逐渐习惯了黑暗那样。

视界收缩，西姆拉城幽然显现：坐落在一系列山脊上的城镇，迂回曲折、纵横交错的巷陌，宛如一座迷宫。在我想象中，城里鼎鼎有名的林荫步道又宽又直，但如今亲眼一瞧，却发现它只不过是一条狭窄弯曲的马路。每隔几码，路旁就竖立着一个告示牌，警告人们不得随地吐痰，但如同那位印度官员告诉我的，街上四处摆着槟榔摊，鲜血般的红渍渍的槟榔汁吐得满地都是。照相馆橱窗内，依旧展示着一张张泛黄的照片，照片中的英国女人，身穿三十年代流行的服装。这些照片可不是古董。照相馆门庭若市，生意好极了。在印度，每一样东西都会被继承下来，没有一样东西会被抛弃，如此生生不息。今天，林荫步道已经变成"喜马偕尔邦"①政府的办公场所，门口挂着醒目的招牌。官员们乘四十年代末期的绿色雪佛兰轿车穿梭在狭窄的街巷，空气一下子变得凛冽起来。街上行人渐渐消失，市场渐渐沉寂。山脊上四处亮起电灯。在灯光闪烁的黑暗中，市中心更加清晰地浮现在我们眼前：好一座充满童话风味的英国乡下城镇！瞧，城中那一栋栋以所谓"双重模仿"风格建造的房子：宏伟的教会大楼，向当地人宣示异国宗教的权威；门面寒酸简陋的店铺，却矗立着装饰华丽的山形墙——你几乎可以看到头戴睡帽、身穿睡衣的男子，手里拿着灯笼或蜡烛，从店堂中走出来，仿佛在向路过的人炫耀小店中根本就不存在的温暖和舒适。这座城镇是神奇的创造品。它建立在幻想上，而支撑这个幻想的是一份让人不得不由衷赞赏的自信心。但这并不是我期望的城镇。我感到有点失望。这种感觉，就像你在书上读到一处坐落在康布雷的房子，而今看到的却是一处坐落在伊里尔斯的房子的照片。创造这座城镇的眼光是正确的，但那是一种童稚的、创造神话的眼光和想象力。世界上，没有一座城市和一个景点能够变成真正的

---

①喜马偕尔，印度北部的一个邦，首府即西姆拉。

真实，除非作家、画家和重大的历史事件赋予它一种神话的特质。西姆拉永远都是吉卜林的城市：一个孩童对"老家"的憧憬和怀想。它是一个双重的童话国度。印度扭曲和扩大这个国度。在英国殖民统治下，它扩大了原本就是一个幻想的城镇。这就是吉卜林捕捉到的现象，而这也正是他的作品独具的风格精神。

那天夜里，西姆拉城下雪了——今年冬季的第一场瑞雪。隔天早晨，旅馆服务生以魔术师的口气向房客们宣布："瞧！大雪降临了。"他拉开窗帘，让我瞧瞧窗外那一片白茫茫、岚雾缥缈的山谷。吃过早餐，我们发现岚雾消散了。滴滴答答，雪水不断从屋顶上流淌下来，成群乌鸦拍打着翅膀，聒噪不停，从一株松树飞扑到另一株松树。树枝上的积雪纷纷掉落下来。远处底下的山谷中，狗汪汪叫着，兴奋得如同狂欢似的。积雪宛如徽章一般，覆盖在"喜马偕尔邦"（好名字：雪乡）政府布告板上，乍看就像一幅圣诞节海报。城中林荫步道熙来攘往，挤满一早起来散步的假日游客。山中的积雪依旧很深。我们离开高高矗立在天上的西姆拉城，一路下山，积雪渐渐消融了，看起来就像一块块撒落在僵硬地面上的盐巴，转眼消失无踪。白茫茫的大雾笼罩着旁遮普平原。火车延误，飞机停飞。我们穿过重重大雾，驱车缓慢驶向德里。

若想了解我们在印度看到的十八世纪英国，我们就必须把它看成印度的一部分。我们实在很难想象沃伦·黑斯廷斯①是英国人；把他当作印度人看待，倒还比较适合。英国的殖民统治经验，虽然跟印度息息相关，却也是十九世纪英国的一部分。

让我们看看《印度之旅》（*A Passage to India*）这部小说中的两个人物：阿德拉和罗尼。昌德拉波城的操场上，太阳下山了。这一对情侣离

①沃伦·黑斯廷斯（Warren Hastings, 1732－1818），英国政治家，1773年至1785年担任英国驻印度第一任总督。

开正在进行中的马球比赛，走到远处一个角落坐下来。今天早上他向她发脾气，现在他向她道歉。没等他把话说完，她就打断他的话，说："小伙子，我看我们还是取消婚约吧。"此刻两人心情都很糟，但都设法克制，没讲气话。过了一会儿，阿德拉说：

> "我们处理这件事的方式非常英国化（British），但我想这样做应该没有问题。"
> "身为英国人（British），我们这样做当然没有问题。"

这段对白耐人寻味。四十年后的今天，我们重读这对情侣的对话，仍然觉得非常新鲜。阿德拉口中的 British，固然具有特殊的历史背景和意义（故事发生在大英帝国统治下的印度），但福斯特（E. M. Forster）笔下的其他人物，也都会使用这个字眼，描述相同的感觉，传达相同的意念。对福斯特作品中的人物来说，他们的"英国性格"就像一种民族特征，向一切非我族类的事物提出挑战，同时也遭受挑战。那是一种公式化的理想，不需要加以阐释。阿德拉口中的 British，几乎可以用小写字母拼写成 british。我们很难想象，另一位英国小说家简·奥斯汀会以同样的方式使用这个字。在《傲慢与偏见》中，这个字曾经出现过一次。首度造访朗波恩庄园时，男主角之一的柯林斯谈到德·包尔小姐的美德：

> 可惜她身体欠佳，不能待在城里。正如有一天我对凯瑟琳夫人所说的，她不能前往伦敦，使得英国（British）宫廷丧失了一颗最璀璨的明珠。

对简·奥斯汀和柯林斯来说，British 只不过是一个地理名词，与阿德拉口中的 British 是两码事。

同样的一个字，却有两种截然不同的用法：一百年的工业发展和帝国势力扩张，阻隔在两者之间。这个时期开始时，我们可以察觉到，当时，在各方面英国都面临急遽的转变：从驿马车转变到火车，从哈兹里特（Hazlitt）的散文转变到麦考利（Macaulay）的评论文章，从狄更斯的《匹克威克外传》转变到他的另一部小说《我们共同的朋友》。画坛百花齐放：康斯特布尔（Constable）发现天空的灿烂色彩；布宁顿（Bonington）发现光影、沙滩和海洋多彩多姿的变化。他们作品中洋溢的青春和热情，直到今天，我们依然能够深切地感受到。这是一个崭新的、自我发现的时期：狄更斯发现英国，伦敦发现"小说"这种文学形式，连济慈和雪莱的诗作，也都展现出前所未见的新气象。这是一个朝气蓬勃、对未来满怀憧憬的时期。可是，骤然间，英国步入了中年，英国人踌躇满志，沾沾自喜。自我发现的过程结束了，英国的国家神话建立了。造成这个现象的原因众所周知，我在此不想多说，只想指出一点：那个时候英国举国上下沉湎在自恋中。这是可以体谅的，但英国却因此丧失了一些珍贵的东西。英国人观看世界的清晰、敏锐的眼光，突然变得晦暗、迟钝。英国民族性确立了，此后它将成为英国人衡量、评估世界一切事物的准绳。在十九世纪的英国游记文学中，我们察觉到一个趋向：品质日渐低落——从达尔文（1832）、特罗洛普（Trollope，1859），到金斯利（Kingsley，1870）、弗鲁德（Froude，1887）。这群作家越来越不愿探索自己的心灵，他们只想报道他们的"英国性"。

这个时期开始时，哈兹里特可以用轻蔑的口气，批判美国小说家华盛顿·欧文以英国为背景写的作品，因为他觉得，自从《观察报》创刊以来，这个国家各方面都产生了急遽的变化，正朝未来迈进，而欧文却在作品中刻意描写罗杰·德·柯维里斯爵士和威尔·温伯士这类过时人物。哈兹里特拒斥神话的态度，就像今天有些英国人对出现在美国媒体上的英国旅游广告感到不满一样。（一九六二年，《假期杂志》刊出这么一则广告："遨游伦敦的美好途径。搭乘萨本纳航空公司飞抵曼彻斯特，下机后，驱车直出机场，经过一栋栋英国乡间茅舍，一路驰向伦敦，悠游自在，尽情享受美景无限的英国乡野风光。"）然而，神话很快就变成英国人心目中很重要的一件东西，而在新的自恋中，阶级意识和种族意识都被凸显了。一八八〇年代的木偶戏"潘趣"（Punch），让伦敦佬用萨姆·韦勒（Sam Weller）特有的、早已消失的口音讲英语，以娱大众，达到搞笑的效果。福斯特作品流露出的阶级意识，跟简·奥斯汀的截然不同。在奥斯汀的小说中，阶级意识是一种近乎根本的、原始的社会划分和区隔。在一个被阶级弄得支离破碎的国家，譬如英国，刻板印象也许是必要的，因为它能帮助沟通。但是，如果过分重视和强调刻板印象，它就会局限英国人的心灵视野，扼杀他们的探究精神，甚至偶尔促使他们排拒真理。

过去一百年间，英国文学中出现的一些奇异的、令人费解的缺憾，追根究底，实在可以归因于这种依赖：太过重视和强调已经确立的、令人心安的事物。狄更斯之后，英国再也不曾出现一位文学巨人。当前的英国社会环境，不允许作家以狄更斯式的、与神话融为一体的辽阔视野和深邃眼光从事文学创作。直到今天，伦敦依旧是狄更斯的城市，他死后，再也没有作家好好瞧瞧这座城市了。描写伦敦城内个别地区（譬如切尔西、布鲁姆伯利和伯爵府车站）的小说所在不少，但对于这座现代的、机械化的城市以及它所承受的种种压力和挫折，英国作家却视若无睹，鲜少着墨。而这正是美国文学中一再出现的主题。诚如小说家彼得·德弗里（Peter de Vries）指出的，这是城市居民的主题：这些没有根的人生于城市，死于城市，"宛如传说中的槲寄生，虚悬在两株橡树中间，一株是住宅，另一株是办公室"。这是一个重大文学主题，不应该只属于美国，但在举国上下沉迷于自恋中的英国，它却被简化成银行职员的形象：准时上下班，做事一板一眼，偶尔闹点小笑话。

这样的主题既然遭到漠视，我们就很难期望，这个时期的英国会出现几部伟大的小说，将国家意识或帝国意识的形成和发展，翔实地记录下来。〔在这方面，我们实在不能指望历史学家发挥功能。比起小说家，他们更能接受社会的价值观。他们是为这些价值服务的。大英帝国的崛起，对十九世纪英国人的世界观产生无比深远的影响。这点毋庸置疑。然而在《英国社会史》(*English Social History*) 中（据说这是一部经典名著），史学家特里威廉 (G. M. Trevelyan) 只花了一页半的篇幅，探讨"海外影响"。他是以这样的口气谈到这个问题："……邮政制度的建立，使得居住老家的双亲，能够与'远赴殖民地'的儿子保持联系。儿子经常返乡省亲，口袋中总是装满钞票。他也带回了很多故事，讲述他在这些崭新的、人人平等的土地上的经历和见闻……"〕毛姆早期的一部小说《克拉多克太太》试图在比较小的格局内探讨这个主题。小说的主人公是一个农夫，他费尽心机，利用高超的民族主义，打进他太太所属的上流社会。这个时期的其他英国小说，最多只触及这场大转变的某些阶段。若想一窥全貌，了解整个发展趋势，我们就必须涉猎许多小说家的作品。

《名利场》的主要人物奥斯本自诩为殷实的英国商人。他口中的"英国"，只是跟其他国家——譬如法国，作一个对比和区别，只不过是德昆西之流的英国作家所倡导的爱国主义。《名利场》作者萨克雷笔下的殷实英国商人，处心积虑地想把出身西印度群岛、拥有黑人血统的富家女斯沃茨小姐娶进家门，做他的儿媳妇。小说中的班布尔先生和斯奎尔斯先生是英国人，但那并不是他们个性中的最大特征。然而，二十年后，在狄更斯的小说中却开始出现完全不同的人物！《我们共同的朋友》这部小说中的波斯纳普先生认识外国人，而他以身为英国人为荣。约翰·哈里法克斯只是一位绅士。小说家莱德·哈格德 (Rider Haggeard) 却把他的一部作品献给他的儿子，希望他成为一位英国人和一位绅士。基于同样的希望，汤姆·布朗被他父亲送到名校"拉格比"就读。到了《霍华德庄园》(*Howards Erds*) 这部小说，我们发现，连伦纳德·巴斯特这种人也会说："我是英国人。"他口中的"英国人"比德昆西口中的"英国人"往前跨出了一大步。发展到这个阶段，"英国人"这个名词已经被赋予丰富而微妙的含义。

我们不能责怪小说家们接受社会的价值观。很自然，在这个时期的英国小说中，作家关注的焦点，渐渐从人类的行为转移到这些行为的"英国性"——在这些作品中，"英国性"若不是受到赞许，就是遭到严密的检验和批判。这种转变，反映在狄更斯早期作品中的客栈和七十五年后福斯特描写的辛普森餐馆之间的差异上。在一九一〇年出版的小说《霍华德庄园》中，福斯特描写这家坐落在伦敦市斯特兰德街的餐馆：

> 她浏览这家餐馆，欣赏它那精心布置、反映我们国家光辉历史的陈设。虽然比不上吉卜林的作品那么老旧，那么充满古英国气息，但这家餐馆却能精心挑选它的摆设，唤起人们的记忆。她实在挑不出什么毛病来。它为大英帝国培育的官员，从外貌上看来，跟亚当斯牧师和汤姆·琼斯①颇为神似。四下响起零零碎碎的交谈声，听起来怪刺耳的。
>
> "你来了！今天傍晚，我就会拍发一封电报到乌干达……"

福斯特的批判一针见血。他揭露了一个沉迷于工业和帝国势力中的民族的神话所蕴藏的矛盾。英国占据乌干达，跟汤姆·琼斯这号人物根本扯不上关系，就像你不能把吉卜林的短篇小说，和同时代的小说家哈代的长篇小说相提并论。处于权力巅峰的英国人，给人一种演戏的感觉：扮演英国人——某一个阶级的英国人。现实隐藏戏剧，戏剧隐藏现实。

这种特质，固然使英国人博得某些人的好感，但也招致另一些人的

---

①汤姆·琼斯是 18 世纪英国小说家亨利·菲尔丁（Henry Fielding，1707－1754）代表作《汤姆·琼斯》的主人公。亚当斯牧师则是其另一部作品《约瑟夫·安德鲁斯》中的人物。

批评：英国人太虚伪。在这个时期，代表大英帝国的粉红色宛如疹子一般，在世界地图上迅速蔓延扩张，英国神话也随着演变，就像一个发展中的语言。元音长度改变了，新的成分加入了，而字典的编纂总是跟不上变化的速度。预估的、随时可以调整的神话（辛普森餐馆的亚当斯牧师、在乌干达或印度操劳的帝国建立者）和现实之间，永远存在着一段差距。滑铁卢战役结束后很久，英国才出现一个沙文主义的军国主义时期——肇始于克里米亚战争，终结于英国在南非的挫败。直到大英帝国建立后，商人和行政人员作为帝国建立者的观念才产生，而我们的小说家吉卜林，却板起脸一本正经地号召全世界的统治者，参与这项伟大的建设。这是清教徒演的一出戏。在"老家"英国，它创造了伦敦市斯特兰德街的辛普森餐馆。在印度，它创造了西姆拉城——英国殖民政府的夏都。在《守护者》（*The Guardians*）一书中，菲立普·伍德拉夫（Philip Woodruff）告诉我们，那个时候聚集在西姆拉城的官员们"纷纷表态，自己是一个纯正的英国人，假装对印度一无所知，刻意避免印度的用语和习俗"。

位于地球另一端的特立尼达，才是真正的帝国创造物。定居在这座岛屿上的许多种族，全都接受英国的统治、英国的制度和英国的语言，从不曾提出异议。然而，表现在印度的那种"英国风"和"英国民族性"，在特立尼达却完全看不到。在我看来，这就是印度殖民政治最诡谲的特质：矫揉造作，以凸显"英国风"——感觉上，仿佛整个国家都在演戏，而演出的戏码竟是一出狂想曲。这个特质显现在殖民时期的所有建筑物中，尤其是那些看起来有点怪的纪念性建筑物，诸如加尔各答的维多利亚纪念堂和新德里的印度门。这些建筑物的风格，根本配不上它们所赞颂的帝国权力。它们缺乏早期英国建筑和更早期葡萄牙人在果亚兴建的大教堂的那种纯朴扎实。

在《统治印度的人》（*The Men Who Ruled India*）书中，伍德拉夫以

哀伤的笔调和罗马式的虔敬，论述英国人在印度的功绩。这项功绩诚然非同小可，我们应该对它表示虔敬，但是，伍德拉夫笔下的印度殖民地，绝不能等同于一般人心目中的印度殖民地：头戴遮阳帽的英国官员（甘地觉得这种帽子确实有用，但为了民族尊严，他拒绝戴它），成群鞠躬哈腰、胁肩谄笑的印度仆人，被奉为超人的英国殖民者，被当作"黑鬼"看待、只能充当仆役和小职员的当地人——他们那口破英文被收集成书（至今在旧书摊可以找到），供精通英文的人士欣赏，博君一笑。这样的一个印度殖民地，出现在成百上千、跟印度有关的英文书中，尤其是以印度为背景的儿童图书，甚至出现在文森特·史密斯（Vincent Smith）接受牛津大学出版社委托为斯利曼（Sleeman）的著作所做的注释中。

对伍德拉夫来说，印度殖民地的这一面，尽管千真万确，却是一个令人感到尴尬、困窘的现象，并不能代表英国人在印度的努力和功绩。希望看到英国的殖民统治的意义（不管是正面还是负面）的人，伍德拉夫也好，像曼锡（K. M. Munshi）那样的印度人也好，都会有同样的感觉。曼锡在一九四六年出版的小册子，取名为《英国造成的祸害》（*The Ruin That Britain Wrought*），内容不言自明。尴尬是难以避免的：英国人一方面展现狂妄自大的种族优越感，另一方面却诚心诚意地在印度进行各种建设。究竟哪一面才是真实的呢？两面都是真实的，其间并不存在任何矛盾。种族优越感是"伦敦市斯特兰德街辛普森餐馆的幻想"，在微小的印度背景及印度人的屈从衬托下，它显得格外鲜明、突出。服务的精神也是这个幻想的一部分，也同样的鲜明而突出。两者出自同一群人，而这些人知道他们在印度应该扮演什么角色，也知道印度人对他们的"英国性格"究竟有何期望。伍德拉夫指出，大英帝国在印度的施政和作为具有"非英国的"、太过"预谋"的一面。这是难以避免的。在印度，做一个英国人就是比别人高一等。

马德拉斯的一位印度报社记者，恳切邀请我出席他的演讲会，主题是"危机中的莎士比亚英雄"。加尔各答的一位企业主管向我说明，为什么他决定从军，到前线去和中国军队作战。他板起脸孔，严肃地说："我觉得必须护卫我的——我的——"他自嘲地笑起来，"护卫我的权利——我想打高尔夫球的时候就打高尔夫球，谁也管不着。"不久前，马尔科姆·马格里奇（Malcolm Muggeridge）在一篇文章中说，硕果仅存的真正英国人，几乎都是印度人。这句话发人深省，只因为它承认，所谓英国"性格"，其实是幻想的产物。统治印度数百年的莫卧儿人也是外来民族，也一样拥有荒诞不经的幻想，但最后他们全都融入了印度。诚如印度人一再指出的，英国人拒绝融入印度社会，最后他们全都逃回英国。他们并没留下崇高不朽的纪念碑，他们也没留下任何宗教，除了作为值得奉行的行为准则的"英国性格"——骑士作风加上法治观念，在印度人心目中，这种精神是独立存在的东西，可以跟英国的殖民统治、种族优越感和今天的没落分隔开来。马德拉斯的一位婆罗门，阅读美国小说家奥哈拉（O'Hara）的作品《露台春潮》（*From The Terrace*），越读越感到厌恶。他说："有教养的英国人，绝对不会写出这种乱七八糟的小说。"这句话出自一位曾经被英国人统治的印度人口中，格外难能可贵，而这也是殖民地宗主国遗留下的一笔珍贵的遗产。"英国性格"会永远存活下去，因为它是幻想的产物——它是民族艺术的一件作品，它会比英国这个国家存活得更久。这就是英国人很轻易就撤离印度，对这个前殖民地不再怀念，不像荷兰人到今天还念念不忘他们统治过的爪哇，也不像法国人为了保住阿尔及利亚这个殖民地，不惜诉诸战争的原因。而这也是撤离印度还不满二十年，英国人就让这个前殖民地淡出他们的意识和心灵的原因。追根究底，英国在印度的统治所显示的是，英国人跟他们自己的关系，而不是英国人跟他们统治的那个国家的关系。严格说，这不是帝国主义作风。它指陈的并不是英国殖民统治的善恶是非，而是它的缺失和挫败。

印度人不愿正视他们的国家面临的困境，免得被他们看到的悲惨境况逼疯。这种心情我们能体谅。同样，我们也能够理解，为什么印度人欠缺历史意识——有了历史意识，他们还能够继续蹲在古迹和废墟中，照常过他们的日子吗？哪一个印度人能够抱着平常心，阅读他们国家最近一千年的历史，而不感到愤怒和痛苦呢？在这种情况下，印度人只好退缩到幻想中，躲藏在宿命论里，把人间的一切交给上天（好几所大学开设占星学的课程），然后站在一旁，抱着冷眼旁观的态度，眼睁睁看着世界其他国家日愈进步，心里安慰自己说，这一切我们早就经历过了，没什么了不起。飞机、电话和原子弹这类玩意儿，在古代印度就已经存在了，不信，你就翻开印度的史诗看一看吧。外科手术在古代印度是一门高度发展的医学——我手边有一份全国性大报，你翻翻看吧，上面有一篇报道证明我绝不是在吹嘘。印度的造船技术，是古代科技发展的巅峰。民主政治也是古代印度的一大成就。每一座村庄都是一个自治共和国，自给自足，井然有序。乡村议会有权惩罚犯罪的村民，把他吊死或砍掉他的手。今天，印度人的当务之急就是重建这个宁静祥和、宛如田园诗一般的古代印度。一九六二年，中央邦率先推行"乡村自治"。大伙儿兴高采烈，准备复兴古代印度光辉灿烂的文化；政客们兴致勃勃，谈论古代印度的刑法——看来，在印度的这个邦，犯罪的村民肯定会被乡村议会吊死或砍断双手。

　　十八世纪的印度内政不修，乱成一团，引起列强觊觎。但在印度人眼中，情况并非如此。每一个印度人都会告诉你：英国人来临之前，印度非常富裕，工业发展正面临重大突破。曼锡在他那本书中说，那时每一座村庄都有一所学校。印度人对历史的诠释，几乎跟印度历史一样充满悲情。更让人感到沉痛的是，以往的脏乱又重现在今天的印度。这些年来，我们看到的是一片乱象：巴基斯坦脱离印度，独立建国；印度内部纷纷扰扰，为语言、宗教、种姓阶级和行政区的划分争吵不休。印度这个国家似乎永远需要一个征服者，担任仲裁人，摆平他们内部的纠纷。具有历史意识的民族，不会用这种方式处理他们的内部问题。这就是印度历史的悲哀：它欠缺成长和发展。这样的历史只告诉我们一件事：人类会一代一代活下去。在印度历史中，你看到一连串开始，却看不到终极的创造。

在印度历史中，我们看到的是一块不时被成群老鼠或蝗虫摧残的土地。后欧洲历史转移到印度历史，感觉上，就像从珊瑚礁的历史（每一个行动和每一次死亡，都为继起的生命奠定一个新的根基）转移到建筑在荒凉沙滩上的一连串城堡的编年史，读来令人沮丧。

这是伍德拉夫比较欧洲和印度历史得出的结论。他采用的意象非常鲜明突出，但他把印度历史比喻成沙滩上的城堡，并不十分恰当。海浪冲刷上来，沙堡登时消失无踪，没留下任何痕迹，而印度可是一个充满废墟的国家。

从南方进入德里城，你看到的是绵延四十五平方英里的废墟和古迹。距离这座现代城市不过十二英里之遥，你会看到规模宏伟、四周环绕着城墙的图格拉卡巴古城遗留下的废墟——这座城市被遗弃，是因为附近缺乏水源。阿格拉市附近的法特浦夕克里城依旧保存完整，但也因为缺乏水源被遗弃。（"你为什么想去法特浦夕克里城呢？"旅行社职员站在德里旅馆门厅质问我，"那儿什么都没有"。）在泰姬陵，我听到一位向导对一群澳洲游客说："她逝世的时候，他说：'我不想再住在这儿了。'于是他跑去德里，在那儿建了一座很大的城市。"对生活在废墟中、周遭环绕着古迹的印度人来说，这几句话就足以解释历史上的一切创造和衰败。下面是我们从《默里旅游手册》"巴基斯坦章"第一条旅游路线前十页摘录下来的片段：

达塔现在是一座小镇，但在一七三九年它是一个拥有六万人口的大城……达塔的主要景点是大清真寺，长六百英尺，宽九十英尺，拥有一百个圆顶。一六四七年，沙贾汉开始兴建这座伊斯兰清真寺，若干年后，奥朗则布才将它完成，如今大部分已经倾颓了……

北边一英里半……是赫赫有名的尼赞—乌德—丁陵墓……据说，这座陵墓是改建自一座印度教寺庙的遗址。

游览亚罗雷——古城亚洛尔遗址（亚洛尔、乌杰和海得拉巴，据说是亚历山大兴建的许多城市中的三座）……一系列废墟绵延向东北方向。雷蒂站……南方四英里处，矗立着宏伟的维吉诺特城遗迹。被穆斯林征服之前，它是这个地区最重要的城市之一。如今只遗留下一堆堆瓦砾。

木尔坦……非常古老，据说是亚历山大时期的史料提到过的马里人的首都……原来的寺庙矗立在城堡中央，后来被奥朗则布摧毁。在寺庙遗址上建立的伊斯兰清真寺，毁于一八四八年的一场炮火，片瓦无存。当时木尔坦城被敌军围攻。

沙贝克·艾尔昆王在位期间，下令重建这些堡垒。六英里外的亚洛尔古堡被摧毁，为重建工程提供建材。

苏库尔，人口七万七千，以前是有名的珍珠贸易和黄金织品生产中心。最近这儿开始兴建一间规模庞大的饼干厂。

伊斯兰清真寺建立在印度教神庙遗址上：层层叠叠的废墟。这是在印度北方。在南方，我们看到的是一座伟大的古城维查耶纳伽尔。十六世纪初期，它可是一座方圆二十四英里的大城市，后来被敌军劫掠一空，变成一座死城。四百年了。今天我们造访维查耶纳伽尔，远远看到的只是一些遗迹，零零落落散布在废墟中，和周遭那一堆堆褐色的、充满超现实气氛的岩层融合在一起，难以辨认。附近的村庄残破不堪，尘土四处飞扬，村民的体格都非常孱弱瘦小。进入古城，眼睛一亮，我们看到一幅无比壮丽的景观：从根布利村通往古城的道路，笔直地穿过几栋古老的建筑物，来到城中那条长长的、十分宽阔的大街。大街一端有一道石阶，另一端矗立着一座精工雕琢、金碧辉煌的印度教寺庙。石造建筑物的底层，在四方形的石柱支撑下，依旧屹立。门上雕刻的图形中，我们看到一群翘起双腿的舞女。走进这壮阔大门内，我们看到的却是一群骨瘦如柴、有如蜥蜴一般生活在石头堆中的男人、女人和儿童。他们是这栋伟大建筑物的继承人。

一个小孩蹲在泥泞的街道上，一只浑身毛发脱光、露出粉红皮肤的狗守在一旁，伺机而动。小孩挺着大肚腩站起身来，狗立刻扑上前去饱餐一顿。寺庙门外有两尊札格纳特①木雕像。这两座神像浑身雕刻着各种色情图案：一对对男女缱绻在一起，正在性交或口交——冷冰冰的，面无表情。这是我生平第一次观赏印度色情雕刻艺术，总算实现了多年的心愿。然而，最初的兴奋消失后，随之而来的却是无比的沮丧。性是痛苦，创造即是毁灭。阳物之神湿婆，同时表演生命之舞和死亡之舞——一位多么诡异的神祇，但又多么的印度！废墟中有人居住。城中大街栉比鳞次的建筑物中，矗立着一座用石灰水粉刷的簇新寺庙，门

①札格纳特，印度教保护之神毗湿奴的第八化身牧牛神克利须那的神像。印度教徒相信，在祭典中被运载这尊神像的车子辗死，即可升天。

口树立着一幅幅三角旗，随风飘扬。大街尽头的古庙依旧香火鼎盛，墙上依旧装饰着白色和红褐色相间的直条纹。一块高达六英尺的告示牌树立在门口，上面罗列着各种服务的费用。另一块大小相同的牌子，记载维查耶纳伽尔城的历史：很早以前，有一回，君王祈祷后，天上降下"金雨"。印度人把这则传说看成真实的历史。

骤然间，一阵大雨（可不是金雨哦）横扫过敦格巴特拉河，降落在维查耶纳伽尔城中。我们爬上大街后面的一座石坡，钻进一个石窟中避雨。仔细一瞧，原来这是一座用粗石砌成、犹未竣工的山门。一个身材非常瘦削的男子一路尾随我们到这儿。他身上包裹着一条薄薄的白色棉布被单，被单上斑斑点点，沾着雨珠。他掀开被单，让我们瞧瞧他那骨瘦如柴的胸膛，然后比了个手势，表示他已经好几天没吃饭了。我们没睬他。他不再看我们，自顾自咳嗽起来——病人的咳嗽。当啷一声，他的手杖忽然挥落在地板上。石头铺成的地板流淌着雨水。他撑起身子，爬上一座石台，任由他的手杖浸泡在雨水中。他蜷缩着身子躲藏在角落里，不声不响，一动不动。从阴暗的山门眺望出去，只见漫天雨丝灰蒙蒙的，笼罩着这座四处矗立着石塔的城市。闪烁着雨珠的灰色山坡上亮晶晶的，到处散布着当年开探石矿遗留下的痕迹。雨停了，那人爬下石台，捡起湿漉漉的手杖，把被单缠绕在身上，准备离开。我心中的恐惧和厌恶转化成了愤怒和轻蔑。这种感觉就像伤口一样纠缠着我，让我感到十分苦恼。我走到他面前，掏出几张钞票递给他。在印度这个国家，你很容易就能够尝到权力的滋味。他收下小费，带领我们走出石窟，引导我们爬上湿漉漉的石坡，一路走一路指指点点：这儿是一座石山，这儿是山上的建筑物，这儿是五百年前遗留下的凿痕。这是一项未完成的、突然被遗弃的建筑工程，就像埃洛拉①的石窟——据说，有一天工人们突

---

①埃洛拉，印度南部村庄，以印度教遗迹闻名于世。

然放下工具逃跑了，留下未完成的建筑物，供后人凭吊。

在印度，所有的创造活动都带着一种迫切感：它随时都会中断，随时都会被摧毁。建设是人类的本能，就像穷人饿着肚子也要做爱。为盖房子而盖房子，为创造而创造，每一项创造都是独立的存在——它本身就是一个开始和终结。伍德拉夫说，印度历史就像"建造在荒凉沙滩上的城堡"。这个意象虽然不十分精确，但在马德拉斯附近的玛哈巴利布勒姆，我们确实看到，在海边荒凉的沙滩上，矗立着一座荒废的"海岸庙"。经过一千两百年的风吹雨打，它的雕刻装饰早已经被盐分侵蚀得荡然无存。

玛哈巴利布勒姆和印度南部其他地区的废墟，具有一种统一性。这些古迹反映出的是印度教文化的持续和连贯，尽管日愈萎缩。在印度北方，古迹所显现的却是文化的缺失和挫败——连壮丽无比的莫卧儿建筑，也会让人产生一种窒息感。欧洲也有纪念碑，纪念他们的"太阳王"——伟大的君主。法国有罗浮宫和凡尔赛宫。但在欧洲，这些建筑物却是国家精神发展过程中留下的见证，它们反映出一个民族的情操。它们使一个民族共同的、增长中的文化资产更加丰美。在印度，这一座又一座壮丽的清真寺和奢华的陵寝，这一栋又一栋宏伟的宫殿，反映的却只是征服者的贪婪、暴虐，以及印度的无助与任人宰割。莫卧儿皇帝拥有帝国疆域内的一切财富——这就是莫卧儿建筑传达出的讯息。据我所知，英国只有一处建筑物具有这种麻木不仁、穷奢极侈的特质，那就是布伦海姆宫。读者不妨把英国想象成这样的国家：四处矗立着布伦海姆宫，五百年间不断被摧毁、重建，每一栋都是国家赏赐给老百姓的礼物，但加起来却毫无作用，并不能为这个国家创造出一个活力充沛、生生不息的文化，到头来，只留下一些陈迹，供人凭吊而已。泰姬陵诚然十分精致、典丽，一砖一瓦，将它整个搬运到美国重建，肯定会受世人赞赏。但在印度，它却是一栋虚有其表、毫无用途的建筑物——它只是一个暴君为他的妻子（这个外国女人嫁给他十五年，每年为他生一个孩子）兴建的陵寝。这玩意儿花了二十二年才完工，而导游会津津乐道告诉你，它究竟花了多少银子才盖起来。你可以从阿格拉市中心，搭乘三轮车前往泰姬陵。一路上，你可以尽情观赏三轮车夫那绷得紧紧的、闪烁着汗珠的细瘦四肢。务实的英国人说，英国征服印度，并没给印度老百姓带来任何好处。但话得说回来：在印度历史上，征服者从没造福过老百姓。这就是印度北部的古迹和废墟传达出的讯息。

以往，英国人曾经在泰姬陵门前搭建一座高台，举办舞会，在伍德拉夫看来，这简直就是粗俗不堪的行为，令人不齿。然而，这种粗俗却是印度的传统。对欧洲人来说，"尊重过去"是一种新的观念。把印度的历史揭露在印度人眼前，让"尊重过去"变成印度民族主义一个要素的，也是欧洲人。直到今天，印度人依旧通过欧洲人的眼睛，观看他们自己的古迹和艺术。研究印度艺术的印度学者，撰写论文时，都觉得有必要引述欧洲学者的著作。印度艺术还不能跟欧洲艺术相提并论，而英国学者的看法——印度人没有能力设计和建造像泰姬陵这样的建筑物，到现在也还没有印度学者对此提出辩驳。不被欧洲人欣赏的印度古迹只好沦为废墟，没人照顾。勒克瑙和法扎巴德的建筑物，就是因为当初英国人对这两城的统治者感到不满而遭到漠视。勒克瑙城的大皇陵日渐倾颓，终于化为一片废墟。法扎巴德城的陵墓群，被市政府工务局涂上一层又一层厚厚的、看起来像石灰水的涂料，以致陵墓上的石雕装饰品全都被遮盖起来，几乎看不见了。其他建筑物的金属装饰品，则被涂上一层厚厚的、湖蓝色的油漆。一根白色的阿育王柱矗立在一座古老的花园中央，显得非常突兀，破坏了整体景观和谐匀称之美，挡住了拱形入口处的视野，而这根柱子竟然是一位印度行政官员树立的，以纪念佃农制度的废除。相形之下，欧洲人发现的古迹和废墟却受到无微不至的照顾和维修。这些古迹就变成了官方认可的"印度古代文化"。这个文化展现在今天印度全国各地的建筑物中：新德里阿育王旅馆那几座小巧玲珑、看起来挺滑稽的圆顶阁，加尔各答电台那几座同样小巧玲珑、看起来同样滑稽的圆顶阁，散布在勒克瑙动物园的一根根装饰着轮子、大象和其他印度图案的小柱子，马德拉斯"甘地纪念堂"模仿维查耶纳伽尔古迹的石斗拱。

　　独立后厉行民族主义的印度，它的建筑物，在精神上，却非常接近英国殖民政府的建筑物：两者都试图表现兴建者的自我意识。这些建筑物看起来很滑稽，但也让人感到悲哀。它们不属于印度。它们只反映出现代印度人对历史和传统文化的一种虚夸的、假惺惺的虔敬。这些建筑物欠缺活力。就像印度各地的古迹和废墟，这些建筑物流露出的是一种虚脱感，它们代表的是一个迷失方向的民族。它们给我们的感觉是：历经无数世纪的创造，印度人的元气终于枯竭了。自从康格拉和巴索里这两个画派创立以来，印度艺术就陷入混乱中。印度艺术家面对新世界，一时不知所措。那座矗立在印度北部的阿姆利则市纪念大屠杀死难者的石碑，设计非常蹩脚：一块笨重的红色石头，雕刻着一些看起来像火焰的图形。在勒克瑙，纪念当年兵变事件的英国纪念堂，就是那座已经荒废的总督官邸（印度人以一种虔敬的、让游客感到诧异的爱心保存这栋建筑物），而就在对街，却矗立着一间新建的印度纪念堂：一根比例不太对劲儿的大理石柱，顶端装设着一个小小的、看起来很滑稽的圆顶（这玩意儿也许代表火炬）。看到这些建筑物，感觉上就像看到印度人在舞池中大跳西方交际舞，说多造作就有多造作，说多别扭就有多别扭。我造访过的佛教遗迹，每一处都被弄得面目全非——当局试图在原址上重建印度古代文化。譬如，在印度北部哥拉克浦市附近一座古老禅寺遗留下来的废墟中，如今竟然矗立着一座新建的、仿古的庙宇。平坦辽阔的俱卢之野，是《薄伽梵歌》中阿朱那和替他驾驶战车的克利须那神进行对话的地方。而今，这个古战场上却建立起一座新寺庙，花园中树立着一块大理石碑，上面雕刻着印度史诗中的这一个有名的场景。在艺术水平上，这块大理石碑比市场上售卖的印度艺术品差多了。那辆战车静止不动，那些马死气沉沉，显得十分笨拙。这件作品竟然出自印度艺术家之手，而印度雕刻曾经是世界艺术的瑰宝——在印度南部的维查耶纳伽尔古城，印度雕刻家曾经创造出"万马奔腾"的世界奇观。

印度艺术家的创造力突然枯竭了。到底什么地方出了差错？让我们看看建立在俱卢之野的那间寺庙。庙中有一块铜牌，上面镌刻着这样的铭文：

> 此庙由赛斯·巴尔迪奥·达斯·毕尔拉君侯殿下出资兴建，并为新德里的圣达摩西华·桑格主持开光大典。凡是印度教徒，不分教派，诸如萨纳丹教徒、圣萨玛吉教徒、耆那教徒、锡克教徒和佛教徒，只要身心纯洁，本寺皆竭诚欢迎光临参拜进香。
>
> 注意：罹患传染性疾病的人，不得进入本寺。

粗糙的语言配合虚夸的自我评价，这篇铭文传达出的讯息不外乎是：印度也许很贫穷，但在精神上她却是富足的，而她的老百姓在身心上是纯洁的。虚夸的自我评价、粗糙的石雕工艺、对外国语言的滥用——这些现象串联在一起，正好反映出印度的现状。

有些印度人否认印度造型艺术已经衰微。其他印度人则持相反的见解，但他们认为莫卧儿人不应该为这个现象负责——有些西方人指责，莫卧儿皇帝阿克巴好大喜功，穷奢极侈，大兴土木，将建筑和装饰艺术推展到极致，因而枯竭了印度造型艺术家的创作源泉。许多印度人认为，应该为印度造型艺术的衰微负责的是英国人。入侵的英国人把整个印度搜括一空，在他们统治下，印度的制造业和手工艺日渐式微。我们必须承认这是事实，但是，我们也莫忘了，英国在印度也有一些建设，一如伍德拉夫在他的著作中列举的。不过话说回来，用一家饼干工厂交换印度的金线刺绣艺术，英国人的做法也未免太绝了。印度这个国家，以往曾经被征服者掠劫过，但民族生机和传统文化一直延续下来，但是到了英国人手里，它却突然中断了。也许，英国人确实应该为印度艺术的衰微负责（艺术衰微，只是现代印度人整体迷失感的一部分），就像西班牙人应该为墨西哥人与秘鲁人的迷失与困惑负责。追根究底，这是两种价值观（积极的和消极的）之间的一场冲突，而世界上最消极的价值观，莫过于十八世纪两大宗教（停滞不前的伊斯兰教和疲弱不堪的印度教）的结合。后文艺复兴时代的欧洲，一旦跟印度发生冲突，输家肯定是印度。*

　　民族的迷失，是人类历史上的一大谜团。在特立尼达上学时，老师告诉我们，当年西班牙人入侵时，西印度群岛的原住民纷纷"生病死掉"。出产香料的格林纳达岛有一座悬崖，当地人给它取个可怕的名字：跳崖。据说西班牙人抵达时，成群美洲印第安人在这座悬崖跳海，集体自杀。西印度群岛还有其他迷失、困惑的族群，但都存活了下来：居住在马提尼克岛和牙买加岛上的贫贱印度教徒，几乎全都被来自非洲的黑人小区

---

*撰写本章之前，如果我有机会阅读加缪的《反抗者》，我也许会采用他的术语。加缪所说的"具有反抗的能力"，正是我所说的"积极进取"和"具有自省的能力"。值得注意的是，加缪举印度教徒和南美洲的印加人作为例子，证明世界上有些民族缺乏反抗的能力。"反抗的问题……只对生活在西方社会的人有意义……由于政治自由理论的兴起，在我们社会中，人们越来越察觉到人的价值，而政治自由理论的实践，也使得人们对现存体制越来越感到不满……这个问题牵涉到人类在追求理想的过程中日益增长的自觉。事实上，对印加人和印度教贱民而言，这个问题根本就不存在，因为他们的传统文化早就替他们解决了这个问题——他们相信，传统是神圣的。在一个把某些事物奉为神圣的社会中，反抗的问题根本无从产生，因为这样的社会不可能出现真正的问题，一切问题都已经有了答案。玄学被神话取代。人世间不再有任何问题，只有永恒的答案和评论，而这些也许是属于玄学的范畴。"——作者原注

吞没了。居留在南美洲苏里南的爪哇人，饱受当地人欺凌嘲笑，成天垂头丧气——你实在很难把这些印度尼西亚人跟那群纠集在雅加达街头、放火焚烧外国大使馆的印度尼西亚暴徒联系在一起。与秘鲁和墨西哥不同的是，和欧洲接触后，印度并没有因此枯萎凋零。如果印度是一个纯粹的伊斯兰教国家，它大概早就完了。但作为印度教国家，它与征服者打交道的经验非常丰富：它总是有办法迎合入侵的外人，最后，总是能够将他们吸纳进印度社会中，把他们全都同化。今天的印度人（尤其是居住在孟加拉的）对待英国人，就像他们的祖先对待别的征服者，不论是印度土产的征服者，还是来自亚洲其他地区的。看到这一幕，你会觉得很有趣，但也会感到很悲哀。

这种试图迎合欧洲人的心态，表现在拉姆·莫恩·罗伊（Ram Mohun Roy）的生平事迹中。这位深受英国影响的早期改革者，如今长眠在英国西南部的布里斯托尔市。好几个世代后，这种心态又显现在奥罗宾多（Sri Aurobindo）的成长过程中。这位由革命志士转变成玄学家的印度人，七岁时被父亲送往英国就读。他父亲要求他的英国监护人严密看管这个小孩，不准他跟任何印度人接触。稍后，这种迎合心理也反映在加尔各答的穆里克宫，但却让人觉得有点哀怜。这栋早已残破的豪华宅第——仆人们在大理石回廊上烧饭做菜，看起来就像电影布景。从高耸的大门口走进去，感觉上，我们好像在拍摄一部电影：摄影机跟随我们前进，在这座坍塌的石墙边停驻片刻，然后，在那件早已褪色的装饰品前停留一会儿。开始时，整个场景一片死寂，悄无人声，接着，充满回音的内殿传出各种声响，大门外，新月形的车道上同时响起马车声——当年，穆里克宫的主人交游广阔，经常款待来自各方的客人。一排高大的加尔各答科林斯式石柱，矗立在建筑物的正面。从欧洲进口的喷泉，如今依旧在庭园中表演水舞。代表世界四大洲的四尊雕像，仍然伫立于大理石铺成的中庭，各自占据一个角落——如今，这儿已经成为养鸟的场所，放眼望去只见四处悬挂着鸟笼。底楼有一个大房间，里头供奉着一尊庞大无比的维多利亚女王雕像。另一个房间的天花板上悬吊着一盏光彩夺目的水晶灯，但底下的家具上却积满灰尘——这处宅邸搜罗的英国家具，足以开设一百家古董店。穆里克宫的主人——一位孟加拉地主，向神态倨傲的欧洲访客展示他对欧洲文化的热爱。偌大的一间房子，里面除了屋主的肖像，却没有一样东西是印度的。然而，我们在穆里克宫已经可以察觉到，英国人和孟加拉人的接触并不顺畅，让双方都留下一肚子怨气。

上文提到的"英国民族性"，和印度其他征服者带来的宗教不同。它并不需要皈依者。最能接受"英国民族性"的是孟加拉人，但居留在印度的英国人根本不把他们看在眼里。延宕多年、即将实现的大英帝国理想，却毁于帝国建造者的帝国主义神话——毁于英国人对"英国民族性"的幻想。诚如一位英国官员在一八八三年出版的一本书中指出的：这个幻想是"居留在印度的每一个英国人——从最高到最低阶层，从居住在简陋平房里的农场职员……到高坐宝座上的总督——共同遵守的信念……这些英国人相信，他们是上帝的选民，上帝指派他们管理和统治其他种族"。尼拉德·乔杜里所著《一个印度小老百姓的自传》一书的卷首题词，刻意模仿帝国修辞风格。这段文字简直就是一篇墓志铭，纪念英国和印度之间的这桩未完成的帝国情缘。翻译成拉丁文，我们可以用"图拉真①字体"将它镌刻在新德里的"印度门"上："纪念在印度的大英帝国。它把我们视为子民，但我们并不满足，要求它赋予我们完整的英国公民权，因为我们心灵中最美好的、充满生机的一面，是在大英帝国统治下形成和发展的。"

全世界没有一个国家，像印度这样适合接纳征服者。人类历史上也

---

① 图拉真（Trajan，52-117），罗马皇帝，公元98年至117年在位。

没有一个征服者，像英国那样受到欢迎。这桩美好的情缘，到底什么地方出了差错呢？有人归咎于当年的兵变事件。有人说，白种女人来到印度后，英印关系就变质了。这可能都是原因。但是法国人，不管有没有白种女人陪伴在身边，对亲法的孟加拉人，肯定会采取不同于英国人的态度。我认为，问题的根源不在印度，而是在英国：在某一个时期（确切的时间很难判定），英国人的情操和价值观忽然产生急遽的转变。那个吸引印度人的英国文明，被另一个英国文明所取代。情况非常混乱——伦敦市斯特兰德街辛普森餐馆为大英帝国培育的官员，从外貌上看来，跟亚当斯牧师和汤姆·琼斯竟然颇为神似——这个时候许多印度人，从奥罗宾多到泰戈尔，从尼赫鲁和乔杜里，都把心中的迷惑记录在他们的著作中。

也许，直到现在我们才看清楚，英国殖民政府背离过去的英国价值观，究竟有多彻底。英国殖民者拒绝融入印度社会。他们从不曾像莫卧儿人那样宣称：如果地球上有乐园，它肯定就在这儿——就在印度。英国人统治印度，同时却又对印度表示轻蔑和不屑。他们把英国投射到印度这个国家；印度人被迫退缩到民族主义中，而这种民族主义，最初看起来还是模仿英国人的。为了看清自己的面貌，为了以征服者带来的新的价值标准衡量自己，印度人必须从自己的文化中跳脱出来。这是一种非常痛苦的自渎。事实上，刚开始的时候，只有在麦克斯·马勒①之流的欧洲人和其他外国学者（他们的著作被印度民族主义作家大量引述）帮助下，印度人才能够获得比较正面、令他们感到欣慰的自我评价。

于是，印度人开始有意识地、自觉地回归他们的精神文化传统，就像"俱卢之野"寺庙的那块碑铭所宣称的。普拉萨德呼吁,将科学精神化。这是一家报纸报道已故印度总统普拉萨德的一篇讲词（他退休后，几乎

---

①麦克斯·马勒（Max Muller，1823－1900），出生于德国的英裔梵文学者与语言学家。

每天都要演讲)所拟的标题。影响所及,《印度时报》出现了这么一则报道:

精神文化的"零售商"

(桑提尼克坦 1 月 16 日讯)阿查里雅·维诺巴·巴韦昨天宣称,
为了促销我国的精神财富,他愿意充当一名"零售商"。

在本市举行的一场招待会中,他告诉宾客们:佛陀、耶稣、克
利须那神、泰戈尔、罗摩克利须那和维韦卡南达是"精神文化的批
发商,本人则是一个零售商,从我们那座取之不尽用之不竭的仓库
中提取货品,供应乡亲"。

——PTI 通讯社

于是,印度人开始有意识地回归印度古代文化。在一场为前任省
长举行的招待会上,大伙儿静悄悄地围坐在墙边一排椅子里,谁也没吭
声。忽然,对面有一位宾客扯着嗓门,大声问我:"在你居住的那个国家,
印度文化走势如何?"当年参加过印度独立运动的前省长,这会儿穿着
厚厚的印度式裤袜,坐在主位里。听见这位仁兄的询问,立刻倾身向前,
聆听我的回答。据说,他老人家热爱印度文化——后来我在报纸上读到
几则报道,才知道他经常演讲,畅谈他对印度文化的看法。为了向他老
人家表示我认真看待这个问题,愿意跟大家一起讨论切磋,我也扯着嗓
门,隔着偌大的一个房间大声回答那位仁兄:"您说的印度文化,到底
是什么东西?"陪同我前来的印度行政官员,吓得立刻闭上眼睛,露出
一脸痛苦的表情。前省长坐回椅子里。满堂宾客噤若寒蝉。

于是,印度人有意识地、自觉地回归了精神生活和古代文化,一如
英国人回归到斯特兰德街辛普森餐馆的汤姆·琼斯和亚当斯牧师的阶段。
然而,无可避免地,这种不自然的自觉总会斲伤人们的真性情和真感觉。
旧世界,充满一再创造、一再毁灭、千百年来绵延不绝的废墟的旧世界,

如今再也存活不下去了。印度人骤然投身进一个新世界中，苦苦挣扎，四顾茫然，只看到新世界的形式，却捉摸不到它的精神。他们试图在自己的土地上求取新身份，却变成了失根的兰花。

他们建立起双重标准。加尔各答发生霍乱，五百人死亡。这则新闻只出现在一家印度报纸的"简讯"中。二十名儿童的死亡，也只是轻描淡写一笔带过：

费洛札巴德市天花蔓延
《印度时报》新闻供应中心专电

(阿格拉6月1日讯)据悉，费洛札巴德市近日爆发了天花疫情，目前正在迅速蔓延中。

据悉，贾洛里·卡兰村已有二十人死于天花，大部分是儿童。

在同一家印度报纸上，比利时十六名矿工的死亡，却是大新闻。因土地纠纷打官司的农民一脸茫然，坐在法庭里，张开嘴巴，呆呆聆听双方律师使用他们听不懂的语言进行辩论。法院大门外灰尘满天，闹哄哄的，有如市场一般，成群无所事事的农民在闲荡，打字员坐在稀疏的树荫下，操作他们身前那架老爷打字机，律师们穿着刺眼的暗灰色法袍，晃来晃去，等待顾客上门。这间市场式的法院，是已经改变的、但却依旧停留在法律层次上的价值观中运作的。它只是一种假装，一种繁复的仪式，帮助印度人渡过这个尘世。另一种法律——种姓阶级制度，虽然把数以百万计的印度人贬为贱民，但也必须受到珍惜和尊重，模仿西方制度，只能掩饰印度人的精神分裂。印度这个国家必须进步，必须扫除贪污腐败，必须追赶上西方国家，但这些真的很重要吗？一点点贪污会危害整个社会吗？物质生活真的那么值得追求吗？以前，印度人不是已经享受过这一切吗？古代印度不是早就有了原子弹、飞机和电话吗？跟印度人谈论这些问题，听他们强词夺理，你真会被他们活活气死。然而，我只需回想我外祖母在特立尼达岛上的那栋房子，回想他们对内在和外在世界的朦胧知觉，我就能够理解他们的逻辑，体会他们心中热烈积极的情感和冷静消极的绝望。但我已经学会观察，我无法否认自己亲眼看到的现象。他们居住在另一个世界。他们没看见那些一早起床就成排蹲在铁路旁大便的印度人。更重要的是，他们根本不承认这些印度人的存在。我为什么要刻意观看蹲在铁路旁的这些人呢？在开罗，我不是遇到过成群乞丐吗？在里约热内卢，我不是参观过黑人贫民窟吗？

今天的印度，语言也乱成一团。除了英国人，印度历史上的每一个征服者，都曾把一种语言赠予印度人。然而，直到今天，英语在印度依旧是外国语言。这是英国统治印度遗留下的最大缺憾。语言就像一种感官。印度独立后，官方继续使用英语（它永远只是印度的第二语言），但这肯定会在印度人心理上造成莫大伤害。这就像强迫英国城镇巴恩斯利的议会，以法语或乌尔都语议事一样。这一来，效率肯定会降低。更严重的是，它会在行政官员和老百姓之间树立起一道藩篱，而且，它会妨碍印度人寻求自觉。在政府机关被迫使用英语的印度公务员，常会显露出一脸惊慌、手足无措的表情。对他来说，英语就好像一种难以理解的符咒，勉强使用这样的语言与人们沟通，只会使他的反应变得非常死板僵硬。于是，他的上班时间就在迷迷糊糊的状态中度过去了，而下班后，使用自己的语言，他又变成一个思想敏捷、谈笑风生的人。印地语已经被政府指定为印度的国语。全国一半人口通晓这种语言。使用印地语，你从北部的斯利那加到南部的果亚，从西部的孟买到东部的加尔各答，一路通行无阻。然而，印度北部却有很多人不屑使用他们的国语，假装听不懂。在南方，当年甘地推动的学习国语热潮，如今早已退烧了。有些人说，把印地语这种北部方言明定为国语，只会让北方人占尽便宜，不如依旧使用英语，让南部和北部保持平等，即使牺牲行政效率，即使让大部分老百姓保持文盲的身份也值得。有些印度人甚至指出，印度这个国家永远需要一个征服者充当仲裁人。拥护印地语的人以一种新的自我意识，拒绝简化这种复杂的语言，让更多人能够理解，反而挖空心思，让它变得更复杂更难懂。Radio（收音机）是一个举世通用的英文单词，但推行印地语的人却不屑使用它，硬要把它转化成怪里怪气的 voice from the sky（来自天空的声音）。

印度作家开始写作西式的长篇小说。印度人在这方面的尝试，进一步显露出印度这个国家目前的乱象。长篇小说是西方特有的文学形式。它反映出西方人对人类处境的关怀，描写的是此时此地的现实生活。在印度，有思想的人是不屑探讨现实生活的。他们认为，作家的责任是满足拉达克里希南总统 ① 所说的"人类对精神世界的基本需求"。从西方观点来看，以这种心态写作或阅读小说，都是不恰当的。出于对精神世界的基本需求，许多印度人迷上《剃刀边缘》（*The Razor's Edge*）和《魔鬼代言人》（*The Devil's Advocate*）这类小说——光看书名，我们就知道那是一部宗教寓言小说。除了精神价值，小说还应该具备哪些条件呢？故事、"人物塑造"、"艺术"、写实手法、主题、感人的情节、优美的文字？到现在印度作家和学者还在争论不休。于是，我们看到大学男生手里捧着女生文库的平装书，读得津津有味；于是，我们看见新德里名校圣史蒂芬学校的学生宿舍摆满美国儿童漫画书；于是我们看到，在一位学者的书房里，英国言情小说家丹妮丝·罗宾斯的一整套作品，和一卷卷占星学著作并列在一块儿；于是，我们发现，印度出版社印行的一套平装本简·奥斯汀作品，把她当作一位善于使用"明喻"的小说家来促销。

这只是印度人模仿西方的一部分。这是一种自渎的行为。同样的现

---

① 拉达克里希南（1888－1975），哲学家和教育家，1962 年至 1967 年任印度总统。

象处处可见：在昌迪加尔市，一座新剧院落成了，却找不到剧作家撰写剧本；作家们一年到头忙着开会，讨论如何"融合民族感情"和如何协助政府推动五年经建计划，以及如何解决作家们面临的问题。这些问题似乎无关写作，反而跟翻译扯上关系——作家们觉得，英文这种语言，用来翻译俄罗斯作家托尔斯泰的作品，也许不成问题，但它无法精确而传神地呈现出使用印度"语言"写作的小说的风味。这可能是事实。我读过的英译印度小说不多，但读过几本后，我就不想再读了。我发觉，连备受读者爱戴的伟大小说家普林昌德（Premchand），其实只是一个二流的寓言家。他的作品探讨的总是那几个社会问题：寡妇的地位啦，媳妇的处境啦。其他作家很快就让我感到厌烦，因为他们的作品讲来讲去都是那一套：贫穷很悲哀，生离死别最是令人伤怀。印度小说中充斥着贫穷的渔夫、贫穷的佃农、贫穷的人力车夫这类人物。在这些作品中，你常会遇到年轻貌美的姑娘，她们总是莫名其妙地突然死亡，再不然，就是陪伴地主睡觉，以偿付家人的医药费，然后自杀。许多"现代"短篇小说，其实只是新瓶装旧酒的民间故事。我参加在安得拉邦举办的泰卢固①作家会议，领到一本小册子。首先，它讲述泰卢固民族如何奋斗，试图建立一个独立的泰卢固邦（坦白说，我对这种事情不感兴趣）。接着，它告诉我们，有多少烈士死于这场斗争，最后才提供我们一段简短的泰卢固小说发展史。从这份数据看来，泰卢固小说刚开始时，全都是模仿《威克菲尔德牧师传》和《东林传》这类英国小说。再往南走，我遇到一位印度作家，据说，他的作品深受海明威影响。

《威克菲尔德牧师传》和《老人与海》这两部西方小说，说什么也跟印度风土人情扯不上半点关系。刚开始时，日本小说也师法西方。谷崎润一郎坦承，他的早期作品受欧洲小说影响太深。然而，尽管在形式

---

①泰卢固，一个聚居在印度东南部安得拉邦的种族。

上模仿西方作品，日本小说依旧能够呈现出日本人特有的世界观。这使得谷崎润一郎的早期作品，以及三岛由纪夫的近作，都具有一种独特而迷人的风味：那种奇特的白描手法，创造出一种无与伦比的、超然的、客观的效果，使整部作品乍看之下似乎毫无主题。尽管在西方人眼中，这种叙事方法有点奇怪，但它反映出的却是日本作家对现实人生的探索，以及他们对人类命运的关怀。充斥印度文学和电影的温情与感伤，所反映出的却是逃避现实的心态——印度作家把冷酷的现实简化成温馨美好的情感。印度式的滥情和西方作家对人类命运的关怀，完全是两码事。

纳拉扬（R. K. Narayan）作品最大的特色和成就，是以神奇而迷人的手法转化印度社会和文化的缺失。我这么说，并没有不敬的意思。事实上，纳拉扬是我非常敬仰和欣赏的印度作家。他的每一部作品都反映出印度小说特有的茫然感——印度作家对小说的功能和价值，总是感到怀疑，因而产生出这种特殊的茫然感，但他的坦诚、幽默和（最重要的）认命，却赋予他的作品一种高超的力量，使它不至于沦为通俗小说。他的作品深入印度社会的底层。若干年前，他在伦敦告诉我，不管发生什么事，印度永远会存活下去。他似是随口说说，但我听得出来，这句话对他来说可是一种非常深沉的信念——深沉到不需要特别强调。这是一种消极的人生观，属于比较古老而缺乏自省能力的印度。这种人生观在文学中造成一个奇特的效果：出现在纳拉扬小说中的印度，并不是游客看到的那个印度。纳拉扬是从印度的角度呈现人生的真相。冷酷的现实生活，大部分被剔除出他的作品，很多人生现象被视为当然，无需加以探讨。纳拉扬作品中存在着这样一个矛盾：他的小说形式蕴含对人类命运的关怀，而他的人生观却排斥这种关怀。纳拉扬小说的神奇魅力——有些评论家说那是契诃夫式的——就是产生自这种冷静内敛的矛盾。他的风格独树一帜，别的作家无从模仿，而我也认为，他的作品代表的不是印度文学终将达到的那种综合性。使用英文写作的年轻一辈的印度作家，早已跟纳拉扬分道扬镳。在那些描写从欧洲返国的留学生所遭遇的困境的小说中，这些作家所表现的，仍然只是个人的困惑和不安。他们的作品，可以视为记录印度乱象的文件。深入印度社会底层，同时却又能够以宏观的角度观察、批判它的唯一作家是 R. 普罗尔·贾布瓦拉（R. Prawer Jhabvala），而她是欧洲人。*

印度和英国之间的这场邂逅，终归破灭，它在双重的幻想中落幕。新的觉悟使印度人不可能回到从前，他们对"印度民族性"的坚持，却又让他们无法迈开大步向前走。在这个国家，你也许找得到一个自从莫卧儿时代以来就不曾改变过的印度，但事实上，它已经改变了，而且改变得非常彻底。你也许会认为，印度模仿西方所取得的成果是积极正面的，直到你发觉（有时感到很焦躁，有时感到很不安）：东西方之间的全面沟通和交流，是不可能的；西方的世界观是无法转移到印度的；印度文化中依旧存在着一些西方人无法进入的层面，可以让印度人退守其中。在今天的印度，消极的东方世界观和积极的西方世界观都已经被稀释、冲淡了，两者互相制衡。西方文化对印度的渗透不够彻底，英国人试图改变印度人的信仰和文化，结果却知难而退。印度的力量和印度的生存能力，来自消极的世界观，来自印度人特有的近乎本能的生命延续感。这种人生观一旦被稀释，就会丧失它的力量。在"印度民族性"的概念中，生命延续感注定会丧失。创造的欲望和动力消退了，印度人得到的不是生命的延续，而是生命的停滞。这种现象，反映在"古代文化"建筑物中，反映在许多印度人感叹的生命元气的丧失（其实，这主要是

---

* "我们可以将'服从文学'（大致上跟古代历史和古典时期同属一个时期）与崛起于现代世界的'反抗文学'区别开来。我们发现，在'服从文学'中，小说并不多见。少数称得上是小说的作品，描写的多半是幻想，而不是真正的人生经历……这些作品只能说是童话，不配称为小说。在后来兴起的'反抗文学'中，小说形式才获得真正的发展，直到今天，依然充满旺盛的生机和无穷的潜力……现代长篇小说的诞生，恰逢反抗精神的兴起。它在美学的层次上表达相同的理想和追求。"（加缪《反抗者》）——作者原注

心理上的，而不是政治和经济上的），反映在邦迪和他那群朋友的政治闲谈①中,反映在"俱卢之野"寺庙的石雕里———群死气沉沉的马和一辆静止不动的战车。湿婆神早已不再跳舞。

---

①参阅本书第二章。

第九章　枕上的花环

"您一定猜不出我是干什么的吧？"

这个中年男子身材瘦削，五官轮廓分明，鼻梁上架着一副眼镜。他那两只眼睛只管瞟来瞟去，鼻尖上闪烁着一颗晶莹的汗珠。冬天早晨，我们搭乘的火车二等车厢没开暖气，冷飕飕的。

"我也许能帮得上忙呢，我在铁路局工作。这是我的工作证。你见过这样的工作证吗？"

"你是查票员。"

他咧开嘴巴笑了笑，露出秃秃的牙龈。"先生，你弄错了。查票员都穿制服。"

他哈哈大笑起来，直笑得唾沫横飞。"看来你永远猜不出我的身份。嗯，我告诉你吧。我是北方铁路局的'表格与文具视察员'。"

"表格与文具！"

"对。我一年到头在路上奔波，不分昼夜寒暑，从一个车站到另一个车站，视察每一个火车站办公室使用的表格和文具。"

"视察员先生，您当初是怎么干上这一行的？"

"别提了，先生，往事不堪回首。"

"千万别这么说，视察员先生。"

"我可以混得更好，先生。您听我这一口英文，还挺流利的吧？我的老师是英国人哈丁先生。我是大学毕业生，拥有文学士学位。当年我雄心勃勃地进入铁路局工作。他们把我安置在仓库里。那段日子，我每天从货架上搬下成捆的表格和工具，交给脚夫。当然，申请单先得经过上头批准，我才会发给他们这些东西。"

"当然。"

"在仓库蹲了好几年，我才熬出头来，坐进办公室。过程十分缓慢，但我还是熬过来了。我一辈子都待在铁路局的'表格与文具'部门。我养活一家人。我让我的儿子接受良好的教育。我把女儿风风光光地嫁出去。我的两个儿子，如今一个在陆军，一个在空军，是军官哦。"

"听您这么一说，视察员先生，您这一生成就还挺大的，挺值得骄傲的。"

"哦，先生，您别消遣我！我这一生算是白过了，没什么可以夸耀的。"

"视察员先生，能不能请您谈一谈您的工作。"

"机密，这是业务机密。不过您若真想知道，我就告诉您吧，首先，我得拿出一份文具申请单给您瞧瞧。"

"看起就像一本小册子，总共十六页。"

"有时，申请单会送到站长那儿。每年一次，我们向各车站的站长发出这样的申请单。站长把申请单填妥，呈上三份。顺便一提，您现在看到的文具申请单是最基本的一种。还有其他形式的申请单。"

"站长把申请单呈上去，然后……"

"然后，申请单就交到我手里了。接着，我就开始进行查访的工作。我搭火车来到那座车站，不动声色，跟着其他乘客一块儿下车。有时，我还挨车站站长一顿臭骂呢，而他竟然不知道我是查核他的申请单的。

这时我才表明我的身份。"

"你好狡猾啊，视察员先生。"

"是吗？身为'表格与文具视察员'，我必须摸清我手下每一位站长的底细。他们的个性显露在申请单上。从他们填写的表格，你可以看出他们是怎样的人。您瞧瞧这份申请书，这是昨天填报的。"

这份申请单用黑笔填写，旁边用红笔加上密密麻麻的注解和批示。

"翻到第十二页。看到没有？这位站长竟然申请一百本便条簿。"

"天哪！你只给他两本。"

"这位站长有六个儿子，全都在学校读书。那一百本便条簿，有九十八本是给他的孩子用的。身为'表格与文具视察员'，我知道他们会耍什么伎俩。哟，火车到站了！我得在这儿下车了。看来今天我又会碰到一箩筐鲜事了。但愿我有机会告诉你，这个火车站的站长究竟申请哪些文具。"

"前些天，我遇到你手下的一位'表格与文具视察员'。"

"你遇到什么？"

"铁路局的'表格与文具视察员'呀。"

"我们局里没有这种人。"

"这个人可不是我捏造出来的。他还把文具申请单拿出来给我看呢。"

一听到"文具申请单"，这位朋友只好招认了。

"纸包不住火，这项机密还是泄露出去了。有些人在铁路局工作了一辈子，从没听说局里有这么一号人物。唉，这阵子为了安排总统行程，我忙得晕头转向。我们那位前总统不喜欢坐飞机。你知道，对铁路行政人员来说，安排总统行程是多伤脑筋的一件事吗？更改行车时刻表、重新规划路线、检查铁轨———一寸一寸地检查啊。总统驾临之前二十四小时，派出大批保安人员，四处巡逻，监控可疑人物。然后，你得亲自扮演替身的角色，在总统专车抵达前十五分钟，搭火车在同样的路线上先走一趟。如果有人想暗杀总统，首先遭殃的人就是你。"

"在你们这座伟大的城镇，我们究竟要到什么地方去，才能喝到一杯咖啡啊？"

"在咱们这个地区，火车站是文明的中心。那儿供应的咖啡挺可口的。"

"我们到火车站去吧。"

"先生，您点什么？"

"两杯咖啡。"

"对不起，我们不卖咖啡。"

"哦。那么，来一壶两人份的茶吧。顺便把顾客申诉表拿来让我们填一填。"

"先生，您说什么？"

"顾客申诉表啊。"

"先生，我去跟经理讲一声。"

"不必了。你把那壶茶跟顾客申诉表拿来就行了。"

"我为这件事向您致歉。火车站的餐饮，是交给当地承包商办理的。我们把咖啡和茶叶交给承包商，他却转卖给别人。我们拿他没办法。这个承包商认识一位部长。这是我们印度特有的现象。瞧，服务生回来了。"

"他把顾客申诉表带来没有？"

"没有。他端来了两杯咖啡。"

印度铁路！它永远留存在每一个旅人记忆中——不管你是在印度哪一个地区旅行：北部、东部、西部或南方。然而，却很少作家记述印度铁路的浪漫传奇。这个规模无比庞大的机构，缩短了印度的距离。它在每一个车站张贴一幅早已褪色的布告，信心满满地宣称：误点的班车通常会准时抵达目的。确实，印度的火车通常都能够做到这一点。可是，印度铁路局的浪漫传奇真的存在吗？一个这么复杂这么优秀的组织，应该属于一个比较富裕的、拥有繁华的城市让游客寻幽探胜的国家。然而，把浪漫传奇赋予印度城镇的只是距离（或你对距离的认知）而已。（那些城镇的名字全都罗列在车厢内的黄色布告板上。）火车的动力把距离吞噬消化，然后将它排泄掉。火车鼓足马力，加速前进，而不久之后你就会发觉，火车的速度变得跟铁路两旁那一片贫穷、辽阔、单调、渺小的土地一样毫无意义。这块土地仰卧在苍穹下，奄奄一息，死气沉沉，直到火车抵达下一站，它才突然苏醒过来，闹哄哄的，仿佛把一路上压抑着的精气和活力全都宣泄在这一个时刻，这一个地点：身材矮小、汗流浃背的脚夫，头上缠着红巾，身上穿着印度式长衫，扯着嗓门呼叫；卖茶水的小贩提着大茶壶，随身带着杯子四处叫卖（杯子用后就砸掉）；卖槟榔和咖喱点心的小贩在人堆中钻进钻出，吆喝不停。（装食物的盘子，是几片用干枯的小树枝缀在一起的树叶，用过后就被扔到月台或铁轨上——那里，早就有一群野狗等着，一看见"盘子"掉下来，就纷纷扑上前去，龇牙咧嘴抢成一团，抢不到食物的狗就会扯开嗓门嚎叫不停。）印度的火车站既是避难所，也是民众活动中心。光滑沁凉的水泥月台让无家可归的人有个栖身之处。整座火车站天花板下，悬吊着一台台低矮的风扇，癫癫狂狂，不断地旋转着。日出日落。火车继续开行。奔驰中的列车映着金黄的曙光或晚霞，从车厢顶上把一条长长的、直直的影子投落到铁轨上。前方，依旧是一片广袤无垠的土地，前路迢迢。铁轨不会着火燃烧吗？火车会带领我们进一个富饶的、让老百姓挺起腰杆儿过日子的国度吗？不，这一列热烘烘的浑身沾满尘土的紫红色车厢，只会把我们带领进另一座车站，让我们听到更多叫声，让我们看到更多匍匐在地上的人体、更多四处流窜的狗，然后，把我们送进头等车厢候车室，享受一场不怎么舒适的淋浴，战战兢兢地吃一顿味同嚼蜡的午餐或晚餐。事实上，在印度铁路局心目中，货运比客运重要得多，而它的客运营收主要来自三等车厢，而非头等车厢——那一节节简陋的车厢，总是挤满下层社会的民众。在这种情况下，我们又怎能责怪铁路行政人员对印度铁路的光辉和浪漫传奇视若无睹呢？印度铁路服务印度的广大民众——无休无止而且准时。这是它的职责。它让我们看到的，不仅仅是许多印度人认为只有在三等车厢才看得到的"真正的"印度，它也让我们看到了印度的茫然、无奈和无穷无尽的苦难。印度铁路的浪漫传奇，只是一个抽象的概念。

这会儿，我正坐在三等车厢中——这可不是一般的印度式三等车厢。它有空调设备。整个车厢布置得就像飞机的客舱：一排排隔开的坐椅，高耸的椅背可以随意调整；双重玻璃窗悬挂着窗帘；座椅中间的通道铺着地毯。我们搭乘的是印度铁路的"尊贵"客车。这一列冷气车厢，行驶在印度三大城市和新德里之间。只花四英镑，你就可以舒舒服服旅行一千英里，以每小时三十五英里的速度奔驰在印度的大地上。

我们此行的目的地是印度南方。车上的乘客大多是个子瘦小、五官清秀的南印度人。旅程刚开始的时候，他们只管静静坐在车厢中，显得很羞怯。在这群乘客中，你一眼就注意到那个鹤立鸡群的锡克人。他的身材十分魁梧，动作很大，脸上的胡子却很稀疏（锡克男人脸上大都留着一副浓密的胡须），额头上低低地紧紧地缠绕着一条黑色头巾，看起来就像西方人戴的贝雷帽。刚看到这个锡克人，我还以为他是来自欧洲的艺术家呢。他不理车厢中四处张贴的告示，大模大样举起皮箱，二话不说就把它塞到行李架上。这个动作把他那一身结实的、有如举重选手一般的肌肉，全都展现在我们眼前。放好行李，他回过头来，不屑地打量了全车乘客一眼，撇撇嘴，满脸鄙夷——他显然没把我们看在眼里。他的座位在车厢前面，跟我相隔四五排，他一坐下来，我就只能看到他头上那条黑布巾的顶端。不知怎的，我竟然被这个锡克人深深吸引住了。我的两只眼睛，仿佛着魔似的，不时回到那条头巾上。旅程开始还不到一个钟头，我就觉得，这个锡克人的身影有如阴魂一般紧紧纠缠着我。我担心（在密封的空间中旅行，我总是会这样担心）我对他的好奇和兴趣会引起他的响应，结果，我们之间难免会发生某种接触，而这正是我想避免的。

锡克人让我着迷。他们是印度硕果仅存的男子汉。在我看来，印度所有族群中，跟特立尼达岛上的印度人最像的就是锡克人。两者同样拥有浑身发泄不完的精力，野心勃勃，引起其他族群嫉视。他们善于耕种和操作机械，他们为此感到非常自豪。他们喜欢开出租车和货车。跟特立尼达的印度人一样，在外人看来，锡克人宗族观念很强，喜欢关起门来吵吵闹闹，搞他们的派系政治。但锡克人毕竟属于印度，除了这几点相似处之外，对我们来说，他们是一个神秘而令人难以理解的族群。锡克人的个性，似乎全都被他那一脸胡须和头上缠着的布巾遮盖起来。他们的眼睛总是空空洞洞的，不流露任何表情。他们在印度享有的独特声望，使他们显得越发神秘。锡克人骁勇善战，举世闻名。身为军人和警察，他们的胆识和狠劲儿令人闻风丧胆。尽管如此，在一般印度人心目中，锡克人却是一个四肢发达、头脑简单的族群。在印度民间传说中，愚蠢的锡克人是一个经常出现的形象。据说，锡克人的愚昧跟他们的头巾有关：锡克人那一头从未修剪过的头发，长年包扎在头巾中，热烘烘的，难免会伤害到他们的头脑。这当然只是传说，姑妄言之。不过，锡克人的政治——由寺庙阴谋、圣人、充满神迹的绝食和美国大西部式的仇杀（从德里通往昌迪加尔市的公路上，时不时就传出枪声）所构成的一种政治，确实显得有点滑稽可笑，却也令人不寒而栗。锡克人精力充沛，这点毋庸置疑，但对一般印度人来说，锡克人的精力未免太过旺盛了：咄咄逼人，让人有些害怕。

前一个星期，我们这列客车出了一点车祸，原先那辆餐车被砸毁了，铁路局临时调派一辆来替代。如今，从我们的车厢到餐车，中间并没有直接的通道。我们想用餐，得等到火车抵达下一站，才能从车厢走下来，转到餐车上。我发觉那个锡克人跟随我下车，在书摊前闲荡。我爬上餐车，背对着车门坐下来。整个车厢嘈杂无比。乘客们说着元音很重的印度南部方言，高声谈笑。这帮南印度人开始放松身心；这会儿，他们一个个伸出舌头，舔食他们那黏糊糊、湿漉漉的食物。他们喜欢把食物放在手心上，搓弄一番。瞧，他们一边咀嚼食物，啧啧有声，一边把凝乳和米饭放在手心上，不停地揉搓拍打，然后，出其不意地（仿佛要让他们的食物吓一大跳似的）把混合在一起的凝乳和米饭揉成一个小团子，湿漉漉的，放到嘴巴前面，咻地把整个饭团吞进肚子里。接着，他们又展开另一回合的揉搓、闲聊和叹息。

"你不介意我坐在这儿吧？"

我抬头一看，是那个锡克人。他手里握着一份《印度图画周报》，头上紧紧地斜斜地包缠着一条黑布巾，身上紧绷绷地穿着一件衬衫和一条扎上皮带的长裤——这副装扮看起来，倒像儿童故事书里的海盗。他的英文讲得还挺流利，显然，这个锡克人在国外住过一阵子。这会儿，他的嘴角居然带着一丝笑意，不再紧紧绷着。他挪动他那高大魁梧的身躯，挤进桌子和椅子之间的狭小空间，一边坐下来，一边撇起嘴巴，似笑非笑地打量餐车中那群正在使劲揉搓、拍打食物的南印度人。

"喜欢车上的食物吗？"他鼓起胸膛，呵呵笑了两声。"你是从伦敦来的，对不对？"

"可以说是。"

"我从你的口音听得出来，刚才，我听到你跟警卫讲话。你知道汉普斯特德① 这个地方吗？你知道芬治礼路吗？你知道菲茨章大道吗？"

"知道，但不熟。"

"你知道班比咖啡店吗？"

"没去过。"

"你去过芬治礼路，就一定知道班比咖啡店。你还记得那个身材矮小、脸上留着一小撮胡子、成天穿着紧身裤和高领套头毛线衣的家伙吗？"说着，他又呵呵笑起来。

"记不得了。"

"你记得班比咖啡店，就一定记得这个人，小不点儿。不管什么时候你去班比咖啡店——不管什么时候，你去芬治礼路任何一家咖啡店，你肯定会在店里看到这个家伙，蹦蹦跳跳，钻进钻出。"

"他在店里干什么，操作煮咖啡的机器？"

"不，不，他不是干这行的。他什么都不干，成天在咖啡店里晃来晃去，无所事事。小胡子，个头小小，挺会逗趣的。"

"你怀念伦敦？"

他抬起眼睛，瞄了瞄那群正在使劲揉搓饭团的南印度人。"喏，你自己看吧。"

一位身穿莎丽装、鼻梁上架着一副蓝色眼镜、膝头上坐着一个小孩的妇人，正伸出舌头，咂巴咂巴舔着咖喱酱。她张开手上的五根指头，把掌心平贴在盘子上，然后把手指合拢起来，将手掌伸到嘴巴上，咂巴咂巴舔起来，直舔到手掌干干净净为止。

锡克人又鼓起胸膛，发出呵呵的笑声。

"终于开车了。"火车驶出车站时，他松了口气。"在这儿，我可不想碰到其他锡克人。抽根烟吧。"

_____

①汉普斯特德，伦敦西北部的一个享有自治权的行政区。

"锡克教徒是不抽烟的，不是吗？"

"我这个锡克教徒，烟瘾可大得很呢。"

正忙着舔食咖喱的妇人听到这话，猛然抬起头来。车厢中的南印度人，纷纷停下手边的工作——他们正在揉搓饭团，瞄了瞄我们两个，然后又纷纷转过头去，仿佛受到惊吓似的，不敢再看我们一眼。

"人渣！"锡克人嗖地板起脸孔。"瞧，这些猴子睁着眼睛正瞪着你呢。这副德行！"他倾身向前，悄声对我说，"你知道我的最大毛病是什么吗？"

"不知道。告诉我吧。"

"我对肤色存有偏见。"

"哦？这种态度不好。"

"我知道。那只是一种偏见。"

看来，这个锡克人可不是好惹的，我应该敬而远之，但我的特立尼达出身和教养却误导了我。"我对肤色存有偏见。"这句突如其来的陈述是特立尼达式的，它是一种高明的社交手腕，邀请对方进行一场半认真的、无伤大雅的闲聊。我响应他的邀请，而他显然也准备接纳我。我竟然忘了英语只是他的第二语言，而在日常谈话中，很少有印度人（包括锡克人）懂得使用和欣赏反讽。此外，尽管这个锡克人口口声声说，他很怀念伦敦的芬治礼路和菲茨章大道，但骨子里，他却是一个不折不扣的印度人——对这种人来说，阶级和教派的禁忌是不可违背的。他公然在火车上抽烟，但那只是一种虚夸的反抗和挑衅。其他锡克人不在场时，他才鬼鬼祟祟地把香烟掏出来，点上一根。他遵守锡克教的习俗，头上缠着布巾，脸上留着胡须，腰上配着一把匕首。在这种情况下，我怎敢公然拒绝这个锡克人的友情，对他不理不睬呢？

点菜的时候，他特别交代餐车服务生："我不要米饭。"显然这也是阶级禁忌的一种：米饭是"非雅利安人种"聚居的印度南方的主食。等待服务生把食物端上来的当儿，他伸出一根手指，一边蘸着口水，一边翻看《印度图画周报》。"瞧！"他翻到一页，递到我眼前叫我看，"在这张照片中，你能找到几只南印度猴子？"他让我看的是一篇有关雅加达亚洲运动会的报道。照片中的印度国家代表队几乎全都是锡克人——不戴头巾，把长长的头发扎成一束，用丝带绑起来，这些锡克人看起来挺陌生的。"这是哪门子的'印度'代表队！没有我们锡克人，这个国家怎么存活得下去？你知道吗，如果我们锡克人袖手旁观，巴基斯坦军队肯定会长驱直入，占领全印度。你给我一师锡克部队——只要一师就够了，我保证三个月内横扫这个被神诅咒的国家。到时候你看看，这些南印度人渣敢不敢阻挡我们？"

我跟这个锡克人粘上了，如今想逃也来不及了。往后，我们还得在火车上共处二十四个小时。每到一站，我们一起从冷气车厢中钻出来，在月台上散散步，透透气，享受炽热的阳光。我们一起用餐。抽烟时，我站在一边把风，免得让其他锡克人撞见。"我不在乎，"我的锡克朋友说，"但我不想让其他锡克人看见我抽烟，免得他们难过。"我们聊起伦敦、特立尼达和咖啡店，也谈到印度和锡克人。我们都同意，锡克人是印度最优秀的族群，但是，他认为值得欣赏的锡克人却寥寥无几。我绞尽脑汁，实在想不出几个有名望的锡克人。我提到一位锡克宗教领袖。"他是该死的印度教徒！"我的锡克朋友说。我提到另一位。"他是被神诅咒的穆斯林！"我提到几位政治人物。他告诉我，这几个人全都是奸诈的政客，"有个家伙输掉选举，心里不甘，就叫几个手下抬着几个票箱跑过来说：'等等，我们忘记数这些选票。'"我提到锡克人的活力和旁遮普省的繁荣。他嗤之以鼻："对！清道夫都出头了。"我们谈起锡克作家。我告诉他，我很喜欢库雪旺·辛格的作品，他花费毕生精力，整理锡克教的经籍和历史。"库雪旺？他根本不了解锡克人。"根据他的看法，描写锡克人最有深度的作家是坎宁安（Cunningham），但他已经死了，就像所有杰出的锡克人一样。"今天,我们锡克人是一群没有希望的可怜虫。"我这位锡克朋友说。

他讲的那些故事,有许多确实很滑稽,令人发噱,但有时我会在他一本正经讲述的故事中——尤其是那些跟锡克教领袖有关的,看出一种无心的幽默。我们的交往是在相互的误解中开始的,就在这种情况下,我们之间发展出一段情谊。随着旅程的进展,他的态度变得越来越尖酸刻薄,而这正好反映出我自己的心情。一路上触目所见尽是吵闹不休的火车站、贫瘠的田野、残破的市镇、骨瘦如柴的牛群、憔悴苍老的人群。他对这幅景象的反应,跟我的反应太相似,因此我一时没有察觉到,这样的反应对一个印度人来说是很不寻常的。说也奇怪,他的反应虽然激烈,但却稳定了我的心情——这个锡克人仿佛变成了我那个非理性的自我。铁路两旁的土地越来越贫瘠,他的态度也变得越来越凶暴,但他对我却显露出一种奇异的、深沉的柔情,就像一个身材高大的汉子对待一个侏儒那样。

将近午夜时分,我们抵达一个接驳车站。我得在这儿换车。整座月台看起来就像医院的太平间:朦胧灯光下,只见地上躺着一排排身躯,乍看之下,就像一个个皱缩的白色包裹;一双双骨瘦如柴的胳臂、一条条青筋毕露的腿、一张张布满灰色胡楂的脸庞,就从这个白色包裹中探伸出来。人们睡觉了,狗也睡觉了。其他人和其他狗就从他们身上践踏过去,影影绰绰,迷迷蒙蒙,看起来就像是从尸体上冒出的气体。一列火车停靠在月台旁。静悄悄的三等车厢,挤着几百张黑黢黢汗淋淋的脸。装有铁栅的车窗顶端悬挂着黄色的牌子,显示这群旅客此行的目的地。火车头喷着气,嘶嘶响个不停。误点的班车通常会准时抵达目的地。风扇呼啸旋转。原野上四处响起凄凉悠长的狗吠声。一只狗瘸着脚,一拐一拐走到月台尽头,消失在茫茫黑夜中——它的一只前腿不知刚被谁砍断了,血淋淋的,只剩下一截血肉模糊的残肢。

我的锡克朋友帮我把行李拎下车厢。此时此刻，我格外感激他陪伴在我身边。在车上，我们已经互相交换地址，约定重聚的地点和时间。临别时，我们又再许诺一次：我们将结伴周游印度南方。印度还是有一些好玩的地方的。我们会一块儿去打猎。他会教我打猎。他说，打猎很简单，保证我一学就会。他说，我肯定会很喜欢那些大象。然后，他就回到他那个装有双重玻璃窗的冷气车厢中。汽笛响起了，火车轰隆驶出车站。然而，车站并没改变多少：依旧挤满旅客，依旧等待交通工具。

约莫两个小时后，我那列客车才开行。这会儿车厢停靠在月台旁。我把三等车票换成头等，然后蹑手蹑脚，小心翼翼沿着灯光朦胧的月台走下去，经过一排排躺在地上的人和狗，经过一节节闷热不堪、早已挤满乘客的三等车厢，一路走到头等车厢门口。售票员打开我那个包厢的门，让我进去。我把门闩上，拉下所有的百叶窗，试图把狗的嚎叫声和月台上那一张张愣瞪着眼睛的脸孔、一副副骨瘦如柴的身躯，阻挡在车厢外。我没开灯。这会儿我只想躲藏在黑暗中。

我并不期望跟他再聚，但我们还是见面了，一如我们分手时的约定。地点是在印度南部一个城镇。在那儿，除了这个锡克人，我只认识一位经营糖果铺、家境相当富裕的印度人。他非常好客——好客得让我感到有点畏惧。每次去探望他，我都得尝一尝他铺子里卖的各种糖果。这些东西又甜又腻，只消尝几口，就会让你一整天吃不下饭。我那位锡克朋友也很好客，但我比较能够接受他招待朋友的方式。他先请我喝酒，让我恢复胃口，然后再请我好好吃一顿饭。他放下手边的工作，终日陪伴在我身旁。我感觉得出来，他这样做不仅仅是为了一尽地主之谊，更重要的是，他想借此展现他对我的友情。这让我感到非常尴尬，因为我实在无法响应这样的友情。幸好，这会儿我的心情比在火车上时平静多了。我再也不必随着他的情绪起舞。

"这个城镇原本是个军营，现在却变得乱糟糟的，"他告诉我，"以前他们不准黑鬼进入这座城镇，现在呢，黑鬼满城走动，到处都是。"

他还是那么容易动气。不同的是，在火车上，我能够从他的愤怒中看到一种幽默感或自嘲。现在，他是真的生气了。

"这帮人！每次你招呼他们，都得大叫一声：'仆欧（boy）！'否则，他们根本不会响应你。"

我早就注意到这点。在旅馆，我也跟其他客人一样，动不动就大叫一声："仆欧！"但我总是拿捏不准正确的发音和腔调。旅馆的仆欧和房客身上穿的服装，都是南印度式的，有时我难免会叫错人。因此，我的呼叫总是带着一种询问和抱歉的意味。

锡克人并不觉得这个故事很好笑。"你知道他们怎样回答你吗？你会误以为你在演一部电影，出现在你眼前的是一群美国黑人。你叫他们一声'仆欧'，他们回答你：'是，主人。'天哪！"

看什么都不顺眼，动不动就生气，这个锡克人变成了我精神上的一大负担。他的愤怒就像一种自虐。他终日喃喃自语，不知在生谁的气。当初我没看清楚这个锡克人的真面目，而就在这样的误解中，我助长了他对我的友情和信赖。我们在车站黯然分手，后来我们又在这座城镇重逢，感觉十分温馨。我毫无保留地接受他为我拟定的一切计划。他已经安排好，带我一块儿去打猎。如今，我想打退堂鼓也来不及了，可我又不想继续跟他混下去。进退两难，我只好任由他发牢骚，装着没听见，让我担心的不仅仅是他的怒气。他对我的态度越来越亲昵，让我感到更加不安。身为主人，他对待我这个宾客可谓无微不至，他把照顾我当作他的天职。我看得出来，他对他的国家感到非常失望，心中充满怒气。我也看得出来，他很寂寞。印度的现状对他来说是一种屈辱。这点，我的感觉和他完全相同。日子一天天过去，我终究没有摆脱这个锡克人。他陪伴在我身边的时间越长，而我介入他心中的怨恨也越来越深，但那是一种消极的、焦虑不安的介入，正在等待解脱的时机。

一天，我们结伴去探访一座十八世纪宫殿的废墟。经过一番清理和整顿，它变成了市民们休闲野餐的场所。在这儿，我们看到的印度是她那优雅殷实的一面；市场和火车站被远远地阻隔在围墙外。这座废墟，是我这位锡克朋友常游之地。这会儿他带领我漫游其间，一路指指点点，神态显得非常肃穆，甚至有点骄傲。附近有几间更古老的庙宇，但却引不起他的兴趣。我想我知道原因。他去过欧洲，曾经因为他的头巾、胡子和他那一头长长的、未曾修剪过的头发，被欧洲人嘲笑过（也许他太过敏感了，总是怀疑别人取笑他）。从此，他以另一种眼光看待印度和他自己。他知道欧洲人喜欢什么。这座已经荒废的宫殿是欧洲式的。能够带领我参观这样的废墟，让他感到很开心。我们漫步花园中。他又谈起他为我安排的狩猎之旅。他说，我肯定会很喜欢那些温驯安静的大象。我们流连在花园中的水槽旁，边吃三明治边喝咖啡。

回程中，我们顺道参观附近的一座寺庙。这是我提议的。孤苦无依的住持，看起来就像一个叫花子。他打着赤膊躺在绳床上，看见我们走进庙门，赶忙从床上爬下来迎接我们。这位住持不会讲英语，只能比手画脚招呼我们。我的锡克朋友哈哈笑起来，脸上露出轻蔑的冷漠的神情。住持装着没听见，自顾自走在我们前头，引导我们走进低矮阴暗的庙堂，不时伸出他那只枯瘦的胳臂指指点点，以赚取一笔向导费。光线十分暗淡，我们看不清楚庙堂中的石雕。对住持来说，这些雕刻品的重要性远远比不上香火缭绕的神龛。龛中点着油灯，映照着一尊尊色彩鲜艳、装扮得像玩具娃娃一样的黑神像和白神像——这证明，自古以来，印度就是雅利安人和德拉威人①杂居的国家。

---

①德拉威人，居住在印度南部的非雅利安系的种族，皮肤黝黑，个子矮小，在相貌和身材上与居住在北部、皮肤比较白皙、个子比较高大的雅利安系印度人有相当大的差别。锡克人属于雅利安人种。

"这就是问题所在。"我的锡克朋友说。

住持睁着眼睛望着神像，等待我们的赞许。听锡克人这么一说，他点了点头。

"你去过吉尔吉特吗？"锡克人问我，"你应该到那儿走一趟。居住在那个地方的全都是纯种的雅利安人，长得漂亮极了。你让两三个德拉威人搬到那儿去住，没多久，他们就会污染雅利安人的血统，使他们堕落腐败。"

住持点点头，带领我们走出庙堂，站在一旁看我们穿鞋。我掏出一些钱递给他。住持一声不吭，回到他那间窄小的禅房。

"迁居印度之前，我们是一个非常优秀的种族，"车子驶出庙门时，锡克人忧伤地说，"亚利亚，这是梵文中一个非常尊贵的词。你知道它的意思吗？贵族。你应该读几部古老的印度教典籍。这些书会告诉你，在以前那个时代，亲吻黑种女人的嘴唇，是一种非常不洁的行为。你以为这是锡克人在胡说八道？你读读那些书吧。雅利安人和德拉威人之间的恩怨，很早以前就已经存在，现在它又冒出来了。报纸上不是说吗，这些黑鬼在搞独立运动，试图建立自己的邦国。这些人欠揍。总有一天，我们会狠狠教训他们一顿。"

车子经过的地方，土地贫瘠，人口稠密。广阔的田野上，最干净整齐的东西就是这条马路。马路两旁散布着一个个长方形坑洞——农民在这儿挖掘黏土，修建他们的茅屋。沿路栽种着一排浓荫密布的大树，根部整个暴露在日头下。田野中四处可见倾倒的树木——人类渺小的活动给大自然带来了浩劫。路上车辆稀少，但却挤满行人，他们无视天上那轮毒日头、满路飞扬的尘土和我们的汽车喇叭声。妇女身上穿着鲜艳的紫色、绿色和金黄色衣裳，男人则衣衫褴褛，不堪入目。

"这些人全都拥有投票权。"

我回过头来看了看我的锡克朋友，发现他那张脸孔绷得紧紧的，充满怒气。他神情显得更加倨傲冷漠，嘴唇不停地蠕动着，仿佛在喃喃自语。他到底是用哪一种语言在说话呢？他究竟是在祈祷还是在念咒呢？此刻，我又感受到了几天前在火车上体验过的那种歇斯底里。而今，我觉得，我必须负起双重责任。这个锡克人看每一样事情都不顺眼，他的火气越来越大。他的心情我能理解，而我也热切盼望这块土地和这群民众能够改变。锡克人的嘴唇依旧蠕动不停。于是，我试图以我的咒语制衡他的咒语。我感觉到灾祸降临，我渐渐丧失了理智。我试图对我们在路上遇到的每一个没饭吃的穷人，展现我的爱心。但我失败了，我知道我失败了。面对我身旁这个锡克人的愤怒和轻蔑，我终于屈服。不知不觉，我的爱心转变成了一种自戕式的歇斯底里——我渴望看到更多的腐败、贫穷和饥饿，我渴望看到更丑陋、更怪诞、更畸形的人。此时，我只想看一看人究竟能够堕落到什么程度。我恨不得把人类的沉沦，全都吸纳进我的心灵。对我来说，这就是终点，这就是我个人的失败。我知道，这一刻的污点会永远烙印在我心灵中。

工务局修筑的一条高耸的白色排水沟上，一个男人伫立着，乍看之下就像一尊雕像。破破烂烂的衣裳悬挂在他那骨瘦如柴的身躯上，遮掩着他那细瘦的、宛如烧焦的木棍一般的四肢。

"哈！瞧那只猴子，"呵呵一笑，我的锡克朋友脸上露出憎恶的表情，"天哪！这是人吗？即使是动物，如果它们想存活下去……即使是动物。"一时间，他竟也找不到适当的措辞，只好结结巴巴、语无伦次。"即使是动物。人？那个、那个东西是人吗？他拥有什么？本能？他拥有本能，晓得什么时候吃喝拉撒？"

他以为他代替我说出了心里的感觉，就像几天前在火车上那样。他不知道，现在我已经觉悟了，不想再跟他一样陷入歇斯底里中。他刚才说的那几句话是他自己的，与我无关。他施展在我身上的魔咒，已经破除了。

我们的车子奔驰在公路上，扬起一团一团尘土，遮盖了路旁的农民、树木和村庄。

有时我觉得，我们实在太过愚蠢，太过优柔寡断，太不诚实。这趟旅程结束时，我们之间的交往就应该终止了。当着他的面告诉他，我不想再跟他见面，会让双方都感到很痛苦，但这可以避免。我可以悄悄换一家旅馆，从此消失。这是我的一贯作风。但不知怎的，这回我并没这么做——黄昏来临时，我发现我又跟他一块儿喝酒了，把农民和尘土，黑神和白神，雅利安人和德拉威人全都抛到脑后。刚才在路上，我心中感到一种莫名的恐惧，也许是酷热的天气和过度的疲劳所引发的吧。这会儿，喝了几杯浑浊的印度啤酒，感觉好多了。我们兴奋地聊起伦敦、咖啡店和那个"滑稽的小家伙"。

黄昏转变成黑夜。三个人围坐在一张摆满玻璃酒杯的桌子旁。除了我和锡克人，还有一个刚加入的英国人。这个身材肥胖、满面红光的中年人是做生意的，讲起英语来带着浓浓的英格兰北部口音。几杯酒下肚，我只管静静坐在一旁，聆听他们谈论锡克人的历史和军功。刚开始时，英国佬显得兴致勃勃，但没多久他脸上的笑容就僵住了。我洗耳恭听。我的锡克朋友说，兰吉特·辛格 [①] 死后，锡克人就开始衰微。印巴分治后，锡克人的处境更是每况愈下。他也谈到一九四七年锡克人展开的报复和种种暴行。[②] 我感觉得出来，这些暴行是故意说给我听的——今天下午一路驱车回到城里，他早就盘算好怎样教训我了。这家伙心机太深，让我不寒而栗。

肚子饿了，我们要吃晚饭了。于是我们转到附近一家餐馆。那个英国佬有事先走了。

①兰吉特·辛格，克什米尔锡克教徒的领袖。参见本书第六章。
② 1947 年，印巴分治，随即引发一场种族仇杀。

餐馆灯光明亮。

"他们瞪着我!"

餐馆闹哄哄的,密密麻麻坐满客人。

"你看,他们在瞪我。"

我们走到一个拥挤的角落。

我坐下来。

啪!我的锡克朋友伸出手来,一巴掌打过去。

"这些可恶的德拉威人,竟敢瞪着我。"

坐在隔壁桌的客人挨了一巴掌,仰面躺在地板上。旁边一把没人坐的椅子,正好可以充当他的枕头。他满脸惊惧,睁大眼睛,双手交握在一起,模样既像哀求又像致敬。

"军爷!"他仍躺着哀声呼号。

"竟敢瞪着我,你这个南印度人渣!"

"军爷!刚才我听到朋友说:'瞧,一个军爷走进来了。'于是我就转过头去望一眼,并没别的用意。我不是南印度人。跟您一样,我是旁遮普人。"

"人渣!"

我最担心的事情终于发生了。当初在火车上,一看到这个锡克人,我就本能地觉得很不对劲儿——有些人浑身散发出暴力的气息,让害怕暴力的人一看就会觉得不寒而栗。我既然交上他这个朋友,难免就会重新评估我对这种人的看法。然而,在我们友情中所有的谬误和别扭的背后,我却一直对他保持戒心。很自然,这一刻我会感到惊恐,甚至自我厌恶,但这一刻也正是我一直期待的时机。于是,我站起身来走出餐馆,搭乘人力车回到旅馆。街上空荡荡的,悄无人声。由于我跟这个锡克人的交往,从一开始,这座城市就仿佛被扭曲了——不管是出于轻蔑或是出于某种爱心,我透过这个锡克人的种族主义眼光,观看和评估这座城市。如今，这种偏见却使我感到很不舒服，就像刚才目睹的暴力让我觉得恶心。

我叫车夫掉转车头，把我载回餐馆。我的锡克人朋友早就走了，但那个挨揍的旁遮普人还待在餐馆里头。他睁着眼睛，气咻咻的，跟几个朋友站在柜台旁。

"总有一天我会把你那个朋友给杀了！"一看见我，他就扯开嗓门咆哮起来，"明天，我就去杀那个锡克人。"

"你可不能杀人。"

"我不但要杀他，还要杀你。"

我回到旅馆。电话铃响了。

"喂，人渣。"

"嗨！"

"我碰到一点小麻烦，你就开溜了。你还自称是我的朋友呢！你想知道我对你的看法吗？你是一只脏兮兮的南印度猪猡。你别睡觉，我马上过去把你痛打一顿。"

他在旅馆附近打电话给我。几分钟后，他就出现在房门口，使劲敲了两下，深深一鞠躬，然后大摇大摆高视阔步走进我的房间，就像演戏似的。我们两人的脑子现在都清醒多了，但我们的谈话依旧充满醉意，就像玩跷跷板似的，一上一下，一进一退，摆荡在两极之间，时而惺惺相惜，把酒言欢，时而反唇相讥，撂下狠话。每次我们的谈话摆荡向其中一个极端，肯定会有一个人（要么是他，要么是我）出面纠正。我们之间终究还存在着一份情谊。我们边聊边喝咖啡。我们的谈话摆荡来摆荡去，变得越来越虚假。最后，连剩下的一点情谊都被消磨光了。

"哪天我们一块儿去打猎吧，"临走时，他说，"我已经安排好了。"

这是一流的、好莱坞式的退场台词。也许，他是诚心诚意邀我打猎。我摸不清这个人的心意。印度人讲英语，往往会引起奇奇怪怪的误解。

折腾了一整天,这会儿我只觉得浑身疲累不堪。尽管我们一块儿喝咖啡,尽管我们共同演出一出好戏,内心深处我知道,我们之间的友情已经终结了,从此我们不会再见面了。我松了一口大气,但心中却也觉得有点遗憾和惋惜。毕竟,我们曾经相知相惜,结伴同游,而我对他的误解竟是那么深。

一觉醒来,我却感到莫名的恐慌。我看过一九四七年旁遮普屠杀事件和"加尔各答大杀戮"的照片;我曾听说,当年火车(令人难忘的印度火车!)运载一车厢一车厢的尸体,穿越边界;我亲眼看见旁遮普公路两旁立着一座座坟茔。然而,跟我的锡克朋友决裂以前,我从不曾把印度看成一个暴力国家。而今,我却在空气中嗅到了暴力的气息。这整座城市,仿佛沾染了我亲眼看到的那种暴力和自虐。我只想趁早逃离这个地方,可是,火车票和公车票早已被预订一空。这几天,我走不了。

我去探访我那位经营糖果店的朋友。他看见我走进铺子,登时眉开眼笑,一面招呼我在桌旁坐下来,一面吩咐店员端上一盘最香最甜的糖果,请我品尝。主仆两个陪伴在我身边,看我吃糖果。这些印度糖果甜得跟什么似的!"别吃肉,吃糖果吧。"我忽然想起小说家吉卜林说的这句话(也许我的记忆有误),越想感触越深:"肉"可是一个血淋淋的、令人怵目惊心的字眼。我感谢这座城市让我体验到它那温柔、脆弱、甜美的一面,但它也让我感到害怕。

第二天黄昏,在这家糖果店里,主人向我介绍他一位正巧来访的亲戚。听到我的名字,那人登时吓了一跳,还以为他在做梦呢。他正在阅读我写的一本书,对他来说,我可是一位居住在数千英里外的遥不可及的作家,不料,我竟然出现在一座荒僻的印度城镇,坐在市场里吃糖果!他原以为我是个老头儿,没想到我竟然是一个"巴查"——小伙子!能够认识我,他感到非常荣幸。我可以告诉他我住在哪一家旅馆吗?

那天晚上我回到旅馆,一打开房门,就看见一股辛辣刺鼻的白烟氤涌而出。这可不是一场火灾。有人在我房间里点上檀香。我赶忙掏出手帕蒙住脸，走进房间，推开窗门，打开天花板上的电风扇，然后鬼赶似的冲到走廊上。我那两只眼睛被烟熏得泪汪汪。过了好几分钟，烟雾才逐渐消散。一大束一大束香四处插着，乍看就像一根根即将熄灭的火把，灰烬滴落在地板上，宛如一堆堆鸟粪。我的床铺撒满鲜花，枕头上放着一只花环。

第十章　紧急状态

　　中印军队在中印边界的尼法和拉达克地区，同时发生了大规模的冲突。印度报纸的斗大标题兴高采烈地宣布这个消息。那时，我正在马德拉斯旅行。旅馆的服务生三三两两聚集在走廊上或楼梯口，争相阅读报纸上的新闻。在山岳路，一群失业男子平日总是纠集在克瓦里地餐馆门外，替吃完饭的客人叫车子，赚取小费。这会儿，他们却都围聚在一位男士身旁，竖起耳朵聆听他高声朗读泰米尔语①报纸上刊载的消息。人行道上，一群妇人把煮好的食物舀到工人们的盘子里，每人收取几安纳。街旁的街巷里，打赤膊的车夫双手握着车把子，使劲推着笨重的手推车，哼哼嘿嘿，踩着碎步，穿梭在满巷川流不息的车阵中。这样的一个场景跟报纸上的标题摆在一起，显得很不搭调。印度这个国家，并未具备打一场现代战争的资格和条件。"以往足以和神圣罗马帝国抗衡的印度，也许，将来只能与危地马拉和比利时并列。"四十年前，小说家福斯特就曾借笔下人物菲尔丁②之口，作出这样的一个充满嘲谑意味的预言。独

----

①泰米尔语，居住在印度南部和斯里兰卡的德拉威人使用的一种语言。
②菲尔丁，《印度之旅》中的一个人物。

立十五年后，印度在很多方面仍旧是一个殖民地。它的主要产品，依然是政客和空谈。它的"工业家"其实只是一群贸易商、机械进口商和政府特许的制造商。它的行政体系仍旧是消极的、被动的，只负责稽征税捐和维持秩序，而今，面对战争，它也只能以言词回应激愤的民情。印度政府宣布全国进入紧急状态，这是史无前例的。它实施"国土防卫法案"，要求民众准备防毒面具、燃烧弹和消防用的手摇灭火泵。对印度人来说，"紧急状态"意味着：某些公民权利的中止或撤销、使谣言和恐慌加速蔓延的新闻检查制度、充斥报纸的口号式大字标题。"紧急状态"变成了言词——变成了一连串英文文字。"这是一场全面战争！"孟买市一家周刊在封面上宣称。公务员考试委员会询问一位考生："何谓全面战争？"他回答："全面战争就是全世界都参与的一场战争。"前线传回来的消息越来越糟。据说，一支廓尔喀^①佣兵只带着短刀就奉命到前线作战。一支印度军队只穿汗衫和球鞋，就被赶上飞机，从阿萨姆平原飞到中印边界的尼法特区。这个国家司空见惯的街头暴力，骤然间凝聚起来，形成一股沛然的、莫之能御的力量。民众们都感受到空气中弥漫着一种解放的、革命的气氛。任何事情都可能发生。如果光靠意志就能打败敌人，只消一个礼拜，中国军队就会收兵。然而，政客们只顾喋喋不休，夸夸而谈，行政官员只会按照法令规章办事。赫赫有名的印度陆军第四师，一交手就被中国军队打得溃不成军，落荒而逃。印度人引以为荣的印度陆军雄师，遭受前所未有的奇耻大辱。独立的印度共和国，如今却让人觉得它只是言词的产物："我们为什么不应为我们的自由奋斗呢？"结果，它真的就在言词中崩塌了。领袖的魔力再也发挥不了效用。没多久，印度人的激情就渐渐转化成了宿命论。

---

①廓尔喀，一个居住在尼泊尔的民族，以勇猛著称。英军和印度部队中都有廓尔喀佣兵。

中印边境战争已经一个星期了。一天晚上，我的朋友在家里举行宴会，客人包括一位制片人、一位编剧家、一位新闻记者和一位医生。进入餐厅之前，大伙儿先在回廊上小坐片刻。我坐在一旁聆听宾客们高谈阔论，心想，如果我把他们的谈话据实报道出来，读者肯定不会相信。这帮人的谈话时而琐碎轻浮，时而充满嘲谑意味，时而绝望，时而慷慨陈词。大伙儿情绪都很低落，气氛沉闷极了。制片人说，中国军队一路挺进，到达雅鲁藏布江畔就会停下来。他的口气还算平和，态度显得相当冷静。没有人质疑他的看法：印度面对这场危机，只能消极地因应。大伙儿忽然改变话题，讨论起佛家所说的"业"和人类生存的意义。我还没弄清楚到底是怎么回事，话题又转回到边界局势上。印度政府仓促应变的窘态，被狠狠嘲弄一番。大伙儿没有责怪任何人，也没有提出任何因应方案，只是把当前局势的荒谬性指出来而已。接下来呢？"有一个事实很多人都不知道，"医生说，"那就是，在霍乱流行的当儿，注射霍乱预防针是很危险的。"这个医学上的模拟，我们一听就懂：面对入侵者，印度毫无准备，现在才开始准备不但愚蠢，而且危险。大伙儿都接受这个看法。制片人重复他的预测：中国军队推进到雅鲁藏布江，就会停下来。有人提起圣雄甘地。话锋一转，医生却谈起他对超自然现象的研究心得。他仿佛准备展开一场辩论似的声称，"伟大的治疗家通常会使用自身的力量，挽救自己的生命。"于是，大伙儿兴致勃勃地谈论起神迹来。我仔细观察大伙儿脸上的表情。看起来，他们是很认真的。但他们真的相信他们讲的这一套吗？说不定，他们的谈话只是一种中古世纪式的清谈——南印度婆罗门阶级的餐前闲聊。主人终于宣布开饭了。大伙儿终于达成一个结论：印度人也遗忘了他们的咒语，如今面对战争，只好坐以待毙。于是，边界危机就在这场清谈中消弭于无形。我们心平气和、若无其事地走进餐厅，坐下来吃晚饭，谈了谈别的事情。

生活依旧，印度人的日子还要过下去。

征婚启事：一位月入二百卢比的年轻大学生，征求一位具有泰卢固族血统、出身婆罗门阶级、非高西格族、年纪在二十二岁以下的新娘。

旅馆门外路边草地上，一群妇人和水牛成天在垃圾堆中钻进钻出，搜寻旅馆抛弃的剩饭剩菜和用来包装食物的香蕉叶。一条褐色小狗奄奄一息，躺在垃圾堆旁，就像一个待决的死囚。它被拘禁在这个小小的空间内，等待死神的降临。一天早晨，它静静趴在地上，看起来好像已经死了。一只乌鸦飞临，小狗忽然竖起尾巴，然后又垂下来。

容貌秀丽、气质高雅的婆罗多①舞者，一流大学毕业，出身贵族家庭，心胸开阔，性情温柔，皮肤白皙，身材高挑，具有现代淑女气质，二十一岁，愿意嫁给工厂老板、商业巨子、家道殷实的地主、医生、工程师或高级企业主管。种姓阶级、宗教信仰、国籍均不限。

从新德里传来的前线消息，并没有任何改变，但印度教的屠妖节即将来临了，成群乞丐从四面八方涌进马德拉斯市山岳路。乍看之下，这个男孩可一点儿都不像乞丐。他长得挺俊俏，一身咖啡色皮肤十分柔嫩细致。他腰间系一条红短裤，肩膀上披着一块白布巾。一看见我走出邮局，他就迎上来，朝我笑了笑，伸出左手，掀开肩上的白布巾，露出他那只畸形的、模样十分丑怪吓人的右臂。他这只手怎么看都不像人的胳臂：它的形状极像女人的乳房，唯一不同的是，末端并不是一颗乳头，

---

①婆罗多，印度南部一种传统舞蹈，以往表演者都是神庙专属的舞娘。

而是一根细小的手指头上的一小片指甲。

　　除了秘书和那个头上顶着一束发髻的警卫，总共有八个人参加在"三重神智学会"举行的演讲会。今天的讲题是"我们的宗师安妮·贝赞特 ① "。主讲人是一位中年加拿大妇女。她说，她来自温哥华，但这一点都不奇怪，因为根据安妮·贝赞特的说法，很早以前，温哥华曾经是神秘学研究重镇。安妮·贝赞特的爱尔兰血统，使她具有异于常人的通灵能力——这点毋庸置疑，而她的个性则是由她的前生经历所决定的。尤其值得一提的是，安妮·贝赞特是一位伟大的导师。每一位神智学家，都必须立志成为一位导师，让她的讯息继续传播人间，让她的著作继续流传在世界各地。"神智学会"目前遭遇的困境是民众的冷漠（针对这个问题，学会秘书刚才已经谈得很多）。很多人心中肯定有一个疑问：如果安妮·贝赞特今世今生跟我们在一起，为什么她一直没在"神智学会"露面呢？这个问题不合逻辑。为什么安妮·贝赞特非在"学会"露面不可呢？她为"学会"所做的工作，在前生前世已经完成了。如今，她肯定是以另一个名字，在另一个领域从事同样重要的工作。听众中的两位男士开始打瞌睡。

　　本地治里 ② 位于马德拉斯南方一百英里处。城中的奥罗宾多静修院 ③ 四面围绕着洁白的高墙，显得十分清幽宁谧。一九五〇年，奥罗宾多临终时，曾警告印度总理尼赫鲁，"黄种人"必将扩张势力，试图染指印度。

---

①安妮·贝赞特（Annie Besant, 1847－1933），拥有爱尔兰血统的英国神智学家。神智学，西方一种神秘主义哲学。它认为人类可以借由精神上的自我发展，洞察神性的本质。近代的神智学纳入甚多佛教和印度教的教义。
②本地治里，原本是法国在印度的一个殖民地，位于印度半岛东南海岸，现已归还印度。
③奥罗宾多是一位在英国受教育的印度玄学家。有关他的生平事迹，请参阅本书第八章。奥罗宾多静修院是他在本地治里建立的一座静修中心。

他预测中印之间一定有一场战争。这项预言记录在奥罗宾多静修院的一本刊物中，白纸黑字，作为历史的见证。最近几天，这本刊物一再被翻阅。接待员引导我参观静修院时，随手一翻，就翻到了记录奥罗宾多预言的那一页。

大师的打坐坛十分高耸，布满鲜花，坐落在静修院中的一方阴凉的庭院里，现在已经成为信徒们集体打坐参禅的地方。"圣母"还活着，但很少露面。只有在重要的周年纪念日，诸如奥罗宾多的诞辰和圣母抵达印度的日子，圣母才会"现身"。我对奥罗宾多的生平事迹略知一二：他几乎完全在英国受的教育，回国后成了革命者，躲过了逮捕，逃到当时是法国属地的本地治里，定居在那儿，从此不再搞政治。他在本地治里建立一座静修院，广收徒众，变成一位德高望重的圣人。至于那位"圣母"，我几乎一无所知，只知她来自法国，是奥罗宾多生前的伙伴，在静修院中享有特殊的地位。我花三个半卢比，在静修院附设的书店买了一本《奥罗宾多论圣母书信集》。

问：我认为，作为一个"个体"，她一身具现全部"神力"。她把"神恩"导引到物质的层面，让整个物质世界有机会改变和转型。请问，我的看法正确吗？

答：正确。她一身具现神力，是为了让世俗意识产生蜕变，以便吸纳上天赐予的超心灵力量。之后，在超心灵力量的主导下，世俗意识将会进一步转变，但整个意识仍不会超心灵化——首先，地球上将出现一个新种族，代表"超心灵"，而人类则代表"心灵"。

布列松（Henri Cartier Bresson）拍摄的"圣母"照片，也陈列在静修院书店中，让游客选购。照片中的人是一位年龄不详的法国妇人：一张瘦骨嶙峋、有棱有角的脸庞，笑嘻嘻的，绽露出两排巨大的、稍微凸出的牙齿，但她的脸颊却显得相当丰满，露出两只阴暗深沉的眼睛，跟她那一脸灿烂的笑容很不搭调。她把围巾束起来，用绳子或别针系在脑勺后，两端垂落在脖子两旁。

问：为什么"圣母"要穿戴这么华丽的服饰呢？
答：你赞同"神性"是象征贫穷和丑恶的观念吗？[1]

奥罗宾多和"圣母"身上都散发出"神光"。奥罗宾多的光是淡蓝色的，据说，死后好几天，他身上依旧散发出灿烂的光芒。"圣母"的光则是白色的，有时会转变成金黄。

我们以一种特殊的方式和意义描述圣母或我本人的光时，我们探索的是一种特殊的、玄秘的现象——从"超心灵"发射出来的某种光芒。圣母身上散发的是"白光"，它能够净化心灵，启迪心智，把"真理"的精髓和力量导引到物质世界，使它产生蜕变……

圣母当然不会刻意向人们展示她身上散发的光。人们自动自发，接二连三跑来观看——据我所知，静修院中已经有二三十人看过圣母身上的光。它显然是一种征象，显示高层力量（我们不妨称之为"超心灵力量"）已经开始影响物质世界。

静修院的组织和运作也是由"圣母"一手主导的。奥罗宾多答复信徒的质问时，偶尔显得很不耐烦。由此可见，静修院成立初期，内部曾经出现一些纷争。

---

①原文为法语。

静修院的组织和运作,以往曾经出现一些问题,造成人力的浪费。这种现象之所以发生,主要原因是员工们一意孤行,想怎么做就怎么做,完全不尊重圣母的意愿。经过一番整顿后,这种情况已经有所改善。

你们以为,圣母脸上没有笑容,是因为她对员工们的工作感到不满或不赞同。这样的想法是不对的。通常,那只是显示圣母正在全神贯注思索某一个问题。这个问题,是向你的灵魂提出的。

那时,圣母并不知道你跟 T 谈过话。你以为那就是她对你感到不满的缘由。这是毫无根据的臆测。你觉得圣母的笑容神秘兮兮的,这也只是你个人的想象。圣母说,她的笑容可是最真诚、最和善的。

你千万莫以为,因为你的法文太糟,圣母才不愿改正它。真正的原因是我担心她太过劳累,不让她接下额外的工作。现在她已经够忙的了,每天晚上都得核查一大堆账本,批阅一大沓报告,回复一大堆来函,根本没有时间好好睡一觉。事情总是做不完。如果她答应每一个刚开始使用法文写信的人,帮他们修改他们写的东西,那么,每天晚上她就得多花一两个小时在工作上。这一来,她就得一直工作到早晨九点钟,小睡片刻,十点半才下楼来。因此,我才劝她不要帮你们改法文。

对圣母的诽谤和一切不洁的念头,都会伤害她的身心,因为她已经把静修院的人,全都接纳进她的心灵意识里。她不愿把这些不洁的东西送回给他们,以免伤害到他们的身心。

今天,尽管"圣母"已经退隐了,但在静修院的日常运作中,我们还是可以察觉到她的影响力。布告栏上张贴着告示,提醒居住在院内的信徒，切莫跟来自马德拉斯的人接触，因为那座城市发生了霍乱。另一张告示则警告闲杂人等，莫聚集在静修院门口喧哗。这些布告都是圣母签名的——一个龙飞凤舞气象万千的 M。静修院只是奥罗宾多学会辖下的一个机构。它所在的本地治里城，如今已经完全融入南印度社会中，连当年风靡一时的法语，也早已消失无踪。但奥罗宾多学会辖下的那一幢幢栉比鳞次、维修得十分良好的建筑物，依旧充满法国情调——乍看之下会误以为，本地治里是一个坐落在热带海岸的法国小镇。面对门外那一片白花花闪烁在海浪上的阳光，围墙上的窗户全都关得紧紧的，而这些围墙全都漆上代表奥罗宾多学会的颜色。如今在本地治里，唯一欣欣向荣的组织和机构似乎就是奥罗宾多学会。在城外，它拥有好几座庄园。在城内，它开设工厂、图书馆和印刷厂。这是一个自给自足的组织，在全体成员通力合作下运作得非常有效率。日益增加的成员，都是从世界各国和印度各地招募来的，据说"圣母"生平最讨厌三样东西：政治、烟草和性爱。跟随父母住进静修院的儿童，在成长的过程中必须学会一技之长，以便将来谋生。这些儿童中的"班长"穿着特殊的制服，一种非常短的充满法国风味的短裤。工作跟打坐参禅一样重要，在静修院中，体力活动是日常生活的部分。（后来，在马德拉斯，有一个英国人告诉我：有一天，他在本地治里遇到一群身上穿着奇装异服、脚下踩着溜冰鞋、年纪相当老迈的欧洲人。一时好奇，他就一路尾随他们，结果发现他们走进静修院的大门。这个故事可能是捏造出来的，因为在静修院中，我只看见过一个欧洲人。他打赤脚，一身粉红色皮肤非常醒目，身上缠着一条腰布，外加一件印度式外套。他那一头雪白的长发和满脸胡须，乍看之下，跟已逝的大师奥罗宾多颇有几分神似。）就这样，奥罗宾多学会从世界各地招募会员，避免了近亲交配、同种繁殖的问题，而会员们也都拥有一技之长，齐心协力，使他们的组织越来越兴旺。

　　譬如说，现任秘书长原本在孟买经商，后来退隐到静修院中，改名

"纳华贾达",意即"新生儿"。如今,他的外表看起来依旧像一个生意人。他手里拎着公文包,行色匆匆,一副大忙人的模样。但他告诉我,他一辈子从没这么快乐过。

"现在我得走了,"他说,"我得上楼去探望圣母她老人家。"

"您能不能告诉我,关于中印战争的事,圣母有什么开示?"

"一九六二年是个坏年头,"他匆匆背诵圣母的开示,"一九六三年也肯定是个坏年头。一九六四年,情况会开始好转。一九六七年,印度会打赢这场战争,取得最后的胜利。现在我真的该走了。"

一连好几个礼拜,我常常看到这个年轻人。我原以为他是出身法国或意大利的见习企业干部。这个身材高瘦的小伙子戴着墨镜,拎着公文包,走起路来步伐歪歪斜斜,显得有点轻浮。但他那张脸总是流露出自信满满、坚毅果决的神情。让我感到纳闷的是,这个人怎么会有这么多空闲的时间四处晃荡呢?别人在上班,他却站在公车站牌下,好像在等公车。下午,我总会在博物馆内碰到他。晚上到表演场所看印度传统舞蹈时,我也会跟他不期而遇。我们两人隔三岔五就在街上擦肩而过。一天早晨,在旅馆顶楼走廊,我们迎面相逢,彼此都吓了一大跳。一个谜团终于解开:这个小伙子竟然是我的邻居——他的房间就在我隔壁。

这人让我感到惶惑不安,我也给他造成一些困扰,而我却不晓得。在马德拉斯,一般人都不喜欢邀请陌生人到家中做客。不管地位有多崇高,他们宁可纡尊降贵,亲自登门拜访你。这一来,我就得成天待在旅馆房间,接待房客。"仆欧"进进出出,给新到的访客端送咖啡。我猜,就是因为我房里常常传出一群人喝咖啡聊天、谈笑风生的声音,住在隔壁的这个小伙子才会精神崩溃。一天早晨,我们同时走出房间,正眼也不看对方一眼,各自把房门锁上。我们同时转身,刹那间,两个人站在走廊上面对面碰上了。僵持了一会,突然,有如连珠炮一般,他嘴里冒出一长串美式英语，滔滔不绝，我根本没有插嘴打招呼的余地。

"你好，你在这里待了多久了？我的情况糟透了，我在这儿待了六个月，体重减轻了十六磅。当初，我内心听到东方的召唤，哈哈，于是我就千里迢迢跑到印度来，学习印度古代哲学和文化。我到处乱转，就像一只没头苍蝇，我就快被这儿整疯了。你觉得这家旅馆怎样？住在这儿，让我感到心里发毛，"他耸耸肩膀，"印度的食物让我受不了，"他撇撇嘴，伸出手掌拍拍他脸上戴着的墨镜，"我的眼睛都快瞎掉了。印度人很诡异。他们排斥外人。请你帮个忙。你的房间一天到晚都有人进进出出，热闹得跟什么似的。你认识住在这儿的英国人，把我的情况告诉他们吧，把我介绍给他们吧，他们也许会接纳我。你一定要帮我这个忙。"

我答应试试看。

我把这个美国小伙子的情况告诉一位朋友。他说："好吧，我帮不上这个忙。经验告诉我，当一个人在内心深处听到东方的召唤，千里迢迢跑来印度时，你最好敬而远之，千万别招惹这种人。"

我没再试。此后，我就尽量避免跟这个美国小伙子见面。幸好我再没遇到过他。这一阵子一连串水灾，加上部队的移防，造成马德拉斯和加尔各答之间的铁路交通全面停摆。经过抢修，火车终于恢复行驶了。

"妇女专车"——斗大的黄色标志，赫然展现在一些车厢上。更多的车厢身上用粉笔写着"运兵专列"。乍然看到这一车一车士兵朝北方移动，穿越贫瘠破落的印度田野，前往烽火连天的边界，我一时不敢相信自己的眼睛。这些相貌俊秀、谈吐斯文、身穿草绿军装的士兵，在他们那嘴唇上蓄着八字须、手里挥舞着短杖的长官带领下，出现在火车站。刹那间，原本乱糟糟、闹哄哄的月台一下子安静了下来，变得井然有序。我猜，这些小伙子心里一定很怀念他们那脏乱不堪的家乡。一位身材矮小圆胖的少校跟我坐在同一个包厢。上车前，他跟送行的妻子和女儿肩并肩，静静坐在马德拉斯中央车站月台上，谁也没吭声，上车后，他就一直静静坐着，手里握住一只香槟酒瓶，里面装着开水。火车开行了好一会儿，他才打破沉默跟我攀谈。一开口，他就问我一个一般印度人最喜欢问陌生人的问题：您是打哪儿来的？从事什么工作？士兵们也变得活泼起来。途中，火车在蔗田旁边停下。一个士兵跳下车厢，拔出刀砍甘蔗。其他士兵纷纷跟进。霎时间，整座蔗田到处都是挥刀砍甘蔗的士兵。农夫气咻咻跑出来。士兵们掏出钞票，塞到农夫手里。农夫眉开眼笑。火车开行时，他还笑嘻嘻向我们挥手道别呢。

晌午时分，火车的影子拖得长长的，跟随我们一路奔驰。日落、黄昏、黑夜——火车穿过一座又一座灯光朦胧的车站。这是一趟典型的印度铁路之旅。以往，一路所见的景物对我来说毫无意义，而今，在战争威胁下，却突然变得值得珍惜爱护。冬天早晨，火车迎着和煦的阳光，驶向我向往已久的孟加拉平原时，我对印度和她的百姓的感觉改变了——变得充满柔情，充满关爱。以往，我总是带着不屑的眼光看待这个国家。车厢中有一群孟加拉乘客。我看到一位男士脖子上环绕着一条长长的羊毛围巾，上身穿着一件褐色的苏格兰粗呢夹克，腰间系着一条孟加拉式缠腰布。这一身装扮显得非常优雅自然，跟他那端正的五官和轻松自在的姿态配合在一起，相得益彰。脏乱腐朽、视人命如草芥的印度，竟也能产生出这么多相貌堂堂、温文儒雅的人物。印度制造出太多人口，结果却弃绝了生命的价值和尊严。然而，它却允许一部分人茁壮成长，成为一个顶天立地的大丈夫。没有一个国家的人民比这些印度人更有教养、更有个性、更有自信心的了。你若想了解印度人，就必须把他们当作"人"来看待，把每一场邂逅看成一桩有趣的冒险和奇遇。我不想看到印度沦陷，我会受不了。

就在这种心情中，我漫步在加尔各答街头。这座城市，是尼赫鲁心目中的"梦魇",是美国某一家杂志评选的"全世界最悲惨的城市",是某一位美国作家笔下的"瘟疫怪兽",是最让世界卫生组织头疼的"亚洲霍乱最后的根据地"。这座城市当初兴建时,只计划容纳两百万人口,而今在它的人行道上和贫民窟中,却住着六百万人。

"老鼠!"豪拉车站餐厅的服务生伸出胳臂,兴冲冲地指给我看:"瞧!一只老鼠。"这只浑身毛发脱光的粉红色小动物,慢吞吞地穿过铺着瓷砖的地板,爬上一根水管。餐厅中坐着的那个阿萨姆军人及其妻子,只顾低头吮吸盘中的米饭和咖喱鱼,连眼皮也懒得抬起来一下。这幅景象确实令人怵目惊心,但我心里早有准备。真正让我惊讶的,却是豪拉桥对岸那座红砖砌成的市镇。如果你能够忽视那满街的摊贩、人力车和那一群群身着白衣、行色匆匆的印度人,你肯定会误以为,此刻你正置身在英国的伯明翰市。然后,薄暮时分走进市中心,你会以为你闯进了伦敦城。瞧,那座烟雾弥漫、草木葱茏的梅登公园,不就是海德公园的翻版吗?雾中漫街霓虹迷蒙闪烁,酒吧和咖啡馆四处林立的乔林希区,不就像是伦敦牛津街、公园巷和贝斯沃特路的综合体吗?不远处的胡格利河,不就是一条更宽阔、更浑浊的泰晤士河吗?聚光灯照射下,前任印度陆军总司令身穿黑西装,挺着腰杆子,伫立在一座高台上,带着美国桑德赫斯特军校口音,说着印度斯坦语,向一小群懒洋洋的听众发表演说,主题是如何因应战争。一辆辆有如战舰一般浑身漆成灰色的加尔各答电车,慢吞吞地以每小时不到十英里的速度,行驶在大街小巷中。电车出入口,挤满身穿白衣的印度男人。在印度旅行的这段日子,第一次,我发现自己置身在一座大城市中。这是一座看起来挺眼熟的大都会:街道的名称几乎全都是英国式的,诸如埃尔金、林赛和艾伦比,这和街上熙往攘来的印度人相比,显得格格不入。驱车出城,进入郊区,在茫茫烟雾中看见一根根烟囱矗立在棕榈树丛间,这种格格不入的感觉,越发加深了。

据说，印度的玛瓦尔①商人已经向有关单位查询，在中国管理下经商前景如何。同一个消息来源指出，印度南部的马德拉斯人，尽管一直反对将印地语颁定为印度国语，现在却已经开始学习中文。士气低落，人心惶惶。面对势如破竹的中国军队，阿萨姆省的行政系统一夕之间全面崩溃，官员和老百姓纷纷逃亡。但加尔各答面对的不仅仅是战争，即使没有战争，这座城市也已经死定了。当年的印巴分治，使加尔各答丧失了大半的腹地，而成群难民的涌入，更加重了它的负担。连大自然都跟这座城市作对：流经市区的胡格利河开始淤塞。但加尔各答的死亡不仅是形体的，也是心灵的。这座霓虹闪烁、脏乱不堪、人口过剩、黑金充斥、奄奄一息的大都会，一肩承担起印度近代史的悲剧和英国殖民统治的失败。在这儿，人们对印度和英国的接触一度充满期望。在这儿，印度文艺复兴运动轰轰烈烈展开，印度改革运动领导人，有很多出身孟加拉省。然而，也就是在这座城市，英国人和印度人反目成仇。当初人们期望的文化交流并未实现，印度人元气大伤。孟加拉一度在思想观念和改革热忱上领导印度全国各邦，而今，只不过四十年后，连印度人一听到加尔各答这个名字，都会不寒而栗，因为今天它代表的是贫民窟、霍乱和腐败。加尔各答人的美学意识和艺术创造力并未消退——坊间贩卖的每一件孟加拉纪念品和市场上展示的每一种出自难民之手、备受剥削的"手工艺"，都具有一种高雅迷人的艺术品位——然而让人感到悲哀的是，这样的艺术才华只会更加凸显出这座城市的衰微堕落。今天的加尔各答，再也看不到杰出的领导人物，除了电影导演萨蒂亚吉特·雷伊和摄影家贾纳，这座城市再也不曾产生过伟大的艺术家。加尔各答人不再从事文化探索和艺术实验，如今，全印度的知识分子都纷纷从这场"印度大实验"中撤退。建立加尔各答城的英国人，早已经卷铺盖走人，

①玛瓦尔，原为印度西北部一邦，亦名焦特布尔，现已并入拉贾斯坦邦。

但他们的影响力依旧残留在这座印度城市：英国人开设的公司行号遍布城中的乔林希区，生意好得不得了。而对城里的印度人来说（这些是已经夭折的印度复兴运动的产物，其中有很多如今坐在冷气大楼里办公），印度的"独立"只给他们带来一个好处：从此他们就能够像英国人那样撤出印度。这帮人撤退后，剩下来的印度——让我们那么惦念那么关怀的印度，究竟会变成怎样的一个国家呢？难道它只是一个名词，一个观念吗？

从火车上眺望，新兴的钢铁城杜尔加布尔看起来就像一幅绵延不绝、灯光闪烁的图画。我走到车厢走道上，观看这一城灯火，直到灯光一盏一盏消失在我眼前。多么微小的一个希望，多么容易破灭啊！邦迪拉今晚沦陷了。整个阿萨姆平原暴露在中国军队的炮火下。尼赫鲁总理向全国人民发表演说，试图鼓舞民心士气，但他那套说辞听起来却像是哀悼国家的沦亡。成群藏族人在圣城巴纳拉斯火车站下车。他们那一张张宽阔的、红润的脸庞绽露出迷惘的笑容，没有人听得懂他们讲的语言。他们只管呆呆地站在行李旁，茫然不知所措。这些人披头散发，身上穿着臃肿的、脏兮兮的茶褐色衣裳，头戴毡帽，足蹬皮靴，模样一看就知道是外乡人。旅馆空荡荡的，国内航线的班机全都取消了。身穿黑西装的年轻经理和身穿"仆欧"制服的侍应生无所事事，三三两两站在走廊上，闷声不响。不知怎的，我心中忽然兴起一个念头：我何不趁这个机会狠狠跟他们杀价，花点小钱，在这家豪华旅馆住几天。于是我走上旅馆门前的台阶，开始讨价还价，锱铢必较，我对经理说："房租包括早晨的咖啡哦。"经理无可奈何地说："好，好，包括早晨的咖啡。"

旅馆坐落在巴纳拉斯城的军营区，周遭杳无人踪，宛如一座死城。住在这儿，你会产生一个错觉：你是一个游民，擅自闯入别人的房子赖着不走。但在市区，你却嗅不到一丝战火气息。河边石阶上堆积着一捆捆木柴。一具具穿着华丽寿衣的尸体，躺在撒满鲜花、布满垃圾的河岸，卑微地等待火葬。偶尔从柴堆冒出的火焰，闪烁在恒河反射出的强烈阳光中，摇曳不定。家属们围聚在火堆旁，谈笑风生。河边那一排排用巨大的字体镌刻着各种名号的陡峭石阶，挤满游客，热闹得就像假日的海滩。虔诚的印度教徒三五成群，或伫立水中，或躺在遮阳伞下，或围聚在一位师尊身边，聆听他老人家的开示。年轻人站在一旁舒展四肢，自顾自做健身操。高耸的白色河堤后面，迂回曲折的街巷中，小贩们穿梭在阴暗但幽雅的（可惜地上四处散布着一堆堆牛粪）石造楼房之间，贩卖巴纳拉斯城的名产：玩具、丝织品和铜器。寺庙中身兼祭司和向导两职的小伙子，穿扮得整整齐齐，一身光鲜。他们一面嚼槟榔，一面口出秽言，诅咒拒绝捐献香火钱的观光客。

我到一座尼泊尔庙宇参观。根据《默里旅游手册》的说法，这座寺庙"被色情雕刻品弄得面目全非。这些玩意儿并不值得观赏，你可别受到接待员的诱惑"。接待员是一个小伙子，肩膀上披着一头长长的女用假发。我央求他带我去参观这些雕像。"瞧，这是一个男人和一个女人，"他淡淡地说，"瞧，这是另一个男人。这家伙是个急性子，因为他老是催促那对男女：'快啊，快啊！'"向导总爱捏造这类故事，讲给游客听。我可不喜欢这样的评注。色情艺术提供给人们的愉悦是非常短暂、非常虚幻的。我后悔没遵循《默里旅游手册》的指示。

吃午饭时，我请那位忧心忡忡的年轻经理打开收音机，让我听听新闻，前线传来的依旧是坏消息。旅馆经理站在我身旁，背着手，低头瞅着收音机——即使心情不好，他依旧不忘礼节。突然，我听见播报员提到"中国边防部队"，心中一动。

"经理先生，我们现在收听的是北京电台的广播！"

"这是'全印电台'呀！我常收听它的广播。"

"只有中国电台和巴基斯坦电台的新闻，才会提到中国边防部队。"

"可是，这是英语新闻啊。你听，他的口音……奇怪，这个广播听起来很清晰。"

他说得没错。播报员的声音听起来既清晰，又响亮。我们试图转到新德里电台，但听到的却是嘎嘎声和电波干扰。接着，我们听到一个十分微弱、飘飘忽忽的声音。

第二天，战争结束了。有如变魔术一般，刹那间，旅馆又住满了客人。

战争结束了，但"紧急状态"依旧维持着。身为地方行政长官，这位高干必须继续巡视他的辖区，一方面鼓舞民心士气，一方面为国防基金募款。我跟他见面时，他刚结束一段巡视行程，收到地方人士致赠的一本相簿，里面张贴的几乎全都是他接见地方士绅或接受他们欢迎的照片。这会儿，我跟他手下几位干部坐在他那辆旅行车后座，翻看这些照片。车子行驶在一条典型的印度公路上：两条泥巴路夹着一条铺着碎石的狭窄车道。泥巴路上的土壤早已经被牛车车轮碾磨成细细的、厚厚的灰尘。这是典型的印度尘土：它不但损毁路边的树，也糟蹋了公路两旁一百码内的田野，行政长官的座车开抵每一座尘土飞扬的车站时，我们面对的总是千篇一律的欢迎仪式：接待委员会、花环、健美操表演、粗糙简陋的地方产品展示会。

这位行政长官对肥皂和鞋子情有独钟。每一站，我们都会看到满脸胡须的穆斯林鞋匠站在一排鞋子后面，恭候长官驾临。本地的肥皂制造商，则站在他们那一堆笨重的、奇形怪状的肥皂旁边，等待长官检阅。一天黄昏，在晚宴上，身穿深色西装的长官向大伙解释，他为什么会对肥皂和鞋子那么感兴趣。一谈起这件事，他的声音就变得非常温柔。他说，他有个女儿在英国念书，经由电视或其他教育传播媒体的报道，她的同学们得知，印度这个国家所有城市的老百姓都不穿鞋子，不洗澡，也都不住在房屋里。"爸爸,这是真的吗?"这个哀伤的小女孩质问她父亲。从此,这位行政长官辖区内的所有工匠都必须制造鞋子和肥皂。接受欢迎时,长官一时兴起,往往会从团团包围他的地方缙绅中挣脱出来,跑到马路对面,跟列队欢迎他的穷人家小孩打招呼。有时他会行使行政长官的特权,拿起欢迎会上展示的肥皂,分送给孩子们。随行的摄影记者纷纷举起照相机,争相猎取镜头——看来,没多久又可以贴满一本照相簿,呈送给长官了。

这是一趟旋风式的访问。让我感到诧异的是,这么辽阔、贫瘠的地区竟然能够动员这么多人力物力,组织这么盛大的欢迎会。更让我感佩的,是居住在漫天尘土飞扬、物资极端匮乏的环境中的人,竟然能发挥艺术才华,创造出各种精美的手工艺品。我很想多留一会儿,感受一下充满希望的气氛,但我们的行程实在太过仓促,要参观的展览会实在太多了。我坐在旅行车后座,因此每到一站,我都得最后下车。通常,我还来不及观赏琳琅满目的展览品,长官和他的幕僚就已经回到车旁,等我上车,然后他们才一个接一个鱼贯钻进车厢中。

我们在欢迎会上停留的时间比较长。一群身材孱弱、四肢细瘦的小男生穿着白短裤和背心,聚集在大太阳下,为长官和贵宾表演体操。欢迎会上树立着一座座牌楼,上面用印地语写着"欢迎"二字。长官接受地方人士奉献的花环。在印度,通常一位政治人物接过花环后,会立刻将它从脖子上拿下来,交给随从——接受属下礼敬,又立刻显露出轻蔑的态度,是印度官场的典型作风。但这位行政长官并没这么做。他只顾低着头,让欢迎他的地方士绅把一个又一个花环戴在他脖子上,直到那一簇簇金盏花碰触到他的耳朵,从背后看,此时他的模样极像一尊装扮奇特的神像:一只手拈着雪茄,另一只手拿着英国式遮阳帽。他的随从就站在旁边,手里捧着长官的雪茄盒,他那一身装束看起来活像莫卧儿王朝的大臣。英国人这一招很厉害:他们把在他们之前统治印度的莫卧儿人，贬为随从和跟班。

一群农民聚集在装饰华丽的帐篷中，一排排坐在草席上。官员们则坐在一排椅子上，前面摆着一张桌子。一听见长官点到自己的名字，农民就站起身来，走到长官面前，深深一鞠躬，双手奉上钞票，捐献国防基金。（一位官员告诉我，随着国防基金不断累积，国民的储蓄日愈减少。）好几位妇女羞答答走到长官面前，脱下身上戴着的首饰，双手奉上。偶尔没有人响应长官点到的名字。这时，坐在草席上的农民就会七嘴八舌向长官报告：他家里有人死了，他家的牲畜死了，他病了，他突然远行了……一张张钞票随随便便堆叠在奉献盘上，摇摇欲坠。官员们似乎不把这笔钱看在眼里。

长官开始训话。他说，紧急状态还没有结束，因为中国军队仍然驻留在印度的神圣领土上。长久以来，印度人民在某些政治人物误导下，沉溺在非暴力主义的理想中。如今，国难当前，印度人民必须振作起来。长官为了唤醒民众，首先诉诸农民的爱国情操，接着向在座的民众分析中国对印度造成的威胁。他声称，以印度的任何一套标准来衡量，中国人都是"不洁"的民族。他们吃牛肉（这是对在座的印度教徒说的）；他们吃猪肉（这是对听众中的穆斯林说的）；他们吃狗肉（这是对全体印度民众说的）。中国人什么都吃：猫肉、老鼠肉、蛇肉——全都被他们吃进肚子里。农民们只管静静坐在地上聆听，脸上木无表情，直到长官打出手里的最后一张王牌，召唤印度教的"毁灭女神"①，农民们才振奋起来。

长官身边有一位"啦啦队队长"。他是一位身材高瘦的老汉，身上穿着老旧的双排扣灰色西装，鼻梁上架着一副眼镜，手里拿着一顶看起来跟长官的帽子一模一样的遮阳帽，嘴里咂巴咂巴不停地嚼着槟榔。他

---

①毁灭女神，即卡利，大地之母，湿婆神之妻。

的嘴巴很大，沾满槟榔汁，两片嘴唇红涎涎的，好像在滴血。他只管静静坐着，面无表情，仿佛在脑子里演算数学题目。这会儿他忽然伸出手，扶扶眼镜，慢条斯理走到麦克风前，望着大伙儿，好一会儿没开腔。突然，石破天惊，他张开他那张血盆大口，露出一嘴烂牙和槟榔渣，扯开嗓门尖叫一声："圣母卡利呀——"

"万岁！"大伙儿眼睛一亮，纷纷扯起嗓门回应。刹那间，一朵朵笑靥绽开在农民们脸庞上。"圣母卡利万岁！"

"你们说什么？"啦啦队队长说，"我没听见。"这是他最得意的一句台词，每次聚会都会用到。"我们再试一次，这回你们要喊大声一点，让我听见！圣母卡利呀——"

"万岁！万岁！万万岁！"

一次，两次，三次，群众们呼唤印度教毁灭女神的名号，情绪越来越高昂。啦啦队队长骤然转身，走回到他的座位旁，一屁股坐下来，把手里握着的那顶遮阳帽搁在膝头上，睁着眼睛直视前方，咂巴咂巴，自顾自又咀嚼起槟榔来，似乎重新在脑子里演算刚才那道数学题目。

有时听众太少，只有小猫两三只，长官就会板起脸孔拂袖而去。这时官员和警察就会全体出动，急急慌慌，四处拉人。于是农民们被迫放下手上的活儿，离开田地和农舍，孩子们被驱赶出学校来，在老师押送下，前去聆听长官训话。晚上举行的音乐会却不愁找不到观众。本地的知名歌手嚼着槟榔，轮着上台，演唱他们自己创作的歌曲。他们手里握着的麦克风，全都用白布包扎起来，以免沾到歌星嘴里喷吐出的槟榔渣。画家们通过一幅幅素描画，呼吁民众努力储蓄，提高生产，踊跃捐输。偶尔有一位野心勃勃的剧作家，把他特地为这场战争创作的剧本搬上舞台，以彰显印度人民奋勇抗敌为国牺牲的精神，但这位剧作家跟村民们一样，并不知道中国人到底长成什么样子。

搭乘火车，或开着汽车行驶在尘土飞扬的公路上，这时从车窗望出去，你会觉得，印度需要的只是同情和怜悯。这是一种廉价情感。也许印度人的看法是正确的：我那种悲悯——非常勉强、非常造作的一种情感，使我扭曲了人性。它使人们疏离，它让我在这些单纯而朴实地展示人性的音乐会上，感到心灵的震撼。愤怒、怜悯和轻蔑，本质上是相同的一种情感。它们并没有价值，因为它们不能持久。你若想了解印度，就必须先接受这些感情。

我跟随长官，来到了一个表面上看起来跟周遭村镇没什么两样、但却以出产军人著称的地区。他们的尚武精神，究竟是什么因素造成的呢？是古代的某种血统融合，在种姓阶级制度的保障下一直延续到今天，还是拉其普特人①独有的一种坚毅顽强的血统？我们不得而知。印度充满这类谜团。帐篷中挤满前来聆听长官演讲的民众。许多人穿上军服，挂上勋章。啦啦队队长把这些老兵集合在一起，请他们坐在帐篷边缘一条板凳上。长官训话时，有一两位老兵却站起身来，自顾自在马路上踱步。这之前，长官面对的听众都是那些被迫放下手边的工作、满心怨气前来听训的农民。但这里的民众完全不同：一开始他们就专心听讲。老兵们凝起眼神，直视长官，脸上的表情随着长官的语气而变化不停。长官说中国人吃猪肉，老兵们的眉头一个个皱了起来。长官说中国人吃狗肉，老兵们的眉头皱得更深了。长官说中国人吃老鼠肉，老兵们昂起头颅，眼珠一颗颗凸出来，仿佛遭受电刑似的。

长官还没讲完话，听众中忽然跑出一个男子。他走到长官面前，扑通一声跪下来，泪流满面。

群众松了一口气，脸上绽现出笑容。

"起来，起来！"长官说，"你有什么话要告诉我吗？尽管说吧。"

"您要我到前线打仗，我也愿意打仗。可是，家里没饭吃，我怎么

---

①拉其普特人，印度北部刹帝利族之一部，属于种姓制度中的武士阶级。

打仗呢？我家的田地都丢了，我怎么打仗呢？"

群众抿着嘴，哧哧笑起来。

"你失去了你的田地？"

"是，在土地重划中全都失去了。"

长官回头跟啦啦队队长咬耳朵讲了几句话。

"好的田地，他们全都分配给别人，"陈情的男子哀哀哭泣起来，"坏的田地，他们全都分配给我。"

老兵们捧腹大笑。

"我会调查这件事。"长官说。

群众一哄而散。陈情的男子消失在人堆中，嘲笑声渐渐平息下来。我们转往村长家，参加这位沉默寡言的村长为长官举行的茶会。

那天晚上还有另一场音乐会，主办者是当地的一位教师。晚会即将结束时，他走到台上向大伙儿宣布：他最近写了一首新诗，如果长官不嫌弃，他愿意朗诵给大家听。长官拔出嘴里咬着的雪茄，点点头。一鞠躬后，老师开始比手画脚、滔滔不绝朗诵他的作品。那一行行押韵的印地语诗句宛如一串串活蹦乱跳的音符，琤琤淙淙，不断从老师嘴里流淌翻滚出来。蓦地，老师扯开嗓门大放悲声，把他的朗诵带到了高潮。他呼吁印度人民齐心协力，在人间创造一块神圣的净土——

……萨蒂雅·阿辛姆萨。①

老师一鞠躬，伫立在台上，等待听众的掌声。

"萨蒂雅·阿辛姆萨！"长官坐在台下怒吼一声。他那高举在空中准备使劲拍打的双手，忽然僵住了。"你疯了吗？崇尚真理，扬弃暴力——

---

①原文为印地语，意为"崇尚真理，扬弃暴力"。

什么话！这种时候，你还跟他们讲真理和非暴力吗？这一整个下午我苦口婆心，鼓舞民心士气，难道你们都没听进耳朵吗？老师啊，你好糊涂！"

诗人伫立在台上，弓着腰，缩起脖子。台前的帷幕咻地降落下来，覆盖在他头顶上。

可怜的诗人！他苦心孤诣设计的晚间节目，晚会上表演的那些歌颂伟大祖国的短剧和歌谣，全都是出自他的手笔。然而，一轮到他自己上台，亲自朗诵他的杰作，他却开始胡说八道起来，仿佛鬼迷心窍一般。这些年来，他经常在公开场合朗诵诗篇，歌颂真理和非暴力主义，备受官员们的赞许，享尽民众的掌声。积习难改，如今在长官面前他又老调重弹，因而遭受公开羞辱，也是自作自受。

几个星期后，尼赫鲁总理驾临印度北部的勒克瑙市。他站在停机坪上，一径鞠躬哈腰，从内阁四十六名成员手中，接过四十六个花环。这是我从勒克瑙市一位行政官员口中听来的故事，姑妄言之，姑妄听之。印度行政体系奉中央政府指示，在勒克瑙市认真举行民防演习：实施灯火管制、发布空袭警报、挖掘战壕。他们原以为，尼赫鲁总理看了一定会非常高兴。不料，他老人家一看却发起脾气来。他说，挖掘那么多战壕，简直是庸人自扰。

"紧急状态"可说已经结束了。

第十一章　还乡记

　　紧急状态结束了，我那为期一年的印度之旅也即将告终。短暂的冬季很快就消失了，这会儿坐在屋外晒太阳，不再是一种享受——漫天尘土飞扬，直到雨季来临才会平息下来。但我还得去探访一个地方。对这趟旅程，我早已丧失了兴趣。印度的魔力在我身上施展不开。在我心目中，印度依旧是我小时候想象的那个国家——一个"幽暗国度"。就像喜马拉雅山的关口，我一穿过去，它就立刻关闭起来，又变成一个阴森神秘的国度，它似乎永远存留在我小时候想象的"永恒"中。而这个永恒，我一辈子都无法穿透，尽管这一年来我踏遍了印度的土地。

　　在这一年中，我并没学会接受印度的现实。我体会到的是，在印度我是一个异乡人，而我也满足于做一个在殖民地长大的印裔特立尼达人，没有过去，没有祖先。但为了履行我对家母的承诺，我必须前往北方邦东部一个城镇走一趟——这是一个贫穷落后的小镇，方圆数里内连一座古迹都没有，唯一可以向外人夸耀的是，据说佛祖曾经居住在这儿。我在镇上逗留了几天，终日在街头晃荡或待在旅馆里读小说。想起对母亲的承诺，我终于开车上路，沿着那条挤满农夫（他们根本不把汽车看在眼里）的乡间公路，前往我母亲娘家的村庄。六十多年前，我外祖父以契约劳工的身份，从这个村子出发，前往特立尼达。

开车穿越印度西部和中部地区，你会感到奇怪：居住在这儿的数以百万计的印度人，到底怎么过活。一路上，难得看到几座聚落和村庄，放眼望去，尽是一片荒凉贫瘠的褐色土地。如今，行驶在这条乡间公路上，你的感受却完全不同。展现在你眼前的是一片平坦而辽阔的田野，顶头是一片湛蓝高耸的天空，苍穹下的大地万物显得格外渺小。每隔一段路程，一座村庄就会霍然出现在你眼前——低矮的房舍，四处弥漫的灰尘，仿佛跟周遭的土地融合成一体。马路两旁卷起一团团尘土，每一团尘土中，我们都可以看到一个正在干活的农夫。偌大的一片土地，四处都有人在走动、干活，展现出无比旺盛的生机。

在三岔路口，我们遇到一个自愿充当向导的陌生人，我们让他上车，在他指引下，我们把车子开上一道堤防。尘土飞扬的堤岸上矗立着一排高耸的老树。当年，我外祖父离开家乡远渡重洋时，肯定就是沿着这座堤岸行走到村口的。我忍不住多看了它几眼。对我们来说，这块土地早已不存在了，而今它却骤然展现在我们眼前，而且显得那么的平凡、熟悉。我不想多看，因为我担心看到的东西会叫我伤心难过，而此刻我身边还坐着几个人。不是这家！不是这家！一路上向导只管指指点点，叫嚷不停。这家伙感到非常兴奋，因为他做梦也没想到，今天他会坐上一辆吉普车，陪同一个千里归来的游子寻亲。一座又一座村庄消失在车子卷起的烟尘中。忽然，向导眼睛一亮，伸出胳臂朝向右边指了指：瞧，那就是杜比家族居住的村庄。

村子坐落在堤岸后面，远远看起来还挺幽雅的，比我想象中美好多了。附近一座辽阔的芒果园，给整个村庄平添几分宁谧的有如田园诗般的气息。两座白色的尖塔矗立在蓊郁苍翠的木叶间，显得十分皎洁、清净。从小，我就常听家人谈起这两座浮屠，如今乍然看见它们出现在眼前，心里当然很高兴。定居特立尼达后，我外祖父试图重建他留在印度的家庭。他帮老家的亲人赎回他们的田地，此外还捐出一笔钱，在家乡兴建一座寺庙。结果，寺庙没盖成，只建了三座神龛。在特立尼达，我们总以为家乡的人又穷又懒，一无是处。如今从公路上眺望过去，那两座尖塔却让我觉得非常亲切，非常安慰！

我们跳下吉普车，踩着松脆的泥土钻进芒果园中。高高耸立的、枝叶亭亭的芒果树下有一口人工池塘，周遭的土地上，斑斑驳驳，散布着从枝叶间洒落下来的阳光。一个男孩走出来。他那细瘦的身子赤条条，只系着一块腰布和一条圣带①。他满脸狐疑，只管打量我——我们这一行人声势浩大，乍一看就像官府派来的一群公差，难怪这个小孩会感到畏惧。陪同我前来寻亲的那位印度行政官员，向男孩说明我的身份，男孩又惊又喜，先试着上前拥抱我，又跪了下来，伸手摸摸我的脚。我赶忙抽身，挣脱他的手。男孩引领我们走进村子，边走边向我解释我们之间的亲戚关系。好复杂！这男孩对我外祖父一生的经历，简直了如指掌。这座村子至今还流传他老人家的事迹：当年他远渡重洋，到异乡打拼，赚了很多很多钱。

一年前，我可能会被我现在看到的景象吓呆。但在印度旅行了一年，我的心态和眼光都改变了。和印度其他村庄比较，这座村子看起来相当富庶，甚至还很幽雅迷人。房子大多是砖造的，有些坐落在台阶上，有些门口装着两扇精工雕刻的木门，屋顶上平铺着瓦片。村中的街巷全都铺上柏油，显得十分干净。我们看到一个用混凝土打造的槽子，那是喂养牛的地方。"这是一座婆罗门村庄！"随行的官员忍不住赞叹起来。村里的妇人全都没戴面纱，露出一张张秀丽的脸庞，她们身上穿着白色的莎丽装，显得十分素净。我们走过时，这些妇女并不回避，只管大大

---

①圣带，印度教上三个阶层的男子系在身上象征重生的带子。

方方瞅着我们。在她们脸上的五官中，我看到了我母亲和姐妹们的影子。"婆罗门阶级的子女，果然很大方！"随行的官员又低声赞叹起来。

这个村子住着杜比和堤瓦利两个家族，全都属于婆罗门阶级，全都有某种程度的亲戚关系。我们看到一个男子站在屋外冲澡。他身上赤条条，只系着一块腰布和一条圣带，手里拿着一只黄铜盆子，舀着水，一瓢一瓢只管往自己身上浇泼。瞧，他的姿势多优雅，他的身体多苗条细致！在人口稠密、贫穷脏乱的印度，这种令人眼睛一亮的人体美，究竟是怎样保存下来的呢？这些人属于婆罗门阶级。他们只需花点小钱，就可以租到肥美的田地。根据《印度政府公报》的报导，这个地区"充斥着婆罗门"：他们的人数，占印度教人口的百分之十二到十五。也许这就是尽管这个村子的居民彼此之间都有亲戚关系，但他们并没住在一起而过着公社般的生活的原因。我们离开村中的砖瓦房子，继续往前走，在一间小茅屋门前停下脚步。我好生失望！原来，这儿就是我外祖父所属的那个杜比家族的现任族长拉马昌德拉居住的地方。

他出门去了。一路跟随我们的成群大人和小孩，纷纷扯开嗓门叫嚷起来："哦，他怎么偏偏挑选今天出门呢？"但他们会带我参观神龛：瞧，这些神龛保管得多好啊；瞧，您外祖父的名讳就雕刻在神龛上呢。大伙儿七手八脚，打开祠堂的铁栅门，让我进去瞻仰龛里的神像。这几位神祇刚擦洗过身子，换上光鲜的衣裳，身上涂抹着新鲜的檀香膏。今天早晨供奉在它们座前的鲜花，到现在还没凋谢呢。刹那间，我的时空意识变得模糊、混淆起来——这一刻展现在我眼前的，竟然是与我外祖母在祈祷室中供奉的神像一模一样的神祇。

忽然，我听到一位老妇人的哭叫声。

"谁的儿子？哪一家的？"

愣了好一会儿，我才发觉她讲的是英语。

"朱苏德拉来了！"大伙儿纷纷往两旁退开，让出一条通路给老太太。

她蹲在地上，一步一步往前挪移，边走边哭，不停地用英语和印地语尖叫。她那张苍白的脸庞满布皱纹，看起来就像一块晒干的泥巴。她那两只灰色的眼睛迷迷蒙蒙。

"朱苏德拉会跟你讲你外公的事。"大伙儿说。

这位老太太去过特立尼达，认识我外祖父。大伙儿引导我们两人，从祠堂走进茅屋里，让我坐在绳床上铺着的一张毯子上，朱苏德拉就蹲在我脚边，在随行的印度行政官员翻译下，一面哭泣，一面讲述我外祖父的家世和生平事迹。这三十六年来，朱苏德拉一直住在这座村庄，在她的宣扬下，我外祖父的事迹渐渐变成一则充满传奇色彩的印度童话，四处传诵。这个故事村民们听多了，早已了如指掌，但这会儿大家都静静围聚在我们身旁，一脸肃穆，竖起耳朵，专心聆听老太太的讲述。

朱苏德拉说，年轻时，我外公离开村子，前往圣城巴纳拉斯求学。自古以来，婆罗门的子弟都得走这条路。但我外公是个穷学生，家里没钱。那阵子年头不好，五谷歉收，甚至还发生过一场饥荒。一天，我外公遇到一个人，他告诉我外公，地球的另一端有个国家叫"特立尼达"。这座岛屿上有一群印度劳工，他们需要梵文学者和教师，工资很可观，岛上的土地又很便宜，而且他们愿意负担应征者的旅费。把这个讯息透露给我外公的人，可不是胡扯的，他是一位招募员——村民们管这种人叫"卡爷"，负责征召劳工到特立尼达干活。年头好的时候，村民们也许会朝他身上扔石头，把他赶出村子，但这阵子大家都挨饿，对他说的那一套才开始感兴趣。于是，我外公签下契约，到特立尼达工作五年。他们当然没让他当教师，而叫他到制糖厂工作。老板提供膳宿，此外每天给他十二个安钠，相当于十四便士。这是很高的薪水。即使今天在我们印度老家，一般劳工的薪水也没这么高，甚至比政府在灾区以工代赈所付的薪资还高出两倍呢。每天晚上下班后，外公就以梵文学者的身份从事教学工作，赚取外快。出身圣城巴纳拉斯的梵文学者，在特立尼达并不多见，因此我外公很受欢迎，连制糖厂的英国老板也敬他三分。一天，老板对他说："你是印度教的一位大师。能不能请你帮我一个忙，我很想有一个儿子。"我外公说："没问题，我帮您想个办法，让您的夫人生个儿子。"果然，没多久老板娘就产下麟儿。这位英国老板高兴极了，指着蔗田就对我外公说："瞧，那儿有三十亩地，地里的甘蔗全都是你的。"外祖父雇来一群工人，把甘蔗全都砍了，以两千卢比的价钱卖掉，然后辞掉工作，自己开店做生意。好运接二连三降临。一位在特立尼达定居多年的富商，有一天忽然登门拜访我外公，对他说："我观察你已经好一阵子了。我看得出来，你是一个很上进的年轻人，将来肯定会出人头地。我有个女儿。如果你不嫌弃，我想把她嫁给你做妻子。我愿意拿出三亩土地当作嫁妆。"外公兴趣不大。这个富商又说："我再送你一辆单座双轮马车。你把马车出租，可以多赚点钱。"于是，我外公成了亲。婚后他的事业蒸蒸日上，生意越做越大。他盖了两间房子。没多久，他就带着一大笔钱回到家乡，帮助亲人赎回二十五亩田地，然后又回到特立尼达。但他老人家是个天生的浪子，他打算再回印度老家走一趟。"赶快回来啊！"家人叮咛他。（这句话，朱苏德拉是用英文说的。提到那辆单座双轮马车，她也用英文 buggy。）但我外公从此再也没回到特立尼达。从加尔各答搭乘火车返乡的路途上，他老人家病倒了。他写信给家人："太阳下山了。"

故事讲完了，朱苏德拉忍不住掩面哭泣起来。大伙儿只管静静坐着，一动不动。

"我应该怎么做？"我问随行的官员，"这位老太太年纪一大把了。我想给她一点钱，但我不知这样做会不会冒犯她？"

"她高兴都还来不及呢，"官员回答，"给她一点钱，请她替你安排一场'诵经法会'。"

我遵照官员的指示做。

接着，他们拿出照片让我观赏。这一张张照片，在我眼中就跟祠堂里的神一般古老，一样被人遗忘。翻着，看着，我的时空意识又渐渐变得混淆起来——置身在一个幅员辽阔、让人觉得彷徨无依、非常容易迷失的国家中，骤然间，我看到了一张在特立尼达拍摄的老照片：上面戳印着的照相馆名称和地址，依旧那么的明亮清晰。相形之下，照片中的那个深褐色人物却已经褪色了，变成模模糊糊的一团。在我那被唤醒的记忆中，这个人物早已经退隐消失了。他属于一个想象的世界，他从来就不曾属于印度的现实世界。

这次，我是硬着头皮，心不甘情不愿地前来这座村子寻亲的。我没抱着很大的期望，我心里还真有点害怕呢。我也知道，我这种态度实在要不得。

有个人想见我，是族长拉马昌德拉的妻子。此刻她正待在内室，等我去见她。我进屋时，一位身穿白衣的妇人跪伏在我面前，伸出双手，抓住我那两只穿着德国名牌皮鞋的脚，哀哀哭泣起来。好一会儿她只管哭泣，抓住我的脚不肯放手。

“我现在该怎么办呢？”我问随行的官员。

“别理她。待会儿，有人会走进来告诉她，这可不是接待亲戚应有的礼貌！她应该下厨，给远道来访的亲戚准备一些吃的东西。这是咱们这儿的习俗。”

果然不出官员所料。

食物端上来了。尽管乡亲们热诚款待，盛情可感，但在英国殖民地出生、长大的我，却依旧小心翼翼跟这帮人周旋，不敢鲁莽行事。否则，一时冲动，我准会把口袋里的钱全都掏出来，塞进朱苏德拉老太太那双皱巴巴的枯瘦的手里。这会儿，面对乡亲们端上来的餐点，我想起了那位地方行政官员的告诫：“煮熟的食物，你可以尝一尝，但千万不要喝他们的水。”长官是印度人。于是我说：“谢了，今天我身体不舒服，我不能吃东西。"

"喝点水吧，"拉马昌德拉太太说，"喝水总可以吧。"

随行的官员对我说："你看到那片田地吗？上面栽种着豌豆苗。你就请他们摘一些豌豆让你吃吧。"

我们每个人都吃了几颗豌豆。我答应再回来探望乡亲们。村子里的男人和小孩陪伴我们，一路走到吉普车旁。我沿着来时路，驱车回到城里，心中的恐惧全都消失了。

那天晚上我在城中的旅馆写信。今天的行程太奇妙，太不可思议了。它扭曲了时间，我沉湎在回想中，不时惊醒过来，茫茫然回到现实：此刻深更半夜，我正坐在一座城镇中的一家旅馆里。盘旋在我脑海中的，尽是我在那座印度村庄看到的神像和照片。老太太口中说出的零零碎碎的特立尼达英语，好久好久，只管萦绕在我的心头。写完信，我的情绪依旧十分亢奋。写信的过程中，我释放出来的并不是个别的孤立回忆，而是被遗忘已久的一整个心情和感觉。我终于上床睡觉。忽然，我听到一首歌谣——一支二重奏。最初，它仿佛从我的记忆深处传出来，响应我此刻的心情。但我并不是在做梦，这会儿我心中一片清明。那首歌谣是真实的。

> 你将永恒的意义赋予我的爱情，
> 你唤醒我那颗沉睡的心。
> 美人，你是我的爱，我的宝石。[①]

破晓时分，歌声从对街的一间店铺中传过来。这是一支三十年代末

---

①原文为印地语。

期流行的曲子，好多年前我就没再听到这首歌了。直到这一刻之前，我早已把它遗忘。我甚至弄不清楚歌词的意思——我一直不明白，这首歌究竟想传达什么讯息。对我来说，它呈现的只是一种纯粹的心情。在这似醒非醒、如梦如幻的一刻，它把我带回到另一个世界的另一个早晨。那天，在市场上游逛，我看到了我外祖母家中的簧风琴（其中一台早已破损不堪）、锣鼓、印刷子模和黄铜器皿，全都是属于一个已经消失的时代的东西。我又感觉到时间溶解了，消散了。我的肉身和形体飘在大街上，心中感到十分惊惶，却也觉得无比兴奋。

我走进一家理发店，打算把胡子刮一刮，但却发现这家理发店并不供应热水。我那满腔热忱登时化为乌有。一时间，我又变成了一个急躁的旅客。太阳高挂天顶，驱散了早晨的寒气。

我回到旅馆，发现一个乞丐守候在我房门前。

"你找我有什么事吗？"我用蹩脚的印地语问他。

他抬起头来望了我一眼，他那颗头颅剃得光溜溜，只在头顶上留着一撮毛发。他那张脸瘦骨嶙峋，宛如一颗骷髅头，那双眼睛炯炯发光，仿佛闪烁着两团鬼火。刹那间，我的急躁转变成了惊惶。我还以为我撞见了《卡拉马佐夫兄弟》中的修道僧（这阵子，我正在阅读陀思妥耶夫斯基的这部小说）。

"我是拉马昌德拉·杜比，"他说，"昨天您到我们村子里，我碰巧不在家。"

我心目中的杜比家族族长，可不是这么一个骨瘦如柴、满脸谄笑的人物。他脸上硬挤出的笑容，使他的表情看起来更加阴森可怖。一团白色的黏糊糊的唾沫凝聚在他的嘴角，看起来很恶心。

印度行政体系的一群见习干部正巧住在旅馆里，其中三位跑过来，自愿充当翻译。

"我找你找了一整天了！"拉马昌德拉说。

"请你们告诉他，我感谢他的关心，但他实在不必老远跑来找我，"我对三位实习干部说，"昨天在村子里，我已经告诉乡亲们，改天我会再回去探望他们。请你们问问他，他是怎么找到我的。我没留下住址呀。"

他走了好几英里路，才搭上火车到城里，然后走到行政大楼附近，向人们打听那位昨天带着一个特立尼达人下乡的官员。

见习干部替我翻译的当儿，拉马昌德拉脸上一径挂着笑容。现在我才看清楚，他这张脸孔根本不是修道僧的脸孔，而是一个营养不良、面黄肌瘦的人特有的脸孔。他的眼睛炯炯发光，因为他罹患某种疾病。他的身体十分瘦削，简直就像一根竹竿。他背着一只笨重的白色麻袋，跑来找我。这会儿，他喘着气把麻袋从背上卸下来，放到桌子上。

"这是你外公田里栽种的稻米，"拉马昌德拉说，"我也给你带来了一些你外公祠堂里的祭品。"

"我该怎么办呢？"我问那三位见习干部，"我可不想背着三十磅米回去。"

"他不是要你收下这一大包米。你只要拿出几粒就行了。不过，祭品你可得收下。"

我捡起几粒质量低劣的稻米，然后拿起祭品——一颗颗灰色的看起来脏兮兮的蔗糖，放在桌子上。

"我找你找了一整天了！"拉马昌德拉说。

"我知道啊。"

"我走路，然后搭火车，然后在城里走来走去，四处打听你的下落。"

"麻烦你了，不好意思。"

"我想见见你，想邀请你到舍下吃一顿便饭。"

"过几天，我就会回村子里去。"

"我找你找了一整天了。"

"我知道。"

"我想邀请你到舍下坐一坐，我有事要跟你谈。"

"过几天，我回村子里时，我们可以谈。"

"那时我们一定要见面啊！我想跟你谈一谈，我有重要的事情要跟你商量。"

"到时候我们再谈吧。"

"好。现在我要告辞了，我找你找了一整天了。我有要紧的事跟你谈。我想邀请你到舍下坐一坐。"

"我受不了了！"我对那三位印度行政体系见习干部说，"叫他走吧。谢谢他来看我，然后叫他走。"

其中一位见习干部把我的意思转达给拉马昌德拉，口气婉转，礼数周到。

"现在我得告辞了，"拉马昌德拉回答，"我得趁着天还没黑，赶回村子里。"

"趁着天还亮着，赶快回去吧。"

"可是，在村子里我怎么跟你谈话呢？"

"我会带一个人来，帮我翻译。"

"我想邀请你到舍下坐一坐。我找你找了一整天了。村子里人那么多，我怎么跟你谈话呢？"

"在村子里，你为什么不能跟我谈话呢？"我回头对三位见习干部说，"拜托，把他弄出去吧。"

三个小伙子合力把拉马昌德拉推送到房门口。

"我给你带来你外公田里的米。"

"谢谢！天快黑了。"

"下回你来我们村子，一定要跟我谈谈啊。"

"好，我一定会跟你谈谈。"

房门终于关上了。三位见习干部也走了。我在床上躺下来，让天花板上那台电风扇吹拂我的身子。然后我走进浴室，冲了个凉。我正在用毛巾擦拭身体，忽然听见装着铁栅的窗扉上响起"刮——刮——"的声音。

又是拉马昌德拉！他站在窗外走廊上，脸上硬生生挤出笑容来。我不必找人帮我翻译，我知道这家伙要说什么。

"我不能在村子里跟你谈，那儿人太多。"

"我们在村子里谈吧，"我用英文说，"现在赶快回家去！你今天跑了这么多路，也累了。"我比手画脚，好不容易才把拉马昌德拉打发走，然后匆匆拉下窗帘。

过了好几天，我才下定决心，再回到村子里走一趟。一开始就不对劲儿，仓促间找不到交通工具，一直拖到下午三四点钟才启程。车子慢吞吞行驶在乡间公路上。今天是那座在三岔路口的村庄市集的日子，十分热闹，只见成群牛车挨挤在马路上，一会儿行驶在左边车道，一会儿转到右边，毫无章法。路面上卷起一团团尘土，覆盖在来往的人车身上。公路两旁漫天尘沙飞扬，把沿途的村庄、田野和树木全都遮蔽了。交通壅塞，成群牛车纠结成一团。车夫只管呆坐在车上，模样看起来跟拉车的那只阉牛一样斯文沉静。

三岔路口更是乱成一团。空气中沙尘弥漫，它洒落在我的头发上，粘贴着我的衬衫，钻进我的指甲缝中。我只想呕吐。我们的车子被困在车阵中，好半天动弹不得。突然，司机不见了——这家伙竟然把汽车钥匙也带走了。我们可不想钻出车子，在漫天尘土中摸索着四处寻找他，只好耐着性子待在吉普车上，偶尔按按喇叭。过了半个钟头，司机回来了。他的眉毛、胡子和油亮的头发都黄澄澄的，沾满尘沙，但他脸上的笑容却非常灿烂。这家伙神通广大，不知从哪儿买到了一些蔬菜。向晚时分，我们才抵达村口的那座堤防。太阳下山了，把漫天尘沙转变成一团一团金黄色的晚霞，而我们就在这一片霞彩中，走进村庄，每个人头顶上都仿佛戴着一个光环。如今，在我眼中，这块土地不再阴森可怖。我觉得我已经熟悉了它。但我心中还存在着一份焦虑：拉马昌德拉正在村子里等着我。

他果然等着我。这会儿，他身上没披着那件我在旅馆看见过的斗篷，只在腰间系一块腰布和一条圣带。我瞅了他那瘦巴巴、仿佛随时都会折断的身子一眼，忍不住打个寒噤。一看见我，他就摆出一副欣喜若狂、毕恭毕敬的姿态：他那颗剃得光溜溜、亮光光的头猛然向后一仰，两只眼睛睁得圆滚滚，紧闭的嘴唇进溅出唾沫来，一双细瘦的胳臂高高举向天空。我们见过一次面，这会儿，他把我当成专程到他家做客的贵宾，装模作样表演了好一会儿，才放松下来。

"他说，上帝差遣你来见他。"随时的印度行政官员替我翻译。

"是吗？咱们等着瞧吧。"

在官员翻译下，我这句话变成了一句非常客气的问候。

"请你到他家里吃点东西，好吗？"

"不好。"

"至少赏个脸，喝杯水吧。"

"我不渴。"

"你拒绝他的款待，因为你嫌他家里穷。"

"他要这么想，我也没办法。"

"至少吃一口饭，意思意思。"

"告诉他，天黑了。告诉他，你得赶回城里去，调查那桩盗用'国防基金'的案子。你在车上跟我提到这个案子，不是吗？"

"他说，上帝今天差遣你来见他。"

"我没工夫跟他瞎扯。你问他，他到底要跟我谈什么事情？"

"他说，如果你不到他家里吃饭，他就不告诉你。"

"不说就拉倒。"

"他说，他想私下跟你谈一谈。"

他带领我们穿过他家的茅屋，走进一座小小的、铺着石板的院子里。他的妻子——前几天抱着我脚上那双德国名牌鞋子哀泣的女人，此时蹲在一个角落，脸上蒙着面纱，假装在擦洗一些黄铜器皿。

拉马昌德拉只管背着手，在院子里来来回回踱步，好半天才冒出一句话：想吃点东西吗？

我没回答。担任通译的官员自作主张，胡诌几句，替我回答拉马昌德拉。

拉马昌德拉说，我来得正是时候，这阵子他刚好碰到一些困难，也许我可以帮他的忙。他正考虑对某人提出一项小小的诉讼，只是他刚打完一桩官司，花费了两百卢比，现在手头很紧。

"这一来，问题不就解决了？手头没有钱，就不要打那场新官司呀。"

"怎么可以不打呢？这桩官司跟你有关系啊。"

"我？"

"这桩官司牵涉到你外祖父的田产。昨天他不是背着一袋米，跑到城里送给你吗？那些米就是那块地生产的。所以他说，上帝今天差遣你到这儿来。你外祖父的田地如今只剩下十九亩了，如果他不打这场官司，这十九亩地恐怕也保不住。田地若是丢了，谁还肯来看顾你外祖父的祠堂呢？"

我劝告拉马昌德拉，忘记官司和祠堂，好好耕种那十九亩地吧。这是一块很大的田地——我自己连半亩地都没有呢。政府会帮助他开发这块土地。他一个劲儿点头：我知道，我知道！但他年纪大了，身体不行了。他转过身子，骄傲地向我们展示他那细长的、骨瘦如柴的背脊。这些年来，他过着苦修禁欲的生活，每天花费四个小时照料我外祖父的祠堂。现在他又得打这场官司。况且，十九亩地能种出多少稻子呢？

我们的谈话绕着这十九亩地转来转去。担任通译的官员也帮不上忙，他只能把我那尖锐的不耐烦的口气转变成比较委婉、比较温文有礼的应答。断然拒绝并不管用，拉马昌德拉就像牛皮糖一样死缠着我。看来，我不能再待下去了。于是我霍地站起身来，走出拉马昌德拉的茅屋，身后跟随着一大群村民和小孩。大伙儿浩浩荡荡，一路把我送到村口的芒果园。

　　拉马昌德拉笑容满面地陪伴我走到村口，殷殷话别，直到最后一刻，他也不忘向村民们炫耀他跟我之间的交情。一位身材比较结实、相貌比较俊雅、举止比较高贵的男士（这个人显然是拉马昌德拉的死对头）走上前来，把一封信递到我手中，然后告退。我看了看那封信函，发现信封上的墨水还未干。一个男孩奔跑过来，在吉普车旁停下脚步，一面把衬衫下摆塞进裤腰，一面问我们能不能让他搭便车到城里去。就在我跟拉马昌德拉讨论土地官司的时候，这个男孩匆匆忙忙洗了个澡，换上干净的衣裳，背起他那个小包袱，顶着一头湿漉漉的头发，跑来找我们。我这次造访，把这座宁静的婆罗门村庄弄得闹哄哄的。乡亲们对我冀望太高，都想请我帮点什么忙。我实在受不了，只想尽早抽身。

　　"我们该不该让他搭便车？"随行的官员向男孩点点头，转身问我。

　　"不，让这个小泼皮走路吧。"

　　我们驱车离去。我没向乡亲们挥手道别。吉普车的前灯发射出两道灿亮的光芒，穿透那飞扬了一整天、现在总算逐渐平息下来的尘沙。我们的车子驶过去时，路面上的尘土又再翻滚起来，漫天飘荡，淹没了村中疏疏落落的灯光。

　　我的印度之旅就这样匆匆地、草草地结束了，留下的只是一份怅惘和自责。我开始奔逃，离开这个国家。

尾声：奔逃

　　为期一年的旅程结束了。晚餐前，我开始打包行李，然后吃晚餐。十点整，我赶到航空公司办事处。里面那座装饰用的小喷泉悄静无声，死气沉沉，形状像翅膀的柜台空荡荡的，看不见一个人影，铺着天蓝瓷砖的喷水池早已干涸，湿漉漉的，散布着垃圾。昏暗的灯光下，四处堆放着花哨的杂志。一群旁遮普移民坐在角落里，满脸愁容，只管呆呆守望着他们那扎成一捆一捆的、堆放在磅秤旁的行李。十一点整，我赶到机场，准备搭乘午夜起飞的班机，但却一直等到凌晨三点多钟。在等待的过程中，我得不时体验印度公厕特有的恐怖。这一整天，我就在焦虑、恼怒和恍恍惚惚的心情中度过了。好不容易终于挨到破晓时分，时间却仿佛变得更加漫长，更加难挨了。我时而清醒，时而昏睡。几分钟之前的行动骤然间变得模糊孤立起来，回想时，你会感到一种莫名的迷惘。你人还在机场，却已经感觉到印度开始从眼前消退、隐没。在等待飞机的几个小时中，印度的现实被扫除掉了，到后来，阻隔在你和印度之间的并不仅仅是空间和时间。

　　在机舱中，一片片纸屑忽然飘落在我膝头上。一头金黄的长发丝和一双碧蓝的大眼瞳，骤然出现在我前面的座椅上。啪嗒，啪嗒，细小的脚不停地蹬踢着我的后腰。"小鬼头，不要胡闹！"坐在我身旁的那位系着安全带、沉醉在梦乡中的中年美国男士，突然睁开眼睛，扯开嗓门吆喝一声。"他们从什么地方弄来这群孩子？干吗要带孩子出门旅行呢？我怎么那么倒霉，每次在飞机上睡觉，就会被一群小孩吵醒！我有一位朋友，他每次看见飞机上的小孩调皮捣蛋，就会对他说：'孩子，你到外面去玩好吗？'喂，坐在前面的小女孩，你干吗不带着你那一沓五颜六色的彩纸，到外面去玩呢？"前面那双蓝眼睛和一头金发丝，倏地沉落进深蓝色的坐椅里。"坐在我后面的那个小孩，早晚会被我揍一顿！这小王八蛋一直在踢我的肾脏。先生！夫人！请你们管教一下你们的孩子，好不好？他……吵到了我的太太。"这会儿，他太太正安详地躺在他身旁：一个中年美国女人，裙摆翻卷起来，露出两只穿着皱巴巴松垮垮的玻璃丝袜的膝盖。一朵笑靥绽开在她脸庞上，她睡得很甜。

我可睡不着。轰隆轰隆的引擎咆哮声中，我只觉得整个人恍恍惚惚，似醒非醒。我时不时就站起身来，到厕所走一趟，把航空公司为男宾准备的古龙水涂抹在身上，提提神。一群坐在后座的旁遮普人，全都睁着眼睛，身上散发出浓郁的体味，其中一两个躺在蓝色地毯上，好像生病了。机舱内灯光朦胧，长夜漫漫。我们仿佛在跟时间赛跑，追逐那一步步向后退却的早晨。但曙光还是来临了。破晓时分，我们抵达贝鲁特。经过一趟阴森可怖、如梦似幻的旅程，感觉上我们仿佛进入了一个清新的明亮的世界。刚下过一场雨，停机坪亮晶晶的，闪烁着水珠，显得十分沁凉。机场外矗立着一幢幢高楼，一看就知道是一座大城市。城中充满完整的、真正的男人，就像此刻我们在机场上看到的工人：他们穿着机场工作服，把活动扶梯推送到机舱门口，或搭乘电动货车，把行李从货舱中卸下来。这些男人是干苦工的，但走起路来却趾高气扬，自信满满，一副男子汉大丈夫的神态。印度属于黑夜——一个已经死亡的世界，一段漫长的旅程。

罗马，机场，早晨依旧。一架架波音和卡拉维尔飞机横七竖八地停泊在机坪上，乍看就像一堆玩具。机场大楼内，一位身穿制服的女郎行走在中央大厅中，来来回回只管踱步。她头上戴着一顶骑师帽，脚上穿着一双长统马靴——这应该是新近才流行的装扮吧。她那张脸浓妆艳抹，四处招引男人的目光。我怎么对别人解释，我怎么向自己承认，我对这个虚幻谬误的新世界（离开印度后，我骤然投入的一个世界）感到无比的厌烦呢？这个世界的生命证实了另一个世界的死亡，然而，另一个世界的死亡却也凸显出这个世界的虚假。

那天晌午，我来到了马德里——在我心目中，这是全世界最优雅的城市。我打算在这儿待两三天。十年前，我曾在马德里求学。现在路过这儿，何不趁着这个机会重温旧梦呢？如今我只是一个观光客，自由自在，身上有点钱。然而，这时的我刚经历过一桩重大的事件——我的印度之旅在二十四小时前才刚刚结束。我不该进行这趟旅程，它把我的人生切割成两半。"到了欧洲，记得马上给我写封信，"一位印度朋友叮咛我，"趁着记忆犹新，把你对印度的印象告诉我吧。"在这封信中我到底写些什么，如今我早就忘掉了，只记得当时我的情绪非常激动，写起信来，语无伦次，东拉西扯。然而，就像我以印度为题材写的其他文章，它并不能驱除我内心中的梦魇。

在德里的最后一个星期，有一天，我和朋友到布料店逛逛。如今抵达马德里，我在行囊中找到了一个印着印地语字母的褐色包裹，里面装着一截布料，长度跟我的夹克刚好相同。这份礼物是我在印度结交的、只相聚了短短几天的一位建筑师送的。相识后两三天，他就向我表明他对我的情谊，而我也适度回报。这就是印度人可爱的地方。在印度旅行，你常会遭逢这样的情缘。这位建筑师开车送我到机场，乍听班机延误的消息，我当场大发脾气，他却不动声色，只管在旁哄慰我。我们一块儿喝咖啡，等待班机起飞。分手时，他把包裹塞进我手中。"答应我，到了欧洲，你就立刻把这块布缝在夹克上。"

我照他的话做了。一年的印度之旅，纷纷扰扰，在我心中留下一大堆乱七八糟的印象，但我最记得的，却是一位萍水相逢的朋友送的一块印度布料。

几天后，我回到了伦敦。走在熟悉的街道上，看到广告和橱窗展示的家庭用品——英国文化似乎特别强调家庭的重要，经过那一幢幢瑟缩在隆冬中的花园住宅，窥望屋子里的一个个温暖小窝，在这座我曾经生活和工作多年的城市中，我却感到无比的空虚，仿佛在肉体上我整个人都迷失了。就在这样的心情中，我做了一个梦：

一块椭圆形的新布料硬邦邦地放在我眼前。我知道，只要我能依照某种特定的尺寸，在这块布料的某个特定部位，剪下一块小小的椭圆形布，那么，这一匹布就会开始伸展，一路绵延到整个桌面，整间房子，乃至于整个物质世界，直到这整套戏法被人拆穿。我一边玩味着这句话，一边把布匹摊开来，凝神观看，试图找出隐藏在里面的线索，但我知道，尽管我知道线索确实存在，尽管我渴望把它找出来，这一辈子我都不会找到。

印度教徒说，世界是一个幻象。我们常常把"绝望"二字挂在嘴边，但真正的绝望隐藏在内心深处，只能意会，不可言传。直到返回伦敦，身为一个无家可归的异乡人，我才猛然醒悟，过去一年中，我的心灵是多么接近消极的、崇尚虚无的印度传统文化，它已经变成了我的思维和情感的基石。尽管有了这么一份觉悟，一旦回到西方世界，回到那个只把"虚幻"看成抽象观念，而不把它当作一种蚀骨铭心的感受的西方文化中，印度精神就悄悄地从我身边溜走了。在我的感觉中，它就像一个我永远无法完整表达、从此再也捕捉不到的真理。

一九六二年二月至一九六四年二月

图书在版编目（ＣＩＰ）数据

幽暗国度 ／（英）V.S.奈保尔著；李永平译. —— 2
版. —— 海口：南海出版公司，2018.11
ISBN 978-7-5442-9366-2

Ⅰ. ①幽… Ⅱ. ①V… ②李… Ⅲ. ①游记－作品集－
英国－现代 Ⅳ. ①I561.65

中国版本图书馆CIP数据核字(2018)第148099号

著作权合同登记号　图字：30-2011-037

AN AREA OF DARKNESS
Copyright © 1964, V.S. Naipaul
All rights reserved.

幽暗国度

〔英〕V.S. 奈保尔　著

李永平　译

出　　版　南海出版公司　（0898)66568511
　　　　　海口市海秀中路51号星华大厦五楼　邮编 570206
发　　行　新经典发行有限公司
　　　　　电话(010)68423599　邮箱 editor@readinglife.com
经　　销　新华书店

责任编辑　黄宁群
特邀编辑　陈　蒙　曹　蕾
装帧设计　韩　笑
内文制作　田晓波

印　　刷　河北鹏润印刷有限公司
开　　本　850毫米×1168毫米　1/32
印　　张　10.5
字　　数　300千
版　　次　2013年8月第1版　2018年11月第2版
　　　　　2022年4月第8次印刷
书　　号　ISBN 978-7-5442-9366-2
定　　价　68.00元

版权所有，未经书面许可，不得转载、复制、翻印，违者必究。